여성성의 시론

◆◆◆ 맹문재 孟文在

1963년 충북 단양에서 태어나 고려대학교 국어국문학과 및 같은 대학원을 졸업했다. 시론집으로 『한국 민중시 문학사』 『패스카드 시대의 휴머니즘 시』 『지식인 시의 대상애』 『현대시의 성숙과 지향』 『시학의 변주』 『만인보의 시학』 『여성시의 대문자』 등이, 편저로 『박인환 전집』 『김명순 전집—시 · 희곡』 『김남주 산문 전집』 『김후란 시 전집』(공편) 등이, 시집으로 『먼 길을 움직인다』 『물고기에게 배우다』 『책이 무거운 이유』 『사과를 내밀다』 『기룬 어린 양들』 등이 있다. 현재 안양대 국문과 교수이다.

여성성의 시론

인쇄 · 2017년 1월 21일
발행 · 2017년 1월 25일

지은이 · 맹문재
펴낸이 · 한봉숙
펴낸곳 · 푸른사상사

편집 · 지순이, 홍은표 | 교정 · 김수란
등록 · 1999년 7월 8일 제2−2876호
주소 · 경기도 파주시 회동길 337−16 푸른사상사
대표전화 · 031) 955−9111(2) | 팩시밀리 · 031) 955−9114
이메일 · prun21c@hanmail.net / prunsasang@naver.com
홈페이지 · http://www.prun21c.com

ⓒ 맹문재, 2017
ISBN 979−11−308−1071−3 93810
값 25,000원

이 도서의 국립중앙도서관 출판예정도서목록(CIP)은 서지정보유통지원시스템 홈페이지 (http://seoji.nl.go.kr)와 국가자료공동목록시스템(http://www.nl.go.kr/kolisnet)에서 이용하실 수 있습니다.(CIP제어번호: CIP2017000093)

Poetics of Femininity

현대문학
연구총서

47

여성성의 시론

맹문재

푸른사상
PRUNSASANG

　10여 년 전 경희대학교 비교문화연구소의 책임 연구원으로 여성들의 일상 문화를 연구하면서 쓰기 시작한 논문들이 어느덧 한 권의 분량이 되었다. 여성성 혹은 여성 인식의 관점을 가지고 살피고자 했는데, 이 분야의 연구도 만만하지 않음을 새삼 느낀다.

　이 책의 제1부에서는 김명순, 한용운, 김기림, 장정심, 김수영의 시 작품에 나타난 여성성을 살펴보았다.

　「김명순 시의 주제」에서는 한국 문학사 최초의 여성 소설가이자 시인으로 평가받는 김명순의 시 세계를 자아 인식, 남녀평등, 민족 해방 의식 등으로 정리해보았다. 여성의 희생과 순종이 요구되는 시대에 맞서나간 시인의 모습에 주목했다.

　「한용운 시에 나타난 '님'의 이성성(異性性)」에서는 그동안 많은 연구에서 '님'을 민족, 조국, 불타, 불교적 진리, 자연, 중생, 시적 대상 등으로 규명한 것을 지양하고 이성적인 존재로 보았다. 만해는 사랑하는 '님'을 품었기에 사회적이고 역사적인 '님'도 기꺼이 껴안을 수 있었던 것이다.

　「김기림의 문학에 나타난 여성 의식」에서는 그의 시, 소설, 희곡, 수필, 비평에 나타난 여성 의식을 조명했다. 김기림은 여성이 기존의 도덕이나 윤리에 희생되어서는 안 된다는 인식으로 새로운 정조관과 평등한 결혼 생활과 여성미를 추구했다.

「장정심의 시에 나타난 기독교적 세계관」에서는 기독교 정신을 바탕으로 자아 인식, 낙원 인식, 민족 해방 의식을 노래한 면을 살펴보았다. 장정심은 기독교인으로서, 민족 구성원으로, 그리고 여성 시인으로 일제의 탄압에 맞서나간 것이다.

「김수영의 시에 나타난 '여편네' 인식」에서는 시인이 여성을 '여편네'라고 호칭한 문제를 고찰했다. 김수영은 아내를 얕잡아보거나 비하한 것이 아니라 자본주의 속성을 비판하는 시적 장치로 '여편네'를 부른 것이다.

제2부에서는 일제강점기 여학생들의 학교생활 및 세계 인식과 일제강점기와 해방기의 여성지에 나타난 여성 미용을 살펴보았다.

「일제강점기 여학생들의 세계 인식」에서는 『일신』 『이화』 『백합화』 『배화』 『이고』 『정신』 등의 여학교 교지에 수록된 시 작품들을 통해 기독교 정신이 심화되고 자아 인식이 확대되고 민족 해방을 추구하는 모습을 볼 수 있었다.

「1930년대 여자고등학생들의 학교생활」에서는 배화여자고등보통학교의 교지인 『배화』에 수록된 글들에서 기능 위주의 수업, 수신 및 건강한 신체 강조, 다양한 교외 수업, 양장 교복의 착용, 교우회 및 후원회 활동 등을 보았다.

「일제강점기의 여성지에 나타난 여성 미용」에서는 1930년대를 중심으로 단발 및 퍼머가 유행하고 양장이 일반화되고 화장 및 장신구가 다양화되는 모습 등을 정리했다.

「해방기의 여성지에 나타난 여성 미용」에서는 여성의 의복, 화장, 헤어 스타일 등을 통해 새로운 시대에 필요한 여성 미용을 실용적인 차원에서 추구하는 면을 확인했다.

제3부에서는 김은덕, 이주희, 이금주 시인의 시 세계와 정선아리랑에 나타난 여성성을 담았다.

　「김은덕 시의 모성」에서는 모성이 시인의 시 세계를 이루는 토대이자 궁극적으로 추구하는 주제이고 가치라는 것을 확인했다.

　「이주희 시의 꽃」에서는 데메테르가 자신의 외동딸인 페르세포네를 온몸으로 품은 것과 같이 시인이 꽃을 이상향으로 노래하는 것을 발견했다.

　「이금주 시의 바람」에서는 수많은 고통과 난관에도 좌절하지 않고 사랑하는 당신에게 바람과 함께 다가가는 모습을 보았다.

　「정선아리랑 가사의 주제」에서는 긴아리랑을 중심으로 어휘와 내용을 심도 있게 살피면서 연정을 노래하고, 여성 의식으로 시름과 고난을 극복하는 모습에 주목했다.

　「정선아리랑 가사에 나타난 여성의 사랑」에서는 긴아리랑, 자진아리랑, 엮음아리랑 중에서 사랑을 노래한 가사들을 통해 봉건적 가부장제의 질서에 맞서는 낭만적 사랑(romantic love)과 열정적 사랑(passionate love)의 양상을 살펴보았다.

　창작에 대한 욕망과 사회 활동 등으로 인해 연구 시간이 점점 줄어들고 있는 상황에서 내는 책이어서 나름대로 의미를 부여한다. 연구를 병행할 수 있겠다는 생각을 하면서, 좀 더 열심히 공부해야겠다고 다짐하는 것이다.

　땀 흘리며 책을 만들어준 편집부 직원들과 한봉숙 대표께 감사의 인사를 드린다.

2017년 1월
맹문재

차례

제3부

제1부

김명순 시의 주제

1. 신여성 시인의 등장

비록 일제의 강압에 의해 이루어진 것이었지만 1876년 강화도조약이 체결된 이후 서구와의 접촉이 본격화되면서 조선 여성들의 세계 인식은 급격히 변화하기 시작했다. 서구의 자아 인식과 평등사상을 접하면서 기존의 유교적 규범과 제도에 순종하는 자세만이 여성의 도(道)를 지키고 행복을 갖는 것이 아님을 자각한 것이다. 특히 근대 교육을 받은 신여성들은 자신의 개성을 발휘하고 자유를 성취하기 위하여 적극적인 행동을 했다. 자신의 직업을 갖고, 연애를 하고, 문화생활을 하고, 미용을 추구하고, 사회 활동에 참여하는 등 주체적인 삶을 지향한 것이다.

근대 이전의 대부분 여성들은 남성들에 비해 사회적 약자여서 자기의 삶에 대한 의사 결정권을 주도적으로 갖지 못했다. 자신이 사랑하기 때문에 연애를 하거나 결혼하는 일은 드물었고, 자신의 아름다움을 추구하기 위해 화장을 하지 못했으며, 자신의 즐거움을 위해 여가 생활을 구가

하지 못했다. 오히려 남편의 위신을 위해 자신을 낮추었고, 가문의 안정을 위해 자신의 욕망을 억제했으며, 자식의 출세를 위해 자신의 삶을 희생했다. 남성들이 지배하는 사회 제도와 규범의 모순을 인식하지 못했기 때문에 순종을 의무로 여기면서 자신의 행복으로 삼았고, 남성 지배적인 사회제도와 규범의 모순을 인식한 여성들도 남성들에게 대항할 만한 힘이 모자랐기 때문에 타협할 수밖에 없었다.

일제강점기라는 민족의 어려운 여건 속에서도 '신여성'[1]이라 불린 조선의 근대 여성들이 세계 인식을 확장해나갈 수 있었던 데에는 교육의 영향이 컸다. "조선 정부에서 제일 급하게 할 일이 사내아이들도 가르치려니와 계집아이들을 교육할 생각을 하여야 할 터인데 조선서는 계집아이들은 당초에 사람으로 치지를 아니하야 교육들을 아니시키니 전국 인구 중의 반은 그만 내버렸는지라 어찌 아깝지 않으리오"[2]와 같이 『독립신문』을 비롯한 선구적인 언론과 선각자들에 의해 여성 교육의 필요성

---

1   신여성은 'new woman' 또는 'modern girl'로 개념화할 수 있는데, 본래 1886년 9월에 창간된 『일본신부인(The New Woman/I am the Mother/of Civilization)』에서 쓰인 용어로 명치시대의 신지식을 구비하고 문명의 신학예(新學藝)에 통달한 여성을 지칭했다. 그러나 신부인은 1889년 대일본제국 헌법이 발표되어 천황제가 확립되면서 국수주의에 따른 유교적 여성상이 부활함에 따라 부정적인 대상이 되었다(최혜실, 『신여성들은 무엇을 꿈꾸었는가』, 생각의나무, 2000, 161~162쪽). 신부인은 1920년대에 신여성의 개념으로 조선에 유입되어 크게 유행했다. 신여성은 여성의 교육과 생활 개선에 나선 '지식인 활동가(new woman)'나 양장 차림에 단발을 하고 도시적 언어를 사용하는 '모던 걸(modern girl)'의 성격을 띠었다(Andrei Lankov, "The Feminists Arrive", *THE KOREA TIMES*, thursday, June 26, 2003, 7면).

2   『독립신문』, 1890.9.5.

이 사회적으로 대두되었다. 그 결과 1920년대 이르러서는 교육 인구가 주목할 만하게 증가해 "1920년대의 여성교육의 광범하고 다양한 확대는 '新女性'이라는 새로운 여성군상을 배출하"[3]기까지 이르렀다. 근대 교육은 족보에 오르지 못했을 뿐만 아니라 1909년 민적법(民籍法)이 제정되기까지 양반계급에서는 이름 없이 성(姓)만, 그 이하의 계급에서는 성(姓) 없이 이름만 불릴 정도로 삼종지도(三從之道)에 복종해야만 되었던 여성들이 비로소 자아를 각성하고 남녀평등을 실현하는 길을 열어주었다.

신여성의 세계 인식을 변화시키는 데는 또한 동시대에 발행된 여성지들의 역할이 컸다. 근대 여성지는 1906년 6월 『가뎡잡지(家庭雜誌)』가 발간된 이후 『녀즈지남(女子指南)』(1908.4), 『자선부인회잡지』(1908.8), 『우리의 가뎡(家庭)』(1913.12), 『여자계(女子界)』(1917.6), 『여자시론(女子時論)』(1920.1), 『신여자(新女子)』(1920.3), 『신가정(新家庭)』(1921.7), 『가뎡잡지』(1922.5), 『부인(婦人)』(1922.6), 『신여성(新女性)』(1923.10), 『부녀지광(婦女之光)』(1924.8), 『장한(長恨)』(1927.1), 『여자계(女子界)』(1927.1), 『부녀세계(婦女世界)』(1927.4), 『현대부인(現代婦人)』(1928.4), 『여성지우』(1929.2), 『근우(槿友)』(1929.5) 등이 간행되어 신여성의 연애, 결혼, 가정생활, 가정 위생, 예술, 미용, 문예 등을 이끈 것이다.[4]

김명순(金明淳) 시인 역시 근대 교육을 받고 여성지를 구독하며 사회

---

3   정세화, 「한국 근대 여성 교육」, 『한국 여성사』, 이화여자대학교 출판부, 2001, 333쪽.
4   1930년대에 간행된 여성지는 『여성조선(女性朝鮮)』(1930), 『신광(新光)』(1931), 『여인(女人)』(1932), 『만국부인(萬國婦人)』(1932), 『신가정(新家)』(1933), 『반도여성(半島女性)』(1933), 『낙원(樂園)』(1933), 『여성(女聲)』(1934), 『여성(女性)』(1936), 『가정지우(家庭之友)』(1936), 『백광(白光)』(1937) 등이다.

활동을 한 신여성이었다. 김명순은 1917년 동경 유학 시절 최남선이 발행하는 종합지 『청춘』의 현상문예 모집에 단편소설 「의심의 소녀」가 당선되어 문단에 데뷔한 최초의 여성 작가이다. 1917년은 한국 근대문학의 기념비적인 작품인 이광수의 『무정』이 『매일신보』에 연재된 해이기도 하므로, 김명순의 문학적 출발은 큰 의미를 갖는다. 한국 근대 문학사에서 여성 작가가 남성 작가와 대등하게 출발했다는 의의를 지니는 것이다. 따라서 그동안 근대 문학사의 정리에 있어서 무시되거나 특수성을 들어 별도의 항목으로 논의된 김명순의 작품을 집중적으로 살펴보는 것은 의미 있는 일이다.

김명순은 문단에 진출한 뒤 본명과 망양초(望洋草, 茫洋草), 탄실(彈實), 망양생(望洋生) 등의 필명을 사용하면서 작품 활동을 했다. 그 결과 1925년 『생명의 과실(生命의 果實)』[5]이라는 시집을 신여성 시인 중에서 최초로 출간했다. 『생명의 과실』은 김안서의 『해파리의 노래』(1923), 주요한의 『아름다운 새벽』(1924), 박종화의 『흑방비곡(黑房秘曲)』(1924)에 이어 나온 것으로 지금까지 연구자들에 의해 거의 주목받지 못했지만,[6] 근대 시 문학사에서 선구자적인 위치에 있다.

---

5 '한성도서주식회사'에서 간행되었는데 24편의 시 외에 감상문 4편, 소설 2편 등
   도 실려 있다. 따라서 순수한 시집이라고 보기는 어렵지만, 시 작품이 다수를 차
   지하고 있으므로 시집이라고 일컬어도 괜찮을 것이다.
6 다음의 연구는 긍정적으로 평가하고 있다. (1)김영덕, 「한국 근대의 여성과 문
   학」, 『한국 여성사』, 이화여자대학교 출판부, 2001, 362~363쪽. (2)정영자, 『한
   국 여성시인 연구』, 평민사, 1996, 7~55쪽.

김명순은 제1세대 여성 작가[7] 중에서 신여성 인식을 뚜렷이 담은 시작품을 가장 많이 남겼다. 여성의 희생과 순종이 요구될 정도로 남녀평등이 실현되지 않고 있던 시대에 그 극복을 적극적으로 지향하고 나선 것이다. 이 글에서는 김명순의 시에 나타난 그 지향들을 몇 가지로 나누어 살펴보고자 한다.

2. 김명순 시의 주제

1) 자아 인식

김명순은 작품의 양과 질에 있어서 동시대의 여성 시인 중에서 단연 앞섰고, 동시대의 남성 시인들에 비해서도 결코 뒤지지 않았다. 김명순은 동경 유학 시절인 1917년 최남선이 발행하는 종합지 『청춘』의 현상문예 모집에 단편소설 「의심의 소녀」가 당선되어 주요한, 이상춘 등과 함께 문단에 데뷔했다. 그 후 『개벽』 『신여성』 『여자계』 등의 잡지와 『동아일보』에 작품을 발표해 시 50편, 번역시 9편, 소설 10편, 감상문 7편 등을 남겼다.[8] 1925년부터는 『매일신보』 기자 생활을 했으며, 1927년 이후에는 영화에도 출연했다고 알려져 있다.

---

7   최초의 서양화 화가이자 여권신장에 관해 많은 글을 쓴 정월(晶月) 나혜석(羅蕙錫)과 여성 종합지 『신여자』를 주관해 여성 문학의 요람을 만든 일엽(一葉) 김원주(金元周)를 들 수 있다.

8   김명순의 작품 수는 필자가 현재까지 확인한 것으로, 앞으로 더 많은 작품이 발견될 것으로 생각된다.

김명순의 시작품은 1920년 『창조』 7월호에 발표한 「조로의 화몽(朝露의 花夢)」에서부터 1925년 24편의 시를 수록한 시집 『생명의 과실』을 거쳐 1938년 『삼천리』에 「그믐밤」을 발표하는 데에까지 이어진다. 김명순의 시작품에서 나타나는 우선적인 특징은 자아 인식이다.

彈實이는 단꿈을깨트리고 서어함에 두쌤에 고요히 구을려내려 가는눈물을 두주먹으로씻스며 白雪갓흔寢衣를몸에감은채 억개우 에는 羊毛로두텁게 織造한흰쇼올을걸치고 十字架의草鞋를신고 後 園의이슬매친잔쎅위로 蒼浪히거러간다. 산듯싼득한 맨발의 感覺 —며는 芭蕉그늘아래에서억개에걸첫든것을잔쎅우에피고 안젓다. 薔薇花의단香氣를 깁히깁히호흡하며 幻想을 그리면서.

東편담아래두그루의薔薇花
어제오날半開하며
이슬을먹음어美의힌대로
희고붉게雅妍히피엿다   …(중략)…

白 『어대선지 아주참을수업는 슯흔노래가 들니는구려—』하고 한층더귀를 기우리매 紅장미는冷冽하게
『언니그노래 누가하는지 아시오? 녀어 海邊에졀하듯이굽어진산 이보이지오? 거기望洋草라는이가蒼白한얼굴을하여가지고 매일노 래한다우, 나는그의목소래만드러도 엇견지눈물이쏘다져요』
白 『아— 동생우리오날심々하니그를차자가보』하는대 紅은곳同 意하였다.
白薔薇의 精과紅薔薇의精은前後하야나란히거러서 望洋草에게 나라드러갓다. …(중략)…

『내가꼿을피엿슬째 淡紅의웃는듯하는꼿을탐스럽게피엿슬째 하 로는 藍胡蝶이와서 내꼿에머무르고 말하기를너는 天心爛漫히울고

웃고 『自己』를 正直히 表現한다고 일러주며 後日에 쏘올터이니 이 海邊에서 기다리라고 하시지오?! 그래서져는 十年채 하로와갓치 검은 고를 타며 매일 기다리지오 그럿치만 조곰도 그가 더듸오신다고 원망도 疑心도 아니함니다 그러나 寂寂하닛가 매일 노래를 함니다』 하고 머리를 숙이며 눈물을 씻는다 白薔薇도 紅薔薇도 緣故를 몰느면서 눈물을 흘린다. …(중략)…

사랑하는이여
나의넓은花園에서
五色으로花環을지어
그대의結婚式에
禮物을드리려하오니
오히려不足하시면
당신의마음대로
色々의꼿을꺽거서
뜻대로쓰소서
그러나나의花園은
思想의花園이오니
그대를위하여
洗練된것이오니
앗기지마소서.

彈實이는눈을번쩍썻다 더는이갓치幻想을그려본것이다, 五月아 참바람이 산들산들 분다
潺波를띄우고 微笑하는靑空— 상쾌히管絃樂을아뢰는大地!!
不治의病에우는彈實의눈물…… 草葉에매친이슬이 朝日의 光彩를밧에 珍珠갓치 빗난다.

　　　　　　　　　　　　　　　　—「朝露의 花夢」 부분

위의 작품은 망양초라는 필명으로 발표되었는데, 등장인물의 이름이

시인의 본명인 탄실과 필명인 망양초가 함께 쓰이고 있다는 점에서 특이하다. 또 몽유록 소설과 같이 현실 → 꿈 → 현실의 서사적 구조를 바탕으로 묘사와 대화와 설명이 자유롭게 구성되어 있는 점도 특이하다. 따라서 위의 작품은 자유시가 완전하게 형성되지 않은 동시대의 시단 상황에 비추어보면 상당히 파격적이라고 볼 수 있다.

근대 자유시는 1920년대 전후에 형성되기 시작했다. 1918년 김안서에 의해 창간되어 프랑스의 상징주의를 비롯해 서구의 시문학을 집중적으로 번역해서 소개한 『태서문예신보』에서 보듯이, 서구의 시들을 본격적으로 도입하면서 근대 자유시가 형성되기 시작한 것이다. 따라서 "앞 시대의 정형적 관례를 지양하고 시상 자체가 요구하는 형태를 대담하게 표현했는데, 이러한 시창조의 정신의 밑바닥에는 두 말할 것도 없이 자유주의 사상이 유효하게 작용했음을 이해할 수 있고 이러한 자유주의에의 지향은 이 시대 전체의 풍조였음을 또한 참고할 필요가 있"[9]는 것이다.

그 대표적인 예가 주요한의 「불놀이」이다. 주요한의 시문학적 업적은 이미 많은 연구에서 정리되었듯이 시조라는 정형시를 파괴하고 새로운 형태의 시, 즉 자유시를 확립시킨 데에 있다. 시조는 하나의 문학 형식이 아니라 문학 형식 그 자체였다. 이치와 기운의 역동적 조화를 토대로 하여 완결된 구조를 형성하는 시조의 형식은 하등의 강제 없이 형상화되어야 할 모든 것을 표면에 드러내는 자유로운 양식화의 원리였던 것이다.[10]

9   신동욱, 『한국현대시사연구』, 일지사, 1983, 56쪽.
10   김인환, 『비평의 원리』, 나남, 1994, 14~15쪽.

그렇지만 유교적 이념을 가장 잘 표현할 수 있는 형식인 시조는 사회의 이치가 변화됨에 따라 한계를 가질 수밖에 없었다. 정형화된 사회가 무너짐에 따라 있는 그대로 받아들이기만 하면 되었던 시조의 형식은 유용성을 상실했고, 변화한 사회를 담아내는 새로운 형식이 자연스럽게 요구되었던 것이다.

따라서 김명순의 「조로의 화몽」은 주요한의 「불놀이」와 더불어 시조를 대신하는 근대 자유시의 형성에 기여했다. 「불놀이」가 1919년 2월에 창간된 『창조』에 발표된 것에 비해 「조로의 화몽」이 1년 남짓 늦게 발표되었지만, 동시대의 그 어떤 시보다도 자유로운 형식을 추구한 것이다. 남성들의 작품이 지배하던 시대에 등장한 여성시라는 점을 생각하면 더욱 시사적 의미를 갖는다.

「조로의 화몽」이 근대 자유시의 형성에 기여한 점은 형식의 창조에만 있는 것이 아니라 자아를 인식했다는 면에도 있다. "새로운 세계에서 인간이 된다는 것은 고독해진다는 것을 의미한다. 이러한 고독은 자기 혼자만의 삶을 살도록 운명지어졌으면서도 공동체를 목마르게 갈구하는 인간의 고통이다."[11] 따라서 근대 자유시에는 고독한 인간의 모습이 담겨 있다. 정형화된 규범이나 인습화된 윤리나 논증된 진리 대신 한 개인의 자아가 고독하게 담겨 있는 것이다. 그러한 면이 「조로의 화몽」에서도 나타나 자유시의 형식에 시인의 자아가 들어 있다. "彈實이는 단꿈을깨트리고 서어함에 두쌤에 고요히 구을려내려가는눈물을 두주먹으로씻스

---

11 김인환, 위의 책, 16쪽.

며 白雪갓흔寢衣를몸에감은채 억개우에는 羊毛로두텁게 織造한흰쇼올을걸치고 十字架의草鞋를신고 後園의이슬매친잔씌위로 蒼浪히거러간다.”와 같은 자아 인식이 나타나고 있는 것이다. “모든 예술 형식은 형이상학적인 삶의 불협화음에 의해서 정의되고, 또 형식은 이러한 삶의 불협화음을 자기 내부에서 완성된 총체성의 근거로 인정해서 이를 형상화하는 것”[12]처럼 “탄실이”의 자아가 자유시의 형식에 담겨 있는 것이다.

「조로의 화몽」의 내용은 “望洋草”가 자신을 찾아온 “白薔薇”와 “紅薔薇”에게 나비가 다시 돌아온다고 약속해 10년째 원망을 않고 기다리고 있는데, 적적하기 때문에 매일 노래를 부른다고 이야기하는 것이다. 그런데 현실세계의 작품 화자인 “彈實이” 그 꿈의 이야기를 듣고 깨어난 뒤자신의 불치병에 가슴 아파하며 눈물을 흘리는 것으로 작품이 끝을 맺고있다. 서자로 태어난 김명순 자신의 자전적인 면이 반영된 것으로 보이는데,[13] 그 ‘눈물’이 자유시 형성의 한 특징이기에 주목된다.

1920년대 전반기에 나타난 자유시의 지배적인 특징은 눈물이 자제되지 않고 유출된 점이다. 가령 주요한이 「불놀이」에서 “오오사로라, 사로라! 오늘밤! 너의발간햇불을, 발간입설을, 눈동자를, 쏘한너의발간눈물을……”이라고 한 것이나, 황석우가 「눈으로 愛人아 오너라」에서 “지금

---

12 게오르그 루카치, 『소설의 이론』, 반성완 역, 심설당, 1998, 76쪽.
13 김명순은 1896년 평안남도 평양군에서 장녀로 태어났는데, 호적상으로는 장녀였지만 서녀(庶女)였기 때문에 유교적 관습에 억눌려 항상 그늘을 안고 성장했다. 김명순은 그것을 극복하려고 이화학당을 거쳐 동경여자전문학교 문과에서 수학했다. 최혜실, 『신여성들은 무엇을 꿈꾸었는가』, 생각의나무, 2000, 345~356쪽.

울고, 아아 胸骨이불어오르드록 또울어,/蠟燭液갓흔뜨거운눈물노"라고
한 것, 홍사용이 「나는 王이로소이다」에서 "그러나 그러나 눈물의 王—
이 세상 어느 곳에든지 설움이 있는 짱은 모다 王의 나라로소이다"라고
한 것, 박영희가 「月光으로 짠 病室」에서 "한숨과눈물과後悔와憤怒로/
알는내마음의臨終이"라고 한 것 등에서 보듯이 눈물의 정서가 지배적이
었다.[14]

그렇지만 시인들의 눈물을 무조건 비판할 것은 아니다. 오히려 시인들
의 자유로운 감정의 표현이 형식에 구애받지 않는 자유시를 형성하는 데
지대한 역할을 했다고 볼 수 있다. "열정은 끓어오르지만 나아갈 지평이
열리지 않을 때 파편적이기는 하지만 스스로를 담을 수 있는 긴 호흡의
문학적 양식이 장형의 서정시로 표출되었던 것이다."[15] 따라서 김명순이
「조로의 화몽」에서 보인 화자의 눈물은 절망하는 시대인의 모습으로 이
해할 수 있을 것이다.

그렇지만 김명순은 자아 인식의 지향을 눈물에만 의지하지 않았다. 또
다른 면에서는 "그러나눌리엇든우리들을/解放하는노래가들려지오니/
우리는쑴길을버립시다//愛人이시어愛人이시어/여긔幽玄境의길에/길

---

14 1920년대의 자유시에서 눈물이 지배적으로 표출된 것은 3·1운동의 실패에 따
    른 좌절과 절망으로 인한 감상적 정서를 제어하기 어려웠기 때문으로 볼 수 있
    다. 점점 고착화되어가는 식민지 체제의 암울한 현실에서 살아가야만 하는 시
    인들의 절망이 깊은 것이었다. 그 좌절과 절망을 극복하고자 1920년대 중반에
    이르러 '역의 예술'을 내세운 카프문학이 등장한다.

15 최동호, 『한국 현대시의 의식현상학적 연구』, 고려대학교 민족문화연구소, 1989,
    271쪽.

이잇스니이리오십쇼"(「蠱惑」)라고 지극히 이성적인 태도를 보였다. 감상적이거나 절망적이지 않고 자신이 발 딛고 있는 토대 위에서 냉철하게 '해방'의 노래를 부른 것이다. 또한 「탄실의 初夢」에서 "왼하날이 그에게 呼吟하다/『前進하라 前進하라』/그는 어린양갓치/두려움에 몰니여서/헐 버슨몸 썰면서도/한업시 다라낫다"라고 굽히지 않고 자신의 길을 향해 나아갔다. 그러한 면은 『생명의 과실』의 머리말에서도 여실히 나타나고 있다.

> 이短篇集은 誤解밧아온 젊은 生命의 苦痛과 悲歎과 咀呪의 여름
> 으로 世上에 내노음니다.

『생명의 과실』의 머리말은 이처럼 아주 짧은데, "오해밧아온" 상황이란 다름 아니라 여성으로서 남성 지배적인 유교 사회에서 겪어야 했던 이러저러한 불이익이었을 것이다. 김명순에게 그 오해는 "젊은 생명의 고통과 비탄과 저주"처럼 심한 상처를 받는 것이었다. 그만큼 유교적 관습과 제도가 지배하는 사회에서 여성의 존재가 열악한 사실을 나타내주고 있다. 그럼에도 불구하고 김명순이 꾸준히 창작 활동을 해 "여름"을 즉 열매를 "세상에 내노"은 것은 의미 있는 일이다. 여성 시인으로서 자아 인식을 적극적으로 내세워 "여성에게 그들의 능력을 보다 더 자유롭게 발휘할 수 있는 기회를 부여한다면 인류 사회의 발전에 공헌할 수 있음"[16]

---

16 정의숙, 「여성 해방 운동의 이념」, 『여성학』, 이화여자대학교 출판부, 1998, 13쪽.

을 보여주었기 때문이다.

한편 김명순은 「조로의 화몽」을 발표할 즈음인 1922년 10월 『개벽』 제28호에 표현파 시 2편(프란츠 베르펠의 「웃음」, 헤르만의 「비극적 운명」), 상징파 시 2편(메릴링크의 「나는 차젓다」, 구르몽의 「눈」), 후기 인상파 시 1편(호레쓰 호레이의 「酒場」), 악마파 시 4편(앨런 포의 「大조」 「헤렌에게」, 보들레르의 「貧民의 死」 「저주의 여인들」) 등을 번역해서 발표했다. 인간의 소외감과 절박감을 언어의 해체를 통해 표현한 표현주의의 사조에 큰 영향을 받은 것으로 보이는데, 결국 김명순은 자유롭고 개방적인 시의 표현을 통해 자아 인식을 지향한 것이다. "나의몸을 마시옵소서, 내 지금 순간에 완전한것/영원히 이가티 살기를 위하야."(호레쓰 호레이, 「주장」)라거나, "저의숨겨잇는집/나는삼십년간차젓다, 누의야,/…(중략)…/그대는아즉젊다, 누의야,/어느곳이든지방황해보라,/나의행각의집행이를잡고, 누의야,/나와가티저를차저求하야."(메릴링크, 「나는 차젓다」)와 같이 자유로운 감정과 행동을 통해 자아를 인식하고 있는 것이다.

2) 남녀평등

김명순의 시에 나타난 자아 인식은 개인 차원에서 머무르지 않고 남녀평등의 추구와 연결된다는 점에서 큰 의미를 갖는다. 시문학은 본래 주관적 장르로서 자아의 내면을 표현하는 것이지만, 시인 역시 사회적 존재이므로 작품은 시대와 사회를 반영하는 산물이다. 시문학이 사회를 적극적으로 반영해야 한다는 요구는 "일찍이 우리 詩歌史에 있어서 개화기만큼 시가 그것이 현실에 적극적으로 참여하고 또 직접 행동으로 나타난 적은 없었다."[17]라는 견해가 있듯이 근대 이후에 더욱 확장되었다. 따라서 김명순이 자유시 형식으로 드러낸 남녀평등 인식은 사회적 존재로서 시대 상황을 적극 반영해낸 것이다.

> 조선아 내가너를 永訣할째
> 개천가에곡구러젓든지 들에피뽑앗든지
> 죽은屍體에게라도 더학대해다구
> 그래도 不足하거든
> 이다음에 나갓튼 사람이나드래도
> 할수만잇는대로 恣虐待해보아라
> 그러면서서로믜워하는 우리는영々작별된다
> 이사나운곳아 사나운곳아.
>
> —「遺言」전문

위의 작품에서 보듯이 김명순은 자신이 살아가던 조선 사회를 "사나운 곳아 사나운곳아"라며 분노하고 있다. 시인이 이렇게 경멸하는 가장 큰 이유는 "이다음에 나갓튼 사람이나드래도/할수만잇는대로 恣虐待해보 아라" 하는 자학적인 태도에서 볼 수 있듯이, 여성이라는 운명으로 인해 인간다운 가치를 인정받지 못하고 있기 때문이다. 그녀가 살아가던 시대 는 남녀평등이 실현되지 않아서 여성은 남성이 지배하는 사회의 관습과 제도에 구속될 수밖에 없었다. 그러므로 김명순은 "遺言"이라는 극단적

---

17   홍일식, 『한국 개화기의 문학사상 연구』, 열화당, 1991, 85쪽.

인 행동까지 자신의 남녀평등의 지향에 포함시키고 있다. "여자는 태어나는 것이 아니라 만들어지는 것이다"[18]라는 인식을 바탕으로 자주적인 자유, 즉 남성들이 타자로서 강요하는 수동의 세계에서 벗어나 자기를 발견하고 자기를 선택하는 진정한 여성의 해방을 추구한 것이다.

김명순의 남녀평등 인식은 동시대를 지배했던 '개조' 의식의 산물이라는 점에서 주목된다. 1920년대 중반기까지 유행된 개조 의식은 "우리는 문명이라는 말만 취할것이아니라 그내용을 취하여야 할것이며 우리는 개조하는 소리에만 싸를것이 아니라 개조할거리를 장만하여야 할것"[19]이라는 한 여성지의 창간사에서 쉽게 볼 수 있다. 또한 "改造! 改造! 이부르지즘은 全世界의곳으로붓터 싯가지놉흐게크게외쳐남니다. 참으로改造홀 써가온것입니다."[20]와 같이 다소 격앙되었음을 알 수 있다. 그만큼 1920년대에는 기존의 봉건 질서를 극복하고 개인의 자유를 추구하려는 의식이 팽배해 여성들 역시 남녀평등을 실현하려는 인식이 강했던 것이다. 그러한 단적인 면이 기존의 봉건사회로부터 "영ゝ작별"을 고하고 있는 모습이다. 그리하여 김명순은 기존의 사랑에 대해서도 비판적인 태도를 보였다.

> 길바닥에, 구을느는사랑아
> 주린이의 입에서 굴러나와
> 사람사람의 귀를흔들엇다

---

18   시몬 드 보부아르, 조홍식 역, 『제2의 성』, 을유문화사, 1998, 392쪽.
19   「창간사」, 『부인』 제1호, 1922. 6, 2쪽.
20   「창간사」, 『신여자』 제1호, 1920. 3, 2쪽.

『사랑』이란거짓말아.

처녀의가삼에서 피를쏩는아귀야
눈먼이의 손길에서 부서저
착한녀인들의 한을지엿다
『사랑』이란거짓말아.

내가 밋업지안은 밋업지안은너를
엇던날은맛나지라고 긔도하고
엇던날은 맛나지지말나고 념불한다
속히고 또속히는단순한 거짓말아.

주린이의 입에서 굴너서
눈먼이의 손길에 부서지는것아
내마음에서 사라저라
오오『사랑』이란거짓말아!

— 「咀呪」 전문

　"처녀의가삼에서 피를쏩는아귀야/눈먼이의 손길에서 부서저/착한녀
인들의 한을지엿다/『사랑』이란거짓말아!"라고 토로하고 있듯이, 남성에
게 종속된 여성의 "사랑"이 얼마나 모순된 것인가를 여실하게 그려놓고
있다. 자신의 주체성을 상실한 사랑은 결코 인격적이고 평등한 관계를
이룰 수 없음을, 여성인 자신이 처한 형편을 통해 확인하고 있다. 그러한
모습을 "처녀의가삼에서 피를쏩는아귀야"라고 첫 행에서부터 적나라하
게 드러내고 있는 것이다.

　또한 "주린이의 입에서 굴너서/눈먼이의 손길에 부서지는것아"라고
했듯이, 사랑이란 어떤 관념적이고 추상적인 대상이 아니라 지극히 현

실적인 인간사라는 것을 일러주고 있다. 베벨이 엥겔스와 마찬가지로 여성에게 불리하게 되어 있는 모든 억압적 조건은 자본주의 사회의 본질에 그 기반을 두고 있다고 진단했듯이[21] "주린이의 입"의 상황은 여성에게 불리한 사랑을 낳게 하는 조건이다. 따라서 사랑은 입으로만 이루어지는 것이 아니라 정신과 행동이 함께할 때, 나아가 남녀 간에 인격적이고 평등한 관계가 이루어질 때, 진정으로 가능한 것이다.

"사랑"이란 어떤 고정된 대상이 아니라 마치 "길바닥에, 구을느는" 것처럼 각자가 선택하고 만들어가는 대상이다. "속히고 쏘속히는단순한 거짓말"이라고 할지라도 "엇던날은맛나지라고 긔도하"게 되는 것처럼 인간에게 필요한 대상인 만큼 책임이 요구되는 것이다. 주체적이지 못하면 사랑을 이루지 못한다. 김명순은 그 점을 여성으로서 인지하고 거짓 사랑을 마음속에서 지우고 또 지우고 있는 것이다. 결코 남성에게 종속되는 존재가 되지 않겠다는 것이다.

김명순이 「유리관속에」에서 "琉璃棺속에서 춤추면살줄밋고/일하고 공부하고사랑하면/재미나게 살수잇다기에/믿업지안은 세상에사러왓섯다,/지금이뵈는듯 마는듯한 서름속에/生葬되는 이답답함을 엇지하랴/미련한나!/미련한나!"라고 자신을 반성하고 있는 것도 마찬가지이다. 자신을 주체적으로 변화시켜야 함을 깨닫고 있는 것이다. 사랑의 대상은 사랑하기 이전에 존재하는 것이 아니라 사랑으로 인해서 생겨나는 것이다. 사랑이 기존의 다른 요소들의 결합이 아니라 완전히 통합이란 사실은 이런 점에

---

21 정의숙, 「여성 해방 운동의 이념」, 『여성학』, 이화여자대학교 출판부, 1998, 20쪽.

서 분명해진다. 사랑의 핵심은 종(種)의 보존이나 발전, 또는 상대에 순종하는 것이 아니라 오직 자신이 주체적으로 포용하는 데에 있는 것이다.[22]

이처럼 김명순의 여성해방 인식은 기존의 유교적 관습과 제도에 대항하여 남녀평등을 실현하려는 것이었다.[23] 이러한 인식은 이해조가 「자유종」에서 여성 교육의 필요, 남녀 차별의 폐지, 사회적 기회균등 등으로 제시했지만 관념적인 것이어서 진정성이 없었다. 또한 이광수가 『무정』에서 보다 논리 정연하게 남녀평등의 필요성을 제시했지만 역시 추상적인 것으로 진정성이 없었다. 『무정』은 뚜렷한 언어관에 의해 씌어져 한글 문체를 완성시킨 작품이기도 하지만, 선구적인 연애소설이라는 점에서도 중요하다. 기존의 가족제도의 표상으로 그려지고 있는 "박영채"와 자유연애의 가능성을 보여주는 "이형식"과 "김선형" 사이의 삼각관계는 당대의 사회의 풍속적 갈등을 가장 예리하게 포착한 설정이며, 옛날의 가치 제도와 새 가치 제도 사이의 찢김을 그대로 드러낸다. 그러나 『무정』의 자유연애는 추상적인 가치로 제시되고 민족의식과 작위적으로 결부되어

---

22 가이 오크스, 『게오르그 짐멜 : 여성문화와 남성문화』, 김희 역, 이화여자대학교 출판부, 1993, 156쪽.

23 김명순의 주체적인 사랑 인식은 동시대의 여성 시인인 나혜석의 작품에서도 볼 수 있다. 나혜석은 「인형(人形)의 가(家)」에서 "남편과 자식에게 대한/의무같이/내게는 신성한 의무"가 있다고, "나를 사람으로 만드는/사명의 길을 밟"아야 한다고, 그것이 사람다운 "사람이 되"는 길이라고 주장하고 있다. 나혜석은 그 길을 자각하기 전까지 자신은 마치 전통 가족에 얽매였던 "노라"와 같다고 토로하고, "엄밀히 막아논/장벽"의 문을 여는 것, 즉 남성이 지배하는 사회의 제도와 윤리 또는 관습으로부터 탈출하는 것이 필요하다고 역설했다.

가족제도의 모순을 극복할 수 있는 상태로까지 나아가지 못했다.[24] 따라서 김명순이 주창한 남녀평등 인식이 보다 절실하고 진실한 것이었다고 볼 수 있다.

1920년대 신여성 시인들의 남녀평등 인식은 이미 앞에서 언급했듯이 개조 의식의 일환이었다. 양(洋)이나 신(新)보다도 적극성을 띤 '개조'[25]는 약육강식이 지배하는 세계 질서를 지켜보면서 문물을 발달시켜야 한다고 생각했고, 따라서 기존의 봉건 질서에 얽매인 관습, 윤리, 제도, 생활 등에서 과감히 벗어나는 의식이 필요하다고 본 것이다. 따라서 개조 의식에는 봉건 질서로부터 해방되어 자유를 획득하려는 의식과 하루가 다르게 침탈해 들어오는 서구의 열강들로부터 주체성을 지키려는 의식이 내재되어 있다. 이런 점에서 김명순이 지향한 자아 인식과 남녀평등 사상은 민족 현실까지 반영하는 것이었다.

24 김윤식·김현, 『한국문학사』, 민음사, 1989, 127쪽.
25 개조는 개항을 즈음해서 등장한 양(洋)이나 신(新)의 의식보다도 적극성을 띠는 개념이었다. 양(洋)에는 아직 근대에 대한 지향점이 설정되지 않았다. 개항 이전 외국에서 은밀하게 들어온 박래품(舶來品)은 조선인들이 못 본 것들이어서 호기심의 대상이 되었는데, 그 물건들을 소유할 수 있는 사람은 소수의 지배계급뿐이어서 양(洋)은 민중성 내지 보편성을 띨 수 없는 한계가 있었다. 한편 신(新)은 양(洋)에 비해 보다 적극적인 면을 띠었다. 신문물·신학문·신여성·신가정·신생활·신문화·신교육·신소설·신연극·신사고 등 새로운 대상에는 신(新) 자가 유행어처럼 붙었는데, 그만큼 새로움을 지향하는 시대인들의 욕구가 컸던 것이다. 기존의 것들은 구(舊)에 속하므로 모두 버리고 새로운 것들을 적극적으로 수용해야 된다는 신(新)의 태도는 서구의 문물을 문명이라고 여기는 면이 보다 직접적이었다. 개조는 양(洋)이나 신(新)의 의식보다도 적극성을 띠고 제창되었다. 김진송, 『서울에 딴스홀을 許하라』, 현실문화연구, 1999, 23～27쪽.

3) 민족 해방 의식

김명순의 시 작품에서 새롭게 조명되어야 할 또 다른 면은 민족 해방 의식이다. 김명순의 자아 인식과 남녀평등 사상이 결국 일제의 강압이 진행되는 시대 상황에 영향받은 것이므로 그의 민족 해방 의식과 당연히 연결된다고 볼 수 있다. 따라서 동시대의 그 어떤 시인보다도 민족 해방 의식을 여실히 담고 있는 김명순의 시작품은 새롭게 조명될 필요가 있다.

> 늙은兵士가 잇서서
> 오래 싸왓는지라
> 왼몸에 傷處를 밧고는 싸흠이시려서
> 軍器를 호미와 괭이로갈앗섯다.
>
> 그러나 밧고랑은 거세고
> 地主는 사나우니
> 씨를쌜리고 김은매여도
> 秋收는 업섯다.
>
> 이에 늙은 兵士는
> 답답한회포에 졸려서
> 날마다 날마다 낫잠을자드니
> 하루는 총을쏘는듯이 가위를눌넛다.
>
> 아— 이상해라 이 兵士는
> 軍器를 버리고 자다가
> 꿈가운데서 싸왓든가
> 왼몸에 멍이드러죽엇다.

사람들이 머리를 빗트럿다
자나쌔나 싸홈이잇슬진대
사나죽으나 쪽갓틀것이라고
사람마다 두팔에힘을 내쏩앗다.

　　　　　　　　　　　　　—「싸홈」 전문

"그러나 밧고랑은 거세고/地主는 사나우니/씨를쑵리고 김은매여도/
秋收는 업섯다."라는 표현에서 잘 나타나고 있듯이 일제의 농지 수탈은
이루 말할 수 없었다. 일제는 1912년 토지조사사업을 실시해 조선의 농
토를 막대하게 빼앗았고, 1920년에는 산미증산계획을 실시해 조선의 양
곡을 약탈해갔다. 그리하여 일본으로 건너간 쌀의 양은 1930년대에 이
르러서는 1910년대의 8배나 증대되어[26] 조선인들의 식량난은 매우 심각
했다. 그 결과 조선인들은 급속히 소작농으로 전락하거나 화전민이 되
거나 도시 노동자로 내몰렸고, 심지어 만주 · 시베리아 · 하와이 · 사할
린 · 멕시코 · 일본 등지로 떠나가게 되었다. 또한 조선인들은 잡곡밥이
나 죽으로 연명하는 경우가 대부분이었고 소나무의 속껍질을 벗겨서 방
아에 찧은 송기떡이나 술찌끼나 밀기울 등으로 연명하기도 했다. 흉년이
든 때에는 초목의 뿌리나 나뭇잎으로 연명했고 심지어 백점토를 먹거나
아내와 딸자식을 중국인이나 일본인들에게 팔기까지 했다.[27]

26　1912~1916년 사이의 쌀 대일 수출량이 1,056,000석이던 것이 1932~1936년
　　에는 8,577,000석으로 늘어났다. 한 사람당 연간 쌀의 소비량이 0.7188석이던
　　것이 1930년대에 들어서는 0.4017석으로 줄어든 것이다. 고려대학교 민족문화
　　연구소 편, 『한국문화사대계 Ⅱ』, 1965, 906쪽.
27　강인희, 『한국식생활사』, 삼영사, 2000, 424~432쪽.

따라서 "자나쌔나 싸홈이잇슬진대/사나죽으나 쏙갓틀것이라고/사람마다 두팔에힘을 내쏩앗다."라는 작품의 끝맺음은 설득력이 있다. 정면으로 대항하거나 가만히 누워서 잠을 청해도 "왼몸에 멍이드러죽"는 것은 마찬가지이므로, 적극적으로 대항하려는 의지가 필요한 것이다. "왼몸에傷處를밧고는 싸홈이시러서/軍器를 호미와 괭이로갈앗섯다."와 같은 현실 회피로는 결코 주권을 지킬 수 없음을 김명순은 인식하고 있는 것이다. 이처럼 김명순의 작품은 동시대의 그 어느 시인보다도 민족적 저항을 여실하게 그리고 있다.

> 귀여운내수리 내수리
> 힘써서 압흐다는 말을말고
> 곱게참아 겟세마네를넘으면
> 극락의문은 자유로열니리라.
>
> 귀여운내수리 내수리
> 흘닌쌈과 피를다씻고
> 하는웃고 쌍녹는곳에
> 골엔 노래흘니고 들앤쏫피자
> 그대가세상에 업섯던들
> 무엇으로 승리를바라랴.
>
> 그쌔까지조선의민중
> 너희는피쌈을 흘니면서
> 가티살길을 준비하고
> 너희의귀한 벗들을 마즈라.
>
> ──「귀여운 내수리」 부분

"수리"는 매과의 수리속(屬)에 속하는 맹금으로 힘이 세고 부리와 발톱이 크고 날카롭다. 김명순이 그 "수리"를 "내"와 같다고 동료 의식을 나타낸 것은 민족이 결코 추락하지 않고 언젠가는 창공으로 날아오를 것이라고 믿고 있기 때문이다. 그리하여 "곱게참아 겟세마네를넘으면/극락의 문은 자유로 열니리라."고, 아프고 힘들어도 좌절하거나 포기하지 않고 인내하고 있으면 민족 해방의 날은 열릴 것이라고 예견하고 있다. 마치 이육사가 「광야」에서 "다시 천고의 뒤에/백마 타고 오는 초인이 있어/이 광야에서 목놓아 부르게 하리라"라고 예견한 목소리와 같은 희망을 나타내고 있는 것이다. 그러므로 작품의 끝에서 "그째까지조선의민중/너희는피쌈을흘니면서/가티살길을 준비하고/너희의귀한 벗들은 마즈라"라고 민족단결을 역설하고 있는 것은 공감대를 형성한다. 민족의 주체성과 자부심을 충분히 살려주고 있는 것이다.

이처럼 김명순의 민족 해방 의식은 1920년대의 시단에서 단연 선구자적인 것이다. 단재 신채호가 이미 민족 해방을 추구한 시를 쓰기는 했지만 김명순은 이상화, 윤동주, 한용운, 이육사 등보다도 앞서서 확고하게 추구한 것이다. 따라서 김명순의 민족 해방 의식을 근대 문학사 연구에서 전면적으로 부각시킬 필요가 있다. 그리고 김명순을 위시해 1920년대 신여성 시인들의 자아 인식이나 남녀평등 사상을 민족 해방 의식과 연계시킬 필요가 있다. 민족 해방 의식은 지성을 갖춘 1920년대의 신여성 시인들이 지향한 또 다른 좌표이기에 인정할 필요가 있는 것이다.

3. 김명순 시 세계의 의의

1920년대 신여성들의 세계 인식을 변화시키는 데에는 근대 교육의 영향이 컸다. 『독립신문』을 비롯해 동시대의 선각자들은 남성의 교육뿐만 아니라 여성의 교육 문제를 민족의 과제로 제시했다. 그 결과 근대 이전의 여성들은 족보에 오르지 못했을 뿐만 아니라 삼강오륜에 구속되어 칠거지악(七去之惡), 삼종지도(三從之道) 등의 윤리에 복종해야 되었는데, 근대 교육을 통해 자신의 사회적 자아를 자각하고 숙명론을 주체적으로 극복해나가기 시작했다.

신여성들의 세계 인식을 변화시키는 데에는 또한 동시대에 발행된 여성지들의 역할이 컸다. 근대 여성지는 1906년 6월 『가뎡잡지(家庭雜誌)』가 발간된 뒤 『신가정(新家庭)』(1921.7), 『신여성(新女性)』(1923.10) 등을 비롯한 여러 여성지가 간행되어 신여성들의 연애, 결혼, 가정생활, 가정 위생, 여가, 예술, 미용, 문예 등을 이끌었다.

이러한 시대적 흐름과 함께 등장한 김명순은 동시대의 신여성 시인들 중에서 단연 앞선 위치에 있었고, 남성 작가들에 비해서도 결코 뒤지지 않는 작품 활동을 했다. 김명순은 1917년 동경 유학 시절 『청춘』의 현상문예 모집에 단편소설 「의심의 소녀」가 당선된 최초의 여성 작가였고, 1925년에는 『생명의 과실』이라는 시집을 간행한 최초의 여성 시인이었다. 이런 점에서 김명순은 근대적 여성 인식을 갖춘 본격적인 시인 및 작가의 등장이라는 의의를 갖는다.

김명순의 시 세계는 우선 자아 인식을 추구한 면을 들 수 있다. 「조로의 화몽」 「고혹」 「탄실의 초몽」 등에서 보듯이 서구의 여성 해방론과 마

찬가지로 자아 인식을 바탕으로 여성으로서의 자유의지를 강하게 나타
내었다. 시인이란 자기 존재를 성찰하는 사람인데, 김명순은 한 여성으
로서의 자아를 적극적으로 인식한 것이다.

김명순의 자아 인식은 남녀평등 사상으로 보다 구체화되어 나타났다.
「유언」 「저주」 「유리관 속에」 등을 통해 여자도 남자와 마찬가지로 동등
한 존재라고 보고, "사회상 여자에게 요구되는 도덕이나 품행이 남자에
게도 똑같이 요구되어야 한다"[28]고 주장한 것이다. 김명순의 남녀평등
사상은 기존의 봉건 질서를 극복하려는 개조 의식의 산물이라는 점에서
도 주목된다.

김명순의 자아 인식과 남녀평등 사상은 민족 해방 의식과 연결되기 때
문에 더욱 주목된다. 「싸홈」 「귀여운 내수리」 등에서 주권을 상실한 일제
식민지 상황에 함몰되지 않고 민족의 주체성을 지키려고 한 면이 역력하
다. 따라서 김명순의 여성 인식은 자기애를 바탕으로 민족 해방을 추구
했다는 의미를 갖는다.

자기애는 이기적인 것이 아니다. 이기적인 사람은 자기 자신에게만 관
심이 있을 뿐 다른 사람의 입장에 대해서는 관심을 갖지 않는다. 모든 것
을 자신을 위하는 방향으로만, 자기 이익의 차원에서만 다른 사람을 대
한다. 따라서 이기적인 사람은 자신을 사랑하는 것 같지만 실제로는 자
신을 돌보지도 지키지도 못하고 다른 사람을 사랑하지도 못한다. 이와
반대로 자기애가 강한 사람은 다른 사람을 사랑한다. 자신을 사랑하므로

---

28 최화성, 『조선여성독본』, 백우사, 1949, 58~59쪽

다른 사람을 자기만큼 사랑하는 것이다.[29]

　김명순이 자신의 시 작품에서 민족 해방 의식을 나타낸 것 역시 자신을 사랑하기 때문에 가능한 일이었다. 자기애를 대상애로, 즉 자아 인식을 남녀평등, 민족 해방 의식으로 확장시킨 것이다.

29　에리히 프롬, 『사랑의 기술』, 이완희 역, 문장사, 1983, 79쪽.

한용운의 시에 나타난 '님'의 이성성(異性性)

1. 들어가며

　만해(萬海) 한용운의 시 세계에 대한 그동안의 많은 연구들은 대체로 '님'의 규명에 집중되었다. 『님의 침묵』에 등장하는 '님'이 과연 누구인가를 해명하고 분석하고 그 의미가 무엇인가를 연구해온 것이다. 그 결과 대체로 '님'을 민족,[1] 조국,[2] 조선,[3] 불타,[4] 불교적 진리[5] 등으로 보았는데

---

1 "선생의 평생의 '님'은 '민족'이었다."(조지훈, 「민족주의자 한용운」, 『사조』 제1권 제5호, 1958.10, 86쪽)

2 "그의 님은 민족도 불타도 이성도 아닌 바로 일제에 빼앗긴 조국이었다."(정태용, 「현대시인연구 Ⅲ」, 『현대문학』 제29호, 1957.5, 192쪽)

3 "두말할 것 없이 만해의 님은 「조선」일 것이다."(신석정, 「시인으로서의 만해」, 『나라사랑』 제2집, 1971.4, 26쪽)

4 "임의 본질은 불타와의 합일체로서 '진여'와 '현실'의 합일된 차원"(송석래, 「님의 침묵 연구」, 『동국대국어국문학논집』 제5집, 1964.7, 110쪽)

5 "님은 우리가 사랑하고 찬송해야 할 모든 대상과 깨달음을 뜻한다."(송욱, 『님의 침묵 전편 해설』, 과학사, 1974, 18쪽)

자연,[6] 중생,[7] 시적 대상,[8] 마음,[9] 불완전한 존재[10] 등으로 보는 견해도 있었다. 어떤 연구는 한 가지에 비중을 두었고 어떤 연구는 두세 가지에 비중을 두었으며 심지어 모든 대상을 포함하는 연구도 있었다.[11]

사실 만해의 시에 등장하는 '님'의 정체를 단적으로 말하기는 어렵다. 어떤 때는 불타(佛陀)가 되고 어떤 때는 조국이나 민족이 되고 어떤 때는 자연이 되고 어떤 때는 중생이 되고 어떤 때는 시적 대상이 될 수 있기 때문이다. 그렇지만 '님'의 정체로 모든 대상을 인정하는 것만이 올바른 연구 자세라고 말할 수는 없다. 만해의 '님'을 다양한 대상들로 받아들이면

---

6 "님은 어떤 때는 佛陀도 되고 自然도 되고 日帝에 빼앗긴 祖國이 되기도 하였다."(조연현,『한국 현대 문학사』, 성문각, 1974, 434쪽)

7 "시인이 잃어버린 祖國과 自由요 또 불교적 진리이자 중생이기도 하다."(백낙청,「시민문학론」,『창작과비평』제14호, 1969. 여름, 490쪽 ; 박노준 · 인권환,『만해 한용운 연구』, 통문서관, 1960, 144~150쪽)

8 "님이란 바로 시인이 추구하고 있는 시적 대상이다."(이어령,『시 다시 읽기』, 문학사상사, 1995, 253쪽)

9 "「님」이란 어떤 對象이나 境地가 아니라 차라리 그러한 것을 깨달을 수 있는 認識論的 根源인 「心」이 될 수 있다."(이인복,『소월과 만해』, 숙명여자대학교 출판부, 1979, 109쪽)

10 "님은 완전한 모습으로 이 세계 안에 존재하지도 전혀 不在하지도 않고 그것을 갈구하는 者의 끊임없는 豫期와 모색의 실천 속에 불완전한 모습으로 나타난다."(김흥규,『문학과 역사적 인간』, 창작과비평, 1980, 21쪽)

11 대부분의 연구가 '님'을 복합적인 대상으로 보고 있는데, 김재홍의 경우가 그 대표적인 예이다(김재홍,『한용운 문학 연구』, 일지사, 1996, 89쪽).

현실태…주관적 · 개인적 의미…연인(소멸과 생성의 변증법)

님 가능태…공통적 · 규범적 의미…조국, 민족, 불타 구조적 개념

이념태…이념적 · 지향적 의미…정의, 진체, 무아

무난한 연구가 될 수 있겠지만 만해 시의 성격을 오히려 약화시키는 것이다. 따라서 만해의 시 작품에 등장하는 '님'의 정체를 새롭게 찾는 것은, 또 집중적으로 고찰하는 것은 다양한 연구의 차원에서 중요한 일이다.

지금까지 만해의 '님'에 대한 연구에서 공통적으로 나타난 사실은 '님'을 욕망의 대상으로 보지 않았다는 점이다. '님'을 연인으로 인정한 경우에도 성적 대상으로 본 경우는 없다. 그러한 면은 "萬海의 시에 있어서 마쏘히즘이 – 현대 심리학이 그것을 심층심리와 어떻게 관련시키든 간에 직접적인 의미에서 성적 쾌락의 표현이라고 보기는 어렵"[12]다거나, "한 여성의 애인에 대한 지극한 정성을 노래한 이 한 권의 시집은 그 연애를 연애로 볼 수 없"[13]다, "萬海의 키쓰는, 부처'님'의 중생과 다르지 않고 하나(生佛一如)라고 하는 대승불교 혹은 대승선의 철저한 신념이 빚어낸 표현이라고 생각할 때에만, 우리가 그의 진의에 가까워질 수 있으리라",[14] "여성주의는 감정적 호소력을 유발하기 위한 표면적 기법일 뿐이고 실상은 저항과 극복정신이 그 내면에 잠재해 있"[15]다 등의 주장에서 여실히 확인할 수 있다.

그렇다면 만해의 '님'을 성적 대상인 연인으로 생각해볼 수 있지는 않을까? 『님의 침묵』에 수록된 88편은 '님'을 직접적으로 호칭하거나 그에 상응하는 '당신'을 사용하고 있는데[16] 과연 불타, 불교적 진리, 조국, 민

---

12 오세영, 「마쏘히즘과 사랑의 실체」, 김학동 편, 『한용운 연구』, 새문사, 1999, Ⅲ
    -27쪽.
13 김학동 편, 『한용운 연구』, 새문사, 1999, Ⅱ-6쪽.
14 송욱, 『한용운 시집 님의 침묵 전편 해설』, 일조각, 1997, 434쪽.
15 김재홍, 『한용운 문학 연구』, 일지사, 1996, 89쪽.

족, 중생, 시적 대상 등으로만 규정할 수 있을까? 만해가 독립운동가, 선 승, 시인으로서 정점을 이루었기 때문에 기존의 연구는 타당한 것으로 볼 수 있지만, 오히려 그 외면적인 면에 지나치게 영향받은 것은 아닐 까? 따라서 '님'을 근원적인 대상으로 새롭게 인식하는 것이 필요한데, 그 시도가 이 글의 목적이다. 단도직입적으로 말해서 만해의 '님'은 이성 적 자연인, 즉 연인인 것이다. 우선 그 단서를 찾아보자.

「님」만 님이 아니라 긔룬 것은 다 님이다. 衆生이 釋迦의 님이라 면 哲學은 칸트의 님이다. 薔薇花의 님이 봄비라면 마시니의 님는 伊太利다. 님은 내가 사랑할 뿐 아니라 나를 사랑하니라.

戀愛가 自由라면 님도 自由일 것이다. 그러나 너희는 이름 좋은 自由에 알뜰한 拘束을 받지 않너냐. 너에게도 님이 있너냐. 있다면 님이 아니라 너의 그림자니라.

나는 해 저문 벌판에서 돌아가는 길을 잃고 헤매는 어린 羊이 긔 루어서 이 詩를 쓴다.

—「군말」 전문

위의 인용글은 『님의 침묵』의 서문에 해당하는 '군말'의 전문이다. '군 말'이란 췌언 내지 췌사로 군더더기 말이란 뜻이다. 그렇지만 위의 '군

---

16 『님의 침묵』의 호칭은 당신(39편), '님'(36편), 너(2편), 그(2편), 그대(2편), 애인(1편), 무호칭(6편) 등이다. 이인복, 『소월과 만해』, 숙명여자대학교 출판부, 1979, 104~ 112쪽.

말'은 만해가 자신의 시집에 수록된 작품들에 대해서 겸손하게 설명해 주고 있는 것으로 그의 시 세계를 이해하는 데에 매우 중요한 글이다.

이 글에서 만해는 "「님」만 님이 아니라 긔룬 것은 다 님이다"라고 표명하고 있다. '긔룬'[17] 대상 모두가 만해에게는 '님'이라는 것이다. 만해는 그 예로 중생은 석가의 '님'이고, 철학은 칸트의 '님'이며, 봄비는 장미화의 '님'이고, 이탈리아는 혁명과 통일을 위해 싸운 혁명가 마치니(Giuseppe Mazzini, 1805~1872)의 '님'이라는 사실을 들고 있다. 종교적인 면, 사상적인 면, 자연적인 면, 정치적인 면 등이 모두 망라되어 있는데, 결국 만해는 우주 만물의 모든 대상을 '님'이라고 본 것이다. 따라서 기존의 연구에서 '님'을 조국, 민족, 불타, 불교적 진리, 민중, 시적 대상 등으로 규명한 것은 타당하다고 볼 수 있지만, 한계점도 지니고 있다. 다름 아니라 '님'의 대상 중에서 이성적(異性的) 존재를 포함시키지 않고 있기 때문이다. 이성의 연인도 만해가 언급한 모든 긔룬 대상에 해당되는 자격이 분명 있는데도 불구하고 지금까지 지나치게 무시한 것이다.

'군말'에서 "「님」만 님이 아니라 긔룬 것은 다 님이다."라고 했을 때 제일 앞의 '님'은 분명 이성의 연인을 가리킨다. 이는 "긔룬 것은 다 님이다"라고 이어지는 말에 의해 부정되고 있지만, 연인으로서의 '님'이 우선적 위치에 놓인 것은 분명하다. 더욱이 그 '님'을 작은따옴표 안에 넣고 있는

---

17 '기룬 것', '기룬', '기루어서' 등은 '그립다'가 변화한 말. 송욱,『한용운 시집 님의 침묵 전편 해설』, 일조각, 1997, 17쪽. 그러나 다른 견해도 있다. "'그룹다'란 말은 '그립다', '기릴 만하다', '안스럽다', '기특하다' 등 폭넓은 뜻을 가진 좋은 낱말"이다. 이상섭,『님의 침묵의 어휘와 그 활용 구조』, 탐구당, 1984, 21쪽.

사실을 주시할 필요가 있는데, 특별히 강조한다기보다도 일반적으로 사용되는 것을, 즉 보편적으로 사용되는 면을 나타내는 것이다. 따라서 만해의 '님'에는 연인이 분명 존재한다. 이런 점에서 만해가 불자이고 독립운동가이고 시인이기 이전에 한 자연인이라는 사실을, 아울러 그가 창작한 『님의 침묵』 역시 한 자연인의 산물이라는 점을 인식해야 한다. 결국 만해의 '님'은 밀랍으로 봉할 수 없는 열린 대상으로 연기 관계를 형성하고 있는 수많은 인연 중에서 이성적인 존재가 되는 것이다.

만해의 '님'이 연인의 대상이라는 점은 "戀愛가 自由라면 님도 自由일 것이다"라고 이어지는 표명에서도 확인된다. '자유'의 우선적 주체가 '연애'이고 그에 따라서 '님'도 '자유'의 주체가 되고 있으므로, 이성에 대하여 애정을 느끼고 그리워하는 연정이 인간에게 가장 보편적이라는 사실을 나타내고 있는 것이다. 이처럼 만해의 『님의 침묵』에서 연인으로서의 '님'은 시 세계의 근저를 형성하는 요소이다.

그리하여 만해는 "해 저문 벌판에서 돌아가는 길을 잃고 헤매는 어린 羊이 괴로워서 이 詩를 쓴다"라고 하고 있다. 어린 양은 "이름 좋은 自由에 알뜰한 拘束을 받"고 있는 연인을 가리키는데, 만해는 그 연인을 안쓰러워하고 있다. 한 자연인으로서 "내가 사랑"하는 연인을 안쓰러워하고 그리워하고 그리고 "나를 사랑"한다고 믿고 있는 것이다.

2. 이성에 대한 욕망

『님의 침묵』의 화자는 "나에게 생명을 주던지 주검을 주던지, 당신의 뜻대로만 하서요./나는 곧 당신이여요.”(「당신이 아니더면」)라고 말하고 있는 데에서 볼 수 있듯이 여성이다. “당신”이라는 대명사는 부부간에 서로 상대방을 일컫는 말이지만 시작품의 어조에서 여성이라는 사실을 쉽게 알 수 있다. 표상된 것으로는 성의 구별이 나타나 있지 않지만 “여자는 태어나는 것이 아니라 만들어지는 것”[18]이라는 보부아르의 말처럼 사회적이고 문화적인 차원에서 알 수 있는 것이다.

　만해가 남성이라는 점을 생각해보면 『님의 침묵』에 등장하는 여성 화자는 아니마(anima)의 성격을 띤다. 남성의 무의식 속에 잠재되어 있는 여성적 특성을 나타내는 것으로, 여성의 무의식에 잠재되어 있는 남성적 특성인 아니무스(animus)가 정복감, 파괴, 영웅심, 운동 경기 등으로 충족되는 것에 비해 아니마는 슬픔, 이별, 애수, 죽음, 고뇌, 눈물, 병 등의 비극적 요소들에 의해 충족된다. 그런데 만해의 시는 여성의 목소리가 분명하게 들리고 있지만 아니마의 성향을 띠고 있지는 않다. 떠나간 ‘님’에 대하여 슬퍼하거나 애수를 자아내지 않고 오히려 다시 만날 것이라는 희망을 굳게 지니고 있다. 만해의 시는 “떠나간 님에 의해 이루어진 것이 아니라 오히려 님을 기다리는 쪽에서 쓰여졌으며, 기다림의 시간 속에 일어나는 다양한 모습을 빌려 떠나간 님의 실체를 화자가 부각하”[19]고 있는 것이다. 따라서 만해의 시에 나타나는 ‘님’은 소월의 시에 나타나는 ‘님’과는 차이가 난다. 소월의 시에는 ‘님’이 떠나버렸거나 장래에 떠날 것이 예정되어 있어 어디까지나 그립고 한스럽지만, 만해의 시에는 떠나

18　시몬 드 보부아르, 『제2의 성』, 조홍식 역, 을유문화사, 1998, 392쪽.
19　최동호, 『한용운』, 건국대학교 출판부, 2001, 122쪽.

간 '님'에 대한 기다림이 흔들리지 않고 있는 것이다.

그렇다면 만해는 왜 여성 화자를 택하였을까? 우리의 전통 시에 있어서 창작자가 남성인 경우 여성을 사모한 작품은 많지 않고, 그에 반해 사회의 체면으로부터 비교적 자유로운 기녀들이나 평민들의 민요풍 노래에서 연시를 찾아볼 수 있다. "사회적 지위에 있어서의 심한 불평등과 그것을 당연시하는 풍토 때문에 사랑의 노래는 불가불 여성 퍼스나를 택하지 않을 수가 없게 된"[20] 것이다. 또한 고려시대의 「가시리」는 물론이고 정철의 「사미인곡」, 김소월의 「진달래꽃」 등에서 볼 수 있듯이 실패한 사랑을 호소하는 경우 "남성보다 여성의 목소리를 택할 때, 더욱 보편적 공감의 폭을 확장"[21]할 수 있는 것이다. 즉 원형적 심상으로 볼 때 인간의 실패를 포용하고 새로운 생명력을 부여하는 모태로서 여성이 더 자연스러운 것이다. 만해의 시에 여성이 화자로 선택된 배경 역시 이러한 점들을 고려할 수 있을 것이다.

그렇다면 만해는 왜 자신을 낮춰가며 '님'을 찾고 있는 것일까? 그것은 '님'을 간절히 사랑하기 때문이다. 중생을 그룬 것으로 삼고 있었기에 석가는 비로소 석가가 될 수 있었고, 이태리를 그루어했기 때문에 마치니는 애국적인 정치가가 될 수 있었고, 철학을 향한 열정이 있었기 때문에 칸트는 철인(哲人)이 된 것과 마찬가지로, 만해는 사랑하는 사람을 간절히 품었기 때문에 '님'을 부른 것이다.

사랑의 실현은 실로 어려운 일이다. 중생을 일깨워주는 불자가 되고

---

20 유종호, 「임과 집과 길」, 김학동 편, 『김소월』, 서강대학교 출판부, 1998, 198쪽.
21 최동호, 『한용운』, 건국대학교 출판부, 2001, 78쪽.

나라를 위하는 애국자가 되고 인간의 실존을 고민하는 철학자가 되기도 어렵지만, 사랑하는 사람을 진정으로 사랑하는 일 또한 어렵다. 따라서 사랑하는 '님'에 대한 절대적 믿음은 무엇보다 필요한데, 만해가 떠나간 '님'에 대하여 슬퍼하거나 애수를 자아내지 않고 오히려 재회할 희망을 굳게 가지고 있는 것이 그 모습이다.

   의심하지마서요 당신과 써러저잇는 나에게 조금도 의심을두지
마서요
   의심을둔대야 나에게는 별로관계가업스나 부지럽시 당신에게
苦痛의數字만 더할쑨임니다

   나는 당신의첫사랑의팔에 안길째에 왼갓거짓의옷을 다벗고 세
상에나온그대로의 발게버슨 몸을 당신압헤 노앗슴니다 지금까지
도 당신의압헤는 그째에노아둔몸을 그대로밧들고 잇슴니다

   만일 人爲가잇다면 「엇지하여야 츰마음을변치안코 싯싯내 거짓
업는몸을 님에게바칠고」하는 마음쑨임니다
   당신의命令이라면 生命의옷까지도 벗것슴니다

   나에게 죄가잇다면 당신을그리워하는 나의「슯음」임니다
   당신이 가실째에 나의입설에 수가업시 입마추고「부대 나에게대
하야슯어하지말고 잘잇스라」고한 당신의 간절한부탁에 違反되는
까닭임니다

   그러나 그것만은 용서하야주서요
   당신을 그리워하는 슯음은 곳나의生命인까닭임니다
   만일용서하지아니하면 後日에 그에대한罰을 風雨의봄새벽의 落
花의數만치라도 밧것슴니다

당신의 사랑의동아줄에 휘감기는 體刑도 사양치안컷습니다
　　　당신의 사랑의酷法아레에 일만가지로服從하는 自由刑도 밧것습
니다

　　　그러나 당신이 나에게 의심을두시면 당신의 의심의허물과 나의
슯음의죄를 맛비기고 말것습니다
　　　당신에게 쩌러저잇는 나에게 의심을두지마서요 부지럽시 당신
에게 苦痛의數字를 더하지마서요

　　　　　　　　　　　　　　　　　　　　—「의심하지 마서요」 전문

　　사랑하는 사람에 대한 절대적 믿음이 "당신의 사랑의동아줄에 휘감기
는 體刑도 사양치안컷습니다"와 같은 마조히즘(masochism)적 자세로까
지 나타나고 있다. 마조히즘은 원래 변태적 성행위를 일컫는 용어로 자
신에게 고통을 가함으로써 성적 쾌감을 느끼는 것인데, 위의 화자 역시
'님'으로부터 학대받는 것을 두려워하거나 원망하지 않고 오히려 행복을
느낀다. 그리하여 사랑하는 사람의 동아줄에 휘감기는 체형도 사양하지
않겠다는 자세를 넘어 "당신의 사랑의酷法아래에 일만가지로服從하는
自由刑도 밧"겠다고 하고 있다. 자신의 몸을 학대하면서까지 쾌락을 누
릴 수 있는 사랑은 "당신의命令이라면 生命의옷까지도 벗"을 정도로 상
대방을 좋아할 때만, "엇지하여야 츰마음을변치 안코 씃씃내 거짓업는
몸을 님에게 바칠고」 하는 마음샏"과 같은 의지가 있을 때만 가능하다.
　　당신의 명령이라면 생명의 옷까지도 벗겠다는 자세는 종교적 고행의
면으로 보이기도 한다. 사실 마조히즘은 "서구에서는 기독교 신앙에 바
탕을 두고 자기 희생과 고행을 오히려 영적인 고양 또는 속죄를 하는 삶
의 태도"[22]로 인식되기도 한다. 그렇지만 이러한 경우는 종교적 고행

(asceticism)이라는 용어가 더 적합할 것이고, 위의 작품에서는 마조히즘적 사랑으로 보아야 할 것이다. 그렇게 보았을 때 "당신의첫사랑의팔에 안길 째"나 "발게버슨 몸을 당신압헤" 놓겠다는 표현이 내적 긴장감을 갖는다. 정신적인 면보다도 육체적인 사랑의 상황으로 받아들일 때 그 호소력이 인정되고 "당신을 그리워하는 슯음은 곳나의生命인까닭"에 사랑의 동아줄에 휘감기는 체형을 받겠다는 다짐이 설득력을 얻는 것이다. 그러나 자신의 생명까지 걸고 사랑한다는 것은 매우 어려운 일이다. 사랑하는 사람이 인간적 한계를 극복해줄 수 있는 대상으로 인식되어 그와의 육체적, 정신적 결합이 연속성을 준다고 생각하고 극단적인 행동을 할 수 있지만, 그 가능성은 매우 적은 것이고 또 바람직한 일도 아니다.

남들은 님을생각한다지만
나는 님을잇고저하야요
잇고저할수록 생각히기로
행혀잇칠가하고 생각하야보앗슴니다

이즈랴면 생각히고
생각하면 잇치지아니하니
잇도말고 생각도마러볼까요
잇든지 생각든지 내버려두어볼까요
그러나 그리도아니되고
씃임업는 생각생각에 님쑌인데 엇지하야요

귀태여 이즈랴면
이즐수가 업는 것은 아니지만

잠과죽엄쁜이기로
님두고는 못하야요

아아 잇치지안는 생각보다
잇고저하는 그것이 더욱괴롭습니다

— 「나는 잇고저」 전문

'님'에 대한 '남'과 '나'의 태도가 대비를 이루고 있는데, '님'에 대한 기존의 규명이 모순되는 것이 발견된다. 즉 '님'을 조국이나 불타 등으로 규명한 기존의 견해가 이 작품에서는 들어맞지 않는 것이다. 1, 2행을 기존의 연구에 맞춰 산문으로 풀어보면 '남들은 님을 생각한다지만/나는 님을 잊고저 하야요 → 남들은 조국(불타 등)을 생각한다고 하지만/나는 조국(불타 등)을 잊고자 해요'라는 뜻이 되어, 다른 사람들은 조국(불타 등)을 생각하지만 화자 자신은 잊으려고 한다는 것이므로 이치에 맞지 않는다. 조국(불타 등)을 잊는다는 것은 만해가 독립운동가였다는 사실을 생각할 때, 그리고 선승이었다는 사실을 생각할 때 특히 모순되는 면이다.

이 표현을 반어적으로 읽어도 마찬가지이다. '남들은 조국(불타 등)을 생각하지 않는다지만/나는 조국(불타 등)을 잊으려고 하지 않아요'가 되므로 화자의 입장에서는 가능한 이치이지만 전체적으로는 모순이다. 화자만이 조국(불타 등)을 생각하고 다른 사람들(특히 조선인들)은 조국(불타 등)을 잊고 있다는 것이 되므로 지나친 우월주의를 나타내고 있는 것이다. 따라서 위의 작품에서 '님'을 조국이나 불타 등으로 규명하기에는 무리가 있다.

이에 비해 '님'을 이성의 상대로 삼으면 자연스럽다. '남들은 사랑하는 사람을 생각한다지만/나는 사랑하는 사람을 잊고자 해요'라는 것은 충분히 가능한 일이다. 반대로 '남들은 사랑하는 사람을 생각하지 않는다지만/나는 사랑하는 사람을 잊고자 하지 않아요'라는 것도 마찬가지이다. 연인 간의 특수한 관계이므로 어느 경우든 가능한 일인 것이다.

그런데 그 '님'이 "잊고저할수록 생각"이나 "행여잇칠가" 하고 기대하지만 이루어지지 않는다. 오히려 잊으려고 할수록 생각이나 "잇도말고 생각도마러"보려고 해도 "그리도아니되고" "쉼임업는 생각생각"만 난다. '님'은 진정 잊을 수가 없다. "귀태여 이즈라면/이즐수가 업는 것은 아니지만" 그것은 "잠과죽엄쑨이"다. '님'을 사랑하는데 포기하고 잠을 자거나 죽는다는 것은 있을 수 없는 일이다. 오히려 '님'을 사랑하므로 강하게 살아남아야 하는 것이다. 따라서 화자가 "잠과죽엄"을 거부한 것은 성적 욕망을 직접적으로 추구한 것이라고 볼 수 없지만, 최대한 살아남아서 사랑하는 '님'을 소유하려는 욕망임에는 틀림없다. 그리하여 죽음보다 이별을 택하는 것이다.

아아 사람은 약한것이다 여린것이다 간사한것이다
이세상에는 진정한 사랑의리별은 잇슬수가 업는것이다
죽엄으로 사랑을바꾸는 님과님에게야 무슨리별이 잇스랴
리별의눈물은 물거품의쏫이오 鍍金한金방울이다

칼로베힌 리별의「키쓰」가 어데잇너냐
生命의쏫으로비진 리별의杜鵑酒가 어데잇너냐
피의紅寶石으로만든 리별의紀念반지가 어데잇너냐
리별의눈물은 咀呪의摩尼珠요 거짓의水晶이다

사랑의리별은 리별의反面에 반듯이 리별하는사랑보다 더큰사랑
이잇는것이다
  혹은 直接의사랑은 아닐지라도 間接의사랑이라도 잇는 것이다
  다시말하면 리별하는愛人보다 自己를더사랑하는것이다
  만일 愛人을 自己의生命보다 더사랑하면 無窮을回轉하는 時間
의수리박휘에 이끼가끼도록 사랑의리별은 업는 것이다

  아니다아니다 「참」보다도참인 님의사랑엔 죽엄보다도 리별이
훨씬偉大하다
  죽엄이 한방울의찬이슬이라면 리별은 일천줄기의꼿비다
  죽엄이 밝은별이라면 리별은 거룩한太陽이다

  生命보다사랑하는 愛人을 사랑하기위하야는 죽을수가없는것이
다
  진정한사랑을위하야는 괴롭게사는것이 죽엄보다 더큰犧牲이다
  리별은 사랑을위하야 죽지못하는 가장큰 苦痛이오 報恩이다
  愛人은 리별보다 愛人의죽엄을 더슲어하는까닭이다
  사랑은 붉은초ㅅ불이나 푸른술에만 잇는것이아니라 먼마음을
서로비치는 無形에도 잇는까닭이다
  그럼으로 사랑하는愛人을 죽엄에서 잇지못하고 리별에서 생각
하는것이다
  그럼으로 사랑하는愛人을 죽엄에서 웃지못하고 리별에서 우는
것이다
  그럼으로 愛人을위하야는 리별의怨恨을 죽엄의愉快로 갑지못하
고 슲음의苦痛으로 참는 것이다
  그럼으로 사랑은 참어죽지못하고 참어리별하는 사랑보다 더큰
사랑은 업는것이다

  그리고 진정한사랑은 곳이업다
  진정한사랑은 愛人의抱擁만 사랑할뿐아니라 愛人의리별도 사랑

하는것이다

　그러고 진정한사랑은 째가업다
　진정한사랑은 間斷이업서서 리별은 愛人의肉쑨이오 사랑은 無
窮이다

　아아 진정한愛人을 사랑함에는 죽엄은 칼을주는것이오 리별은
쏫을주는것이다
　아아 리별의눈물은 眞이요 善이요 美다
　아아 리별의눈물은 釋迦요 모세요 짠다크다

—「리별」 전문

　"生命보다사랑하는 愛人을 사랑하기위하야는, 죽을 수가 업"는 것이다. 정녕 "사람은 약한것이"고 "여린것이"고, 간사한것이"어서 "진정한 사랑의리별은 잇슬수가 업"다. '진정한 사랑'이란 완전한 사랑으로 다름아닌 죠르쥬 바따이유가 말한 '죽음'이다.[22] 그러나 죽음이 완전한 사랑의 세계라고 할지라도 인간 세계에 존재하지 않는 것이므로 아무 소용이없다. 그리하여 화자는 "죽엄으로 사랑을바꾸는 님과님에게야 무슨리별이잇"겠느냐고 반문한다. 죽음은 사랑을 위한다는 명분에 불과할 뿐, "물거품의쏫이오, 鍍金한金방울"이다. 외면적으로는 꽃과 금방울처럼 명분이 있어 보이지만, 언제 꺼질지 모르는 물거품의 꽃이고 언제 변색할지 모르는 금방울에 불과한 것이다.

　생명보다 사랑하는 애인을 사랑하기 위해서는 진정 죽을 수가 없다.

22　조르쥬 바따이유, 『에로티즘』, 조한경 역, 민음사, 1989, 20쪽.

오히려 "괴롭게사는것이 죽엄보다" 사랑하는 사람을 위한 "큰犧牲"으로 서 가치 있는 일이다. 살아 있으면서 겪안는 이별이야말로 "사랑을위하 야 죽지못하는 가장큰 苦痛이오, 報恩이다." "사랑은 붉은초ㅅ불이나 푸 른술에만 잇는것이아니라", 즉 제사를 올리며 기리는 것에 있는 것이 아 니라 살아남은 자가 "먼마음을 서로비치는 無形에" 있다. 사랑하는 사람 을 죽음으로 잊지 않고 "리별에서 생각하는 것"과, 죽음으로 웃지 않고 "리별에서 우는것"과, "리별의怨恨을 죽엄의愉快로 갑"는 것이 아니라 "슯음의苦痛으로 참는 것"이 보다 큰 사랑인 것이다. 그러므로 산 사람 에게 있어서 "참어죽지못하고 참어리별하는 사랑"이 가장 큰 사랑이다. 애인을 포용하는 것뿐만 아니라 애인과의 이별을 품는 것도 진정한 사랑 인 것이다.

화자가 이별을 사랑의 한 모습으로 수용하고 있는 것은 '님'에 대한 능 동적인 자세이다. 사랑하는 사람과의 이별을 절망이 아니라 포용과 희 망으로 삼고 있기 때문이다. "진정한愛人을 사랑함에는 죽엄은 칼을주 는것이오, 리별은 꽃을 주는것이다." "님은갓지마는 나는 님을보내지 아 니하얏"(「님의 침묵」)다고 믿는 것이다. 그 이별은 어디까지나 살아 있는 자로서 감수하는 것으로 '님'을 사랑하는 마음이 그만큼 강한 것이다. 죽 음으로 인한 정신적인 사랑보다도 삶으로 인한 육체적인 사랑을 욕망함 이다. 그 욕망이 있기에 만해의 시들은 현재까지 생명력을 지니고 있는 것이다.

3. 욕망의 기표인 '님'

라캉은 프로이트의 무의식 개념에 소쉬르의 언어관을 적용하여 욕망 이론을 체계화하였다. 소쉬르의 언어관이란 기표(signifiant)와 기의(signifié) 사이가 임의적인 관계라는 것이다. 그 때문에 기표의 의미는 기의에 의해 정해지기보다 다른 기표들과의 차이에 의해 규정된다. 따라서 기표는 상징적 세계를 구성하며 무의식을 구조화하는 욕망의 언어들이다.

일찍이 프로이트는 인간 정신의 구조층을 이드(id), 자아(ego), 초자아super ego)로 구분하였다.[23] 이드는 무의식이 지배하는 층으로 인간 정신의 근저가 되는데, 의식적이고 사회적인 규범으로부터 구속받지 않고 자유롭게 움직인다. 단지 쾌락의 원칙만을 역동적(dynamic)으로 추구하는 것이다. 그렇지만 이드는 자아의 억압에 의해 자신의 욕망을 유보한다. 자아는 지각적이고 의식적인 차원에서 현실을 관찰하고 검토하여 이드에 알리고 적응을 주선한다. 자아는 경제적(economic)인 현실원칙을 내세워 이드를 설득시키는 것이다. 그 결과 본능적 충족만을 추구하면 파멸의 구렁으로 빠져버리고 말 이드는 구원된다. 자아로부터 더 많은 성공을 약속받고 자신의 욕망을 조절하고 자제하는 것이다. 한편 자아는 인간이 사회생활을 영위하는 데 필요한 도덕적 가치와 사회적 규범인 초자아로부터 조종당한다. 결국 이드의 욕망은 자아와 초자아로부터 한층

---

23   지그문트 프로이트, 『쾌락을 넘어서 ─ 프로이트 전집 14』, 박찬부 역, 열린책들, 1997, 91~164쪽.

더 억압되는 것이다. 이드는 자신의 쾌락원칙이 도덕적 가치와 사회적 규범을 띠는 초자아로부터 조종받는 자아에 의해 조절되어 현실원칙에 적응한다. 그러나 이드는 자신의 욕망을 포기하지 않고 충족시키기 위해 끊임없이 기회를 엿보고 있다. 만해의 '님'은 그와 같은 욕망이 나타난 기표인 것이다.

> 나는 그들의사랑이 表現인것을 보앗습니다
> 진정한사랑은 表現할수가 업습니다
> 그들은 나의사랑을볼수는 업습니다
> 사랑의神聖은 表現에잇지안코 秘密에잇습니다
> 그들이 나를 하늘로오라고 손짓을한대도, 나는가지안컷습니다.
> 지금은 七月七夕날밤임니다.
>
> —「칠석」부분

화자는 "진정한사랑은 表現할수가 업"다고 말하고 있다. 진정한 사랑은 실제 불교의 공(空)의 세계와 마찬가지로 불립문자(不立文字)의 세계이다. 사랑은 볼 수 없고 만질 수 없고 소유할 수 없고 비밀스러운 것으로 마치 신(神)과 같은 대상이다. 그러나 사랑을 향한 인간의 욕망은 멈출 수 없고 끊임없이 요동치며 튀어나오려고 한다. 욕망이 자제되지 않고 튀어나왔을 때 이 세계의 질서와 체계는 프로이트가 제시했듯이 성립될 수 없을 것이다. 따라서 자아는 현실원칙을 내세워 이드를 조절하는데, 이것이 욕망의 기표이다. 만해가 진정한 사랑은 표현할 수 없는 것이라고 하면서도 견우와 직녀의 "사랑이 表現인것을 보앗"다고 한 것이 그 단적인 예이다.

사랑은 불립문자의 세계이지만 불리문자(不離文字)를 통해서만 볼 수 있는 것이다. 그리하여 "그들이 나를 하늘로오라고 손짓을한대도 나는 가지 안컷습니다"라고 단언하고 있다. 칠월 칠석날 견우와 직녀가 하늘에서 사랑하고 있는 것이 완성된 사랑으로 보이지만, 화자는 그곳을 동경하지 않고 자신이 발 딛고 있는 현재에 남겠다는 것이다. 진정한 사랑이란 초월로도 자기도취로도 안 되는 것이기에 육신이 존재하는 현실에서 추구하겠다는 것이다.

그렇다면 그 욕망이 완전히 충족될 수 있을까? 단적으로 말해서 그것은 불가능하다. 인간은 욕망을 완전히 충족시킬 수 있는 신화의 세계로 다시 돌아갈 수 없기 때문이다. 신화의 세계란 다름 아닌 어머니의 자궁 속이다. 그러므로 욕망은 완전히 충족되지 않은 채 기표를 통해 나타난다. 한계가 있는 인간이지만 기표를 통해 최대한 자신의 욕망을 실현시켜나가는 것이다.

라캉은 이러한 언어적 과정을 인간의 주체 형성 과정에 적용시키고 있다. 그것은 "거울의 단계, 실 당기기 게임, 에디푸스 콤플렉스 단계"[24]로 나타난다. 라캉은 태아를 어머니와의 완전한 결합으로 결핍이 없는 신화의 공간에 있다고 보았다. 그런데 태아는 모태로부터 분리되면서 결핍을 느끼기 시작한다. 그 아이는 생후 6개월에서 18개월 사이에 거울 속에서 자신의 모습을 발견하고 욕구를 통제하며 이상적 자아(Ideal-I)를 간직하고 만들기 시작한다. 아이는 그 다음 단계에서 '실 당기기 게임'을 하며 보다 성숙한 사회적 자아를 형성해간다. 아이는 실타래를 던져 침대

---

24 김동중 · 김종헌 · 정찬종, 『섹슈얼리티로 이미지 읽기』, 인간사랑, 2000, 80쪽.

밑으로 사라지면 안타까움으로 '오, 오!'(Fort)라고 외치고, 실을 잡아당겨 실타래가 다시 나타나면 안심하며 '아, 아!'(Da)라고 외치는데, 이를 되풀이하면서 고통을 극복해나간다. 아이에게 실타래는 엄마를 상징하므로 엄마의 부재에 의한 욕망의 결핍을 실타래 놀이를 통해 보상해가는 것이다. 세 번째 단계는 에디푸스 콤플렉스로 아이는 아버지의 금지 명령을 받아들이고 동일시해 아버지의 이름으로 상징적 질서 속에서 문화를 배우기 시작한다. 아이는 어머니의 몸에 접근 불가능함을 통하여 자기 남근에 대한 허구를 깨닫고 한 기표에서 다른 기표로 넘어간다. 포기할 수 없는 욕망을 다른 기표를 통해 추구해가는 것이다.

> 나는 잠ㅅ자리에누어서 자다가깨고 깨다가잘째에 외로은등잔불은 恪勤한把守軍처럼 왼밤을 지킵니다
> 당신이 나를버리지아니하면 나는 一生의등잔불이되야서 당신의 百年을 지키것습니다
>
> 나는 책상압헤안저서 여러가지글을볼째에 내가要求만하면 글은 조흔이야기도하고 맑은노래도부르고 嚴肅한敎訓도줍니다
> 당신이 나를버리지아니하면 나는 服從의百科全書가되야서 당신의要求를 酬應하것습니다
>
> 나는 거울을대하야 당신의키쓰를 기다리는 입설을 볼째에 속임업는거울은 내가우스면 거울도웃고 내가찡그리면 거울도찡그림니다
> 당신이 나를버리지아니하면 나는 마음의거울이되야서 속임업시 당신의苦樂을 가치하것습니다
>
> ─「버리지 아니하면」 전문

화자는 "당신이 나를버리지아니하면 나는 一生의등잔불이되"고 "服從의百科全書가되"고 "마음의거울이되"겠다고 한다. 그리하여 "당신의百年을 지키"고 "당신의要求를 酬應하"고 "당신의苦樂을 가치하"겠다고 한다. 이 기표들의 기의가 당신에 대한 사랑임에는 설명이 필요하지 않을 것이다. 그런데 기표는 "등잔불"에서 "百科全書"로 옮겨지고 다시 "거울"로 옮겨지고 있다. 마치 '집'에서 '아파트'로 옮겨지고 다시 '한옥'으로 옮겨지고 또다시 '양옥'으로 옮겨지는 것과 같은 양상인데, 이는 유사성을 근거로 하는 선택 관계이다. 이 작품은 결합 관계로도 이루어져 인접성을 기준으로 "등잔불"은 "恪勤한把守軍"과 결합되어 있고, "글"은 "조흔이야기", "맑은노래", "嚴肅한敎訓", "百科全書" 등과 결합되어 있다. 이러한 선택 관계와 결합 관계로 이루어진 기표에는 욕망을 충족시키려고 하는 지향이 내포되어 있다. 영원한 보금자리인 어머니의 자궁을 찾아 방황할 수밖에 없는 것과 마찬가지로 자신의 결핍을 환기하면서 나아가고 있는 것이다.

화자가 위의 작품에서 추구하는 욕망은 "당신"과의 완전하고도 영원한 사랑이다. 그것은 "당신이 나를버리지아니하면" 하는 바람으로 여실히 나타나고 있다. 등잔불이 되어 "당신의百年"을 지키겠다는 약속이나, "服從의百科全書가 되"어서 "당신의要求"에 모두 응답하는 존재가 되겠다는 약속 또한 마찬가지이다. "마음의거울이되"어서 "속임업시 당신의 苦樂을 가치하겠"다는 약속 또한 그렇다. 이러한 화자의 욕망은 그 실현에 대한 희망을 꺾지 않고 계속 확장되어 나아가고 있는 것이다.

　　당신은 옛盟誓를깨치고 가심니다

당신의盟誓는 얼마나참되얏슴닛가 그盟誓를깨치고가는 리별은 미들수가 업슴니다

　　참盟誓를깨치고가는 리별은 옛盟誓로 도러올줄을 암니다 그것은 嚴肅한因果律임니다

　　나는 당신과써날째에 입마춘입설이 마르기전에 당신이도러와서 다시입마추기를 기다림니다

　　그러나 당신의가시는것은 옛盟誓를깨치랴는故意가 아닌줄을 나는암니다

　　비겨 당신이 지금의리별을 永遠히 쌔치지안는다하야도 당신의 最後의接觸을바든 나의입설을 다른男子의입설에 대일수는 업슴니다

─「因果律」 전문

　　위의 작품 역시 "당신"을 조국이나 불타 등으로 규명하기보다는 자연인으로 보는 것이 자연스럽다. 조국이나 불타 등이 "옛 맹서를 깨치고" 간다는 것은 아무래도 어색하다. 조국이나 불타를 의인화의 대상으로 삼는다고 할지라도 맹서를 깨치고 간다는 것에는 선뜻 동의할 수 없다.

　　또한 위의 작품에서의 "당신"은 화자와 이별을 하고 있는 대상이지만 애처롭거나 절망적이지 않다. 오히려 "당신이도러와서 다시 입마추기를 기다"리는 희망을 강하게 품고 있다. 화자는 당신이 떠나간 것이 "故意가 아닌줄을" 이해하고 기다린다. 설령 당신과의 이별이 영원히 지속된다고 하더라도 "당신의 最後의接觸을바든 나의입설을 다른男子의입설에 대일수는 업"다고 단언한다. 당신이 참된 "옛盟誓로 도러올줄을" "嚴肅한因果律"로 믿는 것이다. 이별이 원인이므로 재회가 그 결과로 필히 일어날 일임을 믿고 있는 것이다.

사랑은 무(無)가 아니다. 사랑은 손을 댈 수도 없고 볼 수도 없지만, 그 것을 향한 욕망은 포기할 수 없는 것이다. 자아와 초자아가 아무리 이드를 억누르려고 해도 제거할 수 없고 끊임없이 튀어나오려고 발버둥을 치는 것이다. 종교인이든 독립운동가이든 일반인이든 그 정도의 차이는 있지만 이 점은 예외일 수 없다. 만해의 『님의 침묵』에 등장하는 '님'이란 이 욕망의 기표이다. 한 자연인으로서 내보인 욕망의 은유이자 환유이다. 따라서 지금까지 만해의 시 작품에 나오는 '님'을 조국이나 불타 위주로 보아온 것을 지양하고 사랑한 연인으로 인식할 때 만해가 추구했던 독립과 불교적 진리는 보다 살아나는 것이다.

> 나는 나루ㅅ배
> 당신은 行人
>
> 당신은 흙발로 나를 짓밟음니다
> 나는 당신을안ㅅ고 물을건너감니다
> 나는 당신을안으면 깁흐나 엿흐나 급한여울이나 건너감니다
>
> 만일 당신이 아니오시면 나는 바람을쐬고 눈비를마지며 밤에서
> 낫가지 당신을기다리고 잇슴니다
> 당신은 물만건느면 나를 도러보지도안코 가심니다 그려
>
> 그러나 당신이 언제든지 오실줄만은 아러요
> 나는 당신을기다리면서 날마다날마다 낡어감니다
>
> 나는 나루ㅅ배
> 당신은 行人
>
> ―「나룻배와 行人」 전문

"나"는 "나루ㅅ배"로, "당신"은 "行人"으로 기표되고 있는 작품인데, 이 러한 기표는 계속 이어져 나룻배인 나는 "당신을안ㅅ고" 물살 센 여울을 건너고, 행여 오지 않으면 "바람을쐬고 눈비를마지며 밤에서낫가지" 기 다리고, 그러면서도 "언제든지 오실줄"로 믿고 있다. 이에 비해 행인은 "흙발로 나를 짓밟"고, "물만건느면 나를 도러보지도안코 가"버린다. 마 조히즘에 가까운 이러한 자세는 사랑하는 사람에 대한 욕망이 얼마나 열 정적인지를 잘 보여주고 있다. 그것은 언어의 차원보다도 몸에 가깝다. 정신적인 데 머무르지 않고 직접적이고 실제적이다. 그리하여 나룻배와 행인의 모습은 동적인 사랑을 추구하는 것이다. 만해의 시 작품에 등장 한 '님'이 현재에도 유효한 것은 이 역동성 때문이다. '님'에 대한 사랑은 달성될 수 없는 것이지만 그것을 향한 열정은 근원적이고 소중한 것이 다. 만해는 '님'에 대한 그 욕망을 바탕으로 사회적이고 역사적인 존재로 서 품어야 할 '님'도 기꺼이 껴안은 것이다.

4. 나오며

만해 한용운의 시 세계에 대한 그동안의 연구는 '님'이 과연 누구인가를 분석하고 그 의미를 새기려고 한 것이었다. 그만큼 만해의 시 세계를 이 해하는 데 '님'의 정체는 중요한 것이다. 그 결과 많은 연구가들은 '님'을 조국과 민족, 불타와 불교적 진리로 보았고 그 외에 자연, 중생, 시적 대 상 등으로 보았다. 어떤 연구는 이들 중 한 가지에 비중을 두었고 어떤 연 구는 두세 가지에 비중을 두었으며 모든 대상을 포함하는 연구도 있었다.

만해의 시 세계에 있어서 '님'의 정체를 단적으로 말하기는 어렵다. 불타나 조국, 민족, 자연, 중생, 시적 대상 등이 모두 '님'이 될 수 있기 때문이다. 그렇지만 '님'의 정체로 모든 대상을 인정하는 것만이 올바른 연구의 관점이라고 말할 수는 없다. 만해의 '님'이 그 다양한 대상 모두를 의미한다고 인정하면 무난한 연구가 되겠지만, 새로운 관점의 연구가 필요한 것이다. 따라서 기존의 연구를 인정하면서도 새로운 관점으로 '님'을 파악하는 것이 필요한데, 이 글에서 '님'을 아직까지 본격적으로 연구된 적이 없는 이성적인 존재로 보았다.

만해의 시 세계에 대한 지금까지의 연구에서 '님'을 이성적인 존재로 보지 않았다. '님'을 연인으로 인정하는 경우에도 성적인 대상으로 보는 관점은 없었다. 그러한 면은 시 작품 자체에 대한 면밀한 검토보다도 독립운동가와 선승으로서의 만해라는 외면적인 면에 영향을 받은 바가 크기 때문이다. 따라서 만해에 대한 선입견을 지우고 작품 자체를 면밀히 파악하는 것이 '님'의 정체를 규명하는 데에 요구된다. 만해가 독립운동가이고 선승이기 이전에 한 자연인이라는 사실을, 그리고 그가 창작한 『님의 침묵』 역시 한 자연인의 산물이라는 점을 인식해야 되는 것이다. 만해는 한 자연인으로서 사랑하는 '님'을 안쓰러워하고 그리워하고 그리고 사랑한 것이다.

만해는 '님'과의 이별에 대해서 슬퍼하거나 원망하지 않고 언젠가는 재회할 것이라고 믿었다. 이런 점에서 만해의 '님'은 소월의 '님'과는 다른 면을 띠고 있다. '님'과의 이별에 대해서 소월처럼 절망하거나 원망하지 않고 오히려 포용한 것이다. '님'과의 재회를 희망하며 "님은갓지마는 나는 님을보내지 아니하얏"(『님의 침묵』)다고 믿고 있는 것이다. 따라서 만해의 사랑은 이별마저 기꺼이 수용한 것이다.

'님'을 향한 사랑은 불교적 진리인 공(空)의 세계와 마찬가지로 불립문자의 세계이다. 그 사랑은 볼 수 없고 만질 수 없고 소유할 수 없는 비밀스러운 대상이다. 그러나 사랑을 향한 인간의 욕망은 멈추지 않고 끊임없이 요동치며 튀어나오려고 한다. 그러므로 사랑은 만질 수 없지만 무(無)가 아니라 유(有)이다. 자아와 초자아가 아무리 이드를 억누르려고 해도 소멸되지 않고 끊임없이 지향하는 것이다. 이 점은 종교인이든 독립운동가이든 일반인이든 그 정도의 차이는 있지만 예외일 수 없다.

따라서 만해의 시 작품에 등장하는 '님'이란 그 욕망의 기표이다. 한 자연인이 품고 있는 사랑의 은유이고 환유이다. 불립문자의 세계에 있는 대상을 불리문자의 세계로 옮겨온 것이다. 그러므로 지금까지 '님'을 조국이나 불타 위주로 규명해온 것을 지양하고 이성적인 존재로 인정할 때 만해가 추구했던 독립과 중생의 구제는 보다 타당하게 이해될 것이다. 만해는 사랑하는 '님'에 대한 지칠 줄 모르는 욕망을 바탕으로 사회적이고 역사적인 '님'도 기꺼이 껴안은 것이다.

김기림의 문학에 나타난 여성 의식

1. 들어가며

이 글의 목적은 김기림의 시 작품을 비롯하여 희곡·소설·비평·수필 등의 작품에 나타난 여성 의식을 조명하려는 데에 있다. 한 작가의 작품 세계는 그의 전기적인 면에서부터 사회적인 면, 심리적인 면, 작품 자체의 형식이나 문체적인 면에 이르기까지 다양하게 조명될 수 있다. 따라서 다양한 관점과 방법에 의한 연구가 많이 시도될수록 작가의 작품 세계는 보다 넓고도 깊게 이해될 것이다. 지금까지 김기림의 문학에 관한 많은 연구에서 한 번도 시도되지 않은 그의 여성 의식을 조명해보려고 하는 것도 이와 같은 기대가 있기 때문이다.

주지하다시피 김기림은 1930년대의 모더니즘 문학 운동을 주동한 시인이며 비평가로 "『모더니즘』은 두개의 否定을 準備했다. 하나는 『로맨티시즘』과 世紀末文學의 末流인 『센티멘탈·로맨티시즘』을 위해서고, 다른하나는 當時의 偏內容主義의 傾向을 위해서였다."[1]라고 주장했다.

영미 모더니즘 문학 이론을 도입하여 낡은 인습과 전통에 휩싸인 채 진행되고 있는 조선의 문학을 극복하려고 한 것이었다. 따라서 그가 동시대의 여성에 대해서 어떻게 인식했는지를 살펴보는 것은 그의 모더니즘 문학의 본령을 이해하는 것이기도 하다.

조선의 여성들은 개화를 거친 뒤에도 상당 기간 동안 남성 지배적인 사회 제도와 유교 관습으로부터 벗어나지 못하고 있었다. 김기림이 본격적으로 작품 활동을 시작한 1930년대에도 마찬가지여서 일부 여성들이 근대 교육을 받고 여성 잡지를 구독하고 영화나 연극 등의 문화생활을 영유하고 자신이 선택한 남성과 연애를 했지만, 대부분의 여성들은 자신의 권리를 행사하지 못하고 남성들에게 예속되어 있었다. 따라서 김기림이 동시대의 여성들을 작품에 담은 것은 그가 추구한 모더니즘 문학에서 주시할 점이다.

그동안 김기림의 문학에 대해서는 긍정적인 평가와 부정적인 평가가 공존하고 있는데, 후자에 좀 더 비중이 실리고 있는 편이다. 특히 문학의 사회참여를 주장하는 쪽에서 부정하는 편이 강해, 임화는 김기림의 작품 세계를 여러 글에서 기교주의라고 비난하면서 "생활의 지극히 부박한 감각적 포말을 어루만지고 있다"[2]고 공격했고, 김동석도 김기림의 『기상도』를 "신문 기사를 가지고 몇 번 재주를 넘은 희극적 비판"[3]에 불과하다고 혹평했다. 계열은 다르지만 송욱역시 전통의식과 역사의식을 구현하

1   김학동 · 김세환 편, 『김기림 전집 2』, 심설당, 1988, 55쪽.
2   임화, 「1933년의 조선문학의 제경향과 전망」, 『조선일보』, 1934.1.14.
3   김동석, 『예술과 생활』, 박문출판사, 1948, 43쪽.

지 못했다고, 즉 "시간의식, 그리고 이와 관계 있는 전통의식과 역사의식을 자기 작품 속에 구현할 만큼 가지고 있지 않았으며, 또한 내면성이나 정신성을 거의 모르는 시인이고 비평가였다."[4]라고 비판했다. 이외에 김종길은 『기상도』가 엘리엇의 영향을 피상적으로 받았고 태풍이 현대 문명의 상황을 상징하면서도 거의 희극적으로 그리고 있어 "작품 자체의 주제나 그 주제를 드러내기 위한 통일성을 가지는 데는 실패"[5]했다고 평가했고, 김윤식 역시 문명에 대한 관찰이나 리처즈와 엘리엇에 대한 이해가 피상적이어서 "한국 모더니즘 운동의 치명적 결함이라"[6]고 평가했다. 김용직은 음악성을 파기했고[7] 형식적 인습에 대한 타파에 있어서 실패했으며 "건강, 명랑한 느낌을 주는 말, 현대 문명과 도시 생활에 관계되는 경험 내용만을 작품에서 채택"[8]했다고 비판했다. 김춘수는 김기림이 엘리엇에 비해 "아류의 냄새를 끝내 떨어버리지 못한 것은 기독교에 대한 이해의 부족이 큰 원인"[9]이었다고 보았다. 김우창은 "유감스럽게도 기림의 눈은 시각적 효과 이상의 것을 보지 못했다."[10]라고 지적했고, 박철희는 "한국적 상황이란 현실적 여건을 외면하여 관념적이고

---

4   송욱, 『시학평전』, 일조각, 1963, 186쪽.
5   김종길, 『진실과 언어』, 일지사, 1974, 217쪽.
6   김윤식, 『한국현대작가논고』, 일지사, 1974, 99쪽.
7   김인환은 김기림을 리듬 부정론자로 단정한 연구는 오류라고 반박했다. 김인
     환, 『문학과 문학사상』, 열화당, 1979, 108쪽.
8   김용직, 『한국현대시연구』, 일지사, 1974, 284쪽.
9   김춘수, 「교훈에서 창조로」, 『조선일보』, 1978.12.5.
10 김우창, 『궁핍한 시대의 시인』, 민음사, 1977, 47쪽.

이국적인 그의 비전에 의해 주의력이 분산되고 통일성을 상실한 것"[11]을 지적했다. 문덕수는 김기림의 주지주의의 결정적 허점은 T.E. 흄의 실재관, 고전적 인간관, T.S. 엘리엇의 전통과 역사의식의 이론에 대한 몰이해에 있다고 즉 "고전적 인간관과 전통론에 대해서는 눈을 감고"[12] 있다고 보았고, 김인환은 독자적인 확대 재생산 과정과 무기 병참 체계가 붕괴된 현실에서 "구체적인 목표는 광복 하나만이었는데, 김기림은 그 목표를 믿지 못하였다."[13]고 비판했다. 이숭원은 김기림의 시 세계를 "신기주의, 현학주의, 무정향적 전진주의"[14]라고 정리하고 발랄하고 경쾌하게 서구적인 것, 20세기적인 것, 새로운 것을 향해 나아가려는 콤플렉스에 빠졌다고 비판했다.

이처럼 김기림의 작품 세계에 대해서는 대체로 서구의 이론을 도입하여 1930년대의 한국문학에 접맥시킨 선구적 업적을 인정하면서도 역사의식과 전통의식이 결여되었다고 평가하고 있다. 물론 김학동의 경우는 김기림이 영미 문학 이론의 도입과 적용 과정에 다소 착오가 있었던 것이 사실이지만, "그 시대로 봐서는 매우 전위적이었고, 또 그 반응도 우리가 생각할 수 없으리 만큼 컸던 것"[15]을 들어 긍정하고 있다. 또한 이동순은 김기림이 해방 후 간행한 시집 『새나라』를 통해 이전에 보여주었던

---

11 박철희, 『한국시사연구』, 일조각, 1980, 234쪽.
12 문덕수, 『한국모더니즘시연구』, 시문학사, 1992, 245쪽.
13 김인환, 『문학과 문학사상』, 열화당, 1979, 109쪽.
14 이숭원, 『20세기 한국시인론』, 국학자료원, 1997, 121쪽.
15 김학동, 『김기림 연구』, 새문사, 1988, 3쪽.

모더니즘 문학의 부정적 측면을 극복했다고 평가했다.[16]

그렇지만 위와 같은 평가는 김기림의 문학에 나타난 여성 문제에 대해 전혀 언급이 없으므로 아쉬움을 갖는다. 특히 김기림이 작품 활동을 한 1930년대에는 도시화의 도래로 인해 이전 시대의 계몽 의식 대신 일상 문화의 틈새로 모던 의식이 채워지기 시작해 단발을 하고 퍼머(perma-nent wave)를 하고 짧은 치마를 입고 연애를 하는 모던 걸(modern girl)이 본격적으로 등장했기 때문에[17] 동시대의 문학작품에 등장하는 여성에 주목할 필요가 있다. 또한 동시대에는 일제에 의한 '모성의 식민지화'가 본격화되었기 때문에 문학작품에 등장하는 여성에 대해 역시 주의 깊게 살펴볼 필요가 있다. 가령 "얼마나 순결을 잃은 타락한 여자이냐? 그에게는 참된 영혼도 없고 …(중략)… 모성이라는 처지에서 보면 순결은 여성의 제일의 부덕일 것이다."[18]라거나, "아! 거룩하여라 어머니시여. 내 어머니신 동시에 우리 나라의 어머니시로다."[19], "우리 사회를 개혁하며 전도를 개척함은 …(중략)… 유약한 어린이를 기르는 국민의 어머니된 우리 여자이다."[20]와 같이 일제는 모성의 중요성을 각종 저널을 통해 강조했다. 중일전쟁과 태평양전쟁을 일으킨 후에는 더욱 모성의 식민지화를

---

16 이동순, 「김기림 시의 새로운 독법」, 『분단시대』 4, 학민사, 1988, 24~33쪽.

17 맹문재, 「일제강점기의 여성지에 나타난 여성 미용 고찰−1930년대를 중심으로」, 『한국여성학』 제19권 제3호, 한국여성학회, 2003.12, 5~30쪽 참조.

18 노자영, 「문예에 나타난 모성애와 「영원의 별」」, 『신가정』, 신가정사, 1934.4, 21쪽.

19 이광수, 「어머니」, 『신가정』, 신가정사, 1933.4, 12쪽.

20 유각경, 「어썬 어머니가 될가?!」, 『신여성』 제5권 제5호, 개벽사, 1931.6, 65쪽.

강화시켜 여성의 출산에 적극 개입했고, 굳센 여성 내지 억센 어머니 만들기에 나섰으며, 양육 방식에 적극 관여했다. 그리고 가정 교육자로서의 어머니 역할을 강화시켰고, 지원병 모집을 위해 모성을 동원했으며, 군국의 어머니를 예찬했다.[21] 일제는 식민 통치 초기부터 사회의 기초단위인 가정에서 여성의 역할에 주목하고 어머니, 아내, 며느리, 주부로서의 여성을 감화시키면 남편과 가정과 사회 전체를 감화시켜 통치를 보다 효과적으로 할 수 있다고 판단한 것이다.

따라서 김기림의 작품에 나타난 여성 의식을 통해 그의 문학 세계를 살펴보려는 이 글은 그동안 소외되었던 분야를 새롭게 조명하는 것이다. 그가 추구한 작품 형식과 세계 인식의 전위성을 확인해보는 것이다.

2. 여성 의식의 실제와 의미

1) 신정조관

김기림의 여성 의식을 가장 먼저 볼 수 있는 글은 「정조 문제의 신전망」[22]이다. 이 글은 1930년 9월 2일부터 9월 16일까지 『조선일보』에 게재한 상당히 긴 비평론으로 그가 공식적으로 쓴 최초의 글이기도 하다. 김기림은 1929년 3월 일본대학 전문부를 졸업하고 같은 해 4월 조선일

---

21 안태윤, 「일제말기 전시체제와 모성의 식민화」, 『한국여성학』, 제19권 제3호, 한국여성학회, 2003.12, 75~114쪽 참조.

22 김학동 · 김세환 편, 『김기림 전집 6』, 심설당, 1988, 9~23쪽.

보사 사회부 기자가 되어 글쓰기를 시작하는데, 여성에 대한 관심을 제일 먼저 나타내었기에 주목되는 것이다.

「정조 문제의 신전망」은 근대국가의 도래로 인한 자유주의 사상의 진전과 제1차 세계대전 후 여성들의 사회 활동 증가로 인한 여권의 확장, 세계 경제의 대공황 등으로 인해 전통적인 정조 관념이 변하고 있음을 들면서 그 필요성을 아울러 주장해, 당시로서는 상당히 파격적인 글이다. 이 글은 김기림 문학의 여성 의식을 살펴볼 수 있는 토대가 되므로 좀 더 요약해보기로 한다.

1) 어째서 문제가 되는가—정조의 지반이 동요하기 시작한 데는 제1차 세계대전이 결정적인 영향을 끼쳤다. 전쟁은 종식되었지만 수백만의 병사들은 전사했고, 전시의 여성들이 전후에도 계속 사회 활동을 함으로써 일부일부(一夫一婦)의 제도는 문제점을 보이기 시작했다. 조선 사회 역시 새로운 자의식을 획득한 여성들과 고루한 남성들 사이에서 갈등이 진행되기 시작했다.

2) 연애의 사적 발전과 정조와의 관계—혼인 제도는 결코 영구적인 것이 아니라 장구한 진화 과정을 거치면서 변화되는 것으로 각 시대의 경제적 조건이 결정적인 영향을 미친다. 연애는 자본주의적 자유사상의 부대 결과이다. 그리고 정조 문제는 남성의 측면에서는 전연 문제되지 않은 것이었지만 여권 사상의 발달과 함께 그 편무성(片務性)의 불합리한 점이 점점 인정되기 시작했다.

3) 정조과중설(貞操過重說)—정조는 인간의 자연적·본능적인 것이 아니고 사회적 기구의 약속 속에서 발생한다. 정조 발생의 근본 동기

는 인간의 요구에 의해서가 아니고 봉건사회의 주인이며 지배자인 남성이 도구로 이용함에서 발생한다. 따라서 정조라고 하는 도덕률의 근거를 엄중히 탐색하여 그 가치를 재평가해야 한다.

4) 정조의 파산─결혼 외의 성관계는 피임법의 과학적 발달과 그 일반적 보급에 의해 늘어나기 때문에 정조의 파괴는 빨라질 것이다. 정조의 파산은 시대가 당면한 중대한 문제 중의 하나이다.

김기림은 정조의 파괴는 피할 수 없는 시대적 현상이라고 보고 또 그 필요성을 위와 같이 인정하고 있다. 남성에 의한 인위적인 지배의 한 도구인 정조를 파괴하고 아침의 태양이 비치는 자유의 천지로 약진하는 여성들이 속속 등장하기를 기대하고 있는 것이다.

김기림은 1933년 4월 『신여성』(제7권 제4호)에 「직업여성의 성 문제」[23]를 또한 발표한다. 아무 비판 없이 자신의 의사를 억제하고 봉건적 도덕이 명하는 대로 움직이는 사람을 인형이라고 부르는 것과 마찬가지로 실직이 무서워 자신의 정조까지 제공하는 사람 역시 인형으로 보았다. 그리고 인형이기 이전에 자신이 사람이라고 부르짖은 입센의 「인형의 집」에 등장하는 '노라'와 같은 정신을 가져야 한다고 주장했다. 김기림의 신 정조관은 시 작품에서도 보이고 있다.

처　녀 : (초마자락으로 눈을 가린다.)
　　　　꼭 도라오신다고 했는데요. 十年이라도 기다려야하지

23　김학동 · 김세환 편, 앞의 책, 35~41쪽.

요. 다른 데로 옴겨안즐 몸이 몹됩니다.

할머니 : (새빨개진 얼골을 좀보시오.)

　　　　무얼 엇저고 엇재? 그러면 그놈에게 몸을 허락햇단말

　　　　이냐?

처　녀 : 아니 그런 일은 없어요.

할머니 : (담배ㅅ대를 다시 집는다.)

　　　　그러면 그러치 아모일도 없다. 내 말대로 해라.

처　녀 : (동글한 주먹이 입술가의 눈물을 씻는다.)

　　　　그러치만 할머니 그러치만.

할머니 : ?

처　녀 : 나는 그에게 마음을 주어보냇서요.

　　　　　　　　　　　—「고전적인 처녀가 잇는 풍경」[24] 부분

　위의 작품은 1933년 5월호 『신동아』(제3권 제5호)에 발표한 것인데 시 작품의 형식이 연극 대사와 같을 정도로 상당한 실험성을 띠고 있다. 물론 이전 시대에 프로문학에서 대중화론의 방법으로 쓰인 슈프레히코르 (sprechchor)의 형식이 있기도 하지만, 김기림의 여성 의식의 전위성을 엿볼 수 있는 것이다.

　위의 작품에서 "처녀"는 언제 돌아올지 모르는 애인을 기다리고 있고 "할머니"는 그렇게 기다리다가는 좋은 시절 다 놓친다고 마음 고쳐먹기를 권하고 있다. 그렇지만 "처녀"는 "그에게 마음을 주"었기 때문에 변심할 수 없다고 대답한다. 김기림은 그와 같은 상황을 "고전적인 처녀가 잇는 풍경"이라고, 즉 "처녀"와 같은 고전적 정조관에 동의할 수 없다고 말

24　위의 책, 296쪽.

하고 있는 것이다. 김기림은 그와 같은 주장을 직접적인 감정으로 드러내지 않고 객관적으로 내보이고 있는데, 이러한 면이 바로 기존의 낭만주의 작품에서 보여준 과도한 센티멘털리즘이나 카프 문학에서 보여준 지나친 내용주의를 극복하는 것이었다.

이처럼 김기림은 여성의 정조관이 고정된 것이 아니라 시대 상황에 따라 변하는 것으로 보았고 또 변해야 된다고 주장했다. 그리하여 "애인이여/당신이 나를 가지고 있다고 안심할 때 나는 당신의 밖에 있습니다/만약에 당신의 속에 내가 있다고 하면 나는 한 덩어리 목탄에 불과할 것입니다"(「연애의 단면」)[25]라는 인식을 보여주었다. 또 "해변에서는 녀자들은 될 수 있는대로/고향의 냄새를 잊어버리려 한다./면— 외국에서 온 것처럼 모다/동딴 몸짓을 꾸며보았다."(「풍속」)[26]라고 낡은 관습이나 전통으로부터 벗어나 새로운 세계로 적극 지향하고 있다.

김기림의 신정조관은 소설에서도 나타나고 있다. 김기림은 총 4편의 소설을 남겼는데,[27] 신정조관이 잘 나타난 작품은 「철도연선」이다. 이 작품은 『조광』에 3회에 걸쳐 연재되었는데 작품의 수준이 상당하다. 함경도 지방의 어휘들이 다양하게 쓰이고 있어, 1930년대의 사회를 이해하는 자료로도 가치가 높다. 김기림은 말과 글과 문장 등에 대해서 특히 많은 관심을 가지고 "새말은 대체 누가 만드는 것일까. 그것은 민중인 것이

---

25 김학동 · 김세환 편, 앞의 책, 20쪽.

26 위의 책, 56쪽.

27 「사랑은 경매 못합니다」(『삼천리』, 제5권 제1호, 1933.1), 「어떤 人生」(『신동아』, 제4권 제2호, 1934.2), 「번영기」(『조선일보』, 1935.11.2〜11.13), 「철도연선」(『조광』, 1935.12〜1936.2).

다. …(중략)… 대중은 기실 새말을 만드는 데 있어서 서투른 순수주의자들보다는 사뭇 천재인 것이다"[28]라는 의식을 가지고 있었는데, 이 작품에 잘 나타나고 있다.

「철도연선」은 기차에 탄 한 손님이 함께 탄 다른 손님으로부터 철로 건설에 얽힌 이야기를 듣는 액자식 형식을 취하고 있다. 산골 마을에 철로 공사가 들어서면서 조용하고 답답하게 살아가던 "박존이 영감"의 집도 하루 팔십 전이나 받으며 아들 "명식"과 열여섯 살 된 손자 "재수"가 공사판에서 일하게 되는 등 적지 않은 생활의 변동이 생긴다. 그렇지만 다양한 인부들이 몰려들고 마을 이곳저곳에 음식점과 술집들이 들어서면서 전통적인 농촌 마을로서는 받아들이기 힘든 일들이 발생한다. "박존이 영감"은 좋은 징조가 아니라고 걱정하고 "구장"에게 가서 얘기해보지만, 철로 공사로 인해 잘살게 되지 않았느냐고 오히려 면박당한다. "박존이 영감"은 속이 상했지만 구장이 일제 순사의 앞에 서서 다니는 존재였기 때문에 참을 수밖에 없었다. 공사가 진행되면서 우려했던 대로 사고들이 일어나기 시작했다. 공사장에서 장정들이 죽고, 젊은 인부가 색주가로부터 성병이 걸려 자살을 하고, 인부들끼리 싸우고, 인부와 술집 여자들 사이에 싸움이 일어나는 등 좋지 못한 일들이 일어난 것이다. 그리고 마침내 "명식"의 아내 "윤씨"가 공사판 십장하고 눈 맞는 일이 일어났다.

> 그날은 종일토록 윤씨의 마음은 실없이 들락날락했다. 열네살
> 나는 겨우 고사리 같은 아기네로서 벌써 그때에 장작개비처럼 꿋꿋

---

28 김학동 · 김세환 편, 『김기림 전집 4』, 심설당, 1988, 209쪽.

해진 덜렁 총각이던 지금의 남편에게 시집을 와서 신기하게도 다음 해에 재수를 낳고는 그만 후산을 잘못하고 단산이 된 윤씨의 몸은 아기설이를 많이 한 다른 동갑들보다도 아직은 토실토실 한대로 남아 있다. 어머니 없는 홀아비들 집에 시집을 와가지고는 십오륙 년을 하루같이 시아버지의 얼굴과 남편의 얼굴과 그리고는 그 얼굴과 똑같은 마을사람들의 얼굴만 쳐다보고 살아왔다. 남들이 다 몇 번씩 가보았다는 장에도 시아버지의 저녁밥 때문에 가본 일도 없었다. 오십리나 산골로 더 들어가야 있던 친정집에서는 서간도로 이사해 간 후 햇수를 잊어버릴 지경이다. 그는 지금 마을사람들보다는 어디라 없이 늠늠한 데가 있는 인부꾼들의 가끔 도적질해 보는 몸짓과 말소리에 이상하게도 마음이 끌리는 것이었다.

— 「철도연선」 부분[29]

  "윤씨"가 우물가에서 물 한 바가지 얻어 마시자고 부탁한 "십장"에게 물을 건네면서 그의 모습을 처음 보고 난 후의 심정을 그리고 있다. "윤씨"는 세상 물정을 제대로 알지 못하는 나이인 14살 때 시집을 왔고, 시집 온 후에도 시집살이에 시달려 장에도 한 번 못 갔고, 친정에도 못 다녀올 정도로 갑갑한 생활을 해왔다. 그리하여 외간 남자인 "십장"을 보는 순간 자신의 남편이나 마을 사람들에서는 경험하지 못했던 인상과 말투로 인해 호기심이 생겼다. 자신의 남편이나 시아버지가 무뚝뚝하고 화를 잘 내는 것과는 달리 십장은 "미끄러운" 말씨와 행동을 보인 것이었다. 그리하여 세수를 하거나 옷을 입을 때마다 이전보다 신경을 썼고, 심지어 색주가들처럼 얼굴에 분을 바르고 머릿기름을 바르고 옥당목 치마에

---

29 김학동·김세환 편, 『김기림 전집 5』, 심설당, 1988, 59쪽.

연분홍 저고리도 입고 싶어 했다. "십장"은 "윤씨"의 그와 같은 심정을 잘 파고들어 둘 사이는 급속히 가까워졌다.

"윤씨"의 남편인 "명식"은 아내의 그와 같은 상황을 알아차리고 분풀이로 아내를 구타한다. 하지만 그에게는 아내의 행동이 너무 뜻밖의 일이어서 마음을 안정시킬 수 없었다. 그리하여 공사장에서 부주의로 인해 그는 안전사고를 당해 죽고 만다. 그리고 그의 아들 "재수"는 밤나들이를 하며 가까워진 술집 여자 "순남"이와 함께 끝내 마을을 떠나버린다. 철로 공사가 끝나자 "십장"과 눈이 맞은 며느리 "윤씨" 또한 시아버지 모르게 떠나간다.

> 붉은 기와를 인 정거장 안으로 달려 들어갔다. 남빛 양복쟁이가 앞을 막는다.
> "모래차는 떠났음매?"
> "예 벌써 새벽에 떠났오."
> "새벽에?"
> 박존이의 입은 거의 흉내내는 것처럼 되씹어 보았다. 돌아서 나오다가 다시 양복쟁이의 쪽으로 달려갔다.
> "그차에 웬 양복쟁이 젊은 아깐을 데리구 가능게 없음메?"
> "에— 저 도리소에 와 있든 십장이 웬 아즈머니를 데리구 갑데."
> 양복쟁이는 영감의 얼굴을 굽어보면서 껄껄 웃는다. 그는 젊은 이의 비웃는 눈초리를 피하는 것처럼 얼른 돌아선다.
> ——「철도연선」 부분[30]

---

30 위의 책, 86쪽.

이처럼 "박존이 영감"이 며느리 "윤씨"를 찾으려고 정거장까지 달려갔지만 허사였다. 자신을 버리고 떠나간 며느리가 원망스러웠지만 어떻게 해볼 수도 없었다. "양복쟁이는 영감의 얼굴을 굽어보면서 껄걸 웃는다. 그는 젊은이의 비웃는 눈초리를 피하는 것처럼 얼른 돌아선다."라는 데에서 보듯이 며느리의 길을 막을 수 없었고 막아서도 안 되는 것을 알고 있었다. 이는 곧 김기림이 기존의 윤리나 관습을 깨트리는 며느리 "윤씨"의 입장을 옹호하고 있는 것이다. 1930년대에 필요한 여성 의식을 "윤씨"를 표본으로 삼고 내세운 것이었다.

이와 같이 「철도연선」은 철로 공사로 인해 1930년대의 전통적인 농촌 사회가 무너져가는 과정을 그리고 있다. 근대화를 상징하는 기차가 산신제를 지내고 가부장적 가정이 형성된 농촌 마을을 여지없이 관통함에 따라 부모와 남편과 자식을 버린 아내까지 등장하고 있다. 전통적인 윤리와 도덕 속에 갇혔던 여성이 근대화되는 과정에 눈떠가는 새로운 정조관의 모습을 그린 것이다.

이런 점에서 "이렇게 '일제에 의한 근대화'가 아니라 근대화 자체에만 관심이 기울고, 하부구조는 도외시한 채 상부구조의 표면적 변모만을 문제 삼음으로써 그것을 피할 수 없는 일로 긍정하는 것은 이 작품에 나타난 김기림의 현실 인식이 지닌 한계이다."[31]라는 비판은 작품을 피상적으로 이해한 것으로 재고할 필요가 있다. 근대화라는 명분으로 일제가 조선인들을 희생시키는 건설 현장을 최대한 객관적으로 포착해 조선어

---

31 최시한, 「공허한 세계주의와 체험의 현실화」, 김학동 편, 『김기림연구』, 시문학사, 1991, 174쪽.

를 살리면서 세련된 문체와 구성으로 작품화한 점은 물론이고, 기존의 유교주의적 정조관에 얽매였던 여성이 새로운 환경에 적응하는 면을 내세우고 있는 것이다.

김기림은 이 작품에서 "윤씨"를 적극적으로 옹호하고 있지는 않지만 결코 비난하고 있지도 않다. 그것은 유교주의 윤리가 강하게 지배하고 있던 당시로서는 상당히 진보적인 태도이다. 부모와 남편과 자식을 배신한 아내를 도덕적 타락자로 비난하지 않고 객관적으로 그린 것은 결국 여성의 신정조관을 인정한 것이다. 김기림은 여성이 기존의 도덕이나 윤리적 가치에 희생되는 것보다 변화하는 시대에 적응하는 것이 바람직하다고 인식한 것이다.

2) 여성미의 추구

김기림은 1932년 9월 『동광』(제4권 9호)에 여성 의식이 담긴 「미스·코리아여 단발하시오」를 발표했다. "지금 당신이 단발하였다고 하는 것은 몇 천년 동안 당신이 얽매어 있던 「하렘」에 아주 작별을 고하고 푸른 하늘 아래 나왔다는 표적입니다. 얌전하게 따서 내린 머리 그것은 얌전한 데는 틀림없지만 거기는 이 시대에 뒤진 봉건시대의 꿈이 흐릅니다."[32]라고 평가하고 있듯이 여성의 단발을 적극적으로 주장한 것이다. 조선 여성의 단발에 대해서는 1920년대 중반에 이미 사회적으로 널리

---

32 김학동·김세환 편, 『김기림 전집 6』, 심설당, 1988, 89쪽.

논의되고 있는 것이어서[33] 김기림의 단발 의식이 새로운 것은 아니지만, 진보적인 여성 의식을 확인해주는 것이다.

또한 김기림은 1935년 1월 『신가정』(제3권 제1호)에 「이화식 옷차림」[34]을 발표했다. 의상계 일반의 풍조인 이화식 옷차림이 단순하고 간편하지만, 저고리가 너무 길고 치마가 너무 짧아 마치 저고리와 치마와 양말이 키를 3등분한 듯한 단순한 느낌을 주므로 선과 선의 다양성과 풍부한 미를 나타내야 한다는 주장하고 있다.

1930년대에 들어서 장옷과 쓰개치마는 거의 자취를 감추었고 내외법

---

33 「단발문제의 시비」(『신여성』, 제3권 제8호, 1925.8), 37~53쪽에 수록된 글들은 1920년대의 여성 단발에 대한 논의를 잘 보여준다.

  (1) "단발하는것은좃습니다-미관, 경제, 위생으로다좃타"(이화전문교교수 조정환)

  (2) "단발한다면 반대는안켓습니다-사업능률을진보케한다"(동덕여학교장 조동식)

  (3) "개인에취미에 막깁니다-의복이개량되고습관이변사한째에는"(숙명여학 교무주임 山野上長次郎)

  (4) "낫분것이라고는생가지안습니다-경제와편리로는썩좃타"(배화여교학감 김숙윤)

  (5) "단발이일반의풍속이된다면-아직은단언할수업다"(여고보교장 高本干鷹)

  (6) "일반이찬성하게되면좃타-의복도개량이된다면"(진명여고부교장 小杉彦次)

  (7) "단발은머리해방을엇는것입니다-단발하면전보다 더보기 됴흘것입니다"(金美理士)

  (8) "나는 단발을주장합니다-우리의실생활에빗추어편의한점으로"(주세죽)

  (9) "단발은갓든하고활발하고좃다-일반이다싹는풍속이되엿스면"(申알베드)

  (10) "각각자기의 취미대로-시비거리나풍기문제가아니다"(김준연)

34 김학동·김세환 편, 『김기림 전집 6』, 심설당, 1988, 126~127쪽.

역시 무용했으며 양장이 일반적이었다. 여학생들의 교복도 1920년대에는 한복이 대부분이었지만 1930년대에 들어서는 양장으로 바뀌었다. 여성들이 양장을 하고 하의가 점점 짧아지자 각선미에 대한 관심이 또한 높아졌고, 다양한 조끼와 스웨터가 등장했으며, 속옷도 자연스럽게 변화되었다. 그리고 의복의 색깔이 다양하고 대담해졌다. 따라서 김기림이 여성미에 대해 적극성을 띤 것은 시대의 흐름에 동참한 것이다.

(1) 순이/너는 훌륭히 빛나는 살갈을 가지고 있구나./벗어버리렴으나 그런 人造絹 양말은(「이동건축」)[35]

(2) 「페이브멘트」를 따리는 수없는 구두소리(「꿈꾸는 眞珠여 바다로 가자」)[36]

(3) 「쇼-윈도우」의 마네킹人形은 홋옷을 벗기우고서(「가을의 태양은 「플라티나」의 연미복을 입고」)[37]

(4) 부끄럼 많은 寶石장사 아가씨/어둠 속에 숨어서야/루비 싸파이어 에메랄드……/그이 寶石 바구니를 살그머니 뒤집니다.(「밤 항구」)[38]

(5) 그 女子의 머리의 五色의 「리본」/…(중략)…/필경 양복 입는 법을 배워낸 宋美齡女史(「시민행렬」)[39]

(6) 알롱 달롱 五色의 「레-쓰」를 수놓은 꽃 사이에서/순이와 나도 붉게 피는 꽃떨기 한쌍이었다(「먼 들에서는」)[40]

---

35 김학동 · 김세환 편, 『김기림 전집 1』, 심설당, 1988, 117쪽.

36 위의 책, 35쪽.

37 위의 책, 113쪽.

38 위의 책, 49쪽.

39 위의 책, 128~129쪽.

40 위의 책, 39쪽.

(7) 붉은 머리수건을 둘른/白系露人 女子의 다리가/놀랜 把守兵
의 視野를 함부로 가로건넌다(「풍속」)[41]

(8) 푸른 空氣의 堆積 속에 가로서서 팔락거리는 女子의 바둑판
「케-프」(「상아의 해안」)[42]

(9) 비로-드처럼 눈을 부시는 새깜안 「푸록코-트」를 입은 하누님
의 옷섭에서는 金단추들이 반짝이오(「하로 일이 끝났을 때」)[43]

김기림은 위의 작품들에서 보듯이 근대적 감수성을 가지고 여성미를
담아내었다. 여성미는 여성만이 지니는 특유의 아름다움이다. 여성이
그 나름대로 화장을 하고 의복을 꾸미고 헤어스타일을 바꾸는 것이다.
따라서 여성미에는 주체성이 들어 있고, 육체성이 강조되고 있다. 근대
사회 이전에는 육체적인 것보다도 정신적인 가치가 중시되어 삼강오륜
(三綱五倫)을 어떻게 수행하느냐가 여성미의 근간이었다. 그렇지만 근대
사회 이후에는 각선미, 신장, 몸무게, 피부와 같은 육체적인 면과 헤어
스타일, 의상, 핸드백 등의 장신구와 관계된 여성미가 중시되었다. 효며
본분이며 도리를 다하는 정신적 차원의 여성미보다 육체를 토대로 한 여
성미가 중시된 것이다.

彼女들의 「하이힐」이 더 한층 가벼움을 느낄 때가 왔다.
肉色의 「스타킹」―.

---

41 김학동 · 김세환 편, 『김기림 전집 1』, 심설당, 1988, 94쪽.

42 위의 책, 109쪽.

43 위의 책, 114쪽.

극단으로 짧은 「스커트」— 등등으로 彼女들은 둔감한 가두의 기계문명의 표면에 짙은 「에로티시즘」과 발랄한 흥분을 농후하게 칠 것이다.

> 털 깊은 외투—.
> 솜 놓인 비단 두루마기—.
> 두터운 防寒服—.
> 여우털 목도리—.
> …(중략)…

「시크라멘」은 봄이 던지는 첫 「키스」를 뺏기 위하여 花商의 「쇼윈도우」 속에서 붉은 입술을 방긋이 벌이고 있고 彼女들의 푸른 치마폭은 아침의 「아스팔트」 위에서, 백화점 층층계 위에서 깃발과 같이 발랄하게 팔락거리지 않는가.
　　…(중략)…

실로 그 봄 때문에 선량한 「마담」도 물건을 사가지고 돌아오던 길에 잠깐 「一夫一婦」를 「핸드백」 속에 집어넣기도 하고 건망증의 令孃 여고 4년 동안 닦아넣은 孔夫子의 倫理를 승강기의 「큐숀」 위에 저도 모르게 흘리고 다니기도 한다.

—「봄의 전령」 부분[44]

위의 수필은 1933년 2월 22일 『조선일보』에 발표한 것인데, 동시대의 여성미가 두드러지게 나타나고 있을 뿐만 아니라 페미니즘의 성격까지 띠고 있다. 근대 이전의 여성들은 남성에 비해 약자여서 자기 삶에 대한

44　김학동 · 김세환 편, 『김기림 전집 5』, 심설당, 1988, 305~306쪽.

결정권이 없었는데, 위의 글에서는 그 극복을 보여주고 있다. "선량한 「마담」도 물건을 사가지고 돌아오던 길에 잠깐 「一夫一婦」를 「핸드백」속에 집어넣기도 하고 건망증의 슈양여고 4년 동안 닦아넣은 孔夫子의 倫理를 승강기의 「큐숀」 위에 저도 모르게 흘리고 다니기도" 할 정도로 주체적으로 여성미를 추구하고 있는 것이다.

3) 평등한 결혼생활

김기림이 최초로 발표한 시작품은 1930년 9월 6일자 『조선일보』에 실린 「가거라 새로운 생활로」이다. 이 작품은 'G. W'라는 필명으로 발표했는데, 그 후 부분 수정을 가하여 1939년 학예사에서 간행된 두 번째 시집 『태양의 풍속』에 수록했다. [45] 『태양의 풍속』은 1936년 7월에 출간된 『기상도』보다 늦었지만, 1930년부터 1934년까지 발표된 작품들을 수록하고 있어 실제 창작 연도는 앞선다.

> 「바빌론」으로
> 「바빌론」으로
> 적은 女子의 마음이 움직인다.
> 개나리의 얼굴이
> 여린볕을 향할 때…….
>
> 「바빌론」으로 간 「미미」에게서

---

45 김학동, 『김기림 연구』, 새문사, 1988, 177쪽에는 수정된 부분이 밝혀져 있다.

복숭아꽃 봉투가 날러왔다.
그날부터 안해의 마음을 시들어져
썼다가 찢어버린 편지만 쌓여간다.

안해여, 작은 마음이여
너의 날어가는 자유의 날개를 나는 막지 않는다.
호올로 쌓아놓은 좁은 성벽의 문을 닫고 돌아서는
나의 외로움은 돌아봄 없이 너는 가거라.

안해여 나는 안다.
너의 작은 마음이 병들어 있음을…….
동트지도 않은 내일의 창머리에 매달리는 너의 얼굴 우에
새벽을 기다리는 작은 불안을 나는 본다.

가거나, 새로운 생활로 가거라.
너는 내일을 가거라.
밝어가는 새벽을 가거라.

―「가거라 새로운 생활로」 전문[46]

위의 작품은 "미미"가 한때 번영을 누렸던 도시 "바빌론"(Babylon)에
가서 "복숭아꽃 봉투"를 보내올 정도로 행복하게 지내자, "안해(너)"가
부러워해 남편인 "나"가 그 "새로운 생활로 가"라고 허락 내지 제의하고
있는 내용이다. 아내는 "적은 여자"라고 비유되고 있듯이 남편과의 관계
에서 동등한 권리를 갖지 못하는 존재이다. 따라서 "미미"의 편지를 받고
"마음이 움직"이지만 실행하지 못하고 곧 "마음은 시들어"져 편지를 썼

---

46   김학동 · 김세환 편, 『김기림 전집 1』, 심설당, 1988, 38쪽.

다가 "찢어버"릴 뿐이다. 남편은 "너의 작은 마음이 병들어 있음을" 알고 "너의 날아가는 자유의 날개를 나는 막지 않"을 것이라고, 즉 "호올로 쌓아놓은 좁은 성벽의 문을 닫고 돌아서는/나의 외로움은 돌아봄 없이" 떠나가라고 제의하고 있다. 그것이야말로 "새로운 생활"을 추구하는 것이고, "내일로 가"는 것이고, "밝어가는 새벽을" 맞는 것이라고 보고 있다. 여기서 "바빌론"과 그곳에 가 있는 "미미"는 아내의 이상향들이다. "바빌론"은 인간의 권리가 여성에게도 인정되는 자유롭고 평등한 사회이고, "미미"는 그러한 세계를 선구자적으로 추구한 인물인 것이다.

이처럼 위의 작품에서 김기림이 보여준 여성 의식은 매우 진취적이다. 낡은 인습이나 전통에 순응하거나 타협하지 않고 결별할 것을 주장하고 있는데, 유교적 관습이 강하게 지배하는 당시의 상황에서는 결코 쉬운 일이 아니었다.

위의 작품은 또한 김기림의 초기 시편들에서 일관되게 나타나는 '태양'과 '아침'의 이미지가 제시되고 있다는 점에서 주목된다. 김기림의 작품에서 태양과 아침의 이미지는 어둠과 밤의 이미지와 대립되는 것으로 이전 시대의 낡은 전통과 모순을 부정하고 밝은 사회를 지향하는 것이다. 태양과 함께하는 일체 만물의 생명 작용에 그의 시학을 확립시켜 "동트지도 않은 내일의 창머리에 매달리는 너의 얼굴 우에/새벽을 기다리는 작은 불안을 나는" 보고 "가거라, 새로운 생활로 가거라./너는 내일을 가거라./밝어가는 새벽을 가거라." 하고 제의하고 있는 것이다.[47] 김기림이

---

47 이 작품은 김기림의 전기적인 면으로 살펴보아도 여성의식을 확인할 수 있다. 김학동, 『김기림 평전』, 새문사, 2001, 15~41쪽에 따르면 김기림은 1908년 5월

추구하는 아침과 태양의 이미지는 낡고 어두운 전통을 부정하고 문명사
회를 지향하는 상징으로, 여성 의식의 토대가 된다.

이러한 여성 의식은 희곡 작품에도 잘 나타나고 있다. 김기림은 문단
활동을 시작하면서부터 시 작품 및 비평과 함께 희곡을 창작해 총 5편의
작품을 남겼다.[48] 김기림이 희곡을 창작하게 된 이유는 1932년 『동아일
보』가 「1932년 문단전망」이란 제목으로 설문 조사를 했는데, "민중이 요
구하는 것은 직재적(直裁的)인 구체적인 행동적인 것입니다. 연극의 승리
의 근거가 이곳에 있습니다."[49]라고 답변한 것에서 찾을 수 있다. 즉 김

11일 함북 학성군 학중면 임명동에서 태어나 8세 되던 해에 어머니와 16세인 덕
신(信德) 누나를 잃는 불운을 겪는다. 그리하여 어려서부터 어머니와 누나에 대
한 슬픈 기억으로 외로움을 탔다. 김기림은 11세 때 19세 된 나주 전씨와 결혼
하지만 결혼의 의미를 모르고 한 것이어서 부인은 2, 3년 살다가 친정으로 돌아
갔다. 그 후 김기림은 같은 마을에 사는 이월녀(李月女, 일명 달이)와 연애를 해
서 23세에 재혼했다. 그러나 그녀는 몸이 약해 아이를 가질 수 없어 이듬해 친
가로 돌아갔다. 김기림은 이태 뒤인 1932년 중매로 길주에 사는 신보금(申寶金)
과 세 번째 결혼을 했다. 그렇지만 김기림은 사랑했는데도 불구하고 헤어질 수
밖에 없었던 이월녀를 잊을 수가 없었다. 그리하여 그는 그녀에 대한 그리움과
안타까움과 미안함 등을 「가거라 새로운 生活로」로 그렸다. 김기림은 이 시기에
두 권의 시집을 출간하는 것은 물론이고 비평, 희곡, 소설, 수필 등에서도 많은
양의 작품을 쓰는데, 그 큰 동기는 이월녀에 대한 애정이었다.

48 「떠나가는 풍선」(『조선일보』, 1931.1.29~2.3), 「천국에서 왔다는 사나이」(『조
선일보』, 1931.3.3~21), 「어머니를 울리는 자는 누구냐」(『동광』, 제3권 제9호,
1931.9), 「미스터 불독」(『신동아』, 제3권 제7호, 1933.7), 「바닷가의 하룻밤」(『신
가정』, 제1권 제12호, 1933.12). 김학동·김세환 편, 『김기림 전집 5』, 심설당,
1988, 91~165쪽에 수록되어 있다.

49 김학동·김세환 편, 『김기림 전집 3』, 심설당, 1988, 229쪽.

기림은 당대를 살아가는 민중들의 요구를 수용하는 차원에서 희곡을 썼다. 그 자신이 문학에 대해 다양한 관심을 가졌기 때문이기도 하겠지만 문학이 미처 전문화되지 못한 시기에 지식인으로서 감당해야 할 의무감으로 창작한 것이다.

김기림의 희곡 중에서 평등한 결혼관이 잘 드러난 작품은 「바닷가의 하룻밤」이다. 이 작품은 28세의 여성인 "영희"가 주인공인데, 그녀는 남편이 다른 여자와 도망을 가는 바람에 아들 하나를 데리고 8년간 함경도 해안의 한 작은 어항에서 고기를 팔며 어렵게 살아오고 있다. 이웃에 살고 있는 "노파"가 상처를 한 "박주사"에게 중매를 하지만 그녀는 스스로의 힘으로 살아가겠다며 개가를 거절한다. 이웃집 "노파"가 다녀간 날밤, 남편("사나이")이 "영희"를 찾아와 자신의 잘못을 뉘우치며 다시 함께 살자고 제의한다. "영희"는 남편의 그 제의를 거부한다.

사나이 : 천만에 나의 눈에 막이 가리워서 뱀같은 계집 때문에 그만 나는 당신의 진정을 모르고 당신을 버렸오.
영　희 : 그런 너저분한 사내들의 자존심을 털어버리오. 세상에 누가 누구한테 버림을 받으란 말이요. 사내란 버리게 생기고 계집이란 버리우기만 한답디까. 그리고 그 여자가 무엇이 나쁘기에 그를 나무라오. 사랑하고 싶은 사내를 사랑하는데 그에게 무슨 잘못이 있오.
사나이 : 아니오, 아니요. 영희 그렇지 않소.
영　희 : 가만있오. 우리들은 누가 버린 것도 아니고 버리운 것도 아니고 똑같이 사랑할 수 없으니까 갈라진 것이 아니오. 우리는 아주 벌써 남남이 되었오. …(중략)… 지금의 내 살림 속에 당신은 뛰어들 아무 까닭도 없오.
사나이 : (머리를 숙인다).

영　희 : 나는 지금 바다의 무서운 위협 소리와 사나운 눈보라 속
에서 살아나가오. 어린 것을 데리고 두 목숨이 그속에
서 꺼질까 보아서 서로 부둥켜안고, 그러나 물결을 헤치
며 나가오. 사랑—사랑 달콤한 미끼가 아니오. 수없는 여
자들이 그것 때문에 남자들의 하는대로 그들의 손바닥에
여자의 온갖 것을 바치지 않았오.[50]

이처럼 "영희"는 자신의 힘으로 거친 세상을 헤쳐나가겠다고 다짐하
며 남편의 제의를 거절한다. 평등하고 인격적인 관계가 없는 가정생활
로부터 당당히 독립해 살아가겠다는 결혼관을 선명하게 드러내고 있는
것이다.

김기림의 평등한 결혼관은 1948년 39편의 작품을 수록한 수필집『바
다와 육체』(평범사)에도 나타나고 있다.[51] 김기림의 수필 세계는 육체의
현실과 역사의식, 역사의 '봄'과 생명의 '바다', '건강한 정신'의 현실 인
식, 국토 순례와 고향 등으로 정리할 수 있다.[52]

김기림의 수필 중에서 여성 의식이 두드러진 것은 「어째서 네게는 날
개가 없느냐」(『조선일보』, 1931.3.7~3.11), 「환경은 무죄인가」(『비판』,
제1권 제2호, 1931.6), 「결혼」(『신동아』, 1932.3), 「봄의 전령」(『조선일
보』, 1933.2.22), 「여인금제국」(『신여성』, 제7권 제4호, 1933.4), 「잊어
버리고 싶은 나의 항구」(『신동아』, 제3권 제5호, 1933.5), 「사진 속에 남

---

50 김학동 · 김세환 편,『김기림 전집 3』, 심설당, 1988, 156쪽.
51 김기림의 수필은『김기림 전집 5』(심설당, 1988) 169~436쪽에 수록되어 있다.
52 이종주, 「모더니스트의 보편성과 역사의식」, 김학동 편,『김기림연구』, 시문학
사, 1991, 182~239쪽.

은 것」(『신가정』, 제2권 제5호, 1934.5), 「질투」(『조선일보』, 1934.12.6〜
12.9), 「그 봄의 전리품」(『조선일보』, 1935.3.17), 「여상 삼제」(『여성』,
1939.6), 「가정론」(『조선일보』, 1939.11.25) 등이다.

1931년에 발표한 「환경은 무죄인가」는 두 지식인 여성이 달려오는 열
차에 몸을 던져 자살한 사건을 통해 남성이 지배하는 사회에 비판을 가
하고 있다. 현대를 결혼 수난기로 보고 두 여성의 자살을 "만천하의 무이
해한 부형과 남편들과 그리고 그들이 보존하고 있는 인습적 결혼관념에
대한 도전장의 제출이며 결혼에의 몸으로써 한 부정관념이며 동시에 낡
은 이끼 낀 「에펠」의 탑에 바친 산 제물"[53]로 본 것이다.

또한 1932년의 작품 「결혼」에서는 결혼이란 인격이나 사랑보다도 지
갑의 무게 때문에 결정된다고 보았고, 연애란 일종의 전쟁이어서 예외
없이 남자가 패배한다고 보았다. 기존의 수동적인 여성관을 깨트리고 평
등한 결혼관을 제시한 것이다.

4) 여성 의식의 의미

1930년대의 식민지 상황에서는 모성애가 여성의 자연적 본성일 뿐만
아니라 민족의 미래를 위한 메시지로 결부되어 강조되었다. 그리하여 어
려운 가정 형편 속에서도 잘 참아내고 이겨내는 여성상이 민족의 부흥
을 위해 필요하다고 제기되었다. 그렇지만 모성이 예찬되는 기저에는 식

53　김학동 · 김세환 편, 『김기림 전집 5』, 심설당, 1988, 393쪽.

민지 상황에 의해 권위를 상실당한 부권(父權)이 존재한다. "새로운 근대적 지식체계를 갖추지 못한 무능한 아버지는 전통사회에서와 같은 아들의 교육자로서의 역할도, 식민세력에 대항할 만한 능력도 갖추지 못한 채 조선의 암담한 현실 속에서 '조선의 미래'인 아들 세대에게 기대를 걸었고, 그러한 기대는 결국 취약한 부권을 대신하여 '조선의 신생과 번영'을 가져올 다음 세대를 낳아 양육하는 여성의 민족에 대한 '사명'으로서의 모성예찬으로 나타난 것이다."[54]

이와 같이 1930년대에는 남성에 의한 모성의 예찬이 많았는데 김기림이 시나 소설, 희곡, 수필 등에서 보여준 인식은 그것과 대조적인 면을 띤다. 그의 소설 「철도연선」에 등장한 "윤씨"가 기존의 유교적 규범이 요구하는 가정에 머물지 않고 집을 뛰쳐나간 것이나, 희곡 「바닷가의 하룻밤」에서 "영희"가 찾아온 남편을 맞지 않고 혼자 살기로 결심한 것이나, 시 작품 「가거라 새로운 생활로」에서 "안해"를 이상향인 "바빌론"으로 기꺼이 보내려고 한 것이나, 수필 「환경은 무죄인가」에서 결혼 생활에 만족하지 못해 자살한 두 여성을 옹호한 것이나, 문명 비평인 「정조 문제의 신전망」에서 정조 관념이 변하고 있고 또 변해야 한다고 주장하고 있는 것 등이 그러한 면이다. 김기림은 여성을 모성애의 대상으로 인식하지 않은 것이다. 이 점에서 김기림의 여성 의식은 모더니즘 문학을 추구한 그의 작품세계의 한 모습으로 볼 수 있다.

광의적으로 보면 모더니즘이란 20세기에 성립된 전위적이고 실험적인

---

54 안태윤, 앞의 글, 156쪽.

모든 예술 경향을 말하는데, 당대 현실에 대한 위기의식 및 부정 정신이 내포되어 있다. 자신이 살아가는 시대에 심각한 위기의식을 느끼고 기존의 문화적 전통을 비판하며 현실에 대한 부정적인 태도를 취했던 것이다. 이러한 모더니즘이 한국에 본격적으로 들어온 시기는 1930년대이고 그것을 소개하고 적용한 선두주자가 김기림이었다. 김기림은 기존의 문학적 전통에 해당하는 감상주의와 편내용주의를 부정하고 그 자신의 창작품에서 과도한 감정이나 이념의 노출을 지양했다. 그리하여 김기림은 기존의 창작 태도와는 다르게 사물에 대하여 객관적인 거리를 유지했고, 또한 새로운 실험성을 추구했다. 그동안 김기림의 이와 같은 면을 엘리엇이나 흄이나 리처즈 같은 서구 문학과 비교한 연구가 대부분이었는데 그 결과 대체로 부정적으로 평가되었다. 그렇지만 그것은 큰 오류를 범한 측면이 있다. 김기림이 살아가던 시대는 일제강점기라는 특수한 상황이었기 때문에 서구 문학과 직접적으로 비교를 할 수 없는 것이다. 그런 점에서 김기림이 추구한 모더니즘 문학은 한국 문학사에서 의미하는 바가 크며, 그의 여성 의식 또한 새롭게 인지할 필요가 있다.

다만 1940년대에 들어 김기림의 여성 의식이 더 이상 확대되지 못한 점이 아쉽다. 1937년 중일전쟁에 이어 1939년 9월 제2차 세계대전을 발발시킨 일제는 국민징용령 실시(1939.10), 중등학교 이상에 학교총력대 결성 지시(1941.9) 등에서 볼 수 있듯이 전시체제로 전환해나갔다. 그리하여 조선의 민족성을 말살시키기 위해 창씨개명(1940)을 강요했고, 국어의 수업 및 사용 금지(1942)를 전면적으로 시행했다. 또한 군량미를 조달하기 위해 강제적으로 공출을 실시하여 쌀 생산의 63.8%(1943)까지 강탈해갔고, 전쟁이 장기화됨에 따라 부족한 노동력을 보충하기 위해 조선인들을 강제로 징용해 광산, 철도 건설, 토목공사, 조선소, 철강소 등에서 노예 노동을 시켰다. 그리고 1944년에는 총동원법으로 조선인 징용을 전면적으로 실시했고, 동원 규정을 공포하여 초등학교 4학년 이상 학생의 강제 동원 체제를 확립했으며, 여자정신근로령까지 공포하는 만행을 저질렀다.

그리하여 김기림의 작품들에 여성이 등장하고 있지만 주체적인 삶의 면목이 없었기 때문에 진정한 여성 의식을 추구했다고는 볼 수 없다. 이성적 원리에 따라 현실을 변화시킬 수 있다는 믿음이 없었기 때문에, 즉 식민지 시대를 살아가는 지식인으로 한계를 느낄 수밖에 없었기 때문에, "새로운 시대의 사고는 새로운 표현양식을 요망한다."[55]라고 그 자신이 말했지만 실행할 수 없었던 것이다. 더 이상 전망이 보이지 않는 역사적 상황에서 그는 친일 글은 쓰지 않았다. 그렇지만 여성 의식을 확장시키기는 어려웠던 것이다.

3. 나오며

김기림은 서구의 문학 이론을 받아들여 한국의 문학을 평가하고 또 극복하려고 했던 시인이고 비평가였다. 또한 한국 문학사의 평가에서는 제외되고 있지만 인정할 만한 소설가였고 극작가였으며 수필가였다. 김기

---

55 김학동 · 김세환 편, 『김기림 전집 2』, 228쪽.

림은 형식주의자나 기교주의자가 아니라 오히려 언어와 표현력에 지대한 노력을 기울이며 동시대 사람들의 삶을 반영하려고 그들의 언어를 성실하게 작품에서 활용했다.

김기림이 살아가던 1930년대의 여성들은 근대 교육을 받고 여성지를 읽고 각종 서구 문화의 접촉 등을 통해 이전 시대의 여성들보다 근대적 의식을 가졌지만, 여전히 남성들에 비해 사회적 약자의 위치에 있었다. 그러한 데는 기존의 유교 규범이 워낙 견고했기 때문이기도 했지만, 시대적인 제약도 있었다. 일제는 1930년대에 들어서 조선을 자국의 식량 공급 및 자국 생산물의 소비 시장으로 삼고 본격적으로 약탈하기 시작했다. 조선에 백화점을 세우고 철도를 부설하고 박람회를 개최한 것은 조선의 근대화를 이루기 위한 것이 아니라 자국의 이익을 창출하기 위한 것이었다. 일제는 그 목적을 달성하기 위해 오색찬란한 포스터를 붙이고 마네킹을 세우고 수많은 물건들을 진열해놓고 조선인들에게 소비를 유혹했다. 그러므로 경성의 거리에 카페, 아스팔트, 네온사인, 영화관, 웨이트리스, 모던 걸, 모던 보이, 신문, 라디오 등이 근대라는 불빛으로 빛났지만, 그 이면에는 식민지 지배의 무서운 이데올로기가 숨어 있었다. 그리하여 1930년대에 이르러서도 조선 여성들의 진정한 삶은 달성되기 어려웠다. 일제에 의한 근대화여서 주체자인 여성들에게 자유와 권리가 없었던 것이다.

김기림은 그와 같은 상황을 객관적으로 담아내는 것이 자신이 추구할 창작 방향이라고 생각했다. 기존의 문학 규범이나 가치에 얽매이지 않고 여성에 대해 주체적인 태도로 담아내는 것이 시대를 제대로 반영하는 자세라고 생각한 것이다. 김기림은 자신이 살아가는 시대와 사회에 위기의

식을 느끼고 기존의 문화적 전통을 비판하고 현실에 대한 부정적인 태도를 취했던 모더니스트처럼 기존의 문학에서 나타난 감상주의와 편내용주의를 부정했다. 그리하여 과도한 감정이나 이념의 노출을 지양하고자 노력했다. 상황이나 대상에 대하여 객관적인 거리를 유지하면서 전위적인 실험성을 추구한 것이었다.

주지하다시피 김기림이 살아가던 시대는 일제강점기라는 암흑의 상황이었다. 김기림은 그러한 상황 속에서도 기존의 윤리나 규범에 얽매이지 않고 여성의 신정조관, 근대적 여성미, 평등한 결혼 생활 등을 전위적인 실험으로 추구했다. 결국 김기림의 여성 의식은 그의 모더니즘 문학이 감각적 이미지와 형식적 기교의 측면으로 기울지 않도록 하는 무게를 갖는 것이다.

장정심의 시에 나타난 기독교적 세계관

1. 들어가며

1930년대의 시문학사에서 장정심의 활동을 주목할 필요가 있다. 장정심은 동시대의 여성 시인들 중에서 기독교 정신을 바탕으로 자아 인식과 낙원 인식 그리고 민족 해방 의식을 투철하게 노래했기 때문이다. 그와 같은 시인의 시 세계는 조선인들의 행동과 사상이 제약받는 일제강점기의 상황 속에서 이루어진 것이기에 큰 의의를 갖는다.

장정심은 1898년 경기도 개성에서 태어났다. 기독교 가정에서 자라났기 때문에 어려서부터 신앙생활을 했고 신교육을 받았다. 1925년 감리교에서 운영하는 호수돈여자고등보통학교를 졸업한 뒤 이화학당 유치사범에 진학했다. 졸업(제3회) 후에는 고향의 호수돈여자고등보통학교 부설 유치원에서 교사 생활을 했다. 그리고 3·1운동 이후 생겨나기 시작한 여성운동 단체에 적극적으로 참여했다. 개성 감리교회 청년 조직인 엡윗청년회(Epworth League)[1]에 참여했을 뿐만 아니라 개성 여자교육회에서 강사와 임원으로 활동했고,[2] 개성 신간회의 간사로도 활동했다.[3] 다시 서울의 감리교 협성여자신학교에 입학했고, 1927년 『청년』에 시 작품 「기도실」 등을 발표했다. 그리고 시집 『주의 승리』(한성도서주식회사, 1933)와 『금선』(한성도서주식회사, 1934)을 발간했고, 여성 선교의 시각으로 『조선 기독교 50년 사화』(감리회신학교, 1934)를 편찬했다. 1938년 조선기독교여자절제회의 서기를 거쳐 제4대 총무가 되어 금주 금연 운동을 전개했다.[4] 그리고 일제의 경찰에 끌려가 협박과 공갈을 받고 신사 참배와 총후보국 강조 주간 행사에 참여할 것에 굴복했으나, 건강을 이유로 실제로는 참여하지 않았다. 역사의식이 강했기 때문에 친일 활동을 하지 않았던 것이다. 1947년 개성의 자택에서 병환을 이기지 못하고 세상을 떴다.[5]

조선에 기독교가 정착한 것은 일제에 의한 식민지화가 본격화되면서였다. 일본은 1895년 청일전쟁에서 승리한 후 자신들의 침략 전쟁에 방

---

1   감리교의 창시자 존 웨슬리의 고향 이름에서 따왔다. 해방 전까지 각종 계몽운동과 독립운동의 중추적인 역할을 했다. 헤이그 밀사로 파견된 이준 열사, 상동감리교회 전덕기 목사, 유관순 열사, 소설 『상록수』의 주인공인 최용신 등이 엡윗청년회에서 배출되었다. 『동아일보』, 1997.8.4, 21쪽.

2   『동아일보』, 1920.8.26, 4쪽.

3   『동아일보』, 1927.8.11, 4쪽. 이외에도 청년연합회 결성에 여자교육회 대표로 참석했고(『동아일보』, 1923.11.25, 3쪽), 조선여자청년회가 주최한 여자 현상 토론회에 참석했으며(『동아일보』, 1924.7.14, 2쪽), 여자 토론대회에도 참여했다 (『동아일보』, 1924.7.19, 2쪽).

4   윤은순, 「1920·30년대 한국 기독교 절제운동 연구」, 숙명여자대학교 박사학위 논문, 2008, 49~56쪽.

5   역사위원회 편, 『한국 감리교 인물 사전』, 기독교대한감리회, 2002, 413~415쪽.

해가 되는 명성황후를 시해한 것을 넘어 을사보호조약(1905), 한일병탄 (1910) 등을 강제적으로 체결하며 조선을 파죽지세로 지배해 들어왔다. 이와 같은 정치적 격변의 상황에 휩싸인 조선인들은 큰 충격을 받고 민족적 각성과 대응책의 마련 차원에서 기독교에 관심을 보였다. "기독교의 새로운 국면은 여기에서 시작되었으며, 이 새 시작은 한국 사람들의 민족적 분노에 있었던 것이다. …(중략)… 한국의 정치적 허약에 대한 대책, 그리고 국가 존망의 불안을 해소하는 데 필요한 해답을 기독교 안에서 찾아보려는 정치적 목적이 다분히 있었"[6]던 것이다.

그렇지만 조선에 들어온 기독교는 교육 사업이나 의료 사업 등을 통해 민족의 근대화에 기여했지만 한계점도 드러냈다. 기독교 선교사들은 이전의 천주교 선교사들이 직접적으로 포교한 결과 신유박해(1801), 기해박해(1839), 대원군에 의한 병인박해(1866) 등을 당한 역사적 사건을 거울로 삼고 간접적인 방법으로 포교 활동을 시행했다.[7] 따라서 조선인들이 기대했던 정치적 문제에는 거리를 두었다. 부흥회 등을 통해 복음 전달에 중점을 두고 교세(敎勢)를 확장해나갔지만, 조선의 정치적인 상황에는 직접적으로 나서지 않았다. 일제의 지배를 받고 있는 상황에서 신도들이 정치적 관심을 갖게 되면 많은 희생을 당할 것을 우려해 내세에 관심을 갖도록 유도한 것이다.

---

6   서광선, 「한국여성과 종교」, 『한국여성사』, 이화여자대학교 출판부, 2001, 524 ~525쪽.
7   정세화, 「한국 그대 여성 교육」, 위의 책, 290~295쪽.

그렇지만 장정심이 속한 감리교[8]는 다른 종파에 비해 "자주성과 독립심 그리고 애국심을 가질 수 있는 교육을 실시하였다. 기독교 교육 사업과 청년운동 및 문화 사업의 전개를 통해 당시의 애국, 정치 문화 운동에 적극 참여하였고, 민족의식의 앙양과 근대화에 이바지"[9]한 것이다. 감리교의 이와 같은 사회 참여는 18세기 후반부터 시작된 산업혁명으로 인한 사회 변화에 적절하게 대처하지 못한 국교회와는 달리 새로 등장한 프롤레타리아 계급을 전적으로 수용한 영국에서 그 기원을 찾을 수 있다.[10] 이와 같은 토대 위에서 장정심은 일제의 탄압에 맞서는 사회운동

---

8   18세기 영국에서 창립된 프로테스탄트의 한 교파. 창시자는 웨슬리. 인간의 자유 의지 중시, 평신도들에게 교회 개방, 교육 중시, 사회적 관심 고양 등의 특성지님. 노예제도의 폐지, 절제, 미성년자 노동 폐지, 8시간 노동제 엄수, 대금업 폐지 등 사회 개혁 운동 일으킴. 1884년 고종이 미국 감리교 선교사인 매클레이에게 교육 사업과 의료 사업에 한하여 선교 사업을 허락한 뒤 1885년 미국 북감리회 선교사 아펜젤러에 의해, 1895년 윤치호에 의해 미국 남감리교회 선교 시작. 1930년 남·북감리교회 통합. 일제의 식민지 통치가 시작되면서 감리교회의 영향력이 커짐. 특히 서재필이 조직한 독립협회가 1898년 해산되면서 민족운동의 중심이 됨. 서울 남대문에 있던 상동 감리교회가 대표적인 곳. 1905년에 을사조약이 체결되자 담임 목사인 전덕기를 중심으로 김구·이준 등이 전국감리교청년연합회를 소집하고 무효화 투쟁을 전개함. 뒤에도 이회영·김구·이동녕·이준·안창호·이승훈·이동휘·양기탁 등이 모여들어 독립운동을 모의하였고, 1907년에는 신민회(新民會)를 조직해 민족운동을 주도함. 민족운동의 전통은 3·1운동으로 이어져 33인의 민족 대표 중 9명이 참여함. 그리하여 일제의 핍박이 가중되었는데, 수원 제암리 감리교회 대학살 사건이 대표적임. 일제 말 종교 탄압으로 어용 단체로 전락된 예도 있음. 『한국민족문화대백과』(http://terms.naver.com/entry.nhn?docId=565052).

9   권기호, 「감리교 선교사들의 개화기 교육 활동 연구」, 단국대학교 박사학위 논문, 2010, 86쪽.

과 시작 활동을 추구한 것이다.

그런데도 지금까지 장정심의 작품 세계를 본격적으로 고찰한 논문이 한 편도 없다는 사실은 우리의 폭넓지 못한 학문 풍토를 되돌아보게 한다.[11] 부분적으로 고찰한 논문들도 장정심의 연보조차 제대로 파악하지 못하고 있다. 가령 이명숙은 장정심의 작품 세계를 자연 친화, 역사의식, 자아실현의 의지와 님, 기독교적 신앙심 등으로 나누어 고찰했지만, 작품 세계 간의 연관성을 발견하기 어려울 뿐만 아니라 연보가 올바르지 않다.[12] 이길연은 장정심의 시 세계에 대해 시대적인 절망과 허무를 기독교적인 세계관으로 극복했다고 의미 부여를 했지만 역시 연보가 바르지 않다.[13] 신홍규는 강미경의 논문을 복사하듯 그대로 옮겨 적었다.[14]

이 글에서는 장정심이 간행한 시집 『주의 승리』와 『금선』을 기초 자료

---

10 정기원, 「19세기 전반 영국 감리교와 노동계급」, 숙명여자대학교 석사학위 논문, 1997, 22쪽.

11 부분적으로 고찰한 논문은 다음과 같다. ① 정영자, 「한국 여성문학 연구」, 동아대학교 박사학위 논문, 1987. ② 강미경, 「한국 현대시의 기독교 수용 양상」, 건국대학교 석사학위 논문, 1992. ③ 이길연, 「1930년대 기독교 시의 현실 극복과 문학적 형상화—이용도와 장정심을 중심으로」, 『평화학연구』 6, 2005. ④ 이명숙, 「일제강점기 여류시조 연구 : 김오남, 오신혜, 장정심을 중심으로」, 한국교원대학교 석사학위 논문, 1997. ⑤ 신홍규, 「한국 현대시에 나타난 기독교 의식 연구」, 건국대학교 석사학위 논문, 1997.

12 "장정심이 일본 쿄오세이 여자신학교(협성여자신학교)를 졸업하고 그 학교의 서기로 재직했고, 1938년 40세의 나이로 조국의 광복을 보지 못하고 세상을 떴다." 이명숙, 위의 논문, 43~44쪽.

13 이길연, 앞의 논문, 262~276쪽.

14 신홍규, 앞의 논문, 27~36쪽.

로 삼고 그동안 함몰되었던 시 세계를 살펴보고자 한다. 장정심의 시집에는 자유시뿐만 아니라 시조와 동시도 수록되어 있는데,[15] 이 글에서는 시로 통칭하기로 한다. 이 글에서는 장정심이 추구한 시 세계를 자아 인식, 낙원 인식, 민족 해방 의식으로 나누어 고찰하고자 하는데, 1930년대의 시문학사를 정립하는 데 기여할 수 있기를 기대한다.

2. 장정심 시의 기독교적 세계관

1) 자아 인식

장정심의 자아 인식은 첫 시집 『주의 승리』에서부터 나타나고 있다. 이 시집에서 장정심은 예수의 출생에서부터 십자가에 못 박힌 뒤 부활에 이르기까지의 생애, 관계된 인물들, 사건 등을 작품화하면서 자신의 신앙 의지를 담고 있다. "나의 존경하는 나의 주시여/내가슴에 노래를 드르시오니/나의 마음에 사랑을 받아주소서"(「마음의 거문고」)라고 기도하고, 예수를 위한 길이라면 산도 강도 사막도 두려워하지 않고 심지어 "죽엄의 길이라도 감사히 받을지니/살던지 죽던지간에 뜻대로만 쓰소서"(「님의 음성」)라고 다짐하고 있는 것이다. 인류의 원죄를 구원하기 위해 죽음을 당한 예수의 생애에 깊은 감화를 받고 영원히 동행하겠다는 의지를 밝힌 것이다.

---

15 『주의 승리』에는 시 201편, 『금선』에는 시 181편(자유시 90편, 시조 70편, 동시 21편)이 수록되어 있다.

장정심은 두 번째 시집인 『금선』에서 첫 시집에서 추구했던 예수의 전기적 사실이나 신앙 고백을 넘어서고 있다. 『주의 승리』에서 보여준 직설적인 표현들을 서정적인 감성과 비유, 상징, 시어 등으로 극복한 것은 물론 주체적인 세계관으로 자아 인식을 심화시킨 것이다.

> 석가레 세우듯이 세우나니
> 땅을 깊이 파고 세우려하오
> 화살을 보내듯이 곧을지니
> 자신을 먼저 바르게 하려오
>
> 막대를 세우듯이 세울지니
> 지, 정, 의 세 개를 모아 세려오
> 뚝섬을막듯이 막을지니
> 한방울 물도 샐틈없이 하려오
>
> ─「뜻세움」 전문

화자는 서까래나 막대를 세우듯이 "지, 정, 의 세 개를 모"으려고 한다. 지와 정과 의란 사람의 마음속에 들어 있는 지성(知性), 정서(情緒) 즉 감성(感性), 의지(意志)를 일컫는 것인데, 기독교에서는 하느님의 형상으로 보고 있다. 아담과 하와 역시 하느님과 같은 모습을 타고났지만 스스로 죄를 지음으로써 지정의를 상실하고 말았다. 그리하여 인간의 지성은 하느님을 알 수 없는 상태가 되었고, 감성은 하느님을 느낄 수 없도록 메 말랐으며, 의지는 악을 행하는 죄의 종이 되었다고 본다. 그렇지만 기독교에서는 하느님이 인간의 마음속에 양심이며 율법을 넣어 스스로 무엇이 죄인지를 알게 했으므로 하느님을 섬기면 지정의를 회복할 수 있다고 믿는다.

위의 작품에서 화자는 "지, 정, 의"의 성령을 품으려고 "석가래를 세우듯이" "화살을 보내듯이" "막대를 세우듯이" 그리고 "뚝섬을막듯이" 최선을 다하고 있다. "자신을 먼저 바르게 하"고 하느님을 품고 나아가려고 하는 것이다. 이는 단순히 하느님을 따르는 행동이 아니라 적극적이고도 주체적인 행동이다. 지성과 감성과 의지를 통합한 존재로, 결국 근대적 주체로서 자아를 인식하고 나서는 모습인 것이다. 근대적 주체란 완결된 세계 속에서 편안하게 숨 쉬는 것이 아니라 변화하는 세계 속에서 적응하는 자신을 만들어가는 존재이다.

> 쫍고 다듬어 아로사긴 저 비석
> 장인의 수공이 얼마나 장한가
> 이제야 돌이라 할가 보배라 하지
> 우리의 마음도 쫍고 다듬어
>
> 쫍고 색칠한 저 조각상
> 예술의 미가 화려하다고
> 뉘라서 굴러 다니던 돌쪼각이라 할고
> 우리의 마음도 아름다운 조각상 같이
>
> ―「돌쪼각」 전문

화자는 훌륭하게 만들어진 비석을 바라보며 볼품없는 돌을 공들여 쪼고 다듬은 "장인의 수공이 얼마나 장한가"라고 노래하고 있다. 그리고 자신의 "마음도 쫍고 다듬"으면 그 비석과 같이 될 수 있다고 생각한다. 보잘것없는 하나의 돌조각에 불과할지라도 제대로 갈고 다듬으면 충분히 지정의를 갖춘 존재가 될 수 있다고 믿는 것이다. 화자의 이와 같은 자아 인식은 "사랑하는 자들아 너희는 너희의 지극히 거룩한 믿음 위에 자기를 건축하며 성령으로 기도하라"[16]는 『성경』에서도 확인된다. 하느님에 대한 거룩한 믿음을 가지고 자신을 건축하면 영생을 얻을 수 있다는 것이다. 따라서 화자가 "마음도 쫍고 다듬"으려고 하는 행동은 하느님의 말씀에 따라 스스로를 거룩하고 존귀한 존재로 만들어가는 모습으로 볼 수 있다.

한 존재의 자아는 다른 존재와의 관계에서 성립된다. 다른 존재와 단절되거나 폐쇄된 것이 아니라 상호작용의 관계 속에서 형성되는 것이다. 따라서 위의 작품의 화자가 자신의 마음을 "쫍고 다듬"는 행위 역시 개인적이고 독립적인 것이 아니라 하느님과의 관계에서 수행하는 행동으로 볼 수 있다. 결국 자아를 주체적으로 확대해서 인식하는 것이다.

> 이 몸이 다시 되면 무엇이 되어볼까
> 사막의 샘이 되고 광야의 등이 되어
> 행인의 마실 물 밝은 등 되어줄가 하였소
>
> ─「몸」 전문[17]

위의 작품에서 하느님이나 예수가 직접 호명되고 있지는 않지만 사막,

---

16 「유다서」 1장 20〜21절.
17 원문은 다음과 같은데 시집을 간행하면서 다소 퇴고했다. "이몸이다시되면 무엇이될고하니/사막에 샘이되고 광야에 등이되어/행인의 마실물 밝은달 되어줄까하노라" (경성 협성여자신학교 학생기독청년회, 『백합화』3, 1929. 1쪽)

샘, 광야, 등, 행인, 물 등의 비유적 대상들에서 기독교적 세계관을 지향하는 것을 볼 수 있다. 화자는 만약 이 세상에 다시 태어난다면 "사막의 샘이 되"겠다고 밝히고 있다. 그 이유는 "행인의 마실 물"이 되기 위해서이다. 또한 "광야의 등이 되"겠다고 밝히고 있는데, 행인들의 길을 밝혀 주는 존재가 되기 위해서이다. 이렇듯 화자는 사랑과 희생과 섬김을 추구하는 기독교적인 세계관으로 자아 인식을 심화시키고 있는 것이다.

화자의 이와 같은 자아 인식은 주체성을 지닌 것이다. 즉 하느님과의 관계를 통해 자신의 존재성을 확립한 것이다. "나는 사유하는 한에서만, 의식 활동이 있는 한에서만 나로서 존재하며, 그 사유가 멈추는 순간 나는 존재하지 않게 된다. 그러므로 나의 존재의 지속성은 나 자신에 의해서는 확보되지 않는다."[18]라고 데카르트가 신에 의한 세계와 한 개인의 창조는 매 순간 행해져야 한다고 말했듯이, 장정심은 하느님과의 관계 속에서 자아를 형성하고 있다.

그리하여 장정심은 사회운동에도 적극적으로 참여했다. 사회적 기능을 강조하고 절제 운동을 지속적으로 시행한 감리교의 교리를 충실히 따른 것이다. 그 결과 일제의 탄압에 억눌린 삶을 살아야 했던 식민지 조선인들의 실정을 자각하게 되었다. 자아 인식을 개인 차원을 넘어 사회적 차원으로 확대한 것이다. 따라서 장정심의 자아 인식을 이해하려면 일제의 식민 통치 상황을 인지해야 된다. 시인의 자아 인식에는 식민지 조선인으로서 겪어야 하는 고통을 회피하지 않고 맞서는 민족의식이 들어 있

---

18 한자경, 『자아의 연구』, 서광사, 1997, 34쪽.

는 것이다. 이렇듯 장정심의 자아 인식은 개인적이거나 절대적인 차원의 개념이 아니다. 하느님의 지정의를 민족인들의 형상으로 삼고 그 구현을 추구하는 민족성과 역사성이 내포되어 있는 것이다.

2) 낙원 인식

장정심은 『금선』의 첫머리에서 "조선의 정!을 노래하려오"(「금선」)라고 노래한 것을 비롯해 「금강산」 「송악산」 「선죽교」 「두문동」 「충신묘」 「박연」 「송경」 「대동강」 「세금정」 등에서 조선의 많은 산과 강, 유적지 등을 작품화했다. 장정심의 의도는 일제에 의해 훼손된 민족의 강토를 회복하려는 것이었다.

인간이 자신의 삶을 영위하는 영토를 인식하는 것은 근원적인 행동이다. 인간에게 시간과 마찬가지로 공간은 이 세계를 이해하고 행동하는 기본적인 틀이 된다. 그리하여 인간은 언제나 공간 속에서 타자와의 관계를 생각하고 자신의 행동을 추구한다. 그러므로 영토라는 공간은 그 구성원의 감정과 세계 인식을 배양시키는 역할을 한다. 조국에 대한 사랑이나 충성심 같은 국민 의식이 산출되어 국기(國旗)나 국가(國歌) 같은 상징이 만들어지고, 신성불가침이라는 관념이 생기며, 국민이라는 정체성이 나타난다. 그리하여 구성들에게 아버지의 땅이나 어머니의 땅으로 불리며, 타자가 침입했을 때 모국의 침범으로 간주하는 것이다. "국민의식의 성립은 국가의 내부에서 살아가는 사람들이 이제까지는 단순히 특정 마을이나 촌락의 주민이기도 …(중략)… 했지만, 동시에 특정한 나라의 국민으로서의 의식을 갖게 된다는 것, 국민이라는 의식이 다른 자기의식에 대하여 때로 우월하게 되는 사태가 도래했음을 의미한다."[19] 영토라는 등질적인 공간 의식이 국민이라는 공동체 의식을 낳게 되는데, 장정심의 역사의식도 이와 같은 차원에서 발생된 것으로 볼 수 있다.

반남아 안개 덮여 솔 속에 가렸으니
그대는 명성 같이 사시에 새론 빛이
인간에 별유천지니 에덴이 아니었나든가?

풀 빛은 더 푸르고 단풍은 더 붉으니
철저한 그대 뜻을 모를리 없었건만
저대로 그리고자하나 슬어가 부족하오

구름을 휘여잡고 저 하늘 오르고저
먼 산에 가린 솔은 너울 속 신부 같이
햇빛에 거듭 비치어주니 선녀들이 아닐까?

만물의 주인공이 걸작품 예 두시고
이 땅의 보배 되게 만인이 왕래하니
에덴이 어디엿나 하다 나는 옌가 하였소

— 「금강산」 전문

금강산은 조선인들에게 아름다운 산의 대명사로 인식되어 많은 사람들이 찾았고 또 노래로 불려졌다.[20] 금강산이 조선인들에게 특별히 아름

---

19 와카바야시 미시오, 『지도의 상상력』, 정선태 역, 산처럼, 2006, 243~244쪽.
20 일제강점기의 학생들이 수학여행을 갈 때 가장 많이 찾은 곳이 금강산과 경주

답게 여겨진 이유는 형용할 수 없는 풍광뿐만 아니라 민족의 정기가 담겨 있다고 생각했기 때문이다. 금강(金剛)은 '진리를 향해 물러나지 않는 굳은 마음'을 뜻하는데, 조선인들은 그 의미처럼 금강산을 정신적인 숭고함과 기개를 상징하는 명산(名山) 혹은 영산(靈山)으로 여긴 것이다. 금강산은 봄(금강산), 여름(봉래산), 가을(풍악산), 겨울(개골산)마다 별개의 이름으로 불릴 정도로 다른 산에 비해 "풀 빛은 더 푸르고 단풍은 더 붉"다. "만물의 주인공이 걸작품"으로 만든 것이어서 "명성 같이 사시에 새론 빛이" 나면서 존재한다. "인간에 별유천지"여서 "먼 산에 가린 솔"이 "선녀들"처럼 보이기도 한다. "만인이 왕래"할 수 있는 "이 땅의 보배"인 것이다. 그리하여 시인은 "에던이 어디였나 하다 나는 옌가 하였고"라고 노래한다.

"에던"은 최초의 인간인 아담과 그의 아내인 하와가 살 수 있도록 야훼가 만든 동산을 일컫는다. 에덴동산은 히브리어로 '태고의 정원' 혹은 '환희의 동산'이라는 뜻을 지녔듯이 낙원의 대명사로 불리고 있다. 물론 아담과 하와가 야훼의 명령을 어겨 고통과 죽음으로부터 벗어날 수 없는 운명이 된 장소이기도 하지만, 기독교인들에게는 낙원의 대명사이다. 시인은 금강산을 그 낙원으로 여기고 노래한 것이다.

이외에도 장정심은 아낙네들이 침략군을 물리치기 위해 행주치마에

였다. 맹문재, 「1930년대 여자고등학생들의 학교생활 고찰」, 『한국학연구』 29, 2008, 41~44쪽. 영국의 작가이자 지리학자로 잘 알려진 이사벨라 버드 비숍도 1894년과 1897년 사이 금강산을 다녀온 후 "아, 나는 그 아름다움, 그 장관을 붓끝으로 표현할 자신이 없다."라고 썼다. 이사벨라 버드 비숍, 『한국과 그 이웃나라들』, 이인화 역, 살림, 2001, 160쪽.

돌을 담아 나른 행주산성(「행주치마」)이며, "이땅의 자손 같이/주리고 헐 벗은몸 때되어 입혜"(「송악산」)주는 송악산, 민족의 자손들이 제 뜻을 흐르는 물처럼 펼칠 수 있는 박연폭포(「박연」), "임의 궁전이 비치"(「대동강」)는 대동강, "이 땅을 축복해주"(「충신의무덤」)는 선조들의 무덤, 그리고 일흔두 분의 충신들이 역사를 지킨 두문동(「두문동」) 등을 낙원 인식으로 노래했다. 조선의 산, 강, 유적지 등을 역사의식을 가지고 낙원으로 구체화시킨 것이다.

쇠라도 동녹이 덮였을것이오
돌이라도 깎였을것이었지마는
정역이 합한 순결한 피라
아직도 돌다리우에 뚜렸이 보이오

하루도 아니고 이틀도 아니고
기세찬 장마물 긴 세월간에도
흙이 덮이고 패이고 흘러갔으련만
아직도 저 흙 우에 뚜렸이 보이오

굉장하게 높이 쌓은 대리석 다리야
한시간에도 수만사람이 왕래하것만
선죽교 외롭고 적막한 충신의 다리야
행객이 있거니 없거니 늘 붉어있고

그리하야 고려의 자손들이란
피 식을 날이 별로 없이
죄 없이 고결한 저 붉은 피가
이 땅의 자손들을 길러주었소

—「유적」 전문

"선죽교"는 앞에서 살펴본 금강산과는 특성이 다른 장소이다. 금강산이 풍광이 아름다운 명산이라면, "선죽교"는 비극적인 장소인 것이다. 따라서 "선죽교"는 일견 낙원의 장소로는 적합하지 않을 수 있다. 그렇지만 시인은 충신의 정신이 배어 있는 숭고한 장소로 노래하고 있다. 민족인들이 품고 지향해야 할 역사적인 터전으로 삼고 있는 것이다.

　"선죽교"는 경기도 개성에 있는 돌다리로 고려 말기 정몽주가 죽음을 당한 곳이다. 고려 말기 이성계는 공양왕을 폐위하고 조선을 건국하기 위해 세력을 모으고 있었는데, 고려의 충신으로 일컬어진 정몽주에게도 동참할 것을 요구했다. 이성계의 아들 이방원이 「하여가」로 그 뜻을 전하자 정몽주는 충신답게 「단심가」로 거절했다. 그 후 정몽주는 선죽교에서 이방원이 보낸 일파에게 철퇴를 맞았다.

　화자는 정몽주의 그 충성심이 "쇠라도 동녹이 덮였을 것이"고 "돌이라도 깎였을" 정도로 수백 년의 세월이 흘렀어도 지워지지 않았다고 노래한다. "하루도 아니고 이틀도 아니고/기세찬 장마물 긴 세월간에도/흙이 덮이고 패이고 흘러갔으련만" 남아 있다는 것이다. 다시 말해 "정역이 합한 순결한 피라/아직도 돌다리우에 뚜렷이 보"인다는 것이다. 그리하여 화자는 "외롭고 적막한 충신의 다리"를 붉은 마음으로 바라본다. 정몽주의 충성심이 여전히 살아 있기에 "고려의 자손들이란/피 식을 날이 별로 없"다고 믿는 것이다. 또한 "죄 없이 고결한 저 붉은 피가/이 땅의 자손들을 길러"줄 것을 기대한다. 정몽주의 충성심을 단순히 기억하는 것이 아니라 민족의 미래를 여는 초석으로 삼는 것이다.

　장정심의 이와 같은 미래 인식은 기독교적인 세계관을 연상시킨다. 『성경』에는 "의에 주리고 목마른 자는 복이 있나니 저희가 배부를 것임이

요.”라는 구절이 있다. 개인적인 의로움과 사회적 정의를 간절하게 소망하면 메시아가 와서 그와 같은 세상을 세워주리라는 것이다. 또한 “의를 위하여 핍박을 받은 자는 복이 있나니 천국이 저희 것임이라.”[21]라는 구절도 있다. 의로운 일에 힘쓰면 천국 같은 낙원을 성취할 수 있으리라는 것이다.

위의 작품에서 장정심은 선죽교를 마치 『성경』에서 제시된 그 의(義)가 수행된 장소로 삼고 있다. 비록 정몽주가 비극적으로 죽임을 당한 곳이지만, 오히려 그의 충성심이 빛나는 장소로 인식하고 있는 것이다. 그리하여 장정심은 선죽교를 민족인들이 품어야 할 역사적 성지(聖地)로 제시하고 있다. 비록 육체적인 희생이 따른 곳이지만 올바른 정신 가치가 구현된 곳으로 기리는 것이다. 따라서 위의 작품에서의 가해자와 피해자의 관계는 일제와 조선의 관계로도 해석할 수가 있다. 조선인들이 비록 일제의 피해를 받는다고 하더라도 민족성을 굽히지 않고 지키고 있으면 역사적 존재로 영원히 살아남는다는 것이다. 이처럼 장정심이 인식한 낙원은 공간적인 개념을 넘어 정신적인 영역으로까지 확대된 개념이다. 민족의 해방이 이루어지고 민족인들의 정신이 살아 숨쉬는 장소인 것이다.

3) 민족 해방 의식

장정심이 창작 활동을 한 1930년대는 이전 시대와는 달리 새로운 시

---

21 「마태복음」5장 6~10절.

들이 등장했다. 이전 시대에 큰 영향을 끼쳤던 카프 문학의 목적의식을 탈피해 새로운 이미지와 언어의 가공미를 추구한 김기림 · 정지용 · 이상 등의 모더니즘 시, 문학 자체의 순수성을 옹호하고 전통적인 서정성을 추구한 박용철 · 김영랑 등의 시문학파 시, 생명의 본질을 구경적(究竟的)으로 탐구한 유치환 등의 생명파 시가 등장한 것이다. 그렇지만 일제의 군국주의가 강도를 더해감에 따라 새로운 시들이 확산되지는 못했다. 오히려 일제가 대동아공영권을 본격적으로 추구하면서 1931년 만주사변을 일으킨 이후에는 위축될 수밖에 없었다. 일제는 조선의 시인들에게 국민 총동원령에 협력하는 것뿐만 아니라 황국신민화의 선전에 앞장설 것을 강요했다. 그에 따라 조선문인협회 같은 친일 문인 단체가 생겨났고 친일 시가 등장했다. 이와 같은 상황에서 장정심이 민족 해방을 노래한 것은 주목된다.

밤을 격한 오늘
오늘에 지나간 어제는
옛날에 이름을 띠고 가고
오늘밤 마치는 새벽은
새날의 날개를 펴고 왔소

옛날은 한숨 쉬이고
가시로 꼬운 줄을 잡고
어둠의 나라 사막을 지나
풍랑이 심한 고개를 건너
영원히 새날을 떠나갔소

한눈의 눈물 한눈의 웃음

어제는 실패와 후회를
잔뜩지고 돌아가고
새날은 승리와 행복을
잔뜩 안고 돌아 왔고

새 날은 가만히 웃음을 띠우고
평화의 옷을 지어 입고
자유의 수레에 실리어서
기쁜 웃음 즐거운 노래로
우리 조선을 찾아왔소

— 「옛날과새날」 전문

위의 작품에서 "새날"을 기준으로 삼았을 때 "옛날"은 화자가 살아가
는 "오늘"이 된다. 그 "오늘"의 상황은 "한숨 쉬이고/가시로 꼬은 줄을
잡고/어둠의 나라 사막을 지나/풍랑이 심한 고개를 건너"야 할 정도로
참담하다. 주권을 박탈당한 조선인들에게 "새날"은 보이지 않는다. 그
리하여 가시가 깔린 길을 걸어가야 하고, 어둠이 깔린 사막을 건너야 하
며, 풍랑이 심한 바다를 헤쳐 나가야만 한다.

그렇지만 화자는 한숨 쉬거나 눈물 흘리며 좌절하지만은 않는다. "한
눈의 눈물"을 흘릴 수밖에 없지만 다른 "한눈의 웃음"을 가지려고 각오
하는 것이다. 그리고 "어제는 실패와 후회를/잔뜩지고 돌아"간다고 할
지라도 "새 날은 승리와 행복을/잔뜩 안고 돌아"올 것을 믿는다. 단순
히 희망하는 것을 넘어 역사의식으로 민족 해방을 확신하는 것이다.
그리하여 화자는 "새 날은" "평화의 옷을 지어 입고/자유의 수레에 실
리어서/기쁜 웃음 즐거운 노래로/우리 조선을 찾아왔소"라고 노래 부
른다.

화자에게 "옛날"은 한숨으로 가시로 어둠으로 사막으로 풍랑으로 고개로 눈물로 실패로 후회로 연결되지만, "새날"은 새벽으로 웃음으로 승리로 행복으로 평화로 자유로 기쁨으로 즐거움으로 연결된다. 그리하여 일종의 변증법적인 과정을 통해 해방된 "조선"에 이르는 것이다. 화자는 현재의 상황이 절망과 좌절로 점철되어 있지만 반드시 자유와 평화가 넘치는 광복의 날이 도래할 것을 확신한다. 그리하여 견고한 역사의식으로 일제의 지배가 점점 고착화되는 상황에 맞서고 있다.

이와 같은 장정심의 민족 해방 의식은 『성경』에 나오는 「출애굽기」의 상황을 연상시킨다. 모세는 애굽의 바로왕을 찾아가 이스라엘 백성들을 해방시켜달라고 청하지만, 바로왕은 오히려 이스라엘 백성들을 착취하고 고역을 강요한다. 모세는 그와 같은 바로왕에 맞서 이스라엘 백성들을 시내 광야로 탈출시키는데, 그 일이 가능한 것은 하느님의 말씀을 믿었기 때문이다. 가나안 땅이 이스라엘 백성들의 기업이 되리라는 것과 그곳에서 후손이 번성하여 큰 민족을 이루리라는 하느님의 약속을 믿고 애굽에서 노예 생활을 하는 이스라엘 백성들을 구해 가나안 땅으로 인도한 것이다.

장정심이 「옛날과새날」에서 모세의 그 확신과 행동으로부터 직접적으로 영향을 받았는지는 알 수 없지만, 모두 민족의식이 강했다는 점에서 유사성을 발견할 수 있다. 시인은 비록 일제에 의해 주권을 빼앗겼지만 반드시 조선인들이 자유롭게 살아갈 수 있는 낙원을 되찾으리라고 역사적 존재로서 확신한 것이다. "조국의 역사가 눈물의 역사이었고 번민과 신음의 역사였다면, 미래에는 기쁨의 노래를 부르리라는 희망을 노래하여 암울한 현실 속에서도 긍정적이고 미래 지향적인 광복을 예견하는 시

의 예언적 기능을 보여주고 있"[22)]는 것이다. 그만큼 장정심의 민족 해방
의식은 당당하고 낙관적이었다.

> 힌새야 너는 이강산에 자란 몸이니
> 두 날개 쫙 버리고 높이 날아
> 네무대가 어떠한가 눈닉혔다
> 뉘와서 묻거든 본대로 일러주어라
>
> 백조야 너는 이산간에 주조되여
> 객조들이 찾어올제 손으로 맞이하라
> 뭇새들 네배경을 구경하다
> 감간놀다 갈터이니 시비마라
>
> 백의의 환경에서 길이운 네몸
> 네힌털을 행여 드렐세라
> 남이란 네힌깃을 새우리니
> 록음방초 지나갈제 조심하여라
>
> 악풍폭우 심히온다 겁내지마라
> 역경에 네야 이땅의 풍운아이다
> 적은바람 큰바람 쉬일날이 없나니
> 얼른자라 대담하게 훨훨 날아보라

— 「힌새」 전문

화자는 "힌새"에게 "악풍폭우 심히온다 겁내지마라"라고 노래하고 있

---

22 정영자, 「한국 여성문학 연구―1920년대・30년대를 중심으로」, 동아대학교 박
    사학위 논문, 1987, 82~83쪽.

다. "역경에 네야 이땅의 풍운아"이고, "적은바람 큰바람 쉬일날이 없"는 것이 운명이므로 당당히 맞서야 된다는 것이다. 화자가 "힌새"에게 이와 같이 제시한 것은 미래 인식이 강하기 때문이다. "네무대가 어떠한가 눈 닉혔다/뉘와서 묻거든 본대로 일러주어라"고 "힌새"에게 부탁하는 것은 민족의 해방이 반드시 도래한다고 믿는 것이다. "객조들이 찾어올제 손으로 맞이하라"고 당부하는 것도 마찬가지이다.

이와 같은 장정심의 노래는 1930년대 시의 흐름과는 구별된다. 동시대에는 일제의 제국주의 침략이 노골화되면서 민족 말살의 위기가 가시화되었다. 그에 따라 시인들은 식민지 현실을 직접적으로 고발할 수 없었고, 언어의 가공미를 추구한 모더니즘 시나 자연과 인간의 생명을 노래한 순수시 등으로 비정치적인 면을 띠거나 내면화시켰다. 현실 세계와의 대결을 회피하거나 신음 소리를 낼 수밖에 없었던 것이다. 장정심은 그와 같은 상황에서 민족 해방을 노래 부른 것이다.

구슬을 끼인듯
연결된 어제와 오늘
국경을 한한듯
나누인 옛 해와 새해

옛 날은 눈물로 보냈으나
새 날은 웃음으로 맞이하오
생각으로 표정으로 부터
가정에서 사회까지

옛 날의 빈곤과 억울이
우리를 눌렀으나

새 날은 평화와 행복이
우리를 찾아왔소

맞이하는 맘아 맘껏 힘껏
새 살림을 만들자
새 노래를 부르자
이 땅의 바라난 자손들이여!

　　　　　　　　　　　　　　—「새해」 전문

위의 작품에서 화자는 "맞이하는 맘아 맘껏 힘껏/새 살림을 만들자/새 노래를 부르자"라고 노래 부른다. "옛 날은 눈물로 보냈으나/새 날은 웃음으로 맞이하"고, "옛 날은 빈곤과 억울이/우리를 눌렀으나/새 날은 평화와 행복이" 찾아오리라고 믿는 것이다. 이와 같은 화자의 바람은 "가정에서 사회까지"라거나 "이 땅의 바라난 자손들이여"라는 표현에서 볼 수 있듯이 개인적인 차원을 넘는다.

일제의 강압적인 상황에서 민족 해방을 노래하는 것은 결코 쉬운 일이 아니다. 그것은 목숨을 걸어야 할 정도로 용기를 가져야 하고, 민족 해방에 대한 역사적 전망을 가져야 한다. 암울한 현실 속에서도 지사다운 절개로 민족 해방을 노래한 이육사나 윤동주가 그 모습을 보여주었다. 장정심의 시도 그와 같은 부류로 이해할 필요가 있다. 비록 두 시인에 비해 민족운동가로서의 삶이나 시적 성취가 부족한 것이 사실이지만, 조선인다운 용기와 역사적 전망을 노래한 점은 인정해야 된다.

같은 시기에 활동한 노천명·모윤숙·김오남·오신혜 등의 시 세계와도 구별된다. 노천명이나 모윤숙의 경우는 친일 활동을 했기 때문에 더욱 대비적인 관계에 있다. 오신혜나 김오남의 경우는 서정적인 시조를 통해 일제의 핍박에 신음하는 조선 민중들을 나름대로 담아냈지만, 장정심처럼 민족 해방을 노래하지는 못했다. 따라서 앞날이 불안하기만 하던 시기에 민족 해방을 노래한 장정심의 시들은 주목되는 것이다.

3. 나오며

일제는 3·1운동 이후 취했던 소위 문화통치를 1931년 만주사변을 일으키면서 폐기하고 강압적인 통치 방식으로 돌아섰다. 제국주의의 야욕을 추구하기 위해 중일전쟁(1937)과 태평양전쟁(1941)으로 확대하면서 식민지 통치를 보다 강화한 것이다. 따라서 1930년대에 일제가 조선에서 펼친 공업화 정책은 어디까지나 병참기지로 삼는 것이 목적이었다. 조선인들의 생활에는 도움이 되지 않았고, 오히려 가혹한 수탈과 감시에 견디지 못하고 북방으로 이주하는 조선인들의 수가 늘어났다.

이와 같은 시대의 분위기로 말미암아 시단에서도 정치적인 관심을 배제한 김영랑·박용철 등의 순수시나 김기림·정지용·이상 등의 모더니즘 시, 생명의 본질을 구경적으로 탐구한 유치환 등의 생명파 시가 등장했다. 심지어 이광수·서정주·모윤숙·노천명 등의 친일 시도 등장했다. 식민지 시대의 계급 문제를 민족 문제로 인식하고 형상화한 카프 시인들도 더 이상 비판적인 목소리를 내지 못했다. 임화·권환·박세영·이찬 등이 작품 활동을 했지만 이전 시대만큼 민족의 저항을 보여주지 못한 것이다.

또한 1930년대까지만 해도 조선 사회는 유교 질서가 지배해 남성주의와 보수주의가 팽배했고, 감리교를 제외한 기독교계(界)가 정치적인 문제를 회피하는 상황이었다. 장정심은 그와 같은 열악한 환경 속에서 견고한 자아 인식을 바탕으로 낙원 인식과 민족 해방 의식을 추구했다. 마치 하느님을 믿고 따른 모세가 이스라엘 민족을 애굽으로부터 구출했듯이 장정심 역시 민족 해방을 노래한 것이다.

장정심은 일제의 탄압으로 고통당하는 조선인들의 현실을 직시하고 기독교인으로서의 길을, 민족의 구성원으로서의 길을, 그리고 시인으로서의 길을 당당하게 걸어갔다. 그리하여 이전 시대에는 포교나 계몽을 위한 수단으로 쓰였던 기독교 시를 시문학 자체로 발전시켰다. 주제 의식 및 형식미를 갖춰 기독교 시를 시문학의 한 분야로 확립시킨 것이다.

따라서 1930년대의 시문학사를 완성하기 위해서는 그동안 함몰된 장정심의 시 세계를 더욱 발굴하고 고찰할 필요가 있다. 이 글에서는 자아 인식과 민족 의식에 많은 관심을 보였는데, 이외에도 원죄를 가진 존재로서 갈구한 종교적 해방이나 기존의 가부장제 사회로부터 해방을 추구한 여성 인식도 고찰할 수 있을 것이다. 또한 윤동주를 비롯해 기독교적 세계관으로 암울한 시대를 극복하려고 한 시인들 간의 영향 관계도 살펴볼 수 있을 것이다.

김수영의 시에 나타난 '여편네' 인식

1. 들어가며

한 사람이 다른 사람을 호칭하는 문제는 단순하지 않다. 단순히 이름을 지어 부르는 것이 아니라 호칭하는 데에는 화자와 청자 간의 연령, 성별, 사회적 위치, 교육 정도, 관습, 그리고 인격 등이 내포되어 있는 것이다. 그러므로 작품에 나타난 호칭의 문제를 가지고 한 시인의 여성 인식을 살펴보는 것은 가능하다고 볼 수 있다. 물론 시 작품의 화자와 실제의 시인은 동일시될 수 없고 청자의 경우에도 마찬가지이지만,[1] 상대에 대한 시인의 태도가 있는 만큼 그 인식을 살펴볼 수 있는 것이다.

주지하다시피 지금까지 김수영의 시 세계에 대한 대부분의 연구는 그

---

1   화자와 청자의 관계는 '실제의 시인 → 함축적 시인 → 현상적 화자 → 현상적 청자 → 함축적 독자 → 실제의 독자'로 볼 수 있다. 김준오, 『시론』, 삼지원, 1994, 204쪽.

의 '자유정신'에 집중되어 왔다. 그의 시 작품이 한 예술품에 불과한 것이 아니라 그 이상의 정신적 혹은 시문학사적인 가치가 있다고 여기고 다양한 연구 방법을 통해 작품 세계를 규명해온 것이다.[2] 진정 김수영은 자유를 성취하기 위해서는 피의 냄새를 맡아야 하며 혁명은 고독한 것이라는 사실을 간파하고 자신의 소시민적 한계를 극복하기 위해 끊임없이 반성하면서 나아갔다.

---

2 김수영에 관한 논의는 140여 편에 이르는 학위논문만 보더라도 그 연구의 방대함과 다양함을 짐작할 수 있다. 따라서 자유정신에 대한 연구를 다 정리하는 것은 사실 어려운데, 대표적인 것으로 다음을 들 수 있다. ① 강웅식, 「'긴장'의 시론과 '힘'의 시학」, 『시, 위대한 거절』, 청동거울, 1998, 15~165쪽. ② 권오만, 「김수영 시의 '고백시'적 경향」, 『시의 정신과 기법』, 새미, 2002, 10~51쪽. ③김명인, 「그토록 무모한 고독, 혹은 투명한 비애」, 『실천문학』, 실천문학사, 1998년 봄, 213~235쪽. ④ 김명인, 『김수영, 근대를 향한 모험』, 소명출판, 2003, 11~333쪽. ⑤ 김우창, 「예술가의 양심과 자유」, 『궁핍한 시대의 시인』, 민음사, 1978, 255~271쪽. ⑥ 김윤배, 『온몸의 시학, 김수영』, 국학자료원, 2003, 99~128쪽. ⑦ 김윤태, 「4·19혁명과 민족현실의 발견」, 민족문학연구소 편, 『민족문학사 강좌 하』, 창작과비평사, 1995, 234~256쪽. ⑧ 김인환, 「시인의식의 성숙과정」, 『문학과 문학사상』, 열화당, 1978, 144~182쪽. ⑨ 김현승, 「김수영의 시사적 위치와 업적」, 『창작과비평』, 창작과비평사, 1968년 가을호, 435~445쪽. ⑩ 백낙청, 「김수영의 시세계」, 『민족문학과 세계문학』, 창작과비평사, 1978, 242~248쪽. ⑪ 염무웅, 「김수영론」, 『민중시대의 문학』, 창작과비평사, 1979, 213~240쪽. ⑫ 유중하, 「달나라에 내리는 눈」, 『실천문학』, 실천문학사, 1998년 여름, 285~303쪽. ⑬ 정남영, 「바꾸는 일, 바뀌는 일 그리고 김수영의 시」, 『실천문학』, 실천문학사, 1998년 겨울, 299~314쪽. ⑭ 정재찬, 「김수영론 : 허무주의와 그 극복」, 문학사와 비평연구회 편, 『1960년대 문학연구』, 예하, 1993, 168~205쪽. ⑮ 최동호, 「김수영의 시적 변증법과 전통의 뿌리」, 『디지털문화와 생태시학』, 문학동네, 2000, 225~251쪽. ⑯ 하정일, 「김수영, 근대성 그리고 민족문학」, 『실천문학』, 실천문학사, 1998년 봄, 193~211쪽.

따라서 1960년대 참여시의 주창자로서 그가 온몸으로 밀고 나간 시 작품에 대한 연구는 앞으로 더욱 다양해질 필요가 있는데, 그 일환으로 이 글에서는 그의 여성 인식을 고찰하고자 한다. 지금까지 그의 작품 연구에서 별로 다루지 않았던 여성 인식을 주제로 삼고 고찰해보는 것은 보다 다양하면서도 심도 있는 연구의 한 방법이라고 생각하는 것이다.[3]

이 글에서는 김수영의 시 작품에 나타난 여성 인식을 살펴보기 위한 방법으로 호칭을 살펴보고자 한다. 김수영이 여성에게 어떠한 자세를 가졌는가는 다양한 면에서 살펴볼 수 있겠지만 작품에 나타난 호칭을 가지고도 가능하다고 생각하는 것이다. 시인의 호칭에는 일상의 생활에서와 마찬가지로 상대방에 대한 관심 정도 내지 태도가 들어 있기 때문이다. 김수영의 시작품에 나타난 여성에 대한 호칭은 다음과 같다.

---

3   김수영 시의 여성관을 고찰한 연구는 다음에 보듯이 아주 적은 편이다. ① 정효구, 「김수영 시에 나타난 사랑」, 『20세기 한국시와 비평정신』, 새미, 1997, 336~357쪽. ② 문혜원, 「아내와 가족, 내 안의 적과의 싸움」, 『흔들리는 말, 떠오르는 몸』, 나남, 1999, 332~341쪽. ③ 조영복, 「김수영, 반여성주의에서 반반의 미학으로」, 『여성문학연구』 제6호, 여성문학회, 2001, 32~53쪽. 이 밖에 김수영 시의 남성관을 언급한 논문으로는 다음을 들 수 있다. 김용희, 「김수영 시에 나타난 분열된 남성 의식」, 『한국시학연구』 제4호, 한국시학회, 2001, 58~92쪽. 이 논문들 중에서 ③을 제외하고는 김수영의 여성관을 반여성주의라고 규정하고 있다. 김수영이 남성우월적 사고에 빠져 있다거나 전근대적인 여성관을 지니고 있다고 규정함으로써 자유정신을 지향한 김수영의 시 세계를 해명하지 못하고 있다.

〈표 1〉 김수영 시에 나타난 호칭 형태

호칭	해당 작품	합계
여편네	「생활」「여편네의 방에 와서」「모르지」「누이의 방」「파자마바람으로」「만용에게」「반달」「죄와 벌」「식모」「전화 이야기」「도적」「세계일주」「성」	13편
아내	「구름의 파수병」「사치」「초봄의 뜰 안에」「여름 아침」「거미잡이」「이사」「말」「이혼 취소」「금성라디오」「미농인찰지」「장시(2)」	11편
여자	「너를 잃고」「시골 선물」「중복」「먼 곳에서부터」「만주의 여자」「여자」「거대한 뿌리」「거위 소리」「강가에서」「X에서 Y로」「네 얼굴은」「금성라디오」	12편
너(네)	「사랑」「누이야 장하고나!」「누이의 방」「구라중화(九羅重花)」	4편
계집애	「시골 선물」「격문」「만주의 여자」	3편
누이	「누이야 장하고나!」「누이의 방」「피아노」	3편
그녀	「거대한 뿌리」「식모」	2편
당신	「엔카운터지」「이혼 취소」	2편
여사	「거대한 뿌리」「미인」	2편
소녀	「구라중화」「수난로(水煖爐)」「반달」	3편
아가씨	「원효대사」	1편
아낙네	「거대한 뿌리」	1편
부녀자	「거대한 뿌리」「미농인찰지(美濃印札紙)」	2편
처	「아버지의 사진」「조국에 돌아오신 상병포로 동지들에게」「절망」「적2」	4편
년	「어느 날 고궁을 나오면서」「성」	2편
여인	「아메리카 타임지」「거리2」「미스터 리에게」	3편
여보	「비」	1편

호칭	해당 작품	합계
엄마	「VOGUE야」	1편
순자야	「꽃잎3」	1편
영숙아	「우선 그놈의 사진을 떼어서 밑씻개로 하자」	1편
장문이	「나가타 겐지로」[4]	1편
매춘부	「엔카운터지」	1편
부인	「거리2」	1편
과부	「묘정의 노래」	1편
어미	「토끼」	1편

위의 〈표 1〉에서 보듯이 김수영이 여성을 호칭한 형태는 '여편네'로부터 '어미'에 이르기까지 25가지에 이르고 있다. 물론 '순자야', '영숙아', '장문아' 등은 대상의 이름을 직접 부른 것으로 그 성격이 유사하므로 함께 묶을 수도 있을 것인데, 그렇게 되면 23가지가 된다. 김수영이 여성을 호칭한 것 중에서 '여편네'(13편)가 가장 많고 다음으로 '여자'(12편), '아내'(11편)의 순이다. 세 호칭은 대부분 작중 화자의 아내를 가리키는데, 그러한 면은 초기보다도 후기의 작품에서(특히 1962년부터) 많이 나타나고 있다. 작품의 화자는 아내 외의 여성에게는 '여사'나 '여인' 등 비교적 격식을 차리거나 '부인', '처' 등 객관적인 호칭을 사용하고 있다. 따라서 김수영의 작품에서 아내를 칭하는 '여편네'나 '여자'나 '아내'가 주목

4　2003년 개정판 이전의 『김수영 전집1 시』(민음사)에는 「永田絃次郎」으로 표기되어 있다.

되는데, 특히 '여편네'의 경우 관심을 끈다. '여편네'는 '여자'나 '아내'보다 분명 그 격이 낮기 때문에 김수영의 여성 인식을 살펴보는 데에 중요한 단서가 되는 것이다.

이러한 호칭의 변화는 김수영 시 세계의 흐름을 반영하는 것이기에 주목된다. 주지하다시피 김수영은 3·15마산의거와 4·19혁명을 겪으면서 이전 시대에 추구하던 모더니즘 시 경향으로부터 참여시로 전향했다. 그런데 참여시 지향의 모습도 시간의 흐름에 따라 다소 변화를 보였다. 1960년에는 혁명을 외칠 정도로 정치적이고 관념적이고 격정적인 목소리를 내었고, 1962년 무렵부터는 비교적 일상적이고 구체적인 모습을 보였으며, 1965년부터는 자기반성을 추구하면서 참여시를 지향한 것이다.

가령 1960년에는 "민주주의의 싸움이니까 싸우는 방법도 민주주의식으로 싸워야 한다"(「하······ 그림자가 없다」)라거나, "그 지긋지긋한 놈의 사진을 떼어서/조용히 개굴창에 넣고/썩어진 어제와 결별하자"(「우선 그놈의 사진을 떼어서 밑씻개로 하자」), "우리가 찾은 혁명을 마지막까지 이룩하자"(「기도」), "혁명이란/방법부터 혁명적이어야 할 터인데/이게 도대체 무슨 개수작이냐"(「육법전서와 혁명」), "혁명은/왜 고독한 것인가를"(「푸른 하늘을」), "8 15를 6·25를 4·19를/뒈지지 않고 살아왔으면 알겠지/대한민국에서는 공산당만이 아니면/사람 따위는 기천 명쯤 죽여보아도 까딱도 없거든"(「만시지탄은 있지만」), "너희들 미국인과 소련인은 하루바삐 나가다오"(「가다오 나가다오」), "혁명은 안 되고 나는 방만 바꾸어버렸다"(「그 방을 생각하며」) 등과 같이 정치 문제에 대해 격정적인 목소리를 내었다. 그렇지만 1961년 6월에 들어서부터는 '신귀거래

(新歸去來)'란 부제가 붙은 연작시들을 발표하면서 격정적인 목소리를 다소 가라앉히고 일상의 면들에 관심을 갖는 모습을 보였다. 그렇다고 참여시를 포기한 것은 아니고 자신의 몸을 아파하고(「먼 곳에서부터」, 「아픈 몸이」), 절망하고(「절망」), 전향을 생각하고(「轉向記」), 적(敵)을 인식한(「적」) 것이다. 그리하여 이즈음부터 이전과 다르게 여성에 대해 관심을 보였고 또한 호칭도 '여편네'(「여편네의 방에 와서」, 「모르지?」, 「누이의 방」, 「파자마바람으로」, 「만용에게」, 「반달」, 「죄와 벌」)를 본격적으로 사용하기 시작했다. 그리고 1965년 이후는 "왜 나는 조그마한 일에만 분개하는가"(「어느 날 고궁을 나오면서」), "나는 한 가지를 안 속이려고 모든 것을 속였다"(「거짓말의 여운 속에서」), "지독하게 속이면 내가 곧 속고 만다"(「性」)와 같이 자기반성을 하면서 대항 의지를 지속해, "바람보다 늦게 누워도/바람보다 먼저 일어난다"(「풀」)고 '풀' 같은 사회적 존재에 대해 신뢰감을 지켰다.

그렇다면 김수영이 시 작품에서 '여편네'란 호칭을 사용한 이유는 무엇일까? '여편네'의 사전적 개념은 아내를 속되게 이르는 말이다. 그러므로 언뜻 보면 김수영은 자신의 아내를 속되게 호칭하는 것으로 볼 수 있다. 실제로 그의 산문(수필)을 보면 자신의 아내를 '여편네'로 종종 칭하고 있기 때문에 아내를 얕잡아보거나 비하하는 것으로 여겨지기도 한다.

그렇지만 이러한 판단을 시 작품 자체에 도입시키는 것은 무리이다. 시 작품의 화자와 작품을 창작한 시인을 일치시키는 것은 수필과 같은 산문의 경우에 비해 무리인 것이다. 따라서 수필의 경우와 같이 시 작품의 화자를 시인으로 보는 것은 우를 범하는 일이다. 시인의 인격을 통해 작품의 품격을 평가하게 되어 타당하지 못한 결과를 낳게 되는 것이다.

시 작품이 시인의 삶으로부터 독립되거나 분리될 수 없는 것이지만, 그리하여 시 작품에 등장하는 화자가 시인이라고 볼 수도 있지만, 시 작품이 곧 시인의 자서전이라고는 볼 수 없으므로 서로 분리시켜야 하는 것이다. 따라서 김수영의 시 작품에 나타난 '여편네'를 시인의 아내라고 보지 않고 독립적인 대상으로 인정하는 것이 필요하다. '여편네'를 시인의 아내를 호칭하는 것으로 한정시키기보다 시 작품에 독자적으로 존재하는 대상으로 보는 것이 마땅한 것이다. 이러한 전제가 성립되었을 때, 김수영의 시 작품에 등장하는 '여편네'의 근거와 그 의미를 비로소 객관적으로 인지할 수 있고, 나아가 시인의 여성 인식을 보다 정확하게 파악할 수 있는 것이다.

2. 여성 인식의 실제

앞에서 살펴보았듯이 김수영의 시 작품에 나타난 여성에 대한 호칭은 주로 '여편네', '아내', '여자' 등인데, 과연 이러한 호칭들이 반여성주의를 나타내는가를 규명하는 것이 이 글의 중심 과제이다. 그동안 김수영의 시 세계에 대해서는 인간의 자유를 억압하고 방해하고 왜곡시키는 대상들에 대해 온몸으로 비판하고 나섰다고 평가해온 것이 정답처럼 인정되어왔다. 따라서 만약 그의 시 세계가 반여성주의를 띠고 있다면 심각한 문제가 야기될 수밖에 없다. 자유정신을 지향해온 그의 시세계 자체가 사회적 약자인 여성을 억압함으로 인해 모순되기 때문에 새로운 평가가 내려져야 하는 것이다. 이러한 문제는 우선 다음의 시작품으로 진단해볼 수 있을 것이다.

수입에 대해서 생각하는 것은 너나 나나 매일반이다
모이 한 가마니에 430원이니
한 달에 12, 3만 환이 소리 없이 들어가고
알은 하루 60개밖에 안 나오니
묵은 닭까지 합한 닭모이값이
일주일에 6일을 먹고
사람은 하루를 먹는 편이다

모르는 사람은 봄에 알을 많이 받을 것이니
마찬가지라고 하지만
봄에는 알값이 떨어진다
여편네의 계산에 의하면 7할을 낳아도
만용이(닭 시중하는 놈)의 학비를 빼면
아무것도 안 남는다고 한다

나는 점등(點燈)을 하고 새벽모이를 주자고 주장하지만
여편네는 지금 주는 것으로 충분하다는 것이다
아니 430원짜리 한 가마니면 이틀은 먹을 터인데
어떻게 된 셈이냐고 오늘 아침에도 뇌까렸다

— 「만용에게」 부분

위의 작품에서 보듯이 "여편네"는 자본의 이익에 많은 관심을 보이고 있다. 모이 한 가마니의 값이 430원인 것을 통해 한 달에 12만 환 내지 13만 환이 들어가는 것을 인지하고 있는 것이 그 단적인 면이다. 그리하여 "여편네"는 "아니 430원짜리 한 가마니면 이틀은 먹을 터인데"를 기준으로 삼고 한 달에 6,450원(64,500환)의 사료비가 들어가야 하는데 실제로는 12만 환 내지 13만 환이 들어가고 있으므로 그 차이가 어떻게 해서 발생하는지를 고민하고 있다. 사료비가 계산상에 비해 실제로 2배 정도 더 들어가고 있으므로 그 원인이 무엇인지를 따져보는 것이다.[5] 그리하여 "여편네"는 그 이유를 알아내지만, "나"는 그렇지 못하다. 결국 "나"는 "여편네"에 비해서 "무능"하다고 말할 수밖에 없는 것이다.

그렇다면 사료비가 계산상보다 2배 정도 더 들어간 원인은 무엇일까? 그것은 바로 "만용이"의 속임수 때문이다. 사료를 분실한 것도, 도둑이 든 것도, "만용이" 때문이라는 것을 "여편네"는 파악하고 있는 것이다.[6]

---

5   2003년 개정판 이전의 『김수영 전집 1 시』에 수록된 대로 계산하면, 화폐단위가 '환'이 아니라 '원'이었기 때문에 20배 정도의 차이가 난다. 따라서 이렇게 엄청난 차이가 나는데도 불구하고 양계 운영을 한다는 것은 상식적으로 납득이 되지 않으므로 "12, 3만 환"이 타당하게 여겨진다. 이 작품이 발표(1962.10.25)되기 135일 전인 1962년 6월 10일 제2차 화폐개혁이 단행되어 화폐단위가 '환'에서 '원'으로, 또 10대 1로 평가절하되었다. 이러한 사실로 미루어보아 김수영은 이즈음 두 화폐단위를 혼용한 것으로 보인다.

6   이러한 근거는 다음의 글에도 볼 수 있다.
    "설상가상으로 얼마 전에는 모이를 사러 조합에 갔다가 모이 두 가마니를 실어놓은 것을 오줌 누러 간 사이에 자전거째 도둑을 맞았다고 커다란 대학생놈이 꺼이꺼이 울고 들어왔습니다. 집안이 온통 배 파선한 집같이 되었습니다.
    그런데 이런 집에도 양계를 하니까 돈이 있는 줄 알고 또 얼마 전에는 도둑까지 들었습니다. …(중략)… 도둑이 어디 들었느냐고 물으니 만용이(만용이란 닭 시중을 하는 앞서 말한 대학생) 방쪽에 들어왔다고 합니다. 나는 아랫배에 힘을 잔뜩 주고 여편네와 함께 계사 끝에 떨어져 있는 만용이 방쪽으로 기어갔습니다. 어둠을 뚫고 맞지도 않는 신짝을 끌고 가보니 만용이는 도둑과 이야기를 주고받고 있었습니다." 김수영, 「양계변명」, 『김수영 전집 2 산문』, 민음사, 1995, 45쪽.

따라서 그의 횡령을 막으면 양계 운영의 이익 창출이 가능하다고 보고 (뚜렷한 다른 생계 대책이 없기도 하지만) "여편네"는 한편으로는 열심히 수지를 따지면서 다른 한편으로는 "만용이"에게 경계심을 늦추지 않는다.

또한 "여편네"는 달걀이 하루에 60개밖에 생산이 안 되니 수지가 안 맞는다는 것도 알고 있다. 그리하여 그 상황을 일주일의 식비 중 엿새는 닭이 먹는 셈이고 자신을 비롯한 식구는 하루밖에 못 먹는다고 비유적으로 자조하고 있다. 그리하여 "7할을 낳아도/만용이(닭 시중하는 놈)의 학비를 빼면/아무것도 안 남는다고" 불평을 늘어놓는다. "여편네"가 자신의 일에 대해 이렇게 분석적으로 파악하고 있는 것도 사업 운영자다운 자세이다. 자본주의 사회에서 자기 자본의 이익에 관심을 가지고 있는 자로서 사업의 세부 사항을 파악하는 것은 당연한 일이다.

이런 점에서 "나"와 "여편네"는 근본적으로 차이가 난다. "여편네"는 양계업을 소득을 얻을 수 있는 대상으로 대하고 있는데 비해 "나"는 그렇지 않다. 오히려 "나"는 다른 면에서 양계업에 대한 보람을 찾고 있다. "나는 양계를 통해서 노동의 엄숙함과 그 즐거움을 경험했습니다."(「양계변명」)라고 말하고 있듯이, 양계업을 통해 노동의 가치를 체험하게 된 것을 보람과 즐거움으로 삼고 있는 것이다. 김수영의 노동에 대한 긍정적인 자세는 다음의 작품에서도 볼 수 있다.

물을 뜨러 나온 아내의 얼굴은
어느 틈에 저렇게 검어졌는지 모르나
차차 시골 동리 사람들의 얼굴을 닮아간다
뜨거워질 햇살이 산 위를 걸어내려온다

가장 아름다운 이기적인 시간 위에서
나는 나의 검게 타야 할 정신을 생각하며
구별을 용사(容赦)[7]하지 않는
밭고랑 사이를 무겁게 걸어간다

— 「여름 아침」 부분

위의 작품에서 보듯이 "나"는 밭을 매는 노동을 "가장 아름다운 이기적인 시간 위에서/나는 나의 검게 타야 할 정신"이라고 말하고 있다. 노동의 가치를 단순히 육체적인 차원으로만 국한하지 않고 정신적인 차원으로까지 새기고 있는 것이다. 그리하여 모든 예술의 출발은 노동과 관계가 있다는 것을 새삼 확인하게 된다. 시작품은 인간의 노동을 적극적으로 인지하고 수용할 때 건강함을 가질 수 있는 것이다. 김수영은 노동에 대해 그와 같은 경건함을 가지고 "구별을 용사(容赦)하지 않는/밭고랑 사이를 무겁게 걸어"간다. 또한 "보석 같은 아내와 아들은/화롯불을 피워가며 병아리를 기르고/짓이긴 파 냄새가 술 취한/내 이마에 신약(神藥)처럼 생긋하다"(「초봄의 뜰 안에」)라고 노동의 소중함을 노래하고 있다. 양계 운영을 하는 동안 전염병에 걸린 닭들이 죽어가는 모습을 보면서 생명의 귀중함에 안타까워하고, 약을 사러 다니면서 꼭 필요한 것이 사료상이나 도매상에 절품된 현실을 보면서 모순되고 허약한 사회에 분노하는 것도 노동에 대한 신성함이 있었기 때문이다.

---

7   2003년 개정판『김수영 전집 1 시』에서는 이전에 '용사(容赦)'로 되어 있는 것을 일본식 한자라고 여기고 '용서'로 바꾸었다. 필자는 시인의 본래 의도를 인정해야 한다고 생각하고 '용사(容赦)'로 되살려 쓴다. '용사(容赦)'란 '용서하여 놓아주다'란 뜻이다.

그렇다고 김수영이 노동의 신성함에만 관심이 있고 자본의 이익에 전혀 관심을 가지지 않은 것은 아니다.[8] 그러한 모습은 「만용에게」에서 "나는 점등을 하고 새벽모이를 주자고 주장하"는 데서 확인된다. 그렇지만 "나"의 제의는 "여편네"에게 여지없이 거부당하고 만다. 왜냐하면 "여편네"가 보기에 "나"의 제의는 현실적으로 타당한 대책이 못 되기 때문이다. 그리하여 "여편네는 지금 주는 것으로 충분하다"고 말한다. "아니 430원짜리 한 가마니면 이틀은 먹을 터인데/어떻게 된 셈이냐고 오늘 아침에도 뇌까"린다. 이처럼 "여편네"는 자본주의의 가치를 삶에 철저하게 적용하고 있고, 그에 비해 "나"는 자본의 이익에 대해 관심이 있고 그 필요성을 인정하고 있지만 적극적으로 실행하지 못하고 있다. "여편네"가 자본주의에 밝은 프로이고 전문가라면 "나"는 아마추어이고 비전문가인 셈이다. 그리하여 "나"와 "여편네"의 관계는 아이와 어머니의 관계로도 놓인다.

> 여편네의 방에 와서 기거를 같이해도
> 나는 이렇듯 소년처럼 되었다
> 흥분해도 소년

---

8 그러한 인식은 다음의 글에서도 볼 수 있다.
    "양계는 저주받은 사람의 직업입니다. 인간의 마지막 가는 직업으로서 양계는 원고료벌이에 못지 않은 고역입니다. …(중략)… 근 10년 경영에 한 해도 재미를 보지 못한 한국의 양계는 한국의 원고료벌이에 못지 않게 비참합니다. 이 비참한 양계를 왜 집어치우지 못하고 있는지 모르겠습니다. 군색한 원고료벌이의 보탬이 되기는커녕 원고료를 다 쓸어 넣어도 나오는 것이 없습니다." 김수영, 「양계변명」, 『김수영 전집 2 산문』, 민음사, 1995, 43~45쪽.

계산해도 소년
애무해도 소년

…(중략)…

여편네의 방에 와서 기거를 같이해도
나는 점점 어린애
나는 점점 어린애
태양 아래의 단 하나의 어린애
죽음 아래의 단 하나의 어린애
언덕 아래의 단 하나의 어린애
애정 아래의 단 하나의 어린애
사유 아래의 단 하나의 어린애

— 「여편네의 방에 와서—신귀거래(新歸去來) 1」

　위의 작품에서 보듯이 "여편네"와 "나"와의 관계는 마치 어머니와 "소년" 또는 "어린애"의 관계와 같다. "나"는 "여편네" 앞에서 아무리 "흥분"을 해도 "계산"을 해도 "애무"를 해도 "어린애"의 존재에 불과한 것이다. 그러한 관계는 시간이 간다고 해서 달라지는 것이 아니라 "점점" 고착화되고 만다. 그리하여 "태양"이나 "죽음"이나 "언덕"이나 "애정"이나 "사유" 아래에서 "나"는 "단 하나의 어린애"에 불과하다는 사실을 깨닫고 있다. "나"는 "여편네"로부터 철저히 보호받고 조종받고 그리고 그녀를 따르는 존재에 놓여 있다. "나"는 "여편네"를 속일 수 있겠지만 "그만큼/지독하게 속이면 내가 곧 속고"(「성」) 마는 사실을 잘 알고 있는 것이다.

　따라서 "내"가 "여편네"를 비하하고 있는 것은 인간 자체에 대해서가 아니라 그 속성에 대한 것이다.[9] 자본주의적 세계관에 철저한 "여편네"

를 비판하고 있는 것이다. "나"는 "여편네"를 자신을 조종하고 업신여기고 끝내 복종하도록 만드는 무서운 존재라고 여기고 있다. 결국 "여편네"를 자유 정신에 대한 적으로 보고 있는 것이다.

그렇다면 김수영은 왜 적의 상징으로 "여편네"라는 기호를 썼을까? 적을 나타내는 기호로 돌멩이나 장미꽃이나 여우를 써도 상관없는 일 아니겠는가? 또한 적의 상징으로 자본가나 자본가 계급에 해당하는 대상을 직접 명명하는 것이 더욱 효과적이고 또 공격적이지 않겠는가?

그렇지만 이 점은 김수영이 생각하는 적이 사회적 존재이므로 돌멩이나 아파트와 같은 무생물이거나, 장미꽃이나 선인장과 같은 식물이거나, 여우나 두더지와 같은 동물을 지칭할 이유는 없다. 또한 적의 대상인 자본가 계급을 직접 거명하지 않는 것이 공격을 한층 더 주도면밀하게 하는 전략이다. 적에 대한 직접적인 거명은 표면적으로는 더 당당하고 유리할지 모르지만 단순한 것이어서 오히려 불리할 수 있다. 공격할 대상이 단순하지 않은데 단순하게 공격해서는 실패할 수밖에 없다는 것을 김수영은 잘 알고 있는 것이다. 적이란 결코 단순한 상대가 아니다.

> 우리들의 적은 늠름하지 않다
> 우리들의 적은 커크 더글러스나 리처드 위드마크모양으로 사나
> 움지도 않다
> 그들은 조금도 사나운 악한이 아니다

---

9 김수영은 1950년 김현경과 결혼해서 아들 준과 우를 두었는데, 아내와 말다툼을 하며 살기는 했지만 대체적으로 자상한 가장 모습을 보였다. 최하림, 「아이들은 자란다」, 『김수영평전』, 실천문학사, 2003, 316~336쪽

그들은 선량하기까지도 하다
그들은 민주주의자를 가장하고
자기들이 양민이라고도 하고
자기들이 선량이라고도 하고
자기들이 회사원이라고도 하고
전차를 타고 자동차를 타고
요릿집엘 들어가고
술을 마시고 웃고 잡담하고
동정하고 진지한 얼굴을 하고
바쁘다고 서두르면서 일도 하고
원고도 쓰고 치부도 하고
시골에도 있고 해변가에도 있고
서울에도 있고 산보도 하고
영화관에도 가고
애교도 있다
그들은 말하자면 우리들의 곁에 있다

— 「하…… 그림자가 없다」 부분

위와 같이 김수영은 적의 상황을 여실하게 현실에서 인식하고 있다. 적은 미국의 영화배우인 커크 더글러스(Kirk Douglas)나 리처드 위드마크(Richard Widmark)의 생김새처럼 "사나웁지 않"고 오히려 "선량하기까지"하다. 또한 적은 "민주주의자를 가장하고" "양민이라고도 하고" "애교도 있"는 대상으로 존재한다. 적은 결코 멀리 있는 것이 아니라 항상 "우리들의 곁에 있"는 것이다.

따라서 김수영은 적에 대한 공격에서 승리하기 위해 고도의 전략을 짜내려고 했는데, "여편네"가 그러한 차원의 산물이다. 김수영의 시편들이 난해성을 띠는 것은 세계 인식이 깊은 점도 있지만, 이와 같이 주도면밀하게 적을 공격하는 전략을 갖고 있기 때문이다. 가령 김수영의 최고 작품으로 평가받는「풀」의 경우 풀과 바람의 관계가 있을 뿐 그 어디에도 직접적인 공격은 보이지 않는다. 그렇지만 "바람보다 늦게 누워도/바람보다 먼저 일어나고/바람보다 늦게 울어도/바람보다 먼저 웃는다"와 같이 대비를 통한 풀의 공격성은 결코 약한 것이 아니다. 간접적인 공격을 통해 오히려 풀이 승리를 거두는 것을 더욱 적극적으로 전해주고 있는 것이다. 마찬가지로「눈」의 경우에도 "기침을 하자/젊은 시인이여 기침을 하자"라고 직접적인 공격 없이 기침하는 행동만 제시하고 있지만, 시인으로서 지향해야 할 진정한 용기와 실천 행동이 어떠한 것인지를 충분히 보여주고 있다. 따라서 김수영의 시 작품에 나타나는 여성에 대한 호칭은 새롭게 인식해야 한다. 특히「만용에게」「여편네의 방에 와서 – 신귀거래 1」「생활」「반달」「도적」등에서 아내를 비하하는 호칭인 '여편네'를 사용했다고 해서 일방적으로 반여성주의적인 태도를 보인다고 평가하는 것은 재고되어야 하는 것이다.

　김수영의 시 작품에서 '여편네'는 그 어떤 대상보다도 친밀성과 객관성을 공유하고 있다. '여편네'는 부모형제나 친구보다도 관계가 깊지만 어디까지나 계약관계의 대상이다. 마치 고용주와 고용인의 관계와 같은 대상이어서 계약이 어긋나면 얼마든지 돌아설 수 있다. 부모형제인 경우는 불가능한 일이지만 부부는 새로운 계약관계를 맺을 수 있는 것이다. 이런 점에서 김수영은 자신의 시 작품에서 불가결하게 인정해야 하면서도 대항해야 할 대상으로 '여편네'를 칭하고 있는 것이다. 따라서 '여편네'는 고용인이 비인격적이고 속물적인 고용주를 비판하기 위해 쓴 상징어와 같다고 볼 수 있다.

김수영의 '여편네'에 대한 이와 같은 태도는 다른 작품에서도 잘 나타나고 있다. "이 밭주인은 차밭 주인의 소작인이다/그러나 우리집 여편네는 이것을 모두/자기 밭이라고 한다 멀쩡한 거짓말이다"(「반달」)라거나, "돈에 치를 떠는 여편네"(「도적」)라는 등 속물적으로 묘사하고 있는 데서 여실히 확인된다. 그러면서도 김수영은 자신 역시 자본주의 제도에 몸을 맞춰 살아가야 하는 존재임을 인정하고 있다. 자신이 자본주의의 한 구성원이라는 사실을 거절할 수도 회피할 수도 없음을 깨닫고 있는 것이다. 그렇지만 김수영은 자본주의의 요구에 일방적으로 순응할 수만은 없다고 생각하고 그에 대한 대응을 보인다. 갈브레이드(John Kenneth Galbraith)가 『대중은 왜 빈곤한가』에서 상황에 순응하는 것이야말로 극복해야 할 것[10]이라고 인식한 것처럼 김수영은 자본주의를 '여편네'라고 비하하며 맞선 것이다.

3. 여성 인식의 의미

김수영은 자본주의를 '여편네'로 부르며 신랄하게 공격하고 있지만 그 싸움에서 승리한다는 확신을 갖고 있지는 않다. 자본주의가 다수라면 김수영은 소수이고, 자본주의가 거인이라면 김수영은 소인이기 때문이다. 자본주의가 프로라면 김수영은 아마추어이고, 자본주의가 힘센 사장이라면 김수영은 힘없는 종업원이기 때문이다. 그렇지만 김수영은 주눅 들

---

10 존 케네스 갈브레이드, 『대중은 왜 빈곤한가』, 최광렬 역, 홍성사, 1979, 63~74쪽.

거나 힘없이 물러서지 않고 그 나름대로 대항하기 위해 궁리한다. "파자
마바람으로 주스를 마시면서/프레이저의 현대시론을 사전을 찾아가며
읽고 있으려니/여편네가 일본에서 온 새 잡지 안의/김소운(金素雲)의 수
필을 보라고 내던"(「파자마바람으로」)지는 바람에 자신이 추구하는 시론
이 흔들리는 상황에서도 "어떻게든지 체면을 차려볼 궁리"(「파자마바람
으로」)를 한다. "제일 피곤할 때 적에 대"(「적 2」)하기도 한다. 그리고 다
음과 같이 구체적으로 대항하기도 한다.

> 이렇게 주기적인 수입 소동이 날 때만은
> 네가 부리는 독살에도 나는 지지 않는다
>
> 무능한 내가 지지 않는 것은 이때만이다
> 너의 독기가 예에 없이 걸레쪽같이 보이고
> 너와 내가 반반─
> 「어디 마음대로 화를 부려보려무나!」
>
> ─「만용에게」 부분

　위의 작품에서 보듯이 김수영은 "네"로부터 물러설 수 없다는 자세를
분명하게 나타내고 있다. 화자인 "나"는 "이렇게 주기적인 수입 소동이
날 때만은/네가 부리는 독살에도 나는 지지 않는" 자세를 보이고 있는
것이다. 그리고 "무능한 내가 지지 않는 것은 이때만이다/너의 독기가
예에 없이 걸레쪽같이 보이고/너와 내가 반반─/「어디 마음대로 화를 부
려보려무나!」" 하며 당당하게 맞서고 있는 것이다.
　"나"는 '여편네'로부터 자본주의 체제의 약자로서 조종당한다. 위의 작
품에서 볼 수 있듯이 "내"가 "만용"이를 나무라는 것도 '여편네'의 조종

때문으로 볼 수 있다. 그렇지만 "내"가 "만용"이를 나무라는 것은 일방적으로 '여편네'에게 순종하는 것이 아니라 오히려 "무능"한 존재이지만 가만히 있지 않는 모습이다. "만용"이를 통해 간접적으로 '여편네'를 공격하는 것이다. "너와 내가 반반－/「어디 마음대로 화를 부려보려무나!」"라고 열어두고 있는 것이다. "나"의 "만용"에게 대한 자신감 있는 태도를 통해 간접적으로 '여편네'에게 강인함을 알리려고 하는 것이다. "내"가 무능한 존재로 보일지라도 일방적으로 무시당하지 않고 나름대로 주체성을 가지고 있음을 알리려는 행동이다. 양계 운영의 손실이 "만용"의 소행이라고 보는 것은 수입에 신경을 쓰고 있는 '여편네'의 입장이지 결코 "나"의 생각은 아니다. "무능한 내" 책임도 있겠지만 '여편네'의 책임도 크다고 생각하고 있는 것이다. 그리하여 "나"는 '여편네'에 대한 불평을 "만용"에게 한다. "만용"이도 책임이 있기 때문이지만, 그보다도 내가 효과적으로 싸울 수 있는 상대이기 때문이다. "만용"이는 "수입 소동이 날 때"마다 "독살"을 부리는데, 그것은 양계 운영의 손실 책임이 자신에게 전가되는 것을 느끼고 반발하는 것이다. "만용"의 그 반발에 "나" 역시 물러서지 않는다. "네가 부리는 독살에도 나는 지지 않"으려고 하는 것이다. 이 싸움은 결코 "만용"에게 지기 위한 것은 아니지만 이기기 위한 것도 아니다. 단지 '여편네'에게 보여주기 위한 싸움인 것이다. 결국 "너와 내가 반반－"으로 하는 싸움이다. "나"와 "만용"의 1 대 1 싸움이지만 궁극적으로 "나"와 '여편네'의 1 대 1 싸움인 것이다.

초가 쳐 있다 잔인의 초가
요놈－ 요 어린 놈－ 맹랑한 놈－ 6학년 놈－

에미 없는 놈- 생명
나도 나다- 잔인이다- 미안하지만 잔인이다-
콧노래를 부르더니 그만두었구나- 너도 어지간한 놈이다- 요
놈- 죽어라

　　　　　　　　　　　　　　　　　　　—「잔인의 초」 부분

　"몇 년 전에 「만용에게」라는 제목의 작품을 쓴 것이 있는데, 생명과 생명의 대치를 취급한 주제면에서나, 호흡면에서나, 이 「잔인한 초」는 그 작품의 계열에 속하는 것이라고 생각된다. 너와 나는 〈반반〉이라는 의미의 말이 그 「만용에게」의 모티브 비슷하게 되어 있는데 그러한 1 대 1의 대결의식이 이 「잔인한 초」에도 들어 있다. …(중략)… 아무래도 나의 본질에 속하는 것 같고 시의 본질에 속하는 것 같다."[11]라고 김수영 스스로가 토로하고 있듯이, 위의 작품에는 그의 시 본령이 잘 나타나 있다. 김수영 시의 본령은 1 대 1 대결 의식이다. 그리하여 "나"는 "놈"과 대결하고 있다. "놈"은 어리고 맹랑하고 6학년밖에 안 되었고 에미 없는 상대라면 "나"는 '잔인'할 정도로 '생명'이 있는 상대이다. 그렇지만 양자간에 벌이는 대결이 쉽게 승부나지 않는다. "너도 어지간한 놈"이기 때문이고, '나도 나'이기 때문이다. 그리하여 "나"는 "요놈- 죽어라" 하고 공격하고 있는 것이다.

　　　돈에 치를 떠는 여편네도 도적이 들어왔다는
　　　말에는 놀라지 않는다

─────────

11　김수영, 「시작 노우트 5」, 『김수영 전집 2 산문』, 민음사, 1995, 297쪽.

그놈은 우리집 광에 있는 철사를 노리고 있다
싯가 700원가량의 새 철사뭉치는 우리집의
양심의 가책이다
우리가 도적질을 한 것은 아니지만 우리가
훔친 거나 다름없다 아니 그보다도 더 나쁘다

…(중략)…

그래도 여편네는 담을 고치지 않는다
내가 고치라고 조르니까 더 안 고치는지도 모른다
고칠 사람을 구하기가 어려운 것도 있고
돈이 아까울지도 모른다

…(중략)…

아니 내가 고치라고 하니까 안 고칠 거라
이 추측이 맞을 거라 이 추측이 맞을 거라
이 추측이 맞을 거라

—「도적」 부분

위의 작품에서 보듯이 김수영은 자본주의에 대한 자신의 공격을 강화
하기 위해 또 한 번 "여편네"를 적으로 등장시키고 있다. "여편네"는 "돈
이 아까워" 담을 고치지 않고 있지만 "내가 고치라고 하니까 안 고"치는
면이 강하다. 이렇게 본다면 "여편네"는 "내"게 적이다. "내"가 철저하게
공격해야 할 상대인 것이다. 이처럼 "나"와 "여편네"의 싸움은 단순히 부
부간의 대결이 아니라 양쪽 속성 간의 대결이다. "나"는 거대한 자본주의
체제로부터 무능하고 소외된 존재이고, "여편네" 역시 자본주의 체제로
부터 지배받고 있지만 "나"를 조종하고 억압하는 전문가적인 존재이다.

그러므로 "나"의 "여편네"에 대한 공격은 결국 자본주의 체제에 대한 대항인 셈이다. "나"는 그 싸움에서 승리를 거두지 못한다는 사실을 잘 알고 있다. 그렇지만 싸움의 의미는 이기고 지는 결과에만 있는 것이 아니라 과정 그 자체에도 있는 것이다. 그리하여 "애타도록 마음에 서둘지 말라/강물 위에 떨어진 불빛처럼/혁혁한 업적을 바라지 말라"(「봄밤」)라는 마음으로, 그리고 "그러나 이런 거짓말을 해도 별로/성과는 없었다 성과가 없을 것을/알고 있기 때문에 나는 여편네의/거짓말에 반대하지 않는"(「반달」) 여유를 가지고 대항하는 것이다.

이처럼 김수영은 인간 소외와 물질주의와 끝없는 경쟁을 낳고 있는 자본주의에 대해 '여편네'라는 시적 대상을 만들어놓고 싸우고 있다. 한편으로는 자신의 소시민성을 부단히 부끄러워하고 반성하면서 다른 한편으로는 힘닿는 한 자본주의와 대결하고 있는 것이다. 김수영의 시적 성취가 당대적인 것이면서 동시에 시대를 넘어설 수 있는 것은 끝없는 자기 혁신에 있는 것이지만, 동시대의 그 누구도 심각하게 생각하지 못했던 자본주의의 모순을 온몸으로 인식하고 대항했다는 점에도 있는 것이다.

4. 나오며

이상에서 살펴보았듯이 김수영의 시 작품에 나타난 '여편네'는 단적으로 말해서 반여성주의를 나타내는 호칭이 아니고, 시적 장치의 한 대상일 뿐이다. 그러한 근거는 다음의 글에서 또한 엿볼 수 있다.

여편네를 욕하는 것은 좋으나, 여편네를 욕함으로써 자기만 잘
난 체하고 생색을 내려는 것은 稚氣다. 시에서 욕을 하는 것이 정
말 욕이 되는 것은 아니지만, 하여간 문학의 惡의 언턱거리로 여편
네를 이용한다는 것은 좀 졸렬한 것 같은 감이 없지 않다. 이불 속
에서 활개를 치거나, 아낙군수노릇을 하기는 싫다.[12]

김수영은 집 안에만 들어앉아 있는 사람과 같이 "아낙군수노릇을 하기
는 싫다"라고 말하고 있다. "惡의 언턱거리로 여편네를 이용한다는 것"
은 졸렬한 행위라고 토로하고도 있다. "惡"의 핑계거리로 "여편네"를 이
용하고 있기는 하지만 그것은 졸렬한 일이고 나아가 "시에서 욕을 하는
것이 정말 욕이 되는 것은 아니"기 때문에 "여편네"라고 말하는 것이 곧
자신의 아내를 비하하는 일이 아니라고 말하고 있는 것이다. 이와 같이
김수영의 시에서 "여편네"는 반여성주의 사상을 내포하고 있는 것이 아
니다.

물론 페미니스트의 관점에서 보면 이 점은 동의할 수 없을지 모른다.
남성인 김수영이 여성인 아내를 비하하려는 의도가 아니었다고 할지라
도 그와 같은 호칭을 사용했다면 잠재적인 면에서 아내를 자신보다 낮게
여기는 증거라고 주장할 수 있다. 김수영의 의도와 상관없이 남성주의
사고관이 이미 사회의 관습이나 윤리에 의해 몸에 배었다고 주장할 수
있는 것이다. 그런 주장은 김수영이 산문(수필)에서 아내를 '여편네'라고
호칭하고 있는 점을 근거로 제시하면 더욱 일리가 있어 보인다. 나아가

12　김수영, 「시작 노우트 4」, 『김수영 전집 2 산문』, 민음사, 1995, 293쪽.

여성주의 및 남성주의란 가하는 쪽에만 해당하는 개념이 아니라 받는 쪽도 함께하는 개념이기에 더욱 설득력을 가질 수 있다.

그렇지만 이러한 페미니스트의 비판도 김수영의 시에 나타난 '여편네'란 시어가 시인의 아내를 호칭하는 것에 한정시킬 수 없다는 전제를 인정한다면 다르게 생각될 수 있다. 오히려 새로운 차원으로 '여편네'를 규명할 필요가 생긴다. 다시 말해 김수영의 시에서 쓰인 '여편네'는 그의 아내를 호칭하는 것이 아니기에 반여성주의의 문제는 성립되지 않는다.

그리하여 이 글에서는 김수영의 시 작품에 등장하는 '여편네'를 시인이 대항하고자 하는 상대로 삼고 살펴보았다. 그 적은 「만용에게」, 「여편네의 방에 와서―신귀거래 1」, 「생활」, 「반달」, 「도적」 등에서 여실하게 나타나고 있듯이 자본주의적 속성을 가진 대상이다. 김수영은 그 적들로부터 회피하거나 두려워하지 않고 자유정신을 위해 맞섰다. 나와 너, 정직과 타락, 고결과 속물, 정의와 불의, 자유와 억압, 휴머니즘과 자본주의의 대립 구조에 속에서 자신의 주체성을 잃지 않고 당당하게 대결한 것이다.

제2부

일제강점기 여학생들의 세계 인식
── 여학교 교지에 실린 시작품들을 중심으로

1. 들어가며

1920년대 후반부터 여학교에서는 교지를 발간하기 시작했다. 개화기에 출발한 여학교의 교육이 정착되고 활성화되었음을 보여주는 것이다. 개화기에는 근대국가를 건설하고 봉건 체제를 극복하는 것이 시대적인 과제였다. 그리하여 여학교의 교육은 거대하게 밀려드는 세계의 정세를 이해하고 남녀평등을 토대로 봉건 질서를 극복하는 것을 지향했다. 그렇지만 조선의 근대 교육은 일본의 간섭으로 인해 한계를 가질 수밖에 없었는데, 강점(強占)이 공식화된 1910년 이후 더욱 심화되었다.

일본은 조선에서의 식민지 정책을 효율적으로 수행하기 위해 교육을 중시했다. 정치적인 면이나 경제적인 면의 지배를 넘어 민족의 동화(同化)까지 추구하기 위해, 다시 말해 조선을 황국 신민화하기 위해 교육을 통한 사상의 개조를 목표로 세웠던 것이다. 일본은 조선의 황민화뿐만 아니라 대동아 공영까지 계획했다. 조선을 토대로 삼고 아시아의 식민지

화를 달성하려는 야욕을 가지고 있었던 것이다. 그러므로 "교육을 중시하였다는 것이 곧 교육의 내적 충실을 기하였다는 것과 일치하지는 않는다. 그것은 다만 황민화의 수단으로써 측면적 평가이고 실제로는 우민정책으로 구현되었다."[1]고 볼 수 있다.

여학교의 교지가 발간된 1920년대 후반은 3·1운동 후 일제가 실시했던 소위 문화정치가 기만이었음이 드러남과 동시에 파시즘의 통치가 본격화되는 조짐을 보인 시기였다. 실제로 일본은 1931년 만주사변을 일으킨 뒤 중일전쟁(1937), 조선어 폐지, 국가총동원법, 창씨개명령(1938), 국민징용령(1939), 학도지원병제(1943), 여자정신대근무령(1944) 등 일련의 조치들을 취하면서 전시체제로 전환시켰다. 일본의 침략 전쟁에 의해 조선인들의 삶은 더 이상 보호받을 수 없게 된 것이다. 그와 같은 면은 3·1운동이 일어나기 전까지 조선에 배치된 일본의 경찰이 5,400명이던 것이 태평양전쟁이 일어났을 때는 35,239명으로 늘어난 데서도 여실히 증명된다.[2]

그렇지만 일본이 교육을 전략 수단으로 삼으면서 추구한 조선의 동화며 대동아 공영 계획은 실패할 수밖에 없었다. 교육이라는 수단으로써 한 민족의 정신을 영구히 지배할 수 있다는 전제 자체가 성립되기 어려운 것이었다. 조선인들은 일본의 탄압 속에서도 민족 해방의 희망을 결코 버리지 않았다. 그리하여 민족의 독립을 즉각적으로 쟁취하는 데 한

1   정세화, 「일제치하의 여성 교육」, 『한국 여성사』, 이화여자대학교 출판부, 2001, 323쪽.
2   강만길, 『한국 현대사』, 창작과비평사, 1985, 25~37쪽.

계가 있음을 인정하고 실력을 양성하는 전략을 세웠다. 교육이 그 일환이었는데, 학교교육뿐만 아니라 각종 강습회나 야학 등을 확대했다.

따라서 일제강점기의 여학교 교육은 주권을 상실한 민족의 상황을 직시하고 그 극복을 추구하는 것이었다. 여학생들은 학업을 충실히 한 것은 물론 빈곤과 질병과 문맹에 놓인 농민들을 대상으로 농촌계몽운동을 했다. 이 글에서는 그와 같은 여학생들의 세계 인식을 교지에 발표한 시 작품을 통해 확인하고자 한다.

2. 여학교 교지 및 작품 상황

2009년 9월 현재까지 필자가 발굴한 일제강점기 시대의 여학교 교지는 〈표 1〉에서 보듯이 『일신』, 『이화』, 『백합화』, 『배화』, 『이고』, 『정신』 등 6종이다. 여자전문학교 교지는 『이화』가 유일하고 나머지는 여자고등보통학교에서 간행한 것이다.

〈**표 1**〉 일제강점기에 간행된 여학교 교지 상황

매체명	발행처	발행 사항	발굴 상황
일신(一新)	일신여자고등보통학교 교우회	창간 : 1927.12 종간 : 미상	제1호
이화(梨花)	이화여자전문학교 학생 기독교청년회 문학부	창간 : 1929.2 종간 : 미상	제1호~제7호(1937.6). 제4호는 결호.
백합화 (百合花)	경성 협성여자신학교 학생기독청년회	창간 : 미상 종간 : 미상	제3호(1929.3)

매체명	발행처	발행 사항	발굴 상황
배화(培花)	배화여자고등보통학교 교우회	창간 : 1929.5 종간 : 1943.2	제1호~제13호
이고(梨高)	이화여고학생기독청년 문학부	창간 : 1934.3 종간 : 1934.3	제1호
정신(貞信)	정신여학생 기독교 청년회	창간 : 미상 종간 : 미상	제2호~제3호 (1936.3~1937.3)

여학교 교지의 발행 시기는 1927년 2종(『일신』, 『백합화』), 1929년 2종(『이화』, 『배화』), 1934년 이후 2종(『이고』, 『정신』)으로 1927년부터라고 볼 수 있다. 교지 중에서 『일신』과 『이고』는 1호로 종간되었고, 『백합화』와 『정신』은 종간 시기를 알 수 없으나 발굴 상황으로 보아 생명력이 긴 것으로는 보이지 않는다. 그에 비해 『이화』는 7호(4호는 결호)까지 발간되었고, 특히 『배화』는 일제강점기의 끝 부분에 해당되는 1943년까지 발행되어 비록 한 학교의 교지일지라도 일제강점기의 교육 상황을 살펴볼 수 있는 귀중한 자료이다.

여학교 교지의 발행처가 교우회이거나 학생기독(교)청년회 또는 학생기독(교)청년문학부였다는 사실은 관심이 간다. 교우회의 목적은 대체로 기독교 정신을 함양하고, 선배를 존경하고 후배를 사랑하며, 사회생활에 필요한 덕성과 지식과 신체를 발달시키는 데 있었다. 교우회의 회원은 학교의 직원 및 공로가 있는 자들로 구성된 명예회원, 졸업생들로 구성된 특별회원, 재학생들로 구성된 보통회원 등이었다. 교우회의 기관으로는 종교에 관한 사항을 담당하는 종교부, 지육에 관한 사항을 담당하는 지육부, 체육에 관한 사항을 담당하는 체육부, 사교에 관한 사항을 담당하는 사교부, 음악에 관한 사항을 담당하는 음악부 등이 있었다. 교우회의 기관은 형식적으로 존재하는 것이 아니라 실질적으로 활동해 사교부는 졸업생의 송별회나 신입생 및 신임 직원의 환영회를 열었고, 지육부는 영화를 관람하거나 수학여행에 대한 감상 등을 담당했다. 그만큼 졸업생들과 재학생들 간의 유대감이 컸음을 알 수 있다.[3] 아울러 학생기독(교)청년회나 학생기독(교)청년문학학부가 교지의 발행 주체인 것은 기독교 계통의 학교였기 때문에 자연스러운 면으로 볼 수 있다. 그들이 기독교 정신을 함양하고 학교생활에 주도적인 역할을 했던 것이다.

한편 해당 교지에 실린 작품 상황은 〈표 2〉와 같다.

〈표 2〉 여학교 교지에 실린 작품 상황

교지명 \ 작품 상황	현대시	시조	소설	비고
일신	16			일문 시 3편
이화	159	44	10	일문 시 8편
백합화	6	4	1	
배화	97	3		일문 시 51편
이고	23			일문 시 2편
정신	52		1	일문 시 34편

---

3   맹문재, 「1930년대 여자고등학생들의 학교생활 고찰」, 『한국학연구』 29집, 고려대학교 한국학연구소, 2008, 48~49쪽.

위에서 보듯이 현대시는 모든 여학교의 교지에 수록되어 있다. 그만큼 여학생들의 문학 세계에서 보편화된 장르임을 알 수 있다. 그에 비해 소설은 『이화』에 10편, 『백합화』와 『정신』에 1편만 실려 있을 뿐 나머지 교지에서는 보이지 않는다. 『이화』의 창작 주체가 여자전문학교 학생인데 비해 다른 교지인 경우는 여자고등학교의 학생이라는 신분이었기 때문에 본격적으로 소설을 창작하는 데는 한계가 있었을 것으로 여겨진다. 시조의 경우 모든 교지에 수록되지는 않았지만, 『이화』『백합화』『배화』에 상당수 수록된 것으로 보아 어느 정도 수용 영역이 있었다고 보인다. 따라서 이 글에서는 현대시와 시조를 고찰의 대상으로 삼기로 한다. 현대시의 영역에서 노래가사, 동요, 번역시 등도 대상으로 삼을 수 있으나 현대시의 본류로 인정하기는 어려우므로 필요한 경우만 참조하기로 한다. 『백합화』를 제외하고 모든 교지가 일문으로 된 시 작품을 수록하고 있는 점도 주목된다. 일제의 식민 통치가 여학생들의 창작 활동까지 지배했음을 확인시켜주는 것이다.

교지에 작품 발표를 한 여학생 중에서 후일 문인이 된 경우는 시인으로 장정심(협성여고), 모윤숙(이화여전), 노천명(이화여전), 백국희(이화여전), 신진순(배화여고, 이화여전), 유도순(협성여고), 이봉순(이화여전) 등이 있고, 시조시인으로 주수원(이화여고, 이화여전), 수필가로 김자혜(이화여전), 장영숙(이화여전), 전숙희(이화여전), 조경희(이화여전), 소설가로 이선희(원산 루씨여고, 이화여전), 장덕조(배화여고) 등을 들 수 있다.[4] 문인들의 분포로 볼 때 이화여자전문학교 출신이 가장 많

---

4   교지에 실린 작품은 볼 수 없지만 동시대의 문인으로는 시조시인 김오남(수도

은데, 당시의 최고 상급 학교였으므로 작가 배출의 요람이었다고 여겨진다. 이 글은 이들의 시 작품을 표본으로 삼고 일제강점기 여학생들의 세계 인식을 살펴보고자 한다. 필요한 경우는 다른 학생들의 작품이나 다른 장르의 작품들도 참고하기로 한다.

3. 여학생들의 작품 세계

1) 기독교 정신의 심화

1895년 청일전쟁에서 승리한 일본은 같은 해 명성황후를 시해했고, 1905년 을사보호조약, 1910년 한일합병조약 등으로 조선을 파죽지세로 점령했다. 이에 조선인들은 정신적으로 충격을 받고 민족적 각성과 그 극복을 위한 차원에서 기독교에 관심을 보였다. "한국 정치적 허약에 대한 대책, 그리고 국가 존망의 불안을 해소하는 데 필요한 해답을 기독교 안에서 찾아보려는 정치적 목적이 다분히 있었"[5]던 것이다.

그렇지만 외국 선교사들은 조선인들의 기대와는 달리 비정치적인 모습을 보였다. 선교사들은 조선이 일제의 통치를 받고 있는 상황에서 정치적 성향을 띠는 행동이 위험하다는 것을 잘 알고 있었기 때문에 복음

여고), 소설가 박화성(숙명여고), 강경애(평양 숭의여학고), 김말봉(정신여학교), 백신애(대구사범), 최정희(숙명여고), 임옥인(일본 나라여자고등사범), 손소희(함흥 영생여고) 등도 들 수 있다.

5   서광선, 「한국 여성과 종교」, 『한국 여성사』, 이화여자대학교 출판부, 2001, 525쪽.

을 우선적으로 전도한 것이다. 그리하여 한국의 기독교는 천당과 지옥이라는 세계를 전도의 궁극적인 목표로 삼았다. 자신이 살아가는 현실 세계를 적극적으로 인식하고 참여하기보다 지극히 개인 차원의 구원에만 관심을 보인 것이다. 그 결과 한국의 교회는 비정치적이고 보수성을 띠게 되었다.

물론 조선의 기독교 전체가 보수적이고 개인의 구원만을 지향한 것은 아니었다. 개화기까지의 기독교는 조선인들에게 세계 인식의 변화를 가져오게 하는 데 기여한 것이 사실이다. 기독교는 근대 교육을 주도해 구습과 인습으로부터 구속되어 있는 조선인들에게 자아를 각성시키는 역할을 했고, 신분제 같은 봉건 관습을 타파하는 데에도 기여했다. 한글 교육을 통해 새로운 지식과 정보를 가져왔고, 민족의 상황을 직시하는 안목도 제시해주었다. 그와 같았던 기독교가 일제강점기에 들어 탈정치화와 내세 지향성을 띤 것이다.

일제강점기의 여학교 교지에 실린 시 작품들은 이와 같은 시대 상황을 반영한 산물이라고 볼 수 있다. 대부분의 여학교가 기독교 계통이었으므로 교육철학이나 교육과정에서 기독교 정신은 중요한 지표였다. 그리하여 종교 교육, 기독교 이념, 성경이나 예수 등을 제재로 한 창작품들이 상당했다. "學生으로서 當面하기는넘우나 複雜한問題의落望하기쉬운괴로운環境에서 나를引導한無形한能力은 다만예수를 찾은 精神的生活에서나왔다."(이순조, 「나의 기독관」)[6]라고 할 만큼 기독교 정신은 여학생

---

6 『이화』 제3호, 이화여자전문학교 학생기독교청년회 문학부, 1931, 64쪽.

들의 세계 인식에 큰 영향을 끼친 것이다.

> 이몸이다시되면 무엇이될고하니
> 사막에 샘이되고 광야에 등이되어
> 행인의 마실물 밝은달 되어줄까하노라
>
> ― 장정심(張貞心), 「몸」 전문[7]

하느님이 직접 호명되고 있지는 않지만, 만약 자신이 이 세상에 다시 태어난다면 "사막에 샘이되고 광야에 등이되어/행인의 마실물 밝은달 되어줄" 것이라는 기독교적 세계 인식이 고스란히 나타나 있다. 섬김과 사랑과 희생 등의 기독교 정신이 제시되고 있는 것이다. 이와 같은 면은 "사랑은 뉘찻드냐 차저보아쉽다드냐/산넘고 바다건너 가시밧도 밟어왓네/두어라 크신사랑은 님쑨인가 하노라"(ㅎ, ㅎ, ㄷ, 「하느님」)[8]와 같은 작품이나, "오! 주여가장엄숙한 이새벽에/당신앞에엎드린 이마음을살펴소서"(김종회, 「새벽긔도」)[9] 같은 작품에서도 확인된다.

위의 작품을 쓴 장정심(1903~1947)은 개성에서 출생해 호수돈여고를 거쳐 이화여전과 협성여자신학교를 졸업한 후 감리교의 전도사로 봉직했다. 시 창작에도 주력해『주의 승리』(한성도서주식회사, 1933),『금선(琴線)』(경천애인사, 1934) 등의 시집을 남겼다. 한국 근대문학사에서 신앙심을 토대로 섬세한 문체의 종교시를 개척했다는 의의를 갖는다.

---

7 『백합화』제3호, 경성 협성여자신학교 학생기독청년회, 1929, 1쪽.
8 『이화』제1호, 이화여자전문학교 학생기독교청년회 문학부, 1929, 125쪽.
9 『백합화』, 앞의 교지, 32쪽.

일제강점기의 여학교 교지에 수록된 기독교를 주제로 한 시 작품에는 개인적인 세계 인식을 넘어 시대 인식을 반영한 작품들도 많았다. "自己만이神意에 따라사는것을滿足치안코 사람으로하여곰 自己가차즌快樂을 맛보게하여써 그들과함께 가치完全境에서 누리고져하엿스니 예수의 生命이야말노 참 빗나는生命인것이다."(주수원, 「生命의 延長線」 부분)[10] 와 같은 견해가 상당했던 것이다.

> 하나님이시어 당신은
> 사람에게 웃음을 주섯읍니다
> 그러나 웃을때 남는것은
> 주름살과 주름살 뿐입니다.
>
> 당신이 준 웃음은
> 거룩한 빛의 표상(表象)입니다
> 주름살과 주름살
> 이얼마나 설겁은운 일 입니까.
> 태양도 빛이 아니람은
> 당신이 가르킨 진리입니다
> 그렇면 지난날 즐겁은일은
> 내어버릴 웃음입니다
>
> 꽃을 꺾으며
> 사람이 웃음을 보입니다
> 복된 날우에
> 운명 모르는 감각의 작란입니다

10 『이화』 제2호, 이화여자전문학교 학생기독교청년회 문학부, 1930, 30~31쪽.

종이 때늦은 긔도를
금빛 놀밑에 노래합니다
돌우에 머리숙인 백성이있으니
당신이 준 웃음을 봅니다.

— 유도순(劉道順), 「웃음」 전문[11]

"하나님이시어 당신은/사람에게 웃음을 주섯"지만 실제로 웃을 때 내
보이는 것은 "주름살과 주름살 뿐"이라는 호소는 지극히 사회적인 세계
인식이다. 주름살을 보이는 대상이 다름 아니라 "돌우에 머리숙인 백성"
이기 때문이다. '백성'은 식민지 통치 아래에서 신음하는 조선 민중들이
라고 볼 수 있다. 일제강점기를 영위하던 여학생들은 이와 같이 기독교
정신을 바탕으로 사회운동을 실천해나갔다. 그리하여 여학생들은 방학
이 되면 농촌으로 가서 문맹 퇴치, 의료 봉사, 환경 개선, 일손 돕기 등의
활동을 수행했다. 민족이 처한 문제를 해결하기 위한 차원에서 실천 운동
을 한 것이다. "당시 한국 지성의 문제는 농촌계몽의 문제였고 기독교인
들이 눈뜬 것은 농촌을 위한 사회사업이었다. 한국인의 자기 계몽은 곧
애국 애족하는 것으로 생각하였으므로 크리스찬의 복음 전파가 수반되어
야 한다고 생각한 '사회봉사'는 농촌 계몽 운동이었음이 당연"[12]하다고 생
각한 것이다.

위의 작품을 쓴 유도순(1904~1940?)은 평북 영변에서 태어나 협성
여자신학교에서 수학한 후 『조선문단』『신여성』『신민』『삼천리』『별곤

---

11 위의 교지, 36쪽.
12 서광선, 앞의 책, 513쪽.

건』『동광』 등을 통해 활발하게 작품 활동을 했다. 그의 시 세계는 기독교 의식을 바탕으로 궁핍한 식민지 현실을 반영한 것으로 볼 수 있으므로,[13] 동반적 민족주의 문학파나,[14] 농민시 차원으로[15] 분류할 수도 있다.

한편 기독교 정신을 바탕으로 민족주의를 나타낸 작품들 중에는 모윤숙(毛允淑)의 것들도 들 수 있다. 그는 「종교 교육의 필요」(『이화』 제1호), 「이태리 건국의 3걸」(『이화』 제2호), 「근대 노서아 참 문예사조」(『이화』 제3호) 뿐만 아니라 단편소설 「계승자」(『이화』 제3호), 시 작품 「네 눈은 차고나」(『이화』 제5호) 등을 발표할 정도로 열정적이었다. 그의 시 세계는 시집 『빛나는 지역』(조선창문사, 1933), 『랜의 애가』(청구문화사, 1937) 등에서 잘 나타나고 있듯이 관념적인 감정이 분출된 면이 있기는 하지만 민족을 노래했다.[16]

이상에서 보듯이 일제강점기 시대의 여학생들은 기독교 정신을 사회 인식의 가늠자로 삼고 작품화했다. 단순히 하느님의 복음을 전하는 데

---

13 윤정란, 『한국 기독교 여성운동의 역사』, 국학자료원, 2003, 158쪽.

14 오세영, 『20세기 한국시 연구』, 새문사, 1991, 81쪽.

15 ① 윤영천, 『한국의 유민시』, 실천문학사, 1987, 41쪽. ② 서범석, 『한국농민시연구』, 고려원, 1991, 106쪽.

16 모윤숙(1910~1990)은 평북 정주 출생으로 개성에 있는 호수돈여자고등보통학교를 거쳐 이화여자전문학교를 졸업했다. 간도에 있는 명신여학교 및 서울에 있는 배화여고에서 교편을 잡았고, 『삼천리』 기자와 방송국 생활을 했다. 1940년 일제에 저항하는 「조선의 딸」 등을 발표해 경기도 경찰서에 구류되기도 했지만, 태평양전쟁 이후 친일 활동을 한 오점을 남겼다. 해방 이후에는 『옥비녀』(동백사, 1947), 『풍랑』(문성당, 1951), 『정경』(일문서관, 1959), 『풍토』(문원사, 1970), 『논개』(광명출판사, 1974), 『국군은 죽어서 말한다』(중앙출판사, 1983) 등의 시집을 간행했다.

그치지 않고 민족이 처한 현실을 자각하고 그 극복을 위해 실천 운동을 추구한 것이다. 그리하여 "캄캄한금음밤가티도/失望의검은휘장은/것치고마나니/다시금光明한/새날이올것"(EK, 「자위(自慰)」)[17] 같은 전망은 추상적이지 않다.

2) 자아 인식의 확대

일제강점기의 여학교 교지에 수록된 여학생들의 시 작품이 추구한 자아 인식은 개화기 이후 신교육을 받은 여성들의 주제이기도 했다. 여성들은 남성들에 비해 사회적 약자인 신분을 극복하고 평등한 삶의 권리를 갖기 위해 적극적으로 자아를 인식하고 사회 활동에 참여한 것이다. 최초의 여성 소설가이자 시인으로서 활발한 활동을 한 김명순이나, 여성지 『신여자』의 주간으로 활약하면서 적극적으로 여성해방론을 제기한 김일엽, 미술과 문학뿐만 아니라 삶에서 여성의 자유를 적극 실천해나간 나혜석 등이 대표적인 경우이다. 교지에 실린 여학생들의 작품은 그와 같은 선배 문인들로부터 영향을 받았다고 볼 수 있다. 남성 중심의 유교적 규범에 구속되어 있는 여성으로서의 존재를 자각하고 그 극복을 지향하고 나선 것이다.

册床머리에 깃드린 새뽀얀 孤寂!
깨여진 거울쪽에 내얼굴이 희미하고

---

17 『이화』 제2호, 이화여자전문학교 학생기독교청년회 문학부, 1930, 134쪽.

時間의 아로삭이는 가쁜숨결!

열어젯긴 窓門밖엔 밤빛이

더욱푸르다.

거울을 엎어다오

時計를 죽여라

저 窓門마저 닫어주려

形容도 時間도 光明도없는 그곳에

내마음 傷해 지친 이孤寂으로

헤매고 싶다

내좁은 房안은 숨이터질듯 외롭다.

새캄안 밤속에 震動하는 먼— 개의 짖음!

오— 어서어서

저 덧문을 닫어주렴

— 전숙희(田淑禧), 「孤寂」 전문[18]

외롭고 쓸쓸한 "孤寂" 같은 의식이 곧 자아 인식의 면이라고 볼 수 있다. 한 인간이 새로운 세계에서 존재하기 위해서는 고독해질 수밖에 없다. 그것은 자신의 삶을 회피하거나 방관하는 것이 아니라 제대로 적응

---

18 『이화』제7호, 이화여자전문학교 학생기독교청년회 문학부, 1937, 112쪽. 이외에도 수필 「낙화」(『이화』제6호), 시 「발자욱」(『이화』제7호), 단편소설 「코스모스」(『이화』제7호) 등 다양한 글을 교지에 발표했다. 전숙희(1919~)는 함남 협곡에서 태어나 이화여자전문학교를 졸업한 후 여성으로서의 자아 인식을 심화시킨 수필에 전념했다. 수필집으로 『탕자의 변』(연구사, 1954), 『이국의 정서』(희망출판사, 1957), 『나직한 목소리로』(서문당, 1973), 『영혼의 뜨락에 내리는 비』(갑인출판사, 1981), 『가진 것은 없어도』(동서문화사, 1982), 『우리의 시간이 타는 동안』(서문당, 1985) 등이 있다.

하기 위한 고민이자 갈등의 모습이다. 다시 말해 인습화된 기존의 제도나 윤리나 진리를 수동적으로 따르지 않고 주체적으로 수용하고자 하는 고통으로, "形容도 時間도 光明도없는 그곳에/내마음 傷해 지친 이孤寂으로/헤매고 싶"어 하는 것이다. 그러므로 고독은 근대 자유시의 내용이자 형식으로 볼 수 있다. 자아를 인식함으로써 "구체적이고 보편적인 조화를 드러내면 되었던 형식은 근본적인 불협화음과의 싸움이 되었다. 이 새로운 세계에서 인간이 된다는 것은 고독해진다는 것을 의미한다. 이러한 고독은 자기 혼자만의 삶을 살도록 운명지어졌으면서도 공동체를 목마르게 갈구하는 인간의 고통"[19]인 것이다.

> 나도 그를따라 풀잎을 헤쳐 보았소
> 그러나 찾으면 福된다는 네잎크로버를
> 永永찾지 못한 서운한 마음
> 이름모를 적은꽃 하나
> 따서 옷가슴에 꽂았었소
> 지나든이 이꽃보고 그이름 勿忘草라 기에
> 나는 빼여 냇가에 던졌었소
> 던졌으니 그만일것 같은데
> 왜 이마음은 아즉도 이다지 서운하다오?
>
> ― 노천명(盧天命), 「그이름勿忘草라기에」 부분[20]

---

19 김인환, 『비평의 원리』, 나남, 1994, 16쪽.
20 『이화』 제5호, 이화여자전문학교 학생기독교청년회 문학부, 1934, 40~41쪽.
    노천명(1913~1957)은 황해도 장연에서 출생해 진명여자고등보통학교를 거쳐 이화여자전문학교를 졸업했다. 시조 「古城墟에서」, 단편소설 「一片丹心」을 『이화』(제3호)에 발표한 것을 비롯하여 시 「가을」(『이화』 제5호), 시조 「矗石樓에올

노천명의 시 세계는 "고독에서 자라고 고독에서 살고 고독에서 노래부르다 고독하게 이 세상을 떠난 시인"[21]이라는 평가가 있듯이 위의 작품도 애수적인 정서를 보이고 있다. "永永찾지 못한 서운한 마음"이라거나 "왜 이마음은 아즉도 이다지 서운하다오?"와 같은 면이 그 모습이다. 그와 같은 면은 "내가이밤을밝히리라 저달이지기까지 밤은기리기리새지를말고 달은기리기리지지를말어라 외로운이 몸저달을보고 이 긴─한 밤을밝히랴하노니"(「三五의달아레서」, 『이화』 제3호)와 같은 수필에서도 확인된다. 이와 같은 정서는 1915년 서울에서 태어나 이화여자전문학교를 졸업한 뒤 모교에서 후학들을 가르치며 시작 활동을 했던 백국희(白菊喜)가 "창틈으로 새여흐르는 맑은달빛 그리고 끊어젓다 이어젓다하는 저 귀뚜라미의 우름이 적이외로운손의마음을 울리누나!"(「가을」, 『이화』 제5호)라고 토로한 것에서도 볼 수 있다.[22]

이와 같이 일제강점기의 여학생들에게 자아 인식의 문제는 매우 보편

라」(『이화』 제5호) 및 「참음」(『이화』 제5호)을 발표할 정도로 활발한 활동을 했다. 졸업 후 정신여학교에서 발행한 『貞信』(제2호)에 「나그네」를 발표했고, 시집 『산호림』(1938)을 출간했다. 태평양전쟁 동안 친일 문학을 한 오점을 남겼고, 한국전쟁 중에는 피신하지 않고 서울에 있다가 월북 작가들이 주도하는 조선문학가동맹에서 활동해 서울 수복 후 부역죄로 체포되어 투옥되기도 했다. 해방 후 시집 『창변』(매일신보출판부, 1945), 『별을 쳐다보며』(희망출판사, 1953), 유작 시집 『사슴의 노래』(한림사, 1958)를 간행했다.

21 김영덕, 「한국 근대의 여성과 문학」, 『한국 여성사』, 이화여자대학교 출판부, 2001, 411쪽.

22 이 밖에 「달밤」(『이화』 제7호, 이화여자전문학교 학생기독교청년회 문학부, 1934, 14쪽)을 발표했다.

적인 주제였다. 특히 자신들의 학교생활에 토대를 둔 구체성으로 공감대
를 이룰 수 있었다.

산넘고 물건너 저먼끝에서
누구차저 보려고 네여기온고
네아는 얼골들 예잇음이냐
부르는 내소래 드럿슴이냐

너를보니 내맘은 이리깃부다
언제나 내겻헤 있어주렴아
매마르고 거츠른 이내마음에
넘치는 너의샘물 마시워다오

— 주수원, 「注文한 책받고」[23] 전문

"注文한 책받고" 느끼는 감정을 노래하고 있는데, 학생 신분으로서 충
분히 가질 수 있는 내용이다. 그리하여 "너를보니 내맘은 이리깃부다/언
제나 내겻헤 있어주렴아"와 같은 면은 구체적이면서도 솔직하다. 이와
같은 면에서 보듯이 일제강점기의 여학생들이 자아 인식을 갖는 데는 학
교교육의 영향이 컸다. 학교교육을 통해 자유와 평등 같은 서구 사상을

---

23 『이고』제1호, 이화여고 학생기독청년회문학부, 1934, 50쪽. 이외에도 시「失題」
(『이고』제1호), 시조「달」「感懷」「思索」(『이화』제1호), 수필「生命의延長線」(『이
화』제2호), 시조「K에게」「人情」(『이화』제5호), 시「내맘은 나에게 왕국이외다」
(『이화』제6호) 등을 발표했다. 주수원은 1910년 경남 창원에서 태어나 이화여
고 및 이화여전을 졸업했다. 졸업 후 이화여고에서 교편 생활을 하다가 고향으
로 내려가 가정생활을 하면서 시와 시조를 창작했다.

접하면서 사회적 자아까지 인식한 것이다.

여학생들의 자아 인식은 남성들에게 종속되어 있는 자신을 극복하기 위한 것이었다. 부엌이나 안방에 머물렀던 세계에서 탈출하고, 절대적 복종으로 삼았던 도덕을 개량하며, 밥 짓고 빨래하고 남편 모시던 일과를 개선하려는 것이었다. 그와 같은 면은 양반을 중심으로 한 조선의 봉건제가 무너짐으로써 남성들이 경제력을 비롯한 지배권을 상실한 측면도 있었지만, 여성들이 남녀평등을 지향하는 서양의 문화나 사조를 교육을 통해 습득함으로써 가능했다. 그리하여 "女子도職業에從事하여사람으로써의責任을다하는 同時에經濟的獨立을하여가지고從事의屈辱的生活버서서人格的生活을하는反面에女性으로써의天職을沒却하지말자"(채을손, 「女子와職業」)[24]와 같은 견해가 제시될 수 있었다. 그리고 일제의 지배에 대항하는 데까지 나아갔다.

일제는 1931년 만주사변을 일으킨 후 중일전쟁과 태평양전쟁으로 확대시키면서 조선을 더욱 식민지화했다. 1938년 제3차 개정교육령을 발표했는데, 황국신민화를 노골적으로 추구하는 내용이었다. 학교 명칭을 보통학교에서 소학교로, 고등보통학교에서 중학교로, 여자고등보통학교에서 고등여학교로 일본과 동일하게 개칭했고, 교과목도 조선어를 제외하고 일본과 동일하게 개설했다. 그리고 학생들의 학교교육은 기능 위주로 이루어졌고, 수신이며 신체의 건강이 강조되었다. 왜곡된 역사를 주입시켰고, 다른 나라에 대한 침략을 정당화했으며, 음악 시간에는 일

---

24 『이화』 제1호, 이화여자전문학교 학생기독교청년회 문학부, 1929, 24쪽.

본의 군가를 가르쳤다. 체육 시간에는 분열식이나 강행군 등 군사훈련을 실시했고, 수신 시간에는 황국신민으로서 갖춰야 할 도덕을 강요했다.

그렇지만 조선 여학생들은 일본의 교육정책에 결코 동화되지 않았다. 오히려 자아 인식을 확대해서 현실을 자각하고 민족 해방을 위한 길을 걷고자 했다. 1943년 12월 말 현재 초등학교 학생들의 일어 해득자가 22.2%에 지나지 않았다는 사실은 조선 학생들이 나름대로 일제의 교육정책에 항거했음을 반증한다.[25] 그와 같은 모습은 〈표2〉에서 볼 수 있듯이 『백합화』의 경우 수록된 작품 중에 일문으로 된 것이 한 편도 없고, 『이화』의 경우도 159편의 수록된 작품 중에서 일문으로 된 것이 8편밖에 안되며, 『이고』의 경우도 23의 작품 중에 일문으로 된 것이 2편밖에 되지 않는다는 사실에서도 확인된다. 그만큼 조선 여학생들의 자아 인식은 심화되고 확대된 것이다.

> 우리朝鮮同胞여 힘써서勇進하여
> 錦繡江山三千里 살기존우리朝鮮
> 우리들서로도아 敎育産業이르켜
> 永遠의樂園에서 한가지사러보세
>
> ─ 강사희(姜四喜), 「수학여행중소감」[26] 부분

마치 외교권과 군사권을 일제에 의해 침탈당하고 있는 조선의 상황을 고발하면서 자주독립과 문명개화를 노래한 개화기 무렵의 가사 같은 목

---

25 정세화, 「한국 근대 여성 교육」, 앞의 책, 342~343쪽.
26 『일신』 제1호, 일신여자고등보통학교 교우회, 1927, 60쪽.

소리를 갖고 있는 작품인데, "우리朝鮮同胞여 힘써서勇進하"자와 같은 호소에서 볼 수 있듯이 식민지 지배를 극복하려는 의지가 강하다. 민족의 미래가 어떻게 진행될지 암담하기만 한 상황 속에서도 좌절하거나 포기하지 않고 저항하고 있는 것이다. "그러하야 우리는 너의를돕고/새로운 너의를 우리도아서/서로서로붓들고 서로돕기를/無窮花 왼누리를 덥흘때까지"(ㅅ, ㅂ, ㅎ, 「환영시」)[27] 민족의 무한한 생명력을 신뢰하고 있다. 그리고 "달녀나/두주먹을 부루죄구/鐵같은 다리고 내디뎌라/뚜벅뚜벅 땅이꺼지도록"(한을윤, 「젊은이야」)[28]과 같이 적극성을 띠었다. 조선의 여학생들은 황국신민화를 추구하는 일제의 교육정책에 순응하지 않고 당당히 맞선 것이다.

그리하여 여학생들은 창작 활동뿐만 아니라 실천 활동에도 적극적이었다. "敎育을밧을사록 그는社會에 더 큰빗을지는것이다. 이는金錢이나 엇던物件으로빗을진다는것보다 그밧은敎育으로써빗을지게되는것이다. 故로敎育을만히밧은사람일사록 社會에짐이더한것이며 이에싸라 어려움과苦痛이더한것이며일이만흔것이다."(최직순, 「高等敎育을밧는 朝鮮에女學生」)[29]와 같은 세계 인식을 가지고 방학을 이용하여 강습회나 야학, 농촌 계몽 운동, 전도 활동에 열성을 보였다. 일제 경찰의 감시를 받으면서도 민족 해방을 위한 실천 활동을 주도면밀하게 한 것이다. 심

---

27 『이화』제1호, 배화여자고등보통학교 교우회, 1935, 40쪽.

28 『배화』제8호, 이화여자전문학교 학생기독교청년회 문학부, 1929.2, 137쪽.

29 『이화』제2호, 이화여자전문학교 학생기독교청년회 문학부, 1930.12, 33~34쪽.

훈의 『상록수』에 등장하는 채영신[30] 같은 인물이 그 좋은 본보기이다.

4. 나오며

일제강점기 여학생들의 세계 인식은 기독교 정신의 심화와 자아 인식의 확대로 정리할 수 있다.[31] 기독교는 주권을 빼앗긴 조선인들에게 민족의 각성 차원에서 수용되었다. 비록 선교사들이 조선인들의 기대와 달리 비정치적인 전도 활동에 집중했지만, 조선의 여학생들은 민족의식을 견지하며 극복해나갔다. 가부장제의 관습과 윤리에 갇혀 있던 여학생들이

---

30 실제 인물은 최용신(崔容信)으로 1909년 함남 원산에서 출생해 1935년 타계했다. 그는 1928년 서울 감리교 협성여신학교에 입학했는데 『백합화』 제3호에 「農村의참指導者가되자」란 글을 수록하고 있다. 글의 내용은 "理論으로만말할것이 아니라 우리의智識階級의靑年들은 空想을가지고都市에서虛送歲月하지말고 各各農村으로더브러 호미와광이를같이쥐고 合力할것이며 아무리農村에돌아가서라도 옛날의學者나 도령님行勢를하여서는 純直한農民에게指導者보다도惡魔가될줄로 안다. 또는誠心誠意로서文盲打破에全力할것이니 歷史가깊고 자랑거린 인組織的인한글을가르치며 特히女子로서는農村女性에게 우리의한글을가르치는同時에 生活改善의訓練을 시키어야하겠다."와 같은 주제를 담고 있다.

31 후에 문인이 된 여학생들의 글 중 본문에서 소개하지 못한 것은 다음과 같다. ① 수필가 김자혜(金慈惠)의 시 「근심」(『이화』 제1호), 「그리움」 「가을」 「허무」(『이화』 제2호). ② 작곡가 김순애(金順愛)의 수필 「根」(『배화』 제10호), 시 「가을바람」(『이화』 제7호), ③ 수필가 조경희(趙敬姫)의 시 「적막」 및 소설 「정서방」(『이화』 제7호), ④ 수필가 장영숙(張永淑)의 수필 「先輩들에게보내는글」(『이화』 제5호), 「秋夜漫想」(『이화』 제6호), ⑤ 소설가 이선희(李善熙)의 시 「밤」(『이화』 제3호), ⑥ 소설가 장덕조(張德祚)의 수필 「慶州旅行記」(『배화』 제3호), 수필 「慶州旅行記」 및 시 「秋」 「蜜柑」(『배화』 제4호).

교육을 통해 보다 주체성을 갖고 사회 활동이며 농촌 계몽 운동을 한 것이다. 그리하여 조선의 기독교 정신은 개인 차원의 구원만을 지향한 것이 아니라 식민지 지배를 받고 있는 민족 상황을 직시하고 그 극복을 추구했다.

일제강점기 여학생들의 또 다른 세계 인식은 자아 인식의 확대이다. 여학생들은 기독교 정신과 아울러 학교교육을 통해 자유며 평등 같은 근대적 가치를 인식하고 그 실현을 위해 노력했다. 여학생들은 고독이나 눈물 같은 차원에 함몰되거나 개인적인 차원에 머무르지 않고 지식인 계급으로서의 자아를 인식했다. 그리하여 조선어 대신 일어를 강조하고 기능 위주의 수업과 수신과 신체를 강조하는 지극히 왜곡된 일제의 교육 환경 속에서도 민족의식을 잃지 않았다. 교지를 발행하고 시를 비롯한 문학작품을 창작한 것도 그 일환으로 볼 수 있다. "시대를 선도하는 선각적 개인이 때로 영웅적 모습으로 비쳐질 수도 있지만 그 내면에서 바라볼 때 그는 더 깊이 갈등하고 번뇌하는 개체일 뿐이다. 시인이란 선도자의 모습과 갈등하는 개체의 양면을 가진 존재이며, 그 양면성은 그의 선택이 자유로울 수 없는 식민지하의 경우 더욱 큰 괴리감을 드러낼 수밖에 없"[32]지만, 여학생들은 시 작품을 통해서 최대한 민족 해방을 추구한 것이다.

32　최동호, 『한국 현대시사의 감각』, 고려대학교 출판부, 2004, 175쪽.

1930년대 여자고등학생들의 학교생활

— 『배화(培花)』를 중심으로

1. 들어가며

이 글에서는 배화여자고등보통학교의 교지인 『배화』에 수록된 글들을 통해 당대 여학생들의 교육 내용과 특징 등을 살펴보고자 한다. 그동안 식민지 시대의 교지에 대해서는 오문석에 의한 고찰이 있었고,[1] 박헌호에 의해 『연희』에 대한 고찰이,[2] 박지영에 의해 『이화』에 대한 고찰이 있었다.[3] 연구자들은 일제강점기의 교지가 당대 지식인다운 학생들의 정신을 보여주고 또 문학 분야에서 중요한 자료라고 정리하고 있

1 오문석, 「식민지시대 교지 연구(1)」, 『상허학보』 8집, 상허학회, 2002, 13~27쪽.
2 박헌호, 「식민지 시기 교지의 위상과 지식의 주체화―『연희』를 대상으로」, 『한국근대사회의 변동에 대한 동아시아적 시각의 모색』(성균관대학교 대동문화연구원 중점과제 학술발표회), 2005.6.18. 박지영의 아래 논문에서 재인용함.
3 박지영, 「식민지 시대 교지 『이화』 연구」, 『여성문학연구』 제16호, 한국여성문학회, 2006, 31~78쪽.

는데, 필자 역시 동의한다. 그러면서도 기존의 연구에 한 발 더 나아가 구체적인 사례를 통해 여자고등학생들의 학교생활 전반을 살펴보고자 한다.

여자고등학교의 교지가 사회에서 발간된 신문, 잡지, 학술지, 동인지 등과 대등한 수준을 갖추었다고 평가하는 것은 무리겠지만, 여학생들이나 일반 독자들로부터 많은 관심을 받은 것은 사실이다. 『배화』의 경우에도 제2호에 창간호를 판매한다는 광고가 실려 있는데,[4] 그 내용은 창간호가 발간되자 신문에 소개되었다는 사실과, 많은 사람들이 관심을 갖고 신청했는데도 불구하고 비매품이기 때문에 공공단체 외에는 보낼 수 없음을 사과하는 한편, 배화 교우의 소개로 신청하는 경우는 한 권당 40전에 판매한다는 것이었다.[5] 동시대에는 저널이 다양하지 않았기 때문이기도 하겠고, 여학생이라는 특수한 신분으로 인해 호기심의 대상이었기 때문이기도 하겠지만, 그들의 생활과 사상은 동시대인들에게 관심의 대상이었다. 따라서 『배화』는 1930년대 여자고등학생들의 학교생활 전반을 살펴볼 수 있는 자료적 가치를 지닌다. 당대의 이화여자전문학교에서 발행되는 『이화』가 최고의 교육을 받는 특수한 여학생들

4　"本誌第1號가 發行된後各 方面으로붙어 많은歡迎과 讚賞을받게됨은 寄稿諸氏에게感謝합니다. 그러하나各處에서 新聞紙의紹介를보고 많이請求하신분이있었으나 本誌는非賣品인故로 公共團體의要求外에는 一切謝絶하게됨을未安히생각합니다. 그러하나本校友의 紹介로要求하신다면 實費四十錢에提供하겠음니다."(『배화』 제2호, 1930, 175쪽)

5　동시대에 간행된 『신흥』 『이화』 『연희』 『숭실학보』 등의 교지는 실제로 40전 혹은 20전에 판매되었다.

모습을 보여준다면, 『배화』는 보다 일반적인 여학생들의 모습을 보여주는 것이다.

『배화』가 여학생(여성)들의 매체라는 사실은 주목할 필요가 있다. 조선총독부의 통계연보를 근거로 작성한 조사를 보면 1920년에는 남자고등보통학교의 수가 14학교이고 학생 수가 3,018명인 데 비해 여자고등보통학교는 7개 학교에 709명으로 여학생이 전체의 23.5%를 차지하였는 데 비해, 1930년에는 남자고등보통학교의 수가 24학교에 학생 수가 11,949명인 데 비해 여자고등보통학교는 16개 학교에 4,554명으로 여학생이 전체의 38.1%로 증가했지만,[6] 여전히 남학생들보다 적었다. 따라서 『배화』는 상대적으로 열악한 환경 속에 있는 여학생들에 의해 발간되었다는 점에서, 나아가 제4호의 편집 후기에서 밝히고 있듯이 일제의 검열을 받으며 발간되었다는 점에서 역사적 가치를 지니는 것이다.[7]

『배화』를 간행한 배화여자고등보통학교는 1898년 경성 서부 인달방(仁達坊) 고간동(古澗洞 : 長興庫, 현 내자동)에 캐롤라이나학당이란 교명으로 설립되었다. 1886년 이화학당이 설립된 후 2년 뒤에 설립된 것으로 근대 여성 교육의 초석을 다지는 데 큰 역할을 했다. 학교의 설립자는 미국 남감리교회 여성 선교사인 캠벨(Josephine Eaton Peel Campbell, 1853~

---

6 김경일, 「식민지 조선의 여성 교육과 신여성」, 문옥표 외, 『신여성』, 청년사, 2003, 130쪽.

7 "問題되었던 原稿달은 不得已 全部 或은 一部를 略하게 됨을 諒解하여 주심 바랍니다."(『배화』 제4호, 1932, 198쪽)

1920)이었다. 배화가 설립된 1889년은 흥선대원군이 서거한 해이기도 하므로 시사되는 바가 크다. 흥선대원군은 외척을 숙청하고 부정부패를 척결하는 등 중앙집권적인 정치 기강을 확립했지만, 1866년 병인양요와 1871년 신미양요를 겪으면서 천주교도들을 무자비하게 박해하는 등 쇄국정책을 펼쳐 조선의 개화를 가로막은 실정을 했기 때문이다. 개신교 선교사들은 이전 시대에 박해받은 천주교 선교사들의 선례를 거울로 삼고 조선인들에게 다른 방법으로 접근했다. 직접적인 선교를 하는 대신 교육사업, 의료사업, 사회복지사업 등으로 유교 관습이 강한 조선인들의 종교적, 인종적 배타성을 극복해나간 것이다. 1886년에 설립된 이화학당(감리교), 배재학당(감리교), 경신학교(장로교), 1894년에 설립된 광성학교(감리회), 숭덕학교(감리회), 1895년에 설립된 정신여학교(장로회), 일신학교(장로회), 1897년에 설립된 숭실학교(장로회) 등은 물론이고 캐롤라이나학당 이후에 설립된 학교들도 그 산물로 볼 수 있다.

캐롤라이나학당은 1903년 중학교 예비과를 설치하였고, 배화학당이라고 교명을 바꾸었다. 1909년 다시 교명을 배화여학교라고 하고 4년제 중학과와 4년제 소학과를 병설하였다. 1912년 고등과와 보통과를 설치했고, 1916년 고간동 요람지에서 누하동(樓下洞)으로 이전했다. 1921년 신교육령에 의해 4년제 보통과를 6년제로 개정했다. 1925년 배화여자고등보통학교로 승격되었고, 1938년 교명을 배화여자고등학교로 바꾸었다.

2. 학교생활의 실제

1) 기능 위주의 수업

『배화』 창간호의 특집에는 교과목에 대한 여학생들의 소감이 수록되어 있는데 해당 과목은 운동, 도화(圖畵), 자수, 재봉, 음악, 가사실습, 영어, 식물학, 지리, 역사, 화학 등이다. 특집에는 제외되었지만 조선어와 일본어 등도 당연히 학과목이었다고 볼 수 있다. 창간호에 실린 학과목에 대한 학생들의 소감은 학교의 수업이 어떻게 진행되었는지를 보여주는데, 가장 큰 특징은 기능 위주였다는 점이다.

> 中等學科를 알아온갓常識을 알어주어야만 배운보람이잇고 無識하지안켓다는自覺으로 다른學科에도뜻을두어배우고 닥것지마는 第一苦待하는時間은 音樂時間에 노래를배우는것이며 피아노배우고 練習하는時間이다.
>
> — 차성태(車聖泰, 3학년), 「음악」 부분[8]

> 이一週間마다 돌아오는 料理實習時間은 나의一生동안 有用하게 될時間이며 이저지지안을時間입니다. …(중략)… 우리의 技術的修養과 實生活의 要求를 터잡어 나아가는것입니다.
>
> — 김원숙(金元淑, 4학년), 「가사실습」 부분[9]

8　『배화』 창간호, 1929, 103쪽.
9　위의 책, 104~105쪽.

x

이英語는 世界的標準語가되여 世界民衆의言論界를 統一할만한 重要한地位를占領하고잇는것이며 世界新思潮의흐름을「하 新教育 을밧는사람은 누구나몰나서는 안될語學이되여잇는것은 事實입니 다. …(중략)… 英語의必要는 日常直接當面하는것中에서 實例로들 면 爲先外國서 輸入된 食料品其他各種日用品의 名稱이라든가 廣告 紙看板等에 쓰어잇는것을 읽으려도 英語의必要를 느끼게되는것이 아님닛까?

— 김원자(金元子, 3학년), 「영어」부분[10]

더욱日常生活에必要한모든物質의製法 性質 用途를 ――히檢討 하여 生活에需用하게된것이며 우리가盲目的으로 使用하여오던 모 든食物品 日用品이다어써한原理와 變化로된다는것을 實驗하여배 울째에는 참으로재미가옥신한다.

— 박성춘(朴成春, 3학년), 「화학」부분[11]

이상의 소감들에서 보듯이 학교의 수업은 기능 위주의 학과목으로 진행되었다. 가령 가사실습의 수업은 학과목 자체를 연구한 것이 아니라 일생 동안 유용하게 사용할 기술을 습득했다. 다시 말해 실생활에 잘 쓸 수 있는 요리 실력을 갖추는 것이 교육의 목표였던 것이다.

학과목 수업이 기능 위주로 시행된 것은 영어 과목에 대해서도 확인된다. 영어가 세계적인 표준어이므로 신교육을 받는 사람으로서 시대의 추세에 뒤처지지 않아야 된다고 인식하면서 외국에서 수입되는 식료품을 비롯하여 각종 물품들의 명칭이나 광고지 등에 씌어 있는 영어를 읽기

---

10 『배화』창간호, 1929, 105쪽.
11 위의 책, 111쪽.

위해서 공부가 필요하다고 본 것이었다.

기능 위주의 수업 방향은 예술 과목이나 순수 과학에서도 마찬가지였다. 음악을 공부하고 피아노를 연습하는 목적이 음악적 재능을 계발하거나 전문가로서의 영역을 개척하는 것이 아니라 고등교육을 받은 여성으로서 상식을 높이기 위한 것이었다. 화학 공부도 학문 자체에 대한 탐구보다도 일상생활에 필요한 물품의 성질을 이해하고 용도를 탐색하고 제조법을 익히기 위해서였다.

1930년대의 학교교육이 기능 위주로 기운 것은 일제의 식민지 교육정책이 구체적으로 적용된 모습으로 볼 수 있다. 일제는 황국신민화(皇國臣民化)의 구현을 교육을 통해서 이루겠다고 계획하고 조선 학생들을 개조하려고 시도했다. 그리하여 1911년 조선교육령을 제정한 후 필요에 따라 개정하면서 황민화를 시도해나갔다.[12] "보통학교 3~4년, 고등보통학교 4년, 실업학교 2~3년, 전문학교 3~4년, 그리고 여자고등보통학교 연한은 더욱 짧은 3년으로 되어 있다. 당시 일본의 교육 연한이 소학교 6년, 중학교 5년, 전문학교 4년, 대학 6년인 것과 비교하면 총 4~5년의 단축을 의미한다."[13]는 사실에서 볼 수 있듯이, 일제는 황민화를 추구하고 통치에 유용한 노동력을 확보하기 위해 일본어를 강제로 학습시켰을

12　조선교육령의 사항은 다음과 같다.
　　①1911년 제정(시세민도에 적합), ②1922년 제2차 개정교육령(내지준거), ③1938년 제3차 개정교육령(내선일체), ④1943년 학원전시비상조치방책(전시체제 강화). 자세한 내용은 정세화, 「한국 근대 여성교육」, 김영덕 외 6인, 『한국 여성사』, 이화여자대학교 출판부, 2001, 325~330쪽.
13　정세화, 위의 논문, 325쪽.

뿐만 아니라 기능 위주의 교육을 강화했던 것이다.

　물론 여학생들의 학과목 수업이 기능 위주로 치우친 것은 보수적인 남성들이 지배하는 조선 사회의 한계로도 볼 수 있다. 1930년대의 잡지들에서 남성 필자들이 동시대의 여학생 교육의 문제점으로 가장 많이 언급한 면은 교과의 내용이 상식을 가르치지 않아 실제 생활에 아무 쓸모가 없다는 것이었다.[14] 그만큼 가부장적인 남성들은 여성 교육에 대해 열린 자세가 아니라 닫힌 자세로써 현모양처가 되는 것을 기대했다. 여성을 독립된 인격체로 배양하거나 사회의 지도자나 전문가가 되는 것을 바라지 않고 가정에 필요한 존재가 되길 바랐던 것이다.

　그렇지만 여학생들은 불리한 환경에서도 학습에 매우 적극적이었다. 일제가 의도한 교육 방침을 직시하면서도, 설령 인지하지 못했다고 할지라도, 자신들의 삶을 개척하는 데 활용하려는 자세를 가졌다. 여학생들은 일제에 의해 주권을 빼앗겼고 보수적인 남성의 지배에 의해 갈등하고 좌절했지만 주체성을 상실하지 않고 지식인답게 민족의 현실을 극복해 나가려고 했던 것이다. 그와 같은 모습은 "힘업서失敗하는이잇거던 힘잇는歷史册을 읽어라! 그리하여 힘덩어리先生에게서 바든힘으로落心하지말고 너의뜻을實現하여라. 그리고 모든것을 골고로알고십거던 歷史册을손에들어라. 여귀에秘訣이잇느니라."[15]와 같은 호소에서 확인할 수 있다. 여학생들은 비록 기능 위주의 학교교육을 받았지만 세계의 흐름을

14　주요섭, 방정환, 김오성 등이다. 자세한 내용은 김경일, 「식민지 조선의 여성 교육과 신여성」, 문옥표 외, 앞의 책, 119~153쪽.

15　편순남(片順男, 4학년), 「역사」, 『배화』 창간호, 1929, 110쪽.

인지하고 있었고, 탄압받고 있는 조선 민족의 상황을 자각하고 있었다. 그리하여 여학생들은 단순히 문맹을 극복하는 차원을 넘어 일제의 부당한 식민지 지배 정책에 대항하는 자세를 보였다.

2) 수신(修身) 및 건강한 신체 강조

배화여자고등보통학교에서 내세운 교육의 방향은 "各사람의自體內에 숨어잇는참사랑을차저내는것이學校의主義이다. 곳「自我를차저라」하는 것이다. 그리하여自己個性을끗까지向上시킨基督의人格으로標準人格을 삼으며敬天愛人을 * 目으로하고 家庭人社會人의 有用한諸般要件을細目 으로하는것이다. 家庭으로는字義속에孤陋한解釋을가진所謂賢母良妻主 義를벗어나서改良한賢母良妻로 다시말하면新母新妻의適切한條件으로 訓練하는것이며 社會人으로家庭을草芥視하고夫婦倫理를輕忽히하여 荒 廢와亂倫의길을밟기쉬운써한主義의사람이아니라 社會의 細胞團인家 庭을基礎로하여男女의人倫을 聖潔尊重히하면서 社會를淨化시키는데貢 獻熱이潑剌하는社會人을 自成하도록訓練하는것이다."[16]라는 데서 볼 수 있듯이 참사랑을 지향하는 것이었다. 한 개인이 사회의 규범이나 관습에 얽매이지 않고 자신을 사랑하는 것, 즉 주체적인 자아의 획득을 교육의 목표로 삼았던 것이다. 그리하여 기존의 유교 질서에서 요구하는 현모양 처가 아니라 여성으로서 주체성을 갖는 '개량된 현모양처'를 지향했다.

16　일기자(一記者), 「학교 이야기」, 위의 책, 180쪽. * 표시는 인쇄 상태가 좋지 않아 확인 불가능함.

여성의 평등을 내세운다고 해서 자신을 파멸시키거나 가정을 파탄시키는 것이 아니라 인격적인 기초로써 보다 성숙된 가정과 사회를 이룰 수 있다고 주장한 것이다.

그렇지만 위와 같은 주장은 남성 지배적인 봉건사회를 극복하는 여성상을 제시하는 데는 한계를 갖는다. 자아의 각성이 한 개인의 자유나 행복을 위한 것이 궁극적인 목적이 아니라 가정과 사회에 유용한 요건이라고 인식하고 있기 때문이다. 결국 학교는 여학생들에게 기독교 정신을 바탕으로 한 사회적 인격의 수양을 강조한 것이다. 여성해방을 추구하기보다 가정과 사회에 봉사하고 희생하는 여성상을 교육의 방향으로 지향했던 것이다.

> 어느時間보다 이時間이 가장必要한까 닭이다. 여귀는人生으로써
> 行할길 女性으로써取할態度 心理狀態等에對한 說敎도 잇는까 닭이
> 다.
> ── 박봉자(朴鳳子, 4학년), 「수신(修身)」 부분[17]

위의 인용문에서 보듯이 "女性으로써取할態度"를 학습한다는 자체가 여성에게 수신을 강조하는 모습이다. 이렇듯 1930년대 여자고등학생들의 교육은 기능 위주의 수업을 하면서 또 다른 면에서는 정신교육을 강조했다. 여학생들에게 수신을 강조한 것은 학과목의 수업뿐만 아니라 조회(朝會)에서도 시행했다. 매일 아침 수업을 시작하기 30분 전, 여학생들

---

17 『배화』창간호, 1929, 113쪽.

은 강당에 집합하여 학교 선생님이나 초청된 강사의 강연을 들었다. 강연 내용은 주로 신앙 문제, 도덕적 수양 문제, 예절 문제, 논의되는 사상 문제, 유행하는 풍습 문제, 교내외에서 발생한 사건 및 제반 현상 등이었는데, 그 취지는 여학생들을 정신적으로 수양시키기 위한 것이었다.

> 큰눈을뜨어서 우리社會를 한번볼때 宗敎, 道德, 敎育, 政治, 經濟 어느方面으로보던지 腐敗한것뿐이다. 그러면 우리는 어떻게하나하여 落望하고 墮落하고 말ㅅ것인가? 아니다 人格修養하기와 사랑으로 團合하기에 奮鬪努力하여야 될ㅅ것이다.
>
> — 노함안(魯咸安, 4학년), 「어떻게 할까」 부분[18]

> 그러하면우리는무엇을꿈꾸는가? 幸福인가? 富貴榮華ㄴ가? 아니다집도없는것같은 우리에게榮華가있을理없고 幸福이올리없으니 우리가이것을 바랄찐대朝鮮의딸인만큼 朝鮮을생각하고 將來朝鮮을爲하여犧牲하는무리가되어보자! 우리가犧牲하여가며 싸우어간그結果는 아마도우리同胞가고요히웃음을먹음ㅅ고 勝利의凱旋歌를부를그때가올ㅅ것이다.
>
> — 김복균(金福均, 3학년), 「우리는 일하는 사람이 되자」 부분[19]

『배화』에는 위와 같이 인격 도야와 참된 삶을 지향하는 여학생들의 글이 많이 수록되어 있다. 여학생들은 종교, 도덕, 교육, 정치, 경제 등 어느 방면으로 보더라도 조선 사회는 타락하고 부패했다고 파악했다. 그

---

18 『배화』 제2호, 1930, 30쪽.
19 위의 책, 37쪽.

렇다고 좌절하고 포기할 수는 없다고 결심하고, 그 극복을 위해서는 "人格修養하기와 사랑으로 團合하기에 奮鬪努力하여야" 된다고 주장했다. "朝鮮의딸인만큼 朝鮮을생각하고 將來朝鮮을爲하여犧牲하는무리가되어보자!"는 것이었다. 이처럼 여학생들은 고등교육을 받은 지식인으로서 사회적 책임을 가지려고 했다. 이와 같은 자세는 민족을 탄압하는 일제에 직접적으로 대항하는 것은 아니지만, 민족의 갱신을 위해 최선을 다하는 모습이었다.

한편 동시대의 학교교육에서는 방과 후 전체 학생들이 운동장에 모여 운동을 할 정도로 체육 활동이 강조되었다. 종래에는 운동경기의 출전을 위해 소수의 학생들만 해왔는데 1930년대에는 전교생들에게까지 확대되었다. 학생들과 교사 및 직원들은 등산, 테니스, 농구, 배구 등을 했는데, 가끔씩 팀을 나누어 경기를 가지기도 해 서로 간에 친밀감을 높이고 체육에 대한 흥미를 고취시켰다. 그런데 여학생들에 대한 체육 활동의 강조에는 수신과 같은 이데올로기가 내포되어 있음을 주목할 필요가 있다.

> 健全한身體는 健全한文化를 創造한다. 그러므로運動을適當히하여 心身을健全케하면 一介人의一生幸福만아니라 團體卽社會와 國家와 全世界에影響을 미치게한다.
>
> — 전달순(全達舜, 3학년), 「운동」 부분[20]

1930년대의 여자고등학교에서 학생들에게 체육을 강조한 것은 육체

---

20 『배화』 창간호, 99쪽.

적인 면뿐만 아니라 정신적인 건강을 추구하기 위한 것이었다. 건전한 신체에서 건전한 문화가 창조되어 한 개인의 행복뿐만 아니라 개인이 속한 단체와 사회와 국가의 행복까지 영향을 미친다고 본 것이다. 결국 여학생들에게 건강 자체를 위해서라기보다 수신을 위한 수단으로서 체육 활동이 강조되었다고 볼 수 있다.

학교에서 체육 활동을 강조한 것 역시 일제가 추구한 교육정책의 일환이었다. 일제는 전시체제에 부족한 군사력을 마련하기 위한 차원에서 여성까지 전쟁터에 동원할 계획을 가지고 있었다. 그리하여 여학생들의 체력을 강화할 필요성을 느끼고 체육 활동을 강조한 것이다. 따라서 여성미의 기준으로 아름다움보다 건강함을 내세웠다. 여학생들을 전시체제에 활용할 가치를 높이기 위해 여성미의 기준을 왜곡시켰던 것이다.

물론 여학생들이 자신의 신체에 관심을 가진 것은 전근대적 이데올로기에 의해 정신보다 천대를 받아오던 육체에 대한 새로운 자각이라는 점에서 의미를 가진다. 그렇지만 "대중적인 오락으로 자리 잡기 이전에 스포츠에는 분명한 계몽주의적인 의도가 포함되어 있었다."[21] 학교에서 집단체조를 실시하고, 정기적으로 신체검사를 하고, 예방주사법을 훈련하고, 다양한 운동 대회를 개최한 것은 규율과 힘의 승리를 주입시키면서 정치에 대한 무관심을 높이는 한편 궁극적으로는 황민화를 이루려는 의도가 내포된 것이었다.

---

21   김진송, 『서울에 딴스홀을 許하라』, 현실문화연구, 1999, 156쪽.

3) 다양한 교외 수업

식민지 시대의 여학생 교육에서 또 다른 특징으로 들 수 있는 것은 다양한 교외 수업이 진행되었다는 사실이다. 수학여행, 원족(遠足), 견학, 관람 등을 학기 중 몇 차례씩 시행했다. 교외 수업이 많은 것은 학교의 교육이 기능 위주와 건강 및 수신을 강조하는 방향으로 이루어진 것과 밀접한 연관을 갖는다. 교외 수업이란 학과목 자체에 대한 학습보다도 일종의 현장학습으로 볼 수 있는데, 『배화』에 소개된 상황을 정리하면 다음과 같다.[22]

〈표 1〉 교외 수업 상황

권수	발행일	필자	제목	쪽수	비고
1	1929.5	김원자(金元子)	경주 여행기	65~70	
		편순남(片順男)	금강산 여행기	70~75	
		조복석(趙福石)	관악산 원족기	75~80	
		김유금(金惟金)	수원 원족기	80~84	
		조요희(趙姚喜)	우이동 원족기	84~86	
2	1930.5	조요희(趙姚喜)	독도(纛島) 원족기	178~180	
		조완옥(趙完玉)	북악산 등산기	181~182	
4	1932.7	장덕조(張德祚)	경주 수학여행기	86~94	

---

22 제3호, 제5호, 제7호, 제9호, 제10호, 제11호, 제12호, 제13호의 『배화』는 뒤늦게 발굴되어 여기에서는 정리하지 못했다.

권수	발행일	필자	제목	쪽수	비고
4	1932.7	임해득(林亥得)	금강산 수학여행기	94~101	
		최봉희(崔鳳熙)	평양 수학여행 제3일 일기	102~102	일본어 작문
		이각경(李珏卿)	인천 군함 견학 원족기	102~106	
		김예균(金禮均)	무아경이 된 해금강과 천산대	106~109	
		조요희(趙姚喜)	시내 견학기	110~112	
		박용애(朴容愛)	영등포 견학기를 동생에게	112~114	
		이각경(李珏卿)	영등포의 방직회사를 보고서	121~123	
6	1934.7	배정숙(裵貞淑)	금강산 여행 중에서	13~14	
		남궁점용(南宮点龍)	경주 여행기	14~22	
		한을윤(韓乙允)	수원 원족기	23~25	
		김정수(金貞洙)	금강산 감상	25~25	
		양정향(梁貞香)	경주	26~28	일본어 작문
		김순례(金順禮)	경주	30~31	일본어 작문
		정숙완(鄭淑琬)	금강산을 보고서	31~32	시작품
8	1935.7	신진순(申辰淳)	금강산 여행	7~8	일본어 작문
		최순화(崔淳華)	경주 여행기	9~11	일본어 작문
		오경옥(吳敬玉)	경주 여행기	11~14	
		김경임(金景姙)	경주 여행기	14~15	일본어 작문

권수	발행일	필자	제목	쪽수	비고
8	1935.7	최흥숙(崔興淑)	원족	15~16	일본어 작문
		벅안애(朴仁愛)	수원 원족기	16~17	

수학여행의 경우 학생들의 교외 학습에 필요한 것이지만 경비가 부담되므로 1, 2학년의 경우는 시행하지 않고 3, 4학년만 다녀왔다. 3학년의 수학여행 장소는 옛 문화의 보고(寶庫)라고 할 수 있는 경주였고, 4학년의 경우는 자연미의 최고라고 할 수 있는 금강산이었다. 학교에서는 두 곳 모두 조선인으로서 자랑할 만한 장소인 데다가 여성이라는 신분이므로 졸업 후 가정생활이나 사회생활로 인해 못 가볼 수 있다고 여기고 기회를 마련해준 것으로 유추된다. 수학여행을 다녀온 학생들은 수필이나 시 형식으로 여행기를 남겼다.

때는 九月 二十三日 아침 京城驛을 離別하는 외마디 汽笛 소리가 잠 다 못깬 南山의 허리를 잡아 흔들자 우리 一行은 修學의 旅頭에 오르기 시작했다. 驛까지 바래다 주시는 孟선생님께 인사를들이고 車를 딸아 떠나니 시원할싸 몇 萬里나 가고싶고냐" …(중략)… 二十四日 아침 다섯시에 起床 하였다. 빛 잃은 金星은 하눌에 떠돌고 어스름한 樹木의 그림자는 大地에 잠들었다. 二十五日 아침은 여섯시나 넘어 일어나아 準備를 마치고 佛國寺行 列車에 몸을 실었다. 行進 二十分 驛에 나리니 벌써 시골임을 깨닫겠다. …(중략)… 旅行의 끝날 서운 하고도 섭섭한 날이다. 아침 일쯕 鳳凰臺에 옳았다. 멀리 아침 연기 감도는 古邑을 나려 보며 古臺에 서는 맛! …(후략)

— 장덕조(張德祚, 3학년),「慶州旅行記」부분[23]

毘盧峯에서

毘盧峯 上上峯에 나홀로 앉았는데
萬峯이 읍하옵고 白雲도 읍하오니
地上에 나홀로 높아진듯 하여라

— 정숙완(鄭淑琓, 4학년), 「金剛山을보고서」 부분[24]

「慶州旅行記」는 후일 여성 작가로서 역사소설 분야를 개척한 장덕조의
것이다. 장덕조는 배화여자고등학교를 졸업하고 이화여자전문학교에
진학한 후 본격적인 소설을 쓰기 시작해 1933년 「저회(低徊)」 및 「남편」,
1934년에 「아내」, 1935년에 「여자의 마음」, 1936년 「자장가」 등을 발표
했다. 1935년 연산군의 왕비인 신 씨의 아픔을 담은 「정청궁한야월(貞淸
宮閒野月)」을 시작으로 해방 후에는 본격적으로 역사소설을 썼다. 위의
글은 경주 수학여행을 다녀온 감상을 일정별로 담은 것이다. 수학여행기
는 시 형식으로 담는 경우도 있었다. 「金剛山을 보고서」는 시조 형식으
로 금강산의 백운대, 비로봉, 구룡폭포, 만물상, 진주담 등을 보고 느낀
바를 적은 것이다.[25]
　　한편 원족은 4월부터 10월까지 매월 1회씩 다녀왔다. 기후를 고려해
야외 유람, 등산, 산림 및 명승지 답사 등을 시행했다. 경성을 중심으로
한 지리, 산맥, 물산, 고분 등에 대한 상식을 넓혔고 체력을 단련했다. 또

23　『배화』 제4호, 1932, 86~94쪽.
24　『배화』 제6호, 1934, 31~32쪽.
25　위의 책, 같은 쪽.

한 단체 행동을 통해 친목을 제고하고 학습의 활기를 높였다.

이외에도 3, 4학년들은 시내 견학을 시행했다. 학교, 병원, 공장, 회사, 신문사, 인쇄소, 건축물, 관청, 상점, 병영(兵營), 재판소, 통신기관 등을 견학해 상식과 세상 물정에 대한 시야를 넓혔다. 교외 수업에는 이뿐만 아니라 각종 전람회, 활동사진, 음악회, 동물원 등의 관람도 있었다.

4) 양장 교복

1930년대에 들어 사회의 여성들이 착용하는 의복은 양장이 일반적이었다. 그에 따라 여학생들의 교복도 한복으로부터 벗어나 개량 한복으로, 다시 양장으로 바뀌었다. 일본이 조선인들의 민족성을 말살시키기 위해 한복 대신 양장을 입도록 유도한 면이 있기도 했지만, 퍼머와 화장이 유행하는 등 미용문화에 관심이 높아지면서 여학생들의 의복에도 변화가 온 것이다. 여성들은 이전 시대와 다르게 색깔이 있는 옷을 입었고, 하의가 짧아지는 추세였는데, 복식미의 창출에 적극성을 띠었다.[26]

그런데 배화여자고등보통학교에서는 사회 일반에서 변화되고 있는 의복미의 추세를 경계했다. 자수나 재봉 같은 학과목을 통해 학생들에게 의복 만드는 기술을 가르친 것도 학생들이 의복의 경제성과 실용성을 갖도록 한 것이라고 볼 수 있다.[27] 본래 한복의 치마 길이가 너무 길

---

26 동시대의 여성들 복식에 관한 자료는 이화형 외, 『한국 근대여성의 일상문화 3 · 복식』, 국학자료원, 2004 참조.

27 그와 같은 면은 다음의 소감에서 확인할 수 있다. "얼마안저서하고나면 저고리

고 저고리 길이가 너무 짧아서 생기는 불편함을 개선한 주체는 서양 선교사들이었다. "선교사가 세운 여학교의 학생들이 개량 한복을 입기 시작"[28]한 것이었다. 그렇지만 배화여자고등보통학교에서는 여학생들의 교복을 양장으로 바꾸는 데까지 적극성을 띠지 않았는데, 유행에 휩쓸리는 것을 경계했던 것이다. 보수적인 면이라고 볼 수도 있지만, 일제의 식민지 지배에 의한 민족의 궁핍한 상황을 외면하지 않으려는 자세였다고 볼 수도 있다.

> 이러한 한가하고 맑고 아름다운 실찌에서 떠난듯한 경향(傾向)은 얼마콤 폐하고 끈히어서 현대적 견실(現代的堅實) 실용적인 방향으로 바꿀 필요가 있지마는 대체로 검은 「치마」 힌 「저고리」로 땋은 머리에 붉은 당기를들이고활기있게 동작(動作)하는 개량된 여학생의 옷맨두리로서는 그 실찌생활상으로나 보기좋기로나 아무 「험」잡을바가 없는터이다. 그는 차라리 조선 정취(情趣)에 걸맞은 조선여성의 자랑일 것ㄱ이다.
> — 이만규(李萬珪, 교사), 「여학생이 양복입는데 대하여」 부분[29]

> 必要 以上의 華麗한 衣服을 입는다면 이는 分明히 罪惡이며 分

洋服等… 그外에日用品의衣服이 되어나아오고 얼마쯤 만이라도 繡를노흐면 한 입사귀 한곳 봉오리 나종에 한아름답은 꼿 의 雇額實物인듯한 景致 의雇額이 만들어진다." 김옥진(金玉振, 4학년), 「도화·자수·재봉」 부분(『배화』 창간호, 101쪽)

28 연구공간 〈수유+너머〉 근대매체연구팀, 『매체로 본 근대 여성 풍속사 新女性』, 한겨레신문사, 2005, 59쪽.

29 『배화』 제4호, 1932, 6쪽.

數 以外의 高價로 衣服을 입는다 하면 큰 羞恥로 나는 생각한다.
…(중략)… 그런즉 衣服의 奢侈는 虛僞의 行爲이며 奢侈에 딸아오
는 問題는 金錢의 濫費다. …(중략)… 더군다나 生産力이 없는 우
리 朝鮮에서는 外國으로붙어 奢侈品을 全數輸入하니 어찌 經濟의
破産을 아니 當할ㅅ 수가 있으랴.

— 이효순(李孝順, 3학년), 「服裝에對하여」 부분[30]

　위의 글에서 교사(이만규)는 여학생들의 교복이 양복으로 바뀌어가는
것을 인정하면서도 무조건 서구식을 따르기보다 조선식으로 개량하는 것
이 복식미의 차원에서나 실용적인 차원에서나 더 좋다고 제시하고 있다.
나아가 학생(이효순)은 필요 이상으로 화려하거나 사치스러운 옷을 입는
것은 수치이고 죄악이라고 단정하고 있다. 격에 맞지 않는 옷을 입는 것은
허위를 조장하고 낭비하는 행동이라고 진단하고 있는 것이다. 이와 같은
면은 조선에서는 화려하고 사치스러운 옷을 만드는 옷감이 생산되지 않고
전부 수입하는 형편이므로 자제해야 된다는 민족의식의 표출이라고 볼 수
있다. 그만큼 의복미의 추구에도 민족의 상황이 반영된 것이었다.
　물론 여학생들이 사치스러운 의복을 멀리하고 경제성과 실용성을 추
구한 것은 일제가 의도한 교육정책의 방향이기도 했다. 일제는 세계 전
쟁을 감행하기 위해 물자를 비축하고 식민지 국민들이 순종하는 정신을
갖도록 교육목표를 정했는데, 그 일환으로 여학생들에게 경제적이고 실
용적인 의복을 착용하도록 한 것이다.

30　『배화』 제4호, 1932, 16쪽.

오! 그대여 온 世界人이
華麗한 衣服을 입고
自動車를 뿡뿡거리며
華麗한 都市를 疾走한다 할찌라도
오! 그대만은 바라지도말며
避하기 바라네.

오! 그대여 온 世界人이
高粱珍味만 먹고 마시며
이뿐 娼妓들로 더불어
뚱땅거리며 놀찌라도
오! 그대만은 바라지도말며
避하기 바라네.

오! 그대여 온 世界人이
三層洋屋에서 피아노를 울리며
斷髮孃과 사랑을 속삭인다 하더라도
오! 그대만은 바라지도말며
避하기 바라네.

오! 그대여
그대는 부대옷 입기를 좋아하며
모래밥 먹기를 좋아하며
움집에 살기를 좋아하여야 하네
그리하여
오! 그대만은 가장 神聖함으로
온 世界人을 征服하기바라네.

　　　　　　　　— 신금자(申金子, 3학년), 「오! 그대만은」 전문[31]

31　『배화』 제4호, 163~164쪽.

위의 작품에서 보듯이 여학생들은 복식이 곧 인격과 밀접한 관계가 있다고 생각했다. 다시 말해 인격이 높으면 고상한 의복을 선택하고, 그와 반대로 인격이 낮으면 비천한 의복을 선택한다고 본 것이다. 그리하여 "華麗한 衣服을 입"는 것을 경계했다. 화려하고 사치스러운 교복은 학생들 간에 위화감을 조성할뿐더러 허영을 추구하는 것이므로 자제해야 된다고 생각한 것이다. 그리하여 학생들은 모직(毛織)이나 견직(絹織)으로 된 의복을 금하고 목면(木棉)으로 된 것을 교복으로 착용했다. 학교에서는 목면이 위생적인 차원에서 우수하다고 내세웠지만 실제로는 경제적인 차원에서 유리했기 때문에 장려한 것이었다. 결국 "그대는 부대옷 입기를 좋아하며/모래밥 먹기를 좋아하며/움집에 살기를 좋아하여야" 한다는 것으로, 일제의 교육 방침이기도 했다.

여학생들의 저고리는 백색, 치마는 검은색으로 정하였다. 비교적 조화가 잘 되는 색이면서 만들기도 쉬운 실용성을 감안한 것이었다. 치마의 길이는 무릎에서 발등까지 1/3 되는 지점까지 내려오도록 했는데, 무릎까지 올라오는 짧은 치마는 여성으로서 무례하게 보인다고 생각했다. 이외에 구두는 검은색으로 뒤축이 얕아야 하고 장식이 없는 단화를 신도록 했다.

한편 1934년부터 배화여자고등보통학교는 여학생들에게 상의에 한하여 색의를 착용하고 통학할 수 있도록 허락했다. 또한 "1935년부터 넥타이 달린 흰 블라우스와 검정 감색의 주름치마를 교복으로 입었고, 1938년부터 45년까지는 세일러복을 입었다."[32] 여학생들의 교복이 바뀔 만큼

---

32   유수경, 『한국 여성 양장 변천사』, 일지사, 1990, 209쪽.

사회에서의 의복미 변화가 컸음을 알 수 있다. "모던 걸 모던 보이가 다른 사람과 구분되는 일차적 특징은 역시 패션이다. 패션을 통해 모던 걸 모던 보이는 비로소 전근대적 가치들과 분명한 선을 긋는다."[33]라는 진단이 있듯이, 동시대 여성들의 의복미는 상당히 변화되고 있었다. 실제로 여성들에게 패션은 실용적인 기능에 국한되지 않는 것, 다시 말해 주체성을 실현하는 그 나름대로의 문화였다. 그와 같은 추세에 의해 배화여자고등보통학교에서도 교복을 양장으로 바꾼 것이다.

그렇지만 1937년 일본이 중일전쟁을 일으키면서 전시체제로 전환됨에 따라 여학생들의 의복미는 급속히 위축되었다. 일본은 조선의 모든 경제를 전시체제로 바꿈에 따라 의복의 재료 역시 통제를 받게 된 것이다. 그리하여 의복미는 경제성과 기능성만을 추구하게 되었다.

5) 교우회 및 후원회 활동

『배화』의 발행소가 배화여자고등보통학교 교우회라는 사실은 주목된다. 교지의 발간 주체가 학교가 아니라 재학생과 졸업생들로 구성된 교우회라는 사실은 그만큼 서로 간에 연대감이 크다고 볼 수 있는 것이다.

배화여자고등보통학교 교우회는 1923년 11월 24일 배화여학교 강당에서 창립총회를 열고 회원의 자격, 회비, 규칙, 임원 선출 등을 정했다. 교우회는 학교 안에 사무실을 두고 제반 사무를 처리하고 임원을 개선했다. 교우회의 목적은 "本會는基督敎的精神을涵養하고相互敬愛하며社會

---

33 신명직, 『모던쏘이, 京城을 거닐다』, 현실문화연구, 2003, 92쪽.

的生活을하기에必要한德性과智識과體育을發達하여本校目的을助成함으로目的함"[34]에서 알 수 있듯이, 기독교 정신을 함양하고 교우 간의 사랑과 사회생활에 필요한 덕성과 지식을 육성하기 위한 것이었다. 교우회의 회원은 학교의 직원 및 공로가 있는 자로 구성된 명예회원, 졸업생으로 구성된 특별회원, 재학생들로 구성된 보통회원 등이었다. 교우회의 기관은 종교에 관한 사항을 담당하는 종교부, 지육(智育)에 관한 사항을 담당하는 지육부, 체육에 관한 사항을 담당하는 체육부, 사교에 관한 사항을 담당하는 사교부 등으로 이루어졌다. 1932년 제9회 정기총회부터는 음악부가 신설되었다.

담당 부서는 형식적으로 존재하는 것이 아니라 실질적인 활동을 했다. 가령 사교부는 졸업생 송별회와 신입생 및 신임 직원의 환영회를 열었고, 체육부는 테니스장, 농구장, 배구장 등을 만들거나 각종 교내 운동 시합을 열었고, 지육부는 활동사진을 관람하거나 수학여행 감상 담회 등을 개최했다. 종교부는 수양회와 관계된 일들을 담당했고, 새로 신설된 음악부는 교내 음악회를 개최하는 것은 물론 교외 대회에도 출전하여 기량을 향상시켰다.[35] 교우회는 "보내드린 돈궤는 벌써 받으시었을줄 압니다. 母校의 將來發展을 爲하여 한걸음 더 나아가 女性의 敎育을 爲하야

---

34 『배화』 창간호, 1929, 183쪽.
35 1933년 6월 10일 연희전문학교가 주최하고 동아일보가 후원한 '현상여자중등학교음악대회'에 출연하여 독창 1, 2등, 피아노 독주 2등으로 입상. 1934년 6월 1일 이화여자전문학교가 주최하고 동아일보가 후원한 '현상여자중등학교음악대회'에 출연하여 합창 1등, 피아노 독주 1등 입상 및 연희전문학교가 주최한 대회에서는 합창 1등 입상 등을 거두었다(『배화』 제4호, 66쪽 참조).

精誠을 다하야 주시기를 바랍니다."[36]라는 부탁에서 보듯이 모교의 발전을 위해 실질적인 역할을 했다. 교우회 회비는 방학을 제하고 매기 30전으로 개학 초기 수업료를 납부할 때 납입하도록 했다. 특별회원 중 일시금 5원을 납입하는 이는 평생회원이 되었다. 한편 학교의 후원회 조직으로는 '학생기독청년회'가 있었다. 청년회는 시내 여자 기독교 청년회 건축물을 건립하는 데 필요한 기금을 조성하거나, 지육부나 종교부 주최로 매월 1회씩 다양한 강연회를 개최하였다. 기독 청년회는 다른 학교의 학생들과도 연합회를 결성해 활발한 활동을 보였는데, 배화여자고등보통학교의 경우 1932년부터 규칙을 개정해 종교부의 기능이 교우회로 넘어갔다.

기독 청년회가 개최한 강연의 주제는 '現朝鮮女性의狀況'(1928.2.23. 김진* 강사),[37] '今日吾人의最大覺悟'(1928.4.21. 이대위 강사), '朝鮮女性의思想'(1928.5.19. 최상현 강사), '朝鮮의團結'(1928.9.15. 김형식 강사), '吾人은무엇을求할싸'(1928.10.20. 공애시덕 강사), '歐洲觀察感想談'(1928.12.2. 김활란 강사), '빵을 주라'(1933.9.16. 허영백 강사) 등에서 볼 수 있듯이 학과목의 차원을 넘어 여성적이거나 시대적인 문제였다. 또한 '폐결핵에 대하여'(1933.12.16. 민 의사 강사)처럼 상식적인 주제와, 독창과 중창(1934.2.18. 현제명 등 출연)에서 보듯이 예술 정서를 함양하는 것이었다. '기독교 여자의 책임'(1933.4.15. 구자옥 강사), '남을 사랑하라'(1933.5.20. 김기환 강사), '참된 신자'(1934.1.20. 곽재근

---

36 위의 책, 74쪽.
37 인쇄 상태가 좋지 않아 확인 불가능함.

강사) 등에서 보듯이 기독교와 관계된 주제이기도 했다.

학교 후원회의 조직으로는 '학부형 후원회'도 있었다. 1931년 12월 8일 창립총회를 열고 후원 활동을 본격적으로 시작했는데, 보통 회비 및 특별 의연금을 거두어 운동장을 수리하거나 학교에 필요한 사항들을 후원했다. 이외에도 학교 후원회 조직으로는 '생도모자회(生徒母姉會)'가 있었다.

한편 교우회는 1928년 3월 12일 제5회 정기총회에서 교우회보를 발행하기로 결의하였다. 그리하여 1929년 5월 『배화』는 비매품으로 창간되었다. 제3호까지 200쪽 내외로 발행되다가 면수가 점차 줄어들었고, 1943년 2월 통권 13호를 내고 휴간, 1953년에 복간되었다.[38] 당대의 최고 엘리트 여학생으로 칭해지던 이화여자전문학교에서 간행된 『이화』가 제7집을 발간하고 종간된 상황을 고려해보면 『배화』의 성과는 결코 작은 것이 아닌데, 발간 사항은 다음과 같다.[39] 교우회의 활동과 회계 상황은 모두 『배화』에 공지되었다. 따라서 『배화』는 단순히 재학생들의 글을 싣고 학교의 공지 사항을 알리는 것만이 아니라 동창회 활동 전반을 알리는 소식지의 기능도 했음을 알 수 있다.

---

38 최덕교는 "1938년 2월 통권 11호를 내고 휴간"(최덕교 편, 『한국잡지백년 3』, 현암사, 2005, 276쪽)되었다고 했는데, 필자가 확인한 바에 따르면 통권 13호까지 간행되었다.

39 창간호(1929년 5월), 제2호(1930년 5월), 제3호(1931년), 제4호(1932년 7월), 제5호(1933년 6월), 제6호(1934년 7월), 제7호(1934년 12월), 제8호(1935년 7월), 제9호(1936년 2월), 제10호(1936년 10월), 제11호(1938년 2월), 제12호(1940년 2월), 제13호(1943년 2월).

3. 나오며

이 글에서는 배화여자고등보통학교의 교지인 『배화』에 수록된 글들을 통해 1930년대 여자고등학교 학생들의 학교생활 전반을 살펴보았다. 그 결과 기능 위주로 학과목 수업이 이루어졌고, 수신과 신체의 건강이 강조된 것을 확인할 수 있었다. 또한 수학여행, 원족, 견학, 관람 등 다양한 교외 수업이 시행되었고, 화려하고 사치스러운 의복을 경계하면서도 시대의 추세에 따라 교복이 양장으로 바뀌었음을 알 수 있었다. 교우회를 비롯해 후원회 활동이 활발하였고, 여학생들도 적극적인 세계관을 가지고 학습활동에 임했다.

　　　땡땡 電車
　　　뿡뿡 自動車
　　　하있 아이 人力車
　　　오라잇 스톱 뻐쓰

　　　고요하던 이거리가 새여간다
　　　먼지를 날니며 분주이 걷고 달린다.

　　　그가온데를 걷고 있는 어떤 젊은이의
　　　발소리는 터벅 터벅 힘없이 움즉인다
　　　그의눈은 오늘에 하눌과 같다
　　　흐리멍텅 하게 아레로 떳다
　　　아니 감었는지도 몰은다
　　　더부룩한 머리는 狂者와도 같다
　　　옛기 이뼈없는놈의 자식아
　　　이거리를 그렇게 하고 걷고 싶으냐

달녀나
　두주먹을 부루좌구
鐵같은 다리고 내디뎌라
뚜벅 뚜벅 땅이꺼지도록

— 한을윤(韓乙允), 「젊은이야」 전문[40]

　1930년대의 도시 상황은 전차와 자동차와 인력거가 승객들을 태우고
다닐 정도로 이전 시대에 비해서는 근대화되었다. 그렇지만 그 속에서
살아가는 조선인들은 "터벅 터벅 힘없이 움즉"이듯이 힘들었다. 그것은
일제의 식민지 지배로 인해 개인의 자유는 물론이고 민족의 경제권을 빼
앗겼기 때문이다. 그러한 상황에서도 여학생들은 "달녀라/두주먹을 부
루좌구"와 같이 적극성을 띠었다. "먹을ㅅ것이없느니 北間島西間島이
뒤법석되기前 우리는호미자루를들자."[41]와 같이 호소한 것이다. 여학생
들은 일제의 식민지 교육정책이 황국신민화를 추구하는 것임을 직시하
고 사회적 존재로서의 자아를 인식하였다. 그리하여 취업이 매우 어려운
상황인데도 불구하고 사회에 진출해 활동 영역을 개척해나갔다. 계몽운
동, 문맹 퇴치 운동, 생활개선 운동, 농촌운동, 독립운동 등을 펼쳐나간
것이다. 그와 같은 활동의 궁극적인 목적은 당연히 민족 해방이었다.
　그렇지만 여학생들의 활동은 한계를 가질 수밖에 없었다. 그것은 여전
히 잔존하는 가부장적인 남성들 때문이기도 했지만, 식민지 시대라는 역
사적 조건 때문이었다. 일본은 조선을 단순히 예속시키려고 한 것이 아

40　『배화』 제8호, 1935, 40쪽.
41　이재덕(李在德, 졸업생), 「朝鮮女子의理想과抱負」, 『배화』 제2호, 1930, 42쪽.

니라 민족 자체를 말살시키려고 했다. 그리하여 조선의 여학생들을 황국 신민화의 대상으로 삼았던 것이다. 일제는 조선 여학생들에게 학문 자체보다 자수, 재봉, 가사실습 등 기능 위주의 학습을 시행했다. 또한 조선어와 한문 시간에 비해 일본어 시간을 두 배 이상 부과했다. 결국 국가에 대한 충성이나 희생, 규율에 대한 복종, 순결 등을 강조한 것이었다.

일본은 1937년 중일전쟁을 일으키면서 본색을 여지없이 드러냈다. 1938년 제3차 개정교육령을 발표하며 학교의 명칭을 보통학교, 고등보통학교, 여자고등보통학교에서 일본과 동일하게 소학교, 중학교, 고등여학교로 개칭했는데, 교육의 평등을 주장한 그 의도는 조선 학생들을 일본 학생들과 마찬가지로 전쟁의 수단으로 쓰기 위한 것이었다. 이와 같은 전략은 1941년 소학교를 국민학교로 개칭하면서 더욱 강화되었다. 침략 전쟁이 1941년 태평양전쟁으로까지 나아가자 일본은 징병제, 징용제, 그리고 정신대 제도를 제정해 조선의 학생들을 강제적으로 동원했다. 1944년 여자정신근로령이 공포되어 여성들의 동원이 합법화되자 여학생들의 학교교육은 더 이상 존립할 수 없었다.

일제강점기의 여성지에 나타난 여성 미용

— 1930년대를 중심으로

1. 들어가며

여성 미용은 여성의 미의식이 구체적으로 표현된 산물이다. 여성이 화장을 하고 의복을 차려입고 머리를 꾸미고 장신구를 착용하고 건강관리를 하는 것은 주체적으로 자신의 미를 실현하는 것이다. 그런데 여성 미용은 시대나 사회에 따라 달랐다. 가령 여필종부(女必從夫)나 칠거지악(七去之惡)이나 삼종지도(三從之道)를 운명적으로 수행해야만 되었던 조선시대의 여성들에게 미용은 부수적인 것에 불과했다.[1] 자식으로서 부모에게 효도를 다하고 아내로서 남편에게 본분을 다하고 어머니로서 자식에게

---

1 얼굴을 예쁘게 화장하는 것은 여성의 자연스런 욕망이지만 정주학(程朱學)의 사유 체계에서는 허물로 보았다. 유교 사회에서는 몸보다 마음을 인간의 주인으로 인정하고 몸이란 욕망과 관련이 있으므로 수신(修身)해야 할 대상으로 강조했다. 조민환, 「유가미학에서 바라본 몸」, 이거룡 외, 『몸 또는 욕망의 사다리』, 한길사, 1999, 82쪽.

도리를 지키는 정신적인 가치(美)를 보다 중시했던 것이다. 그렇지만 근대 이후에는 각선미, 신장, 몸무게, 피부, 얼굴 생김새 등의 육체적인 미가 훨씬 중시되었다. 따라서 여성 미용의 근대화란 기존의 정신적인 차원에서 육체적인 차원으로, 전체적이고 집단적인 차원에서 개인적이고 개성적인 차원으로, 규범적인 차원에서 자유적인 차원으로 변화한 것을 의미한다.[2]

신여성들의[3] 미용문화는 서구와 접촉을 시작한 개화기부터 급격한 변화를 겪었다. 1876년 일본과 체결한 강화도조약은 조선의 쇄국을 하루아침에 개국으로 바꿔놓았는데, 주체적으로 준비하지 못한 조선으로서는 불평등한 조약이었지만 거스를 수도 없는 것이었다. 그리하여 조선인들은 당황하면서도 봉건사회를 극복하고 민족의 자주독립을 이루는 과

---

2 ① 맹문재, 「한국 근대시에서의 여성미 연구」, 고려대학교 대학원, 2003, 1쪽.
　　② 맹문재, 『여성시의 대문자』, 푸른사상, 2011, 45~46쪽.
3 신여성은 'new woman' 및 'modern girl'으로 개념화할 수 있는데 후자가 좀 더 나이 어린 여성에게 적용되었다. 신여성은 본래 일본에서 생긴 용어였는데 조선에 유입되어 1920년부터 크게 유행했다. Andrei Lankov, "The Feminists Arrive", *THE KOREA TIMES*, thursday, June 26, 2003, 7쪽.
　　신여성이란 여성의 교육과 생활개선에 나선 '지식인 활동가'(new woman)를 의미하면서 동시에 양장 차림에 단발을 하고 도시적 언어를 사용하는 '모던 걸'(modern girl)을 의미하기도 한다. 신여성의 용어는 후자를 좀 더 지칭했는데, 저널리즘이 지식인 활동가보다 양장과 단발과 외모에 중점을 둔 모던 걸에 관심을 가졌기 때문이다. 동시대의 저널리즘은 일제의 감시를 받고 있었기 때문에 정치적 부담을 줄이려는 차원에서 후자에 관심을 더 가진 점도 있다. 이 글에서는 1930년대 이전의 신여성은 주로 '지식인 활동가'를, 1930년대 이후에는 '모던 걸'을 의미한다.

제를 수행해나갔는데, 그에 따라 '개조' 의식이 사회 전체에 지배적이었다. "우리는 문명이라는 말만 취할 것이 아니라 그 내용을 취하여야 할 것이며 우리는 개조하는 소리에만 따를 것이 아니라 개조할 거리를 장만하여야 할 것"[4]이라든가, "개조! 개조! 이 부르짖음은 전 세계의 끝으로부터 끝까지 높으게 크게 외쳐납니다. 참으로 개조할 때가 온 것입니다."[5]에서 확인되듯이 새로운 시대를 적극적으로 수용하려고 한 것이었다. 약육강식이 지배하는 세계의 질서를 여실히 바라보면서 조선이 정복당하지 않기 위해서는 문물을 발달시켜야 한다고 생각했고, 따라서 기존의 봉건 질서에 얽매인 관습, 윤리, 제도, 생활 등을 과감히 벗어던지는 의식의 개조가 필요하다고 본 것이다. 신여성들이 미용에 대해 자각한 것 역시 그와 같은 시대 인식의 일환이었다.[6]

신여성들이 미용을 자각하는 데에는 신교육의 영향이 컸다. 1886년 이화학당이 설립되고 1895년 학교 설립과 인재 양성에 관한 조치가 발표되고 그리고 1996년 『독립신문』이 발행되는 등 여성 교육론이 제기되었는데, 1905년 일본과의 을사조약 체결로 인해 외교권이 박탈당하자 구국운동의 차원에서 남자 교육뿐만 아니라 여자 교육에 대해서도 많은 관심이 일었다. 그 결과 근대 교육을 받은 신여성들의 수가 증가함에 따라 의식 개혁과 사회 활동이 빠르게 전개되어 나갔다. 신여성들은 여자교육회, 대한부인회, 대한여자흥학회 등 각종 여성 단체를 만들어 활동

---

4   「창간사」, 『부인』, 제1권 제1호, 1922.6, 4쪽.
5   「창간사」, 『신여자』, 제1권 제1호, 1920.4, 5쪽.
6   맹문재, 앞의 책, 46쪽.

하면서 내외법(內外法) 철폐를 주장했고, 장의(長衣) 폐지 등 의복 개량 운동을 펼친 것이다. 신여성들은 남녀평등을 강조하는 서구의 사상을 본격적으로 접함으로써 자신들의 사회적 위치에 눈뜬 것이었다.[7]

신여성들이 미용을 자각하고 추구하는 데는 동시대에 발간된 여성지들의 역할이 또한 컸다. 1906년 『가뎡잡지(家庭雜誌)』의 발간 이후 『가뎡잡지』(1907), 『녀ᄌ지남(女子指南)』(1908), 『자선부인회잡지』(1908), 『우리의 가뎡』(1913), 『여자계(女子界)』(1917), 『여자시론(女子時論)』(1920), 『신가정(新家庭)』(1921), 『부인(婦人)』(1922), 『신여성(新女性)』(1923), 『부녀지광(婦女之光)』(1924), 『활부녀(活婦女)』(1926), 『부녀세계(婦女世界)』(1927), 『장한(長恨)』(1927), 『현대부인(現代婦人)』(1928), 『근우(槿友)』(1929), 『여성지우』(1929), 『여성조선(女性朝鮮)』(1930), 『신광(新光)』(1931), 『여인(女人)』(1932), 『만국부인(萬國婦人)』(1932), 『신가정(新家庭)』(1933), 『반도여성(半島女性)』(1933), 『낙원(樂園)』(1933), 『여성(女聲)』(1934), 『여성(女性)』(1936), 『가정지우(家庭之友)』(1936), 『백광(白光)』(1937) 등이 간행되어 여권신장과 사회참여, 가정생활, 연애와 결혼, 위생, 교육, 음식, 문화, 예술 등을 비롯하여 미용문화의 형성에 기여한 것이다.[8]

신여성의 미용 문화를 사회문화적인 면과 연관시켜 살펴보고자 하는 이 글은 1930년대를 연구의 영역으로 삼고자 한다. 1937년 중일전쟁이

---

7   정세화, 「한국근대여성교육」, 김영덕 외, 『한국여성사 개화기-1945』, 이화여자대학교 출판부, 2001, 305~312쪽.

8   맹문재, 앞의 책, 72쪽.

발발한 이후 여성 미용이 급속히 위축된 것이 사실이지만, 이 시기는 모던 걸이나 모던 보이가 유행할 정도로 일제강점기 동안의 미용 문화에 있어서 정점을 이루었다. 도시화가 본격적으로 진행되고 근대 교육을 받은 신여성들의 활동 영역이 넓어짐에 따라 미용 문화 역시 확장된 것이었다.

1930년대는 이전 시대의 개조 의식을 대신해서 모던 의식이 지배적이었다.[9] 식민지 상황이 점점 고착화되어감에 따라 그에 대항하는 민족의식 역시 깊어갔지만, 도시화의 도래로 인해 계몽의 가치는 약화되어갔고 대신 일상 문화의 틈새로 모던 의식들이 채워지기 시작했다. 모던 의식은 계몽적인 것이 아니라 일상적이고 대중적이고 유행적인 것이다. 또 주의나 주장이 아니라 현실적이고 구체적이고 개성적인 것이다. 그리하여 단발이나 퍼머(permanent wave)를 하고 짧은 치마를 입고 연애를 하고 영화를 감상하는 1930년대 모던 걸의 행동을 보수적인 시대인들은 경박하고 천박스럽고 불량스럽다고 경멸했지만, 시대를 앞서가는 행동이기에 막을 수가 없었다. 개인의 자유와 평등을 내세우는 모던 걸의 의식과 행동은 기존의 가치들과 불협화음을 내었지만 궁극적으로 시대를 이끄는 유행이 되었던 것이다.

따라서 신여성들의 미용 추구는 진보적이고 페미니즘의 성격을 갖는다. 근대 이전의 여성들은 남성에 비해 사회적 약자여서 자기 삶에 대한 결정권이 없었다. 자신의 아름다움을 추구하기 위해 화장을 하지 못했고

---

9 김진송, 『서울에 딴스홀을 許하라』, 현실문화연구, 1999, 38~48쪽.

옷을 사 입지 못했으며 머리를 꾸미지 못했다. 오히려 남편의 위신을 위해 자신을 낮추었고 집안의 안정을 위해 자신의 욕망을 억제했으며 자식의 출세를 위해 자신의 삶을 희생했다. 남성들이 지배하는 사회의 제도와 규범의 모순을 인식하지 못했기 때문에 자신들의 행동을 의무로 여기면서 행복으로 삼았고, 인식한 여성들도 남성에 대항할 힘이 없었기 때문에 타협할 수밖에 없었다. 그러므로 신여성들이 미용을 수행한 것은 자신의 개성과 권리를 적극적으로 추구한 면으로 볼 수 있다.[10]

1930년대의 신여성들이 추구한 미용 문화를 동시대에 간행된 여성지를 통해 살펴보고자 하는 이 글은, 아직까지 이 시기의 여성지를 미용 문화와 관련해서 집중적으로 고찰한 연구가 없지만, 『신여성(新女性)』(1923~1934)과 『여성(女性)』(1936~1940)을 주요 자료로 삼고 다른 여성지들을 참고로 해서 나름대로 살펴보고자 한다. 이들 여성지는 개벽사(『신여성』) 및 조선일보사(『여성』) 등 비교적 여건이 좋은 데서 발간되었기 때문에 수명이 긴 데다가, 다양하면서도 시기적절한 미용과 관련된 내용들을 싣고 있기 때문에 좋은 자료가 된다.

이 글에서 살펴보고자 하는 여성미용의 대상은 여성의 의복, 헤어스타일, 화장 등이 주가 되는데 목도리, 모자, 토시, 핸드백, 양산, 구두 등의 장신구에 대해서도 관심을 갖고자 한다. 미용의 사전적 정의는 얼굴이나 머리 등을 곱게 매만지는 것을 의미하지만, 이 글에서는 광의로 해석하고자 한다. 미용을 얼굴에만 국한하지 않고 여성의 몸 전체까지 포함하

---

10 맹문재, 앞의 논문, 1~2쪽.

려는 것으로, 미용의 본질을 보다 폭넓게 담을 수 있고 또 문화의 차원으로까지 연계시킬 수 있다고 생각하기 때문이다. 문화란 삶의 총체적 양식으로 엘리트 중심이 아니라 대중들의 경험에 의해 형성되는 것이 본질이다. 따라서 1930년대의 여성미용에 대한 고찰은 신여성들의 주체적인 자기 인식을 확인함과 아울러 동시대의 문화까지 이해하려는 것이다.

2. '모던 시대'의 여성 미용

1) 모던 걸의 시대

1930년대에 이르러 경성의 인구수가 약 40만에 이르고 도시화가 본격화됨에 따라 도시에 거주하는 조선인들의 생활과 의식 또한 큰 변화를 겪게 되었는데, 무엇보다도 자본주의에 직접적으로 영향을 받기 시작한 것이다. 육조(六曹)의 거리가 앞으로 나오고 시장이 뒤로 밀려나는 기존의 질서가 바뀌어 시장이 도시의 중심을 차지한 현상이 그 여실한 면이다. 유교의 음행오행을 토대로 해서 성립되었던 경성의 거리는 시장의 이익을 추구하는 원칙에 따라 새롭게 형성된 것이다. 그리하여 백화점이 경성의 거리에 가장 화려하게 들어섰다. 거리의 중심에 우뚝 솟은 백화점은 사람들이 몰려오도록 하는 자석 같은 힘을 지닌 채 오색찬란한 포스터를 붙이고 박람회를 개최하고 마네킹을 세우고 수많은 물건들을 진열해놓고 조선인들의 소비를 유혹했다. 그리하여 1930년대의 경성 거리는 카페, 아스팔트, 네온사인, 영화관, 웨이트리스, 모던 걸, 모던 보이 등이 근대 혹은 현대라는 이름으로 빛났다.

1930년대의 자본주의는 도시에 거주하는 조선인들의 노동시장에서도 여실히 진행되었다. 1931년 7월 21일자 『매일신보』에 의하면 경성에 소재한 공장에 취직한 노동자 수는 남자 9,779명 여자 3,337명으로 여성 노동자 수가 남성 노동자 수의 3분의 1을 넘어섰다. 농업에 집중되었던 기존의 여성 노동이 도시화가 진행됨에 따라 공업 및 상업 분야로 진출한 것인데, 그만큼 여성들의 사회 활동이 늘어난 것이다. 여성들은 주로 방적공장, 제사공장, 고무공장 등에서 일했지만 은행이나 회사의 여사무원, 버스 차장, 학교 선생, 타이피스트, 교환수, 간호원, 미용사, 공무원 등으로까지 노동 영역을 확대해나갔다. 그리고 '모던 걸'로 불리는 직업군을 형성했다. 모던 걸은 주로 카페나 다방이나 바 등에서 일했는데 그들이 착용하는 의복, 꾸미는 화장 및 헤어스타일, 사용하는 언어 등은 기존의 문화와는 차별되는 것으로 새로운 도시 문화를 이끄는 역할을 했다.

모던 걸들은 유행을 추구하는 데 필요한 정보를 영화나 음악이나 여성지 같은 대중문화를 통해서 구했다. 그중에서도 특히 육체미와 성(性) 개방을 추구하는 서구 영화를 통해 세계 인식에 큰 변화를 가져왔다. 단순히 호기심을 갖는 수준을 넘어 정서와 미의식에 직접적인 변화를 일으켜 영화배우들이 착용한 안경과 모자, 외투, 넥타이, 구두, 양장을 모던한 것으로 인식하고 따랐다. 그리하여 1930년대의 신여성들은 치마저고리 대신 양장을 차려입었고, 땋거나 쪽 찐 머리 대신 단발이나 퍼머로 바꾸었고, 버선 대신 양말이나 스타킹을 신었고, 고무신 대신 구두를 착용했다. 그들은 '구식'과 다른 것을 착용함으로써 '신식'이 되어간다고 믿었고, 자신들이 주체적이고 개성적인 시대인으로서 유행을 이끈다고 인식한 것이었다.

동시대에 발간된 『신여성』 『여성』 등의 잡지들 또한 신여성들의 세계인
식을 변화시키는 데 기여했다. 여성지에 수록된 일상 문화를 비롯해 사회
적 존재로서 갖추어야 할 사항들은 신여성들의 세계 인식을 넓혀주는 데
영향을 끼친 것이다. 가령 여성지의 표지에 등장한 헤어스타일이나 패션
이나 여성지의 광고에 등장한 화장품이나 장신구 등은 미용 문화에 영향
을 끼쳤고, 연애 · 결혼 · 위생 · 취미 · 여가 · 스포츠 · 오락 · 교육 · 직
업 문제 등을 다룬 기획들 또한 신여성들의 자아를 심화시키는 데 큰 영
향을 끼친 것이다. 동시대의 여성지들이 「모던 유행어 사전」이나 「유행어
사전」과 같은 난을 마련하여 유행하는 개념이나 현상을 소개하거나, 「모
던 여학생 풍경」이나 「모던 결혼 풍경」같은 난을 통해 유행을 선도하고
있는 신여성들의 일상을 소개한 것도 같은 차원으로 볼 수 있다. 여성지
가 소개한 개념들은 윙크(wink), 룸펜(lumpen), 부르주아(bourgeois), 헤
게모니(hegemonies), 드라이(dry), 바겐세일(bargain sale), 네온사인(neon
sign), 아나크로니즘(anachronism), 덤핑(dumping) 등 서구문화와 관계된
것들이었다. "모던! 모든 것이 모던이다. 모던 걸, 모던 보이, 모던 대신,
모던 왕자, 모던 철학, 모던 과학, 모던 종교, 모던 예술, 모던 자살, 모던
극장, 모던 스타일, 모던 순사, 모던 도적놈, 모던 잡지, 모던 연애, 모던
건축, 모던 상점, 모던 기생……"[11]이라는 진단도 있듯이 구식으로부터
벗어나 신식을 추구하려는 의식이 강했던 것이다. 이런 점에서 신여성의

---

11   임인생, 「모더니즘」, 『별곤건』, 1930.1, 37쪽.

행동 지침을 논한 아래의 「모던 여성 십계명」[12]은 동시대의 상황을 이해하는 데 유용할 것이다(부연 설명은 필자가 요약한 것임).[13]

1) 老人 말을 듯지 말어라.
    : 노인들은 예전의 사람이어서 신세대의 호흡을 모르므로 그들의 말을 듣다가는 이 세상의 새것을 얻지 못한다.
2) 쌍을 보지 말어라.
    : 눈을 내리깔고 머리를 숙이는 다소곳한 모습을 여성의 미(美)라고 생각하는 것은 시대에 뒤쳐지는 것이므로 눈을 크게 뜨고 머리를 들고 길을 똑바로 바라보며 당당하게 걸어야 한다.
3) 어데까지 女性이 되어라.
    : 남녀가 동등하다고 해서 남자의 흉내를 내는 것으로 만족하지 말고 여성답게 제 길을 찾아야 한다.
4) 飜譯式을 쏫지 마라.
    : 조선 여성들은 자신의 복장이며 언어며 생활에 있어서 번역식으로 모방할 것이 아니라 창조할 필요가 있다.
5) 사랑으로 먹지 말어라.
    : 연애를 밥벌이로 삼는 것은 여성으로서 양심을 잃는 것이다.
6) 遊戱를 배우라.
    : 쾌활한 유희를 하는 동안 권태를 잊게 되므로 세련된 유희를 배워야 한다.
7) 時流의 主觀을 잡어라.
    : 자신의 사회적 위치와 역할에 대한 인식을 가지고 개인의 감정이나 욕망만을 추구하기보다 큰 목적을 가져야 한다.

---

12   윤지훈, 「모던 여성 십계명」, 『신여성』 제5권 제5호, 1931.4, 70~71쪽.
13   맹문재, 앞의 논문, 43~44쪽.

8) 健康을노치지마라.

: 건강이 인생의 제일이므로 유의하여야 한다.

9) 새로운靑春을創造하라.

: 사회에 대하여 흥미를 갖고 일해야 한다.

10) 朝鮮글을배우라.

: 모국어를 쓸 줄 모르는 것은 부끄러운 일이다.

위의 인용 글에서 보듯이 1930년대의 신여성들은 전근대적인 규범이나 가치를 단절시키고 새로운 시대에 필요한 의식과 행동을 주체적으로 가지려고 했다. 신세대의 호흡을 모르는 구세대의 충고를 듣지 않으려고 했고, 남성들이 바라는 다소곳한 여성이 아니라 눈을 크게 뜨고 어깨를 당당히 펴고 걸으려고 했다. 그리고 남성의 영향을 받지 않는 신여성답게 생활 방식을 창조하고 건강을 지키고 한글을 배우고 사회 활동에 참여하려고 했다. 동시대의 신여성들은 이와 같은 인식을 토대로 미용을 추구했다. 남성을 위해 행하는 기존의 수동적인 자세가 아니라 자신의 아름다움과 유희와 건강을 위해 주체적이고 창의적인 미용을 추구한 것이다. 여성들의 이러한 주체적 인식은 1929년 11월 3일에 일어난 광주학생사건에 이화여학교 학생들이 동정 만세를 부르거나(1929.11.15) 정신여학교 학생들이 동정 시위를 한 것(1930.1.15) 등 항일운동에서도 여실히 나타났다.

그렇지만 동시대의 경성은 신여성들이 마음 놓고 미용을 추구할 수 있는 상황이 못 되었다. 경성의 거리에는 실제 양장과 한복 차림이 뒤섞여 있었고, 갓 쓰고 구두 신은 사람, 양장하고 고무신 신은 사람, 도포 입고 게다 신은 사람 등 아이로니컬한 상황이었다. 그것은 근대로 진행되어가는 과도기의 모습이기도 했지만, 식민지 조선의 실제 상황이기도 했다. 청계천을 사이에 두고 진고개를 중심으로 한 본정통(지금의 충무로)과 명치정(지금의 명동) 같은 남촌에는 일본인 상가를 중심으로 백화점이며 각종 유흥 시설이 밀집되어 있었지만, 종로통 같은 북촌에는 낙후된 조선인 상가들이 들어서 있었다.[14] 따라서 모던 걸, 모던 보이가 첨단 패션으로 치장을 하고 경성의 남촌을 돌아다니고 있었지만 조선의 실제 상황은 초가집을 못 벗어나고 있었다. 결국 1930년대 신여성들의 미용 문화는 조선 전체 여성들의 일상 문화로 전파될 수 없었다. 그것은 신여성들의 자각이 늦어서가 아니라 남성들의 봉건적 습관이 여전히 견고했기 때문이다. 더 나아가 일제의 억압이 강했기 때문이다. 따라서 1930년대에 진행된 신여성들의 미용 문화는 봉건제와 일제의 억압이라는 이중의 악조건 속에서 주체적으로 추구한 것이기에 그 의미가 매우 크다고 볼 수 있다.

2) 단발 및 퍼머의 유행

1930년대 신여성들의 미용 문화에 있어서 큰 변화의 한 면은 헤어스타일이었다. 1920년대부터 여학생들 및 신여성들은 단발을 감행했는데 1930년대에 들어 더욱 확대되었고 퍼머(permanent wave)까지 유행하는데에 이르렀다. 단발은 기존의 보수적인 관습에 반발하고 나온 것으로 그 뭉툭하게 자른 모습은 마치 초가지붕처럼 투박했지만 주체성을 선명

14　신명직, 『모던 샏이, 京城을 거닐다』, 현실문화연구, 2003, 22~31쪽.

하게 띠는 것이었다. 그런데 신학문을 한 지식인들은 대체로 신여성의 단발을 용인하는 편이었지만 일반인들 사이에서는 여전히 논란이 되고 있었다. 기생 출신인 강향란(姜香蘭)을 시작으로 해서 많은 신여성들이 단발을 하고 있었지만, 결발이 오랫동안 고착되어온 유교 문화였기 때문에 쉽게 사회에 수용될 수 없었다. 그만큼 단발 문제는 단순히 유행의 문제가 아니라 사회 정체성의 문제였기 때문에 의견 대립이 첨예했던 것이다.[15]

　조선의 성년 남자에게 단발령이 내려진 것은 1895년(고종 32년)이다. 1895년 을미사변 후 김홍집을 위시한 개화파들은 조선의 문물제도를 개혁하려고 일련의 조치를 취했는데 단발령도 그 일환이었다. 근대화를 이루기 위해서는 일상생활의 개혁을 단행해야 한다고 생각하고 그 우선 상투를 자를 일을 결정한 것이다. 그렇지만 명성황후(閔妃)를 잔학하게 시해한 을미사변인 데다가 조상으로부터 물려받은 신체는 훼상하지 않는 것을 효의 기본으로 삼고 있었기 때문에(身體髮膚 受之父母, 不敢毁損 孝之始也) 단발령은 조선인들에게 쉽게 받아들여질 수 없었다. 오히려 정부의 단발 강요는 '일본화'라고 인식되어 반발을 샀고 의병운동이 일어나는 기폭제까지 되었다.[16] 그렇지만 서구의 문물이 유입되고 의복이 변화되

15　단발은 사회주의의 유행과 관련이 있다는 흥미로운 견해도 있다. 기존의 가치관을 전복시키고 혁명적인 사회를 건설하려 한 여성 사회주의자들의 투사적 의지에서 비롯되어 전통에 대한 반항으로써 유행된 것이다. 허정숙(許貞淑), 주세죽(朱世竹), 심은숙(沈恩淑), 강아그니아 등은 실제 그 표상으로 단발을 감행했다. 김진송, 앞의 책, 179쪽.

16　1896년 고종의 아관파천(俄館播遷)이 일어난 뒤 친러 내각이 구성되자 흐트러진

어감에 따라 단발의 필요성이 사회 전체적으로 인정되어갔다.[17]

그런데도 불구하고 신여성의 단발에 대해 남성들의 반대가 많았던 것은 기존의 유교 관습이 여전히 지배하고 있었기 때문이다. 그리하여 진보적인 언론과 여성지들이 단발의 필요성을 역설하고 나섰고,[18] 신여성

민심을 수습하고자 단발령을 철회했다. 그렇지만 1902년 광무개혁(光武改革) 때 단발령이 다시 내려졌다.

17 맹문재, 앞의 논문, 19쪽.

18 다음의 글들이 좋은 예이다(「단발 문제의 시비」, 『신여성』 제3권 제8호, 1925. 8, 37~53쪽).

   (1) "단발하는 것은 좋습니다－미관, 경제, 위생으로다 좋다"(이화전문교교수 曺正煥)

   (2) "단발한다면 반대는 않겠습니다－사업능률을 진보케 한다"(동덕여학교장 趙東植)

   (3) "개인에 취미에 맡깁니다－의복이 개량되고 습관이 변사(變事)한 때에는"(숙명여학교무주임 山野上長次郞)

   (4) "나쁜 것이라고는 생각지 않습니다－경제와 편리로는 썩 좋다"(배화여교 학감 金淑允)

   (5) "단발이 일반의 풍속이 된다면－아직은 단언할 수 없다"(여고보교장 高本千鷹)

   (6) "일반이 찬성하게 되면 좋다－의복도 개량이 된다면"(진명여고부교장 小杉彦次)

   (7) "단발은 머리 해방을 얻는 것입니다－단발하면 전보다 더 보기 좋을 것입니다(金美理士)

   (8) "나는 단발을 주장합니다－우리의 실생활에 비추어 편의한 점으로"(朱世竹)

   (9) "단발은 가뜬하고 활발하고 좋다－일반이 다 깎는 풍속이 되었으면"(申 알베드)

   (10) "각각 자기의 취미대로－시빗거리나 풍기 문제가 아니다"(金俊淵)

   (11) "조선도 단발이 풍속이 될 줄 안다－좋은 일은 언제든지 실행된다"(朴勝喆)

   (12) "단발을 했으면－미(美)로 보아서 더욱 좋다"(안석주)

들도 자신의 인격과 주체성을 살리기 위해 단발을 감행했다. 남성들이 지배하는 제도, 관습, 도덕 등을 극복하려고 "진실로 오늘 여자가 다 못한 때의 유행으로써만이 아니오, 보다 더 뜻있게 생각하는 바가 있서, 온갖 지목(指目)을 무릅쓰고 단발을 단행"[19]한 것이었다.

신여성들이 단발의 필요성을 내세운 근거는 미관상 보기에 좋고 위생적인 면에서 바람직하고 경제적으로 유리하고 그리고 실생활에서 편리하다는 점 등이었다. 그리하여 신여성들의 단발 문제는 풍기 문란과 같은 대상으로 볼 것이 아니라 마땅히 추구해야 할 일이라고 주장하고 나섰다. "과거의 여성의 미로 인정되던 것 결발 그것은 여성 자신의 인간적 유린이오 인격상 모욕"[20]으로 파악하고, 여성을 구속하는 결발을 폐기할 것을 내세웠다. 신여성의 단발이 괴상하고 망칙한 것이 아니라 세상의 모든 사물과 풍속이 변하듯이 시대의 변화에 적극 동참해야 하는 면으로 본 것이다.

1930년대에는 '단발 미인'이라는 용어가 널리 퍼질 만큼 이전 시대부터 실행해온 단발이 신여성들 사이에 크게 유행했고, 웨이브를 주는 퍼머까지 등장해 퍼져나갔다. 처음에는 화력을 이용한 '고데'를 하는 바람에 모발이 많이 손상되었지만 서구에서 퍼머 기구가 수입되면서부터는

---

(13) "나의 단발 후 감상−여자로서 단발한 후의 실감 참! 편리하고 좋다"(S)

(14) "내가 상투를 깎든 때 처음 단발하던 분의 실감−단발했다가 또 기르고 또 단발"(李商在)

(15) "『늑단성발(勒斷聖髮)』죄로 사형까지"(閑道人)

19 기전, 「우리의 머리 깎던 유래를 들어 우리 일천만 여성의 심기일전을 촉(促)함」, 『신여성』 제3권 제8호, 1925.8, 60쪽.

20 허정숙, 「나의 단발과 단발 전후」, 『신여성』 제3권 제10호, 1925.10, 14쪽.

한층 안전하고 편리해졌다. 물론 퍼머의 가격이 쌀 두 섬에 해당할 정도로 엄청났지만 영화배우나 기생, 신여성, 상류층 여성을 선두로 해서 점점 퍼져나간 것이다. 1933년 오엽주는 조선 여성으로는 처음 화신백화점 안에 미용실을 차리고 운영하기도 했다.[21] 뿐만 아니라 "이즈음 모-던 여성들은 머리를 재래구식 부인들과 같이 천연으로 생긴 그대로 하는 것이 아니라 「아이론」을 가지고 지저서 하는 관계상 검은 머리이었든 것이라도 자연이 지지는 데 따라 노래지기가 쉬운 것이니 이렇게 된 데는 반드시 「君ガ代」를 발러야만 할 것이다"[22]와 같은 광고에서 보듯이 1930년대의 신여성들은 머리 염색까지 했다.

헤어스타일이 여성의 미용에 있어서 중요한 부분임을 부정할 수 없다. 그러므로 "모발은 그 사람을 따라 경연(硬軟)의 구별이 있음으로 사용하는 기름도 각각 거기 응한 것을 쓰는 것이 좋다. 가령 경모인 사람은 호마유(胡麻油)를 연모인 사람은 춘유(椿油) 동백기름을 쓰는 것이 좋은 것이다."[23]와 같이 1930년대의 여성지들이 퍼머에 대한 소개와 아울러 모발 관리에 대해 구체적으로 소개한 것은, 시대에 필요한 미용의 추구라고 볼 수 있다. 모발이 연령, 신체 발육 상태, 체질, 유전 관계 등에 의해 색깔이나 숱이 다르다는 점을 인지하고 체질 개량을 꾀하고 영양에 대해 주의를 기울이면 개선될 수 있다고 본 것도 마찬가지이다. 비듬 · 곱슬머리 · 백모증(白毛症) · 독대(禿頭) · 다모증(多毛症) · 무모증(無毛症) 등을

---

21 김춘득,『동서양 미용문화사』, 현문사, 2002, 218쪽.
22 기자(記者),「적백발(赤白髮) 염색법」,『신여성』제7권 제2호, 1934.2, 79쪽.
23 「미인제조 교과서」,『신여성』제5권 제3호, 1931.3, 78~79쪽.

치료할 수 있다고 본 것도 그러하다. 결국 근대화 및 도시화되어가는 흐름 속에서 1930년대의 신여성들은 미용에 대해 적극적으로 인식하고 시행했던 것이다.

3) 양장의 일반화

1930년대에 들어 장옷과 쓰개치마는 거의 자취를 감추었고 신여성들 사이에서는 양장이 일반적이었다. 여학생들의 교복도 1920년대는 한복이 대부분이었지만 1930년대에 들어서는 양장으로 바뀌었다. 일제가 조선인들의 민족의식을 약화시키기 위해 한복을 버리고 양장을 입도록 강요한 면도 있었지만, 단발 및 퍼머가 유행하고 화장에 대해 관심이 높아진 시대적 흐름과 연관된 것이었다. 즉 신여성들의 의복 문제는 단발 문제와 마찬가지로 새로운 시대에 필요한 의상이 어떤 것인가 하는 차원에서 논의되고 실행된 것이었다. 그리하여 의복의 개량 문제가 여성지에서 종종 논의되었고 신여성들이 이끄는 여성 단체에서 강습회가 개최되었다.[24] 의복 개량은 대체로 미용, 위생, 경제성 등의 차원에서 논의되었는데 미용의 경우는 아래의 글에서 잘 볼 수 있다.

> 미관으로 보아서 여자의 여름옷은 결점이 많습니다. 먼저 개성을 좀 보이도록 힘쓰는 것이 좋으리라고 생각합니다. 조선옷은 겨우 남녀노소 빈부귀천을 구별할 수 있는 것밖에는 만인이 다 한 모

---

24   ① 맹문재, 앞의 논문, 49쪽. ② 맹문재, 앞의 책, 88쪽.

양입니다. 빛깔이나 모양이나 도무지 차별이 없습니다. 서양옷이나 일본옷에는 빛깔 모양이 천태만상이여서 입은 사람의 연령, 키, 얼굴, 살빛, 몸맵시, 취미, 직업, 철을 따라서 거기 많은 제도를 오를 수가 있습니다. 조선옷은 빛이라고 흰것, 검정, 옥색 등 몇 가지 순백밖에 없고 모양에 이르러서는 그만한 차별조차 없어 서양 사람이 보면 학교 학생이 학교의 명령에 따라 일제히 교복을 입고 나서지 않이 했나 의심하리만치 젊은 부인네의 옷모양이 똑같습니다. 옷이 도덕적 의미와 생리적 의미를 가진 것과 같이 심미적 의미도 있다고 하면 조선옷이 앞으로 나아갈 방향은 빛깔과 모양의 복장화라고 생각합니다.[25]

또한 신여성들은 가슴을 겹겹이 동여매어 호흡기에 지장을 주는 착의 관습과 옷을 너무 많이 입는 기존의 관습을 지적했다. 그리고 색채미가 단순하고 선의 미가 약한 점도 지적했다. 그리하여 저고리의 길이를 가슴 아래까지 내리고 치마 길이를 줄여 활동하기에 편리하도록 했고, 옷 색깔의 조화를 잘 고려해 부드럽고 연한 것을 취했으며, 선의 미를 레이스나 리본이나 자수 같은 것으로 살렸다.[26]

한편 흰 선을 두른 통치마나 치맛단까지 주름을 잡은 통치마가 신여성들과 여학생들 사이에서 인기가 있었다. 겨울에는 검은 두루마기를 입었으며, 양말은 겨울에는 검은색을 여름에는 흰색을 신었다. 또한 다양한 색상과 문양을 넣은 스웨터가 등장했고, 코트는 스커트의 길이가 짧아짐에 따라 함께 짧아졌다. 넓은 플랫 칼라(flat collar)를 단 케이프(cape)가

25 「조선 사람과 여름」, 『별건곤』 제5권 제6호, 1930.7, 106~107쪽.
26 맹문재, 앞의 책, 86쪽.

등장했고, 속적삼·단속곳·속속곳·너른바지 등의 전통적인 친의(襯衣)는 짧은 치마에 어울리지 않았기 때문에 '사루마다'라고 불린 무명으로 된 짧은 팬티가 착용되었다. 다양한 조끼와 스웨터가 등장했으며 속옷도 자연스럽게 변화되어 개량형 속치마가 등장했다. 그리고 의복의 색깔이 다양해지고 색상도 대담해졌다. 이외에 이전 시대에는 무릎과 팔꿈치까지만 노출시켰던 수영복이 1930년대에 들어 어깨·겨드랑이·넓적다리까지 노출시켜 남성들에게 놀라움을 주었고, 정구복·야구복·기계체조복 등 신여성들의 스포츠 옷도 세인들로부터 관심을 받았다.[27]

이와 같이 신여성들의 의복이 변화함에 따라 옷을 제작하는 강습회가 경신학교나 YMCA 등에서 열렸고, 염색법·편물법·옷 수선하는 법 등도 여성지에 많이 소개되었다. 그리하여 1934년에는 조선직업부인회 주최로 여의 감상회가 인사동 태화여자관 내의 종로청년회관에서 개최되기도 했다. 이 감상회는 오늘날의 패션쇼에 해당하는 것인데 가정에서 입는 옷, 일할 때 입는 옷, 나들이 갈 때 입는 옷, 연회 때 입는 옷, 조상 갈 때 입는 옷, 수영복, 운동복, 한복을 개량한 옷 등이 선보였다. 1938년 최경자는 조선에서 최초로 함흥양재학원을 설립하고 양장점을 열었다.[28]

그렇지만 1930년대 후반에 들어서는 미용의 측면보다도 의상의 경제성이 대두되었다. 「핸드백은 이렇게 손수 맨드러 가집시다」(『여성』,

---

27 맹문재, 앞의 책, 87~88쪽.

28 유수경, 『한국여성양장변천사』, 일지사, 1990, 210쪽.
    1922년에는 블라디보스토크 공립학교를 졸업한 조선의 최초 디자이너 이정희(李貞嬉)가 동덕여학교의 양재 교사로 부임한 적이 있었다. 유희경 외, 『한국여성사 II』, 이화여자대학교 출판부, 1972, 275쪽.

1937.6)에서는 핸드백 만드는 법이, 「부인과 여학생 외출복 겸 가정복」(『여성』, 1937.6)에서는 운동이나 산보할 때 필요한 가정복 만드는 법이, 「부인 여학생용 자리옷 만드는 법」(『여성』, 1937.10)에서는 잠옷 만드는 법이, 「부인의 의복과 색채의 조화」(『여성』, 1937.11)에서는 양장 만드는 법이, 「편물교과서」(『여성』, 1939.12)에서는 양말과 장갑을 뜨개질로 짜는 법이, 「개량형 속치마와 속바지」(『여성』, 1937.8)에서는 속치마와 속바지 만드는 법이 상세하게 소개되었다. 어른의 헌 옷을 재생해서 어린이 옷으로 만들어 입거나 여자 옷으로 만들어 입는 것도 일반화되었다.[29)]

그렇지만 의복의 경계성을 추구하는 글들 속에는 왜곡된 역사관이 들어 있었다. 가령 "그러니 여인들이어 화장값 줄고 시간 경제되고 정말 아름다워질 수 있는, 신체제 의도에 만만감사할 것이지 화장 못하고 사치 못해서 병날 일은 아니외다."[30)]라고 왜곡된 주장을 펼치고 있고, "지금 사회를 보라! 우리 여성들이 질머짐이 얼마나 크며 몸에 가리울 것이 없이 우는 자에게 힘이 없어 구원의 손을 못 펴고 눈감고 있는 우리들이 삼십원이란 돈을 치마에 감고 있을 때에 우리는 사회에 대하야 의무를 배반한 죄가 있다."[31)]와 같이 친일 역사관을 드러내고 있는 것이다.

그러한 차원에서 '몸뻬'와 같은 여성복이 등장했다. 일제는 검소하고 활동하기에 편리하다는 이유로 여성들에게 간단복(簡單服, 간땅후꾸) 입기를

29　맹문재, 앞의 책, 90쪽.
30　윤실령, 「생활과 신체제 – 연지와 신체제」, 『여성』 제5권 제11호, 1940.11, 64쪽.
31　고황경, 「의장미와 사치」, 『여성』 제5권 2호, 1940.2, 63쪽.

강요했던 것이다. 몸뻬는 원래 일본의 북해도와 동북 지방의 촌부들이 들에 일하러 나갈 때 입던 바지였다. 일제는 몸뻬 입는 것에 대한 조선 여성들의 반발에 한편으로는 신문이나 잡지 등을 통해 설득하면서 다른 한편으로는 쌀 배급이나 노력동원, 징용 등을 통해서 강요했다. 그리하여 몸뻬는 신여성을 비롯하여 일반 부녀자에 이르기까지 조선의 거리를 메웠다. 이처럼 일제는 민족의식을 말살하려는 차원에서 조선 여성들의 한복착용을 억제시켰다. 그리고 사치품 제한금지령을 내려 한창 유행하던 비로드의 생산을 전면 금지시켰다. 이러한 시대 상황에 따라 신여성들의 양장은 어깨, 깃, 소매, 포켓의 선이 직선인 남성 스타일로 변했고, 스커트의 모양도 활동적으로 변해 소위 밀리터리 룩(military look)이 유행했다.[32]

4) 화장 및 장신구의 다양화

1930년대의 미용 문화에서 주목할 만한 또 한 가지는 "여성을 어여쁘게 하는 것은 화장입니다. 더욱이 분으로 잘 화장을 하면 대개는 다 어여쁘게 되는 것입니다."[33]와 같은 광고에서 보듯이 화장법의 소개가 여

32　맹문재, 앞의 책, 91쪽. military look이나 boyish −look은 전쟁의 영향이 크다. 서구에서도 제1차 세계대전 때에 남성들이 일하던 직장에 여성이 나가서 일하게 되었는데 전쟁이 끝난 후에 여성들은 가정으로 돌아오기보다 사회에 많이 진출했다. 따라서 여성을 위한 의복은 보다 활동적이고 캐주얼한 형태로 급변해 전쟁이 끝날 무렵에는 여성들에게 boyish −look이라는 남성화된 스타일이 유행했다. 이인자, 『복식사회심리학』, 수학사, 2002, 116쪽.

33　「미인이 되기는 어렵지 않다」, 『신여성』 제7권 4호, 1934.4, 90쪽.

성지에 대거 등장한 점이다. 「여학생 화장법」(『신여성』 1931.6), 「미용강좌」(『신여성』 1932.10), 「겨울 화장훈(訓)」(『신여성』 1934.1), 「검은 살에 맞는 화장법」(『신가정』 1934.4), 「바쁘신 분의 삼분간 화장법」(『신가정』 1934.10), 「봄화장」(『여성』 1936.4), 「오월 여성의 화장은」(『여성』 1936.5), 「화장문답」(『여성』 1936.6), 「화장비결」(『여성』 1936.7), 「구월 화장」(『여성』 1936.9), 「신춘화장실」(『여성』 1937.1), 「제복을 갓 벗은 분의 화장비법」(『여성』 1937.5), 「화장에서 받는 여성의 영동(靈動)」(『여성』 1937.9), 「초추(初秋)의 화장」(『여성』 1937.10) 등이 그러한 면이다. 그만큼 동시대의 신여성들은 도시화가 본격적으로 진행됨에 따라 형성된 모던 문화의 영향과 주체 인식의 확대에 따라 화장에 많은 관심을 가졌던 것이다.

> 화장 전에는 얼굴 피부의 성질을 따라 듣기를 잘하는 사람은 「중성크림」 기름끼 많은 사람은 「건성크림」을 잘 문질러 놓습니다. 그리고 얼굴이 붉은 이는 얼굴에 연지를 바르지 않아도 좋습니다마는 얼굴이 누르고 흰 분은 손에다 약간 묻혀 바르고 손으로 그 위를 문지르면 바른 것처럼 보이지 않습니다. 그 위에 또 가루분을 바를 때에 얼굴색을 따라 혹은 자색 혹은 황색 혹은 살색으로 선택하야 파우더에다 찍어서 콧잔등에 한 일 자로 쭉-내려 긋습니다. 그 다음은 입술 옆으로부터 시작하여 점점 위에로 올라가야만 합니다. 그리고 도중에서 피부의 분을 털거나 더 파우더에 찍어서는 안 됩니다.[34]

---

34 유소제, 「삼분간에 될 수 있는 여학생 화장법」, 『신여성』 제5권 제4호, 1931.6, 99~102쪽.

화장법의 내용은 위의 인용 글에서 보듯이 계절별 화장법이나 졸업을 앞둔 여학생들의 화장법, 연지나 크림 사용하는 법, 결혼할 때의 화장법 등 일상생활에서 필요한 것들이었다. 또한 크림 사용법, 분 사용법, 눈썹 그리는 법, 립스틱 칠하는 법, 마사지하는 법 등 아주 구체적이었다. 이밖에 운동법, 신진대사 돕는 법, 주름살 방지법, 적당한 식사법 등에 대해서도 소개했다. 화장품은 파우더, 립스틱, 아이섀도, 펜슬 등 다양했고, 크림은 일반 여성들에게도 널리 사용되었다. 동시대의 신여성들이 지향하는 피부색은 여성지의 광고에 '미백(美白)'이란 말이 많이 나오듯이 서구의 백색 미인을 기준으로 삼고 화장을 할 때는 뽀얗고 창백한 느낌이 들도록 표현했다. 눈썹은 밀어버리고 펜슬로 가늘게 활 모양으로 그렸고, 윗입술은 얇고 작게 아랫입술은 도톰하게 그렸는데 립스틱은 빨간색이 유행했다. 이러한 화장 모습은 일본풍이나 인기 있는 영화배우들로부터 영향받은 바가 큰 것이었지만, 일방적인 추수가 아니라 신여성들 나름대로 응용하고 창의한 것이었다.[35]

한편 이전 시대부터 1930년대까지 신여성들의 인기를 독차지했던 국내산 '박가분(朴家粉)'은 인체에 해로운 연독(鉛毒) 논쟁으로 인해 그 위세가 약해져 1937년 자진 폐업하고 말았다. 그렇지만 박가분은 1920년대부터 신여성들의 화장품이 일본이나 청나라에서 밀수한 것이거나 가내수공업으로 생산한 분과 연지가 고작인 조선의 화장품 수준을 극복하는데 지대한 기여를 했다.[36] 1930년대에는 박가분에 이어 서석태가 운영한

35　맹문재, 앞의 책, 73~74쪽.

36　대한화장품공업협회 편, 『한국장업사(韓國粧業史)』, 대한화장품공업협회, 1986,

광업향장연구소, 김동엽이 운영한 에레나화장품, 문영수가 운영한 피가몬드, 임선환이 운영한 구리무 등이 등장해 일제가 장악한 환경 속에서도 조선의 화장품 산업을 이어나갔다.[37]

한편 1930년대 미용 문화의 한 특징으로 들 수 있는 것은 신여성들의 구두가 크게 유행한 점이다. 각 학교에서 검은색 구두와 운동화를 교화로 삼은 것이 큰 영향을 끼쳤던 것이다. 그리하여 신여성들이나 여학생들이 신는 구두의 발등에 꽃무늬가 놓이고 끈 장식이 달리는 등 보다 우아하게 발전했고, 일부 상류층에서만 착용되었던 이전 시대에 비해 훨씬 보편화되었다. 또한 신여성들의 단발과 퍼머로 헤어스타일이 바뀌자 양장모가 크게 유행했다. 동시대에 발간된 『여성』의 표지를 보면 초기에는 고종의 고명딸 덕혜옹주가 쓰고 다닌 챙이 좁은 클로세(cloche)가 유행했는데 후기로 올수록 챙이 넓은 카플린 스타일(capeline style)로 바뀌는 것을 알 수 있다.[38] 또한 핸드백이 널리 유행했고 이전 시대와 마찬가지로 목도리가 유행했다. 상류층에서는 여우 목도리가 유행해 가짜 여우 목도리를 하고 다니는 사람도 많았다.

1930년대 후반부터는 건강과 미용의 관계를 논한 글들이 여성지에 많이 등장했다. 대체로 미용을 잘 가꾸고 유지하기 위해서는 적당한 영양과 운동과 수면을 취할 것과 정신 수양을 가질 것을 권유하는 것이었다.

19~20쪽.

37　전선정 · 안현경 · 이귀영 · 문윤경, 『미용미학과 미용문화사』, 청구문화사, 2002, 323~324쪽.

38　유수경, 앞의 책, 160~162쪽.

그리고 편식을 금하고 혼식할 것, 신선한 과일과 탄산수를 많이 섭취할 것, 매일 우유를 마실 것, 변비를 막을 것, 과음 및 과식을 금할 것, 잡곡을 섞어 밥을 지을 것, 자기 직업에 취미를 가지고 과로하지 않을 정도로 일상생활을 할 것, 화류병을 예방할 것 등도 권유했다.[39]

이러한 미용 인식은 하루의 끼니마저 못 채우는 조선인들의 현실을 왜곡시킨 것으로[40] 일제의 전시체제와 깊은 관련이 있다. 일제는 모자라는 군사력을 마련하기 위해 조선의 여성들까지 전쟁터에 동원할 필요를 가지고 여성 미용을 다분히 파시즘 계몽의 차원에서 왜곡시킨 것이다. 여성들이 전쟁터에서 제대로 싸울 수 있도록 미(美)의 표준을 아름다움이 아니라 기능적인 건강함으로 변형시켰던 것이다.[41]

39 다음의 글들이 그 예이다.
　　(1) "우리들의 건강은 적당한 영양과 운동에 있는 것인데 그중에서도 영양은 미용의 「에네르기」의 근본이라고 할 수 있습니다. 모든 병이 영양의 결함으로 해서 일어나고 더욱이 직접으로 아름다운 것을 해치는 여러 가지 피부의 이상이 음식물의 불합리로 해서 일어나는 것입니다." 「신식이미용법」, 『여성』 제4권 제11호, 1939.11, 72쪽.
　　(2) "건전한 신체, 우아한 정신 현상을 가지랴면 영양이 완전한 음식물과, 충분한 수면, 적당한 운동, 그리고 끊임없는 수양, 이 네 가지 조건이 요구됩니다." 오숙근, 「미용과 영양」, 『여성』 제3권 제3호, 1938.3, 90쪽.
　　(3) "운동으로 닦고 치고 만든 몸이래야 어떤 일터에서든지 무슨 일감이든지 내 손으로 만들기에 주저하지 않을 것입니다. 그러므로 우리 체질부터 완전히 만들고 그리고 시대가 요구하는 여성이 스스로 되기에 힘쓰는 것입니다." 박봉애, 「여성 체격 향상에 대하야」, 『여성』 제2권 제1호, 1937.1, 32~34쪽.
40 자세한 내용은 강인희, 『한국식생활사』, 삼영사, 2000, 424~432쪽.
41 맹문재, 앞의 책, 75쪽.

3. 나오며

1930년대의 신여성들이 미용을 자각하는 데에는 근대 교육의 영향이 컸다. 구국 운동의 차원에서 남자 교육뿐만 아니라 여자 교육에 대해서도 시대인들 사이에서 많은 관심이 일었는데, 그 결과 근대 교육을 받은 신여성들은 의식 개혁과 사회 활동을 전개해나갔고 아울러 단발과 의복 개량 등 일상생활의 개선 운동을 펼쳐나갔다. 신여성들은 남녀평등을 강조하는 서구의 사상을 본격적으로 접함으로써 자신의 사회적 위치를 인식하고 자아를 각성해 기존의 봉건 질서에 얽매여 있는 관습, 윤리, 제도, 생활 등을 과감하게 벗어던진 것이다.

1930년대의 신여성들이 미용을 자각하고 추구하는 데는 동시대에 발간된 여성지들의 역할이 또한 컸다. 1906년 『가뎡잡지(家庭雜誌)』가 발간된 이후 『신여성(新女性)』(1923)을 거쳐 『여성(女性)』(1936)에 이르기까지 여성지들은 여권신장과 사회참여, 가정생활, 연애와 결혼, 위생, 교육, 음식, 문화, 예술 등을 비롯하여 미용 문화의 형성에 지대하게 기여한 것이다. 아직까지 이 시기에 간행된 여성지를 미용과 관련해서 집중적으로 고찰한 연구는 없지만, 이 글에서는 『신여성(新女性)』(1923~1934)과 『여성(女性)』(1936~1940)을 주요 자료로 삼고 화장, 헤어스타일, 의복 등의 측면을 살펴보았다.

1930년대는 '단발 미인' 혹은 '모단걸(毛斷傑)'이라는 용어가 불려질 만큼 여학생들과 신여성들 사이에 단발이 유행했고, 또한 웨이브를 주는 퍼머가 새로운 유행으로 등장했다. 단발은 기존의 보수적인 관습에 반발하고 등장한 것으로 그 모습은 단순하고 투박했지만 신여성들의 주체적

의지가 선명하게 드러나 있었다. 단발 문제를 풍기 문란과 같은 대상으로 볼 것이 아니라 시대의 흐름을 주도하는 면으로 신여성들은 인식한 것이다.

또한 1930년대에는 조선직업부인회 주최로 오늘날의 패션쇼에 해당하는 여의 감상회가 개최될 정도로 신여성들은 의상에 대해 높은 관심을 가졌다. 가정에서 입는 옷, 일할 때 입는 옷, 나들이 갈 때 입는 옷, 연회 때 입는 옷, 조상 갈 때 입는 옷, 수영복, 운동복, 한복 개량한 옷 등 그 관심도 다양했다. 그리하여 치마의 폭이 줄어들고 짧아진 양장이 일반화되었고 짧은 치마에 어울리는 양말과 구두가 유행되었다. 또한 다양한 조끼와 스웨터가 등장했고 속옷도 자연스럽게 속적삼이나 고쟁이 대신 서양식으로 변화되었다. 의복의 색상도 대담해졌고 디자인도 다양해졌다. 장옷과 쓰개치마 등 조선의 유풍(遺風)이 사라지고 양장이 일반화된 1930년대의 신여성들은 자신의 의상미를 적극적으로 추구한 것이다.

1930년대는 화장법 또한 유행했다. 일제가 화장품 산업을 장악하고 있었지만 조선인들의 진출도 눈에 띄게 늘어났다. 동시대의 화장법 내용은 계절별 화장법이나 졸업을 앞둔 여학생들의 화장법, 연지나 크림 사용하는 법, 결혼할 때의 화장법 등 일상생활에서 필요한 것들이었다. 그리하여 크림 사용법, 분 사용법, 눈썹 그리는 법, 립스틱 칠하는 법, 마사지하는 법 등 아주 구체적이었다. 화장품은 파우더, 립스틱, 아이섀도, 펜슬 등 다양했는데 피부색은 서구의 백색 미인을 기준으로 삼아 뽀얗고 창백한 느낌이 되도록 표현했다. 그러한 화장법은 일본풍이나 인기 있는 영화배우들로부터 영향을 받았지만 그대로 모방한 것이 아니라 신여성들 나름대로 응용하고 창의한 것이었다.

이처럼 조선의 개항과 함께 시작된 신여성들의 미용은 1930년대에 이르러 본격적으로 확대되었다. 도시화가 본격적으로 진행됨에 따라 신여성들의 사회 진출이 늘어났고, 근대 교육을 받은 신여성들의 수가 늘어남으로 인해 남성 지배적인 규범을 극복하려는 의식과 실천 행동이 높아졌다. 또한 다양한 여성 문화를 소개하는 여성지들이 간행됨으로 인해 여성미용은 이전 시대보다 활성화되었다. 그리하여 신여성들 사이에서는 단발과 퍼머가 유행했고 양장이 일반화되었으며 화장이 점점 늘어났다.

여성 미용은 여성이 자신의 미를 주체적으로 추구하는 일이다. 여성이 화장을 하고 의복을 입고 머리를 꾸미고 장신구를 착용하고 건강관리를 하는 것은 자신의 미를 적극적이고 주체적으로 이루어가는 모습이다. 그러므로 여성 미용은 여필종부(女必從夫)나 삼종지도(三從之道)를 운명적으로 수행하는 기존의 여성관을 극복하고 자신의 자유와 개성을 펼치는 것이다. 또한 여성 미용은 남성과 현저히 다른 문화적 환경 속에서 수행하는 것이기에 의미가 크다. 가부장제의 혜택으로 유학과 신문물의 세례를 받은 남성들조차 손해볼 것 없는 봉건적 가치관을 소유하고 있었지만, 미용을 추구하는 신여성들의 가치관은 봉건적 규범과 제도를 극복하려는 인식이기에 당연히 페미니즘의 성격을 갖는 것이었다.

그렇지만 1930년대의 여성 미용은 1937년 중일전쟁을 시작으로 해서 일제가 전시체제로 전환함에 따라 급속히 위축되고 말았다. 일제는 국민징용령 실시(1939.10), 창씨개명(1940) 강요, 국어의 수업 및 사용 금지(1942) 등을 전면적으로 시행해 민족을 말살시키려고 했다. 심지어 여자정신대근로령(1944)을 강제로 시행하는 만행을 저질렀다. 그리하여

1930년대 후반에는 신여성들의 미용 문화가 급속히 냉각되었다. 일제는 석탄 등 18개 품목을 수출 통제품으로 결정(1940.2)하는 등 조선의 경제를 전시체제에 필요한 수단으로 전환함에 따라 시장 활동이 위축될 수밖에 없었다. 그 결과 어른의 헌 옷을 재생해서 어린이 옷으로 만들어 입거나 여자 옷으로 만들어 입는 것이 일반화되었고, 왜곡된 역사관이 들어 있는 미용의 경제성이 대두되었다. 일제는 전시체제의 수행을 위해 물자절약과 사상의 통일을 미용 분야에도 적용했는데, 그 여실한 예가 검소하고 활동하기에 편리하다는 이유로 조선의 여성들에게 '몸뻬' 입기를 강요한 일이다. 그리하여 1930년대 초반에 보였던 신여성들의 유행은 더 이상 찾아볼 수 없었고 기능성만 중시되었다. 또한 1930년대 후반에는 건강과 미용의 관계를 논한 글들이 많았는데, 역시 일제의 왜곡된 역사관이 들어 있는 것이었다. 일제는 모자라는 군사력을 마련하기 위해 조선의 여성들까지 전쟁터에 동원할 필요를 가지고 여성미를 다분히 왜곡시켰던 것이다.

그러나 역사가 나선(螺旋)의 모습으로 발전해나간다는 차원에서 바라보면 그 암흑의 기간에도 신여성들의 미용은 결코 사멸되지 않았고, 그 나름대로 극복하며 진행되어갔다. 해방이 되자마자 1930년대 후반부터 생산이 금지되었던 비로드가 크게 유행했고, 사치 행위로 금지되었던 퍼머가 다양한 스타일로 역시 유행했으며, 색조 화장이 늘어난 면이 그 단적인 증거인 것이다.

해방기의 여성지에 나타난 여성 미용

1. 들어가며

여성 미용은 여성의 미의식이 구체적으로 표현된 산물이다. 여성이 화장을 하고 의복을 차려입고 머리를 꾸미고 장신구를 착용하고 건강관리를 하는 것은 주체적으로 자신의 미를 실현하는 것이다. 이 글에서 살펴보고자 하는 여성 미용의 대상은 여성의 의복, 헤어스타일, 화장 등이 주가 되는데 목도리, 모자, 핸드백, 구두 등의 장신구에 대해서도 관심을 갖고자 한다. 미용의 사전적 정의는 얼굴이나 머리 등을 곱게 매만지는 것을 의미하지만, 이 글에서는 광의적으로 이해하고 수용하고자 한다. 미용을 얼굴에만 국한하지 않고 몸 전체까지 포함하려는 것이다. 그것은 미용의 본질을 보다 폭넓게 담을 수 있고 또 문화의 차원으로까지 연계시킬 수 있다고 생각하기 때문이다. 문화란 삶의 총체적 양식으로 엘리트 중심이 아니라 대중들의 경험에 의해 형성되는 것이 본질이다. 따라서 해방기의 여성 미용에 대한 고찰은 동시대 여성들의 자기 인식을 확

인함과 아울러 동시대의 문화까지 이해하려는 것이다.[1]

1945년 8월 15일부터 시작된 한국 해방기의 역사는 그 어느 시대보다도 격정적이었고 혼란스러웠다. 일제에 의해 억눌린 채 살아온 한국인들에게 해방은 무한한 가능성을 안겨주었지만, 착실하게 준비하지 못한 상황에서 맞은 것이기에 이성적이고 합리적으로 수용해나갈 수 없었다. 오히려 진정한 민족 해방에 대한 논의들이 지나쳐 분단이라는 미궁으로 빠져들었고 그 결과 한국전쟁이라는 민족의 비극까지 낳았다. 그렇지만 분단 시대가 진행되고 있는 지금까지 줄곧 '광복(光復)'이라는 말을 한국인들이 쓰는 데서도 볼 수 있듯이, 1945년의 해방은 한국인들에게 오랜 암흑의 시대에서 벗어나 새로운 역사의 장을 열어갈 수 있는 희망을 안겨주었다. 해방 다음 날인 8월 16일 건국치안대 발족 및 건국부녀동맹 조직, 8월 17일 건국준비위원회 결성, 11월 23일 『조선일보』 복간 및 신의주 반공학생의거, 12월 7일 『동아일보』 복간, 12월 31일 신탁통치 반대 전국적 시위 등으로 이어진 일련의 일들은 그 평가가 다소 엇갈릴 수 있지만 자주적인 민족국가 건설을 위한 일련의 행동이었던 것이다.

해방 직후 한국인들의 열망은 진정한 민족국가 건설이었는데 그와 같은 면은 여성운동도 마찬가지였다. 1945년 8월 16일 건국을 위한 여성들의 조직 기반을 확립하려는 데서 좌우익 지도자들이 모두 참여한 가

1   ① 맹문재, 「일제강점기의 여성지에 나타난 여성 미용 고찰」, 『한국여성학』 제19
     권 제3호, 한국여성학회, 2003, 5~9쪽.
     ② 맹문재, 「한국 근대시에서의 여성시 연구」, 고려대학교 대학원, 2003, 1쪽.
     ③ 맹문재, 『여성시의 대문자』, 푸른사상, 2011, 45~46쪽.

운데 조직된 '건국부녀동맹'이 그 대표적인 예이다.[2] 이 조직은 위원장에 유영준, 부위원장에 박순천, 집행위원에 황신덕, 유각경 등을 중심으로 구성되었는데, "우리 조선의 전국적 문제가 완전히 해결됨에 의하여서만 그의 일부분인 우리 여성 문제가 비로소 해결될 것이며 동시에 우리 여성 문제가 해결되지 않으면 전국적 문제가 해결되지 않을 것이다."라는 조직의 취지문에서 볼 수 있듯이 여성해방을 강력하게 천명했다. 즉 "(1) 조선 여성의 정치적 · 경제적 · 사회적 해방을 기함 (2) 조선 여성은 단결을 공고히 하여 완전한 독립국가 건설에 일익이 되기를 기함 (3) 조선 여성의 의식적 계몽과 질적 향상을 기함"[3] 등을 추진한 것으로 여성의 정치적, 경제적, 사회적 해방을 기하고 의식의 향상을 추구한 것이다. '건국부녀동맹'은 그 후(1945년 9월 7일) 좌익 계열의 '건국부녀총동맹'과 우익 계열의 '전국여성단체총연맹'으로 분열되어 여성해방 운동을 지속적으로 이끌지 못한 아쉬움이 있지만, 일제의 억압으로부터 벗어나 여성 스스로 주권을 찾으려고 했다는 점에서 의의가 크다.

한편 미군정은 1946년 12월 남조선 과도정부의 입법 위원으로 총 45명 가운데 4명을 여성 지도자들로 임명하였는데, 여성 지도자들은 남녀평등과 여권 옹호를 위한 운동을 펼쳤다. 공창(公娼)의 폐지, 선거권의 남녀평등권, 상속권 남녀동등권, 간통죄에 관한 쌍벌죄, 부부산별제(夫婦別産制), 중혼이나 축첩을 금지 등을 요구하였다. 여성 입법 위원들의 그 요구는 1948년 7월 17일에 공포된 대한민국 헌법에 수렴되었다. 이처럼 동시대인

---

2   다홀편집실, 『한국사연표』, 다홀미디어, 2002, 446쪽.
3   유수경, 『한국여성양장변천사』, 일지사, 1990, 84쪽.

들이 진정한 민족국가 건설에 대한 열망을 가졌던 것처럼 여성들 또한 여성해방 운동에 적극적이었는데, 미용 인식 역시 시대적 흐름을 반영했다.

우리조선은 三十六年이란 장구한동안 일제(日帝)의 탄압으로 모—든 것이 정상적(正常的)으로 발전을 못하고 시드러버렸읍니다.

이런속에서도 특히 우리 여성은 이중삼중으로 생활의 구속을 받어 왔읍니다. 이리하야 우리는 생활의 절대적 필수품인 의복에 대해서도 관심(關心)할 여지가 없었고 발전할 기회가없었읍니다.

이제 우리는 해방되어 앞으로는 자유로 발전할수 있으며 신국가 건설이란 위대한 과업(課業)을 수행할 의무를 갖게되였읍니다.

우리는 이엄숙한 과업을 위하야 또 우리 여성의 생활향상을 위하야 새로운 마음으로 취할것은 취하고 버릴 것은 버려서 고도(高度)로 발달해가는 현대생활에 상부(相符)하도록 우리의복도 연구하고 개선(改善)해야 겠읍니다.[4]

해방기 여성들의 미용 인식은 이처럼 "해방되여 앞으로는 자유로 발전할수 있으며 신국가건설이란 위대한 과업(課業)을 수행할 의무를 갖게"된 책무감을 가지고 "이엄숙한 과업을 위하야 또 우리 여성의 생활향상을 위하야 새로운 마음으로 취할것은 취하고 버릴 것은 버려서 고도(高度)로 발달해가는 현대생활에 상부(相符)하"겠다는 다짐을 토대로 삼고 있다. 그리하여 그 토대 위에서 이전 시대까지의 여성 미용에 대한 단점과 장점을 파악하고 개선점을 찾으려고 했다.[5] 자유로우면서도 적극적인 참

---

4   石宙善,「부인들 의복 개선에대하야」,『婦人』 제1권 제3호, 1946.10, 15~17쪽.
5   맹문재, 앞의 책, 92~93쪽.

여의 기회를 마련하려고 한 것인데, 이러한 면은 동시대의 여성들이 주체성을 가지고 새로운 시대에 맞는 미용을 개척해나가려는 모습으로 볼 수 있다. 그 결과 다음과 같은 적극성을 띠고 있었다.

> 一, 여성이여 방탕하여라. 육체적으로 자유미(自由美)는 발산할 수 있는 것이오. 여성 오로지 동적미(動的美)가 그속에 있을것이다.
> 一, 옷을 그날의 기분에 의하야 골라 입을것이 ㅁㅁㅁ 그날의 의상(衣裳)에 의해서 기분을좌우할것이다.
> …(중략)…
> 一, 술로하야금 피부의 건강미을 발산함도 좋다. 솟는해, 펴오르는장미, 통통 불른앵두…………이렇게 그대의 애인들은 불러 주리다.
> 一, 과일과 야채를 먹는것으로 알아서는 아니된다. 얼골에는 레몬, 손에는 포도, 몸에는 멜롱………그리고 혹 발에다가는 배추도 좋고 무도 좋으니 이렇게 문질르고는 창공─여름의 대지를 거닐려 보라! 그 향기가 어떠할가?
> 一, 꿈을 이겨서는 아니된다. 자기를 위하야 자기를 가장 아름답게 맨들려하는 정렬을 이겨서는 아니된다.
> 一, 화장의 변화─ 이것은 여성으로서의 가장 고상한 창작 생활이야 한다.
> 一, 수영, 일광욕, 목욕……미워할수있는데까지 미워하다가 실징이 나서 죽어야하다. 웨 그런고하니 이제가지는 근대여성미의 가장 효과적이라고 세상이 떠드는 까닭이다.[6]

---

6 「美容十話」,『婦人』제3권 제3호, 1948.8, 15쪽.

위와 같은 인식은 동시대의 상황은 물론이고 오늘날의 경우에 비추어 보아도 상당히 파격적이다. 따라서 위와 같은 주장은 사실성의 추구로 받아들이기보다는 여성 미용에 대한 한 열정으로 이해하는 것이 보다 타당할 것이다.

해방기에는 미군정의 지배로 인해 한국 여성들에게 많은 변화가 생겼다. 사회가 혼란스럽고 경제가 어려운 상황이었기 때문에 여성들은 남성에 비해 상대적으로 노동력이 떨어져 주체성을 빼앗길 수밖에 없었다. 미군을 상대로 한 매춘 현상이 급증했는데, 특히 한국전쟁 이후에는 미망인 수가 전국적으로 31만이나 이르러 '양공주' 상황과 더불어 사회문제로 대두되었다. 결국 한국 여성은 일제강점기에 이어 미군정에 의해 또다시 주체성을 상실하게 된 것이다.

사실 한국 여성들의 주체성 상실은 일제강점기 동안 극단적으로 일어났다. 1939년 9월 제2차 세계대전이 발발하자 전시체제로 전환한 일제는 국민징용령 실시(1939.10), 중등학교 이상에 학교총력대 결성 지시(1941.9) 등을 통해 조선인들을 강제적으로 징용했을 뿐만 아니라 민족성을 말살시키기 위해 창씨개명(1940)을 강요했고, 국어의 수업 및 사용 금지(1942)를 전면적으로 시행했다. 또한 군량미를 조달하기 위해 강제적으로 공출을 실시하여 쌀 생산의 63.8%(1943)까지 강탈해갔고, 전쟁의 장기화에 따른 노동력의 부족을 보충하기 위해 조선인들을 강제로 끌고 가 광산, 철도 건설, 토목공사, 조선소, 철강소 등에서 노예 노동을 시켰다. 그리고 1944년에는 총동원법으로 조선인의 징용을 전면적으로 실시했고, 여자정신근로령까지 공포하는 만행을 저질렀다. 결국 일제의 극악한 만행에 의해 한국 여성들은 자신의 주체성을 철저히 잃었는데 해방기에 또다시 정치적 혼란과 경제적 궁핍 그리고 미군정에 의해 회복하기가 힘들게 되었다. 그렇지만 해방기의 여성 미용은 그 나름대로 극복에 대한 희망과 열정을 내보였다.

따라서 위의 글은 실질적인 제안이라기보다도 여성 미용에 대한 적극적인 상징을 나타낸 것이라고 볼 수 있다. 그만큼 해방기에는 여성들이 주체적이고 또 열정적으로 일제강점기의 억압으로부터 벗어나 자신의 미용을 추구한 것이다. "여성이여 방탕하여라"라고 호소하거나 "옷을 그날의 기분에 의하야 골라 입"으라, "술로하야금 피부의 건강미을 발산함도 좋다", "수영, 일광욕, 목욕……미워할수있는데까지 미워하다가 실징이 나서 죽어야" 한다고 제시한 것은 실제적인 제안이 아니라 정열적인 상징인 것이다. 곧 "꿈을 이겨서는 아니된다. 자기를 위하야 자기를 가장 아름답게 맨들려하는 정렬을 이겨서는 아니된다"라고 미용을 강하게 추구하고 있는 것이다.

2. 여성 미용의 실제

1) 의복

해방기의 의복 문화는 일제의 탄압으로 인한 궁핍한 상황이 동시대에도 지속되었기 때문에 쉽게 회복될 수 없었다. 정치적 혼란으로 인해 사회 구조적인 차원에서의 극복 또한 어려웠다. 해방에 따라 잃어버린 전통 의복 문화의 복구가 이루어질 수 있었는데도 불구하고 미군정의 영향으로 인해 의복의 정체성에 혼란이 있었는데, 이러한 상황은 한국전쟁으로 인해 한층 가중되었다.

해방 이전에도 한국인의 의복 생활은 형편없었다. 1937년 중일전쟁을 시작으로 일제가 전시체제로 전환함에 따라 여성의 의복은 급속히 위축되고 만 것이다. 일제는 석탄 등 18개 품목을 수출 통제품으로 결정(1940.2)하는 등 조선의 경제를 전시체제의 수단으로 이용함에 따라 시장 활동이 위축될 수밖에 없었다. 그리하여 어른의 헌 옷을 재생해서 어린이 옷으로 만들어 입는 것이 일반화되었고 의복미의 경제성이 대두되었다. 1930년대 초에 보였던 의복의 유행은 더 이상 찾아볼 수 없었고 기능성만 중시된 것이었다.[7]

> 그러니 女人들이어 化粧값 줄고 時間경제되고 정말 아름다워질 수있는, 新體制 意圖에 만만感謝 할것이지 化粧못하고 奢侈못해서 病날일은 아니외다.[8]

> 지금사회를보라! 우리녀성들이질머짐이 얼마나크며 몸에가리울 것이없이우는자에게 힘이없어구원의손을못펴고 눈감고있는우리들이 삼십원이란돈을치마에감고있을때에 우리는사회에대하야 의무를배반한죄가 있다.[9]

의복의 경제성을 추구하는 위의 글들에는 지극히 왜곡된 역사관이 들어 있다. 일제는 전시체제로 전환한 뒤 조선인들의 사상 통일을 기하기

7 맹문재, 앞의 책, 89~90쪽.
8 尹室鈴, 「生活과新體制-연지와新體制」, 『女性』 제5권 제11호, 1940.11, 64쪽.
9 高凰京, 「衣粧美와사치」, 『女性』 제5권 제2호, 1940.2, 63쪽.

위해 다분히 파시즘 계몽의 차원에서 물자의 절약을 요구하고 나선 것이었다. 전시체제로의 전환에 따라 조선인들은 징병과 징용의 공포에 떨고 있었고 경제가 냉각되어 있었기 때문에 "化粧못하고 奢侈못해서 病날일은 아니외다"와 같은 여유를 부릴 수 없었던 것이다.[10]

이에 비해 해방기의 의복 개선에 대한 논의는 지극히 새로운 시대에 필요한 차원에서 제시되었다. 의복은 시대에 따라 변하는 것이므로 옷감이라든지 색깔이라든지 바느질 등이 변화하는 것이라고 인식한 것이다. 그리하여 기존 의복의 좋은 점으로 몸에 편하고, 자주 빨게 되어 위생적이고, 여름에는 홑으로 봄가을에는 겹으로 겨울에는 솜옷으로 입을 수 있어 계절에 따라 적합한 것 등을 들었고, 나쁜 점으로는 비활동적인 것, 빨래를 자주 하게 되어 경제적으로나 시간적으로 낭비하는 것, 생활의 건실성을 잃게 되는 것 등을 들었다.[11] 그리고 개선할 점으로 다음과 같은 면을 제시했다.

> 1 의복의 고름을 없이할것. 즉 우리 조선의복에는 분화(分化)가 절대로 필요합니다. 외출복(外出服) 평상복(平常服) 작업복(作業服)으로(경제력이허락하는 최저한도를의미함) 나노아 조절(調節)할것입니다.
>
> 2 다드미질 않고 만들수있게할것. 즉 겨울옷은 주로 비단 것이 많어 일일이 뜨더 빨아서 풀을하며 다드머야하니 시간과 노력으로보아 낭비가 많으며 능률적(能率的)이 아닙니다.

---

10   맹문재, 앞의 책, 90~91쪽.
11   맹문재, 위의 책, 93쪽.

3 겨울옷도 여름옷과같이 일일이 뜻지말고 세탁하고 취급할수 있도록 할것. 즉 드라이크리닝 세탁하는 법을 많이 발전시켜 생활의 과학화(科學化)를 꾀하고 세탁에 쓰는 시간과 노력을 다른 방면에 이용하도록 해야 할 것입니다.

4 솜을 빨아도 떨어지지 않도록 연구할것. 즉 조선은 기후관계로 솜이 절대로 필요함으로 빨기도 편하고 질(質)이 변하지 않도록 연구할것입니다.

5 조선의복에도 여러 가지 「포켙」을 붙이도록할것. 즉 조선의복에는 「포켙」이 없어 참으로 불편하며 길가는 부인을보면 한곳에 핸드백을 또한손에 양산을 드러 부자유하게 보입니다.

6 색의(色衣)에 대하야 연구할것. 즉 고래로 우리민족은 흰옷을 조와하는 결백한 국민성(國民性)을갖인만큼 조급히 고칠수는 없으나 노력과시간상으로 보아 현대생활에 적합하지 않음이다.[12]

위와 같은 내용은 동시대의 여성지에 의복과 관련되어 나오는 글들에서 공통적으로 보이는 의견인데, 의복의 결점을 토대로 한 개량 안(案)들이다. 시대적인 변화의 필요성을 반영한 것으로 상당히 구체적이고 실용적인 것이다. 그리하여 "경제적 결점뿐만 아니라 몸의 제일 중요한 옷 가슴을 졸라메서 발육상으로나보건상으로의 결함은 적지않은 것이다"[13]와 같은 진단은 분명 수용할 필요가 있는 의견이다. 또한 "의복의 고름을 없이할것"이나, "다드미질 않고 만들수있게할것", "일일이 뜻지말고 세탁하고 취급할수있도록 할것", "조선의복에도 여러 가지 「포켙」을 붙이도록할것", "색의(色衣)에 대하야 연구할것" 등도 실용적인 차원에서 필

---

12 石宙善, 앞의 글, 16~17쪽.
13 柳英春, 「조선의복의장점과단점」, 『婦人』 제2권 제4호, 1947.6, 15쪽.

요한 의견들이다.[14] 그 상황을 좀 더 구체적으로 살펴보기로 한다.

(1) '몸뻬'의 일상화

광복이 이루어짐에 따라 여성들은 국권 회복에 대한 기쁨과 더불어 일제에 의해 강요된 몸뻬와 간단복(簡單服, 간땅후꾸)을 벗어버리고 전통적인 한복을 다시 입을 수 있게 되었다. 그리하여 재래식 한복뿐만 아니라 개량 한복도 입었는데, 대체로 여대생이나 사회 활동을 하는 여성들이 개량 한복을 입었고, 일반 여성들은 전통 한복인 치마저고리를 입었다. 한편 광복이 되어도 여전히 생활 전반에 남아 있는 왜색(倭色)을 일소하자는 주장이 각종 저널을 통해 강조되었지만 현실적으로 물자가 부족했기 때문에 이루어질 수 없었다. 이러한 상황에서 일반적으로 착용된 여성 의복이 '몸뻬'였다. 일제강점기 동안 경제권을 쥐고 있던 일본인들이 해방된 조선에서 급속히 귀국하는 바람에 생필품조차 품귀 현상을 빚었고 물가가 폭등했는데, 그에 따라 몸뻬는 일제 말기에 이어 해방기에도 여성의 주요 의상이 되었다.[15] 물자가 귀한 가운데 일본의 군복이 시장에

---

14 맹문재, 앞의 책, 94쪽.
15 맹문재, 위의 책, 94~95쪽. 일제의 전시체제에서도 의복의 경제성이 강조되었다. 任貞赫의 「婦人과 女學生外出服 兼家庭服」(『女性』, 1937.6)에서는 운동이나 산보할 때 필요한 가정복 만드는 법을, 任貞赫의 「婦人女學生用 자리옷만드는 법」(『女性』, 1937.10)에서는 잠옷 만드는 법을, 河英珠의 「婦人의衣服과色彩의 調和」(『女性』, 1937.11)에서는 양장 만드는 법을, 洪淳玉의 「編物敎科書」(『女性』, 1939.12)에서는 양말과 장갑을 뜨개질로 짜는 법을, 任貞赫의 「改良型속치마와 속바지」(『女性』, 1937. 8)에서는 속치마와 속바지 만드는 법을 상세하게 알려주고 있다.

돌았는데 "값이 싼 편이고 질기기 때문에, 또 입을 만한 다른 옷이 없었으므로, 남자들은 일본 군복이나 국민복을, 여성들은 몸뻬에 블라우스를 입"[16]은 것이었다.

몸뻬는 일제강점기에 등장한 대표적인 의복이다. 일제는 검소하고 활동이 편리하다는 이유로 여성들에게 간단복 입기를 강요했다. 몸뻬는 원래 일본의 북해도와 동북 지방의 촌부들이 들에 일하러 나갈 때 입던 바지였다. 일제는 몸뻬 입는 것에 대한 조선 여성들의 반발에 한편으로는 신문을 통해 설득하면서 다른 한편으로는 쌀 배급이나 노력동원, 징용 등을 통해서 강요했다. 그리하여 몸뻬는 여학생을 비롯하여 일반 부녀자에 이르기까지 주요 의복이 되어 조선의 거리를 메웠다. 또한 일제는 민족의식을 말살하기 위한 차원에서 한복 착용을 억제했다. 그리고 사치품제한금지령을 내려 한창 유행하던 비로드의 생산을 금지시켰다. 양장은 어깨, 깃, 소매, 포켓의 선이 직선인 남성 스타일로 변했고, 스커트의 모양도 활동적으로 변했다. 군복 스타일이 여성의 패션을 지배해 소위 밀리터리 룩(military look)이 유행한 것이다.[17] 원피스는 허리에 벨트가 달리고 양 옆에 포켓이 있는 것이 유행했다. 블라우스는 장식이 무시된 기능적인 스타일이 지배적이었다. 이처럼 전시체제의 의복은 유행성을 어디에서도 찾을 수 없었고 기능성만 중시하였다. 또한 일제가 흰 옷을 못입게 함으로써 의복 색깔이 대체로 어두웠다.[18] 해방기의 의복미는 이와

16　유수경, 앞의 책, 251쪽.

17　① 맹문재, 앞의 논문, 20쪽. ② 맹문재, 앞의 책, 91쪽.

18　유수경, 앞의 책, 224~233쪽.

같은 면을 극복하고자 한 것이었다.

　　아름다운것에 대한 시대의 해석은 확실히 변하였습니다. 그 보
　다도 먹고 살아야 하는 시대입니다. 우리의 온갖 생각과 온갖 행위
　는 이 「먹고, 살아야 한다」는 간단한 그러나, 엄숙한 문제에서 시
　작하고 또 거기에서 끝칩니다. …(중략)… 의복은 시대를 반영(反
　映)합니다. 그보다도 그것을 시대를 반영하는 인간의 표현(表現)이
　아닐 수 없습니다.
　　…(중략)…
　　몸빼(일바지라고, 고쳤습니다)와같은 양복바지가 행결 편리 할
　것은 두말할 필요도 없습니다. 허리가 잘 나오시면 기-ㅅ다란 족
　끼로 덮어 모양과 보온(保溫)을 얻으시니 이것이 한개의 돌맹이로
　두마리새를 잡는 셈이지요.[19]

　해방기의 어려운 경제 상황 속에서도 여성 스스로 의복미를 추구하는
모습을 잘 보여주고 있다. "온갖 생각과 온갖 행위는 이 「먹고, 살아야 한
다」는 간단한 그러나, 엄숙한 문제에서 시작하고 또 거기에서 끝"칠 정도
로 동시대인들은 경제적으로 매우 어려운 삶을 살아야만 했다. 그러한 상
황 속에서도 여성들은 미용에 대한 의식을 새롭게 가져 의복 분야에도 새
로운 인식이 나타났다.[20] 의복이 시대를 반영하는 것임을 자각하고 실용
성과 미용성의 면을 추구한 것이다. "몸빼(일바지라고, 고쳤습니다)와같

19　金浩德, 「新女性에게보내는新生活教書—簡潔・服裝美에對하여」, 『婦人』 제4권
　　제1호, 1949.1, 18쪽.
20　맹문재, 앞의 책, 95쪽.

은 양복바지가 행결 편리 할것은 두말할 필요도 없습니다. 허리가 잘 나오시면 기ーㅅ다란 족끼로 덮어 모양과 보온(保溫)을 얻으시니 이것이 한개의 돌맹이로 두마리새를 잡는 셈"이라고 보고 있듯이, 최대한 실용성을 바탕으로 삼으면서 의복미를 추구하고 있는 것이다. 이처럼 해방기에는 열악한 경제 상황으로 인해 몸뻬가 여성들의 일상복으로 자리잡았다.

(2) 양장의 보편화

해방기의 의복 문화는 국내의 의료산업(衣料産業)이 절대적으로 허약해서 미군 계통을 통해 흘러나오는 각종 구호품과 밀수품으로 형성되었다. 그에 따라 미군 부대 주변을 중심으로 수입되는 섬유제품이 늘어나기 시작했다. 미국으로부터 각종 구호물자가 들어옴과 아울러 섬유제품도 도착했는데, 그 종류는 각종 수직물(手織物), 교직물(交織物), 양복바지, 양장, 사쓰지, 스타킹 등이었다. 그중에서 밀수품인 마카오(macao) 복지와 비로드(veludo) 옷감이 당시 남녀 멋쟁이들의 최고 품목이었다.[21]

일제 말에 선보이기 시작한 비로드 의복은 해방기에 퍼지기 시작해 한국전쟁을 거치면서 전성기를 맞이하는데, 촉감이 부드럽고 아름다울 뿐만 아니라 따뜻해서 여성들의 외출복으로 애용되었다. 동시대에는 여성들의 고급 의복 재료로 구할 수 있는 것이 비로드를 제외하고는 달리 없었기 때문이기도 했지만, 비로드 치마 한 감이 25만 환쯤(대학 등록금 24만 환)이 될 정도로 매우 비싼 편이었는데도 많은 여성들이 착용한 것

---

21 맹문재, 앞의 책, 95~96쪽.

이다. 그리하여 일반 여성들과 마찬가지로 여학생들이 비로드 치마를 입어 사회적 지탄의 대상이 되었고 마침내 학교에서는 착용이 금지되었다. 그리고 이러한 사치 풍속을 막기 위해 간이복(簡易服)이 제정되기도 했다. 종래의 비활동적이고 고비용의 일상생활을 개선하기 위해 서울시에서는 의식주를 비롯한 의례 등에 신생활 운동을 전개하였는데, 그 결과 여성 의복은 동정과 깃이 없는 적삼에 통치마로 정해 착용하도록 한 것이었다.[22]

비로드가 해방기에 유행한 것은 여성의 의복이 새로운 방향을 찾아가는 과정으로 보아야 할 일이다. "그옛날보다 파마넨트가 들어오고 양장이 다소는일반화하고 미용원이많이생긴관계로 연지와백분을 부분에관별하여손질을할줄알게쯤된 최근의미장(美粧)은 현저하게 딱지가 떠러저가는중"[23]이라는 견해가 있듯이 변화하는 시대의 모습이라고 긍정할 수 있는 것이다. 그리하여 동시대에는 양장이 여성들의 일상생활에서 보편화되어갔다.

> 나는 집안에 있을때나 외출할때나 늘 양복만 입기 때문에 한복과 달라 주목을 끌기쉽고 자칫하면 천한 인상을 주기쉬운 양장을 여러가지로 주의한다.[24]

---

22 유수경, 앞의 책, 260~276쪽.
23 이화매, 「여성풍속에 대한 견해」, 『婦人』 제3권 제2호, 1948.4, 36쪽.
24 崔昭庭, 「교양있는 야장을」, 『婦人京鄉』 제1권 제7호, 1950.7, 31쪽.

위의 글에서 볼 수 있듯이 해방기에는 여성들의 양장이 일반적이었다. "집안에 있을때나 외출할때나 늘 양복만 입"었다는 사실이 그 증거인데, 양장은 여성미의 창출에 중요한 역할을 했다. 양장의 형태는 동시대가 미군정의 영향하에 있었기 때문에 미국풍의 영향을 많이 받았다. 양장의 재료는 미군 계통에서 흘러나오는 서지(serge), 낙하산감 등이었고, 양장의 스타일은 해방 전부터 이어져온 밀리터리 스타일이 계속되었다.[25] 원피스 역시 일제말의 간단복에서 크게 벗어나지 않은 스타일이었는데 여대생들의 의복 스타일이기도 했다. 양장 중에서 제일 보편화된 것은 여름 원피스였는데, 간편하고 활동적이고 또 경제적이어서 많은 여성들이 애용했다.[26] 1948년에는 기장이 길고 플레어가 있는 빅 코트(big coat)가

---

25 맹문재, 앞의 책, 96쪽.
26 「盛夏의몸丹粧」, 『婦人京鄕』 제1권 제7호, 1950.7, 7~10쪽에서 예시를 보여주고 있다.

(5)   (4)   (1)

처음으로 국내에 등장하기도 했다.

한편 1946년에는 한국 경찰사상 최초로 여자 경찰이 발족되어 스커트 차림의 제복이 나타났다. 그리고 여성 바지의 착용에 대해서도 많은 권유가 있었고 실제 많이 입었다. "쓰봉 같은 것도 얼마나 좋습니까. 일하는데 활발하고 활동적이고 또진취적이아닙니까. 그렇다고해서조선옷을 극단으로 배격하는것은 아니나 조선옷은 아주들 도덕적으로 보아서는 얼리고 좋으나 진취적이못되고 가정的이라고할수있지요. 첫재 쓰봉은 편할뿐더러 그대로곡선미가 낱아나지않습니까."[27]와 같은 글에서 그 상황을 잘 볼 수 있다. 또한 양재 강습회가 자주 개최되었고, 각종 양복에 대한 광고가 신문이나 잡지에 실리기 시작했다. "현대의 유행은 어떻게해서 발생하나? 이것을 한말로 말한다면 유명한 「디자이나-」에 의하여 발생하게 됩니다. 봄이면 봄, 가을이면 가을, 그 씨-즌에 있어서 마치 자기의 작품을 공개하는 전람회를 갖듯이 의상 「디자이나-」도 창조적 예술적 작품을 맨들어 발표회를 엽니다."[28]와 같은 인식을 갖기 시작한 것이다.

八一五이전 전시하에 우리가입었든 소위 몸페이는 거리에어둡고 움침한기분을주드니 해방과동시에 가지각색의 찰란한의복이 범남해진요지음 우리들녀성이 생각하고 비관하지않으면 아니될점이 있으니 무교양의야만적인색 또는 단순하고 적시적 깊음이없는

27 최소정·장추화 대담, 「여름화장과몸단장대담회」, 『婦人』 제2권 제5호, 1947.8, 31쪽.
28 金蘭公, 「流行과 衣裳」, 『婦人京鄉』 창간호, 1950.1, 34쪽.

색 또는 단순하고 적식적 깊음이없는색 또는 야비하고 들뜬색등은
우리들에게서 일소식히지않으면 아니될 것입니다. 그것은 한국가
의문화수준은 단 녀성의 의복색채로만 표현할수도있다고 말하여
도 과언이 아닌까닭입니다.

그럼으로 우리녀성들은 아름다운색의 조화미를 찾아내여 새시
대에 적합된 품있는것을 창안하도록 힘써야 할것입니다.[29]

위의 글에서 보듯이 해방기에는 일제강점기와는 다른 의복 상황을 보
여주고 있다. 일제강점기에는 "몸페이는 거리에어둡고 움침한기분을주"
었는데 "해방과동시에 가지각색의 찰란한의복이 범남해진" 것이다. 위
의 글은 해방기의 새로운 의복 등장과 유행을 긍정적으로 수용하지 못
하고 있는 점에서 보수적이긴 하지만, 동시대에 필요하고 품위를 유지
할 수 있는 여성 의복을 제안하고 있어 관심이 간다. "아름다운색의 조
화미를 찾아내여 새시대에 적합된 품있는것을 창안하도록 힘써야 할것"
이라는 데서 볼 수 있듯이 색의 조화미를 이루어 여성 의복을 아름답게
하자는 것으로, 새로운 시대에 필요한 의복미를 그 나름대로 추구한 것
이었다.

한편 1946년부터 여학교에서는 새로운 교복을 제정하기 시작했다. 숙
명(淑明)은 1946년부터 새로운 교복으로 개정했는데, 겨울에서 봄으로
접어드는 동안과 가을에서 겨울로 접어드는 중간 계절에는 바지 대신 감
색(紺色) 4폭 플레어 스커트를 입었다. 봄과 가을에는 백색 긴 소매 블라
우스의 상의를 입었고, 여름에는 백색 짧은 소매 블라우스를 입었다. 동

---

29 박래현, 「여성과색의조화」, 『婦人』 제1권 제3호, 1946. 10, 38쪽.

덕(同德)은 1953년에 교복을 개정했고, 배화(培花)는 광복 후에도 계속 세일러복 교복을 입다가 1954년 4월에 교복을 개정하였다. 개정된 교복은 플레어 스커트, 밑이 터진 바지, 더블 상의, 백색 칼라 상의 등의 모습으로 나타났다. 일부 여학교에선 일제 말의 교복을 그대로 지속하다 한국전쟁 이후 개정하기도 했다. 광복 후에는 여대생들의 교복도 제정되었다. 이화여대와 숙명여대 학생들은 대부분의 흰 블라우스와 플리츠 스커트(pleats skirt), 재킷(jacket)의 교복을 입었다. 때로는 체크(check) 무늬나 무지(無地)의 투피스 차림이었다. 개량 한복을 입은 경우도 많았는데 저고리의 길이는 이전보다 짧아졌다. 그렇지만 개화기 때나 일제강점기에서와 같이 여학생복이 동시대의 유행을 선도하지는 못했다. 신교육을 받은 일반 여성층이 늘어났기 때문에 그들이 오히려 의복의 유행을 선도하게 된 것이다.[30]

한편 1945년경 서울의 18세부터 45세까지의 여성 1,716명 중 한복만 입는 사람이 24.5%, 양복만 입는 사람이 34.6%, 한양복 겸용하는 사람이 40%였다는 기록이 있듯이,[31] 서울을 중심으로 한 대도시에서 거주하는 젊은 여성은 일반적으로 양장을 착용했으나, 시골에서 거주하거나 젊지 않은 여성들은 여전히 한복을 착용했음을 알 수 있다. 한복은 저고리의 등 길이가 길었고 섶, 깃, 동정은 그 길이에 어울리게 넓었다. 치마는 통치마가 아닌 긴치마로 발목이 보일 정도로 짧았다. 또한 저고리나 적삼에 고름이나 단추를 다는 대신 브로우치를 다는 것이 유행했다. 그렇

---

30   유수경, 앞의 책, 253~255쪽.
31   유수경, 위의 책, 250쪽.

지만 광복 후 전통 옷에 대한 애착심으로 한복 차림이 여전히 있었지만, 한국전쟁을 치르는 동안 크게 바뀌게 되었다. 전쟁 기간 동안 생활하는 데 한복이 편안하지 않음을 깨닫고 치마저고리 대신 양장을 본격적으로 입게 된 것이다. 또한 전쟁 중 물자가 절대적으로 부족했고 그에 따라 미군이 전해주는 배급품에 전적으로 의존했기 때문에 한복 대신 양장을 착용하게 된 것이다. 결국 한국전쟁은 한국 여성들의 일상복을 한복에서 양장으로 전환시키는 계기가 되었다고 볼 수 있다. 이때부터 한복은 일상복보다는 예복으로 입게 되는 경우가 많아지게 되어 명절이나 관혼상제의 전통 의상이 된 것이다.[32]

2) 화장

의복과 마찬가지로 해방기 여성들의 화장법은 미국의 양식을 따랐다. 분 화장을 하고 눈썹을 그리고 짙은 립스틱을 바르고 빨간 매니큐어를 칠하는 것이 당시에 유행이었다. 화장품은 주로 미군 기지나 밀수를 통해 들어온 것이었는데, 해방기뿐만 아니라 1960년대까지 여전히 이어졌다.

해방기 여성들의 화장 문화는 일제강점기의 상황을 극복하려는 데에 그 의의가 있다. 1937년의 중일전쟁에 이어 1939년 9월 제2차 세계대전을 발발시킨 일제는 전시체제로 전환하면서 총동원법(1944) 실시, 여자

---

32   맹문재, 앞의 책, 98쪽.

정신대근로령(1944) 시행 등 이루 말할 수 없는 만행을 저질렀는데, 이 시기의 여성 미용 역시 전시체제의 영향을 받았다.

> 건전한신체, 우아(優雅)한정신현상을 가지랴면 영양(榮養)이 완 전한 음식물과, 충분한 수면(睡眠), 적당한운동, 그리고 끊임없는 수양(修養), 이네가지조건이 요구됩니다.[33]

> 운동으로 닦고치고만든몸이래야 어떤일터에서던지 무슨일감이 던지 내손으로 만들기에 躊躇하지안을것임니다. 그럼으로우리우 리體質붙어 完全히만들고 그리고時代가要求하는女性이스사로되 기에 힘쓰는것임니다.[34]

위의 글에서 보듯이 일제는 모자라는 군사력을 마련하기 위해 여성까 지 전쟁터에 동원할 필요를 느끼고 여성 미용을 다분히 왜곡시켰다. 여 성들이 전쟁터에서 제대로 싸울 수 있도록 미(美)의 표준을 일반적으로 인지하고 있는 아름다움이 아니라 건강함으로 바꾼 것이다. 따라서 여성 의 건강과 영양과 운동을 강조한 이 시기의 글들은 모두 일제의 전시체제 수단으로 씌어진 것으로 볼 수 있다.[35] 일제 말기에 영양과 건강과 미용 의 관계를 논한 글들은 민족 현실과 동떨어진 것이었다. 일제는 1912년 토지조사사업을 실시해 조선의 농토를 막대하게 빼앗아갔고, 1920년 산 미증산계획을 실시해 조선의 쌀을 다시 약탈해갔다. 그리하여 1930년대

33 吳淑根, 「美容과 榮養」, 『女性』 제3권 제3호, 1938.3, 90쪽.
34 朴奉愛, 「女性體格向上에 對하야」, 『女性』 제2권 제1호, 1937.1, 32~34쪽.
35 맹문재, 앞의 논문, 23쪽.

에 일본으로 건너간 쌀의 양은 1910년대에 비해 8배 이상이나 되어 조선인들의 식량난이 매우 심각했는데 전시 상황으로 인해 더욱 어려웠다.[36]

따라서 이 시기의 여성지들이 영양과 건강과 미용을 논한 글들은 다분히 왜곡된 것이다. 미용을 잘 가꾸고 유지하기 위해서는 적당한 영양과 운동과 수면, 정신 수양, 자기 직업, 그리고 취미를 가지고 과로하지 않을 정도로 생활할 것을 권유했지만, 징용과 징병의 불안감을 안고 살아가는 조선인들의 실제 삶과는 거리가 있었다. 편식을 금하고 혼식하고, 신선한 과일을 많이 섭취하고, 탄산수를 섭취하고, 매일 우유를 마시고, 변비를 막고, 과음 및 과식을 금하고, 잡곡을 섞어 밥을 지을 것 등을 권유한 사항도 마찬가지였다. 그러므로 『여성(女性)』에 실린 「여성 체격 향상에 대하여」(1937.1), 「화장품은 손수 만들어 씁시다」(1937.2), 「미용과 영양」(1938.3), 「박래품 금지의 화장품계 타진」(1938.5), 「미용 제1과」(1939.4), 「미의 표준은 건강에」(1939.11), 「신식이 미용법」(1939.11), 「생활과 신체제」(1940.11), 「행보와 건강」(1940.12) 등은 미용의 기준을 왜곡시킨 것이었다.[37] 이에 비해 해방기의 화장에 대한 논의는 일제강점기의 상황을 극복하려는 면을 띠었다.

> 화장을 외출할때나 손님이 있을때만 필요하다고 생각하는 것은 큰잘못이다. 안해의미(美)는 남편에게 빛내지않으면 안된다. 밤화

---

36 ① 고려대학교 민족문화연구소 편, 『한국문화사대계 Ⅱ』, 1965, 906쪽. ② 맹문재, 앞의 책, 75~76쪽.

37 맹문재, 앞의 책, 76쪽.

장은 매춘부들이나 하는 추행으로 생각하는사람이 있는데 그러나
화장이란 것이 모두가 났분것만은 아니다.[38]

　얼굴은 마음의 거울이라는 말과같이 세련된 표정은 인격의표시
(表示)어야하고 화장은 또한 개성(個性)을 살리는 동시에 미의가치
(價値)를 나타내는 기술이어야 합니다.[39]

이와 같이 해방기의 여성 화장은 적극성을 띠어 "화장을 외출할때나
손님이 있을 때만 필요하다고 생각하는 것은 큰잘못이다"라거나, "신부
화장은 평상시보다 퍽진하게 화려하게 하는 것이 좋읍니다."[40]와 같은
인식을 보였다. 또한 유행만 무조건적으로 따르는 것이 아니라 개성을
살리려고 했다. "화장은 또한 개성(個性)을 살리는 동시에 미의가치(價値)
를 나타내는 기술이어야 합니다."라고 나타낸 것이다.
　또한 해방기 여성들의 화장법은 근검과 조화를 중시하고 생활 주변에
서 화장의 재료를 찾았다.

　볏테썰 어서검게된것은물론이요본래부터검은샬도 이제부터는
걱정하실필요가업습니다. 손쉽게 화장품을맨드러가지고 손쉽게고
칠수가잇습니다. 게란의노란자만뽑고 거긔다가흑설탕을너어서잘
갭니다. 목욕한뒤에 十分이나二十分즘그것을바르고그대로잇스면
다마른후에는더운물로잘씨슨후植物性화장수로바르면좃습니다.
　둘재로모래업는쌀겨(糠)에다가 흑설탕을그三分之一즘의분냥으

38　胳山學人, 「부인교양론」, 『婦人』 제2권 제1호, 1947.1, 20쪽.

39　崔昭庭, 「얼굴과化粧」, 『婦人京鄕』 창간호, 1950.1, 36쪽.

40　崔昭慶, 「결혼과 미용」, 『婦人』 제2권 제6호, 1947.9, 45쪽.

로석습니다. 그래가지고그물로얼골을씻습니다. 물론표백하는약재를쓰면더효과가싸르겟지만 자칫하다가얼골을망칠념려가잇스니 차라리좀오래는걸릴망정자연산의화장품을사용하는것이 안전하야 아모념려도업습니다.

셋째로 수박속을 쪼개고 그물을바더서고은흔겁이나체로 거룬뒤에잠간싀려냅니다. 그런뒤 수박물五合에대하야 알콜一合 리스린半合쑬한숫갈 붕사한수갈반을 한데석습니다. 거긔다가게란흰자를 한개의분냥즘너흐면더좃습니다. 쏘거긔다가향수를조금석그면 수박냄새는 아조업서집니다. 이럿케해서 훌융한화장수를맨들수잇습니다. 레몬이나 다른실과에서도화장수를쏫바낼수가잇습니다만은 그런것은 산(酸)이너무만하서 피부를 거칠게하는까닭으로요새가튼째는적당치못합니다.[41]

위와 같이 동시대의 여성 화장은 근검과 실용성을 중시했다. 얼굴을 희게 하는 화장법으로 "게란의노란자만뽑고 거긔다가흑설탕을너어서잘갭니다. 목욕한뒤에 十分이나二十分즘그것을바르고그대로잇스면다마른후에는더운물로잘씨슨후植物性화장수로바르면좃습니다."라거나, "모래업는쌀겨(穗)에다가 흑설탕을그三分之一즘의분냥으로석습니다. 그래가지고그물로얼골을씻습니다."라거나, "수박속을 쪼개고 그물을바더서고은흔겁이나체로 거룬뒤에잠간싀려냅니다. 그런뒤 수박물五合에대하야 알콜一合 리스린半合쑬한숫갈 붕사한수갈반을 한데석습니다."와 같이 활용한 것이다. 일상생활에서 화장법을 개발한 것은 동시대의 경제 상황이 어려운 것에 대한 인식이었다. 또한 동시대의 전통문화가 서구의 문화에

---

41 趙容安, 「美容講座」, 『婦人』 제1권 제2호, 1946.6, 34~35쪽.

휩쓸려가는 것에 대한 자각이었다. 이외에 「야채와 과일을 가지고 화장품 만드는 법」,[42] 화장법을 소개하고 있는 「미용수첩」,[43] '입술의빛은 어떻게 띨하나'라는 난을 통해 연령과 복장에 어울리는 연지의 색깔을 논하고 있는 「부인교양론」[44] 등도 실용적인 미용법을 제시했다.

동시대의 화장법은 일상생활에서 찾고 있으면서도 구체적이고 실질적이었다. 아래의 예문에서 볼 수 있듯이 얼굴 생김새에 따라 화장법을 구체적으로 제시하고 있는 것이다.

> 1. 이마가 좁고 눈과 눈사이가 좁은 얼굴전체가 길게 생긴 사람은 눈썹을 길고 둥글게 그린다. 너무 가늘게 그리면 신경질로 뵈고 히스테리해서 흉하다.
> 2. 얼굴이 둥글고 이마가 좁고 얼굴이 짧은 사람은 좀 굵고 짧게 그릴 것이다.
> 3. 눈이작든지 광대뼈가 나온 사람은 눈의 윤곽을 따라 무지개처럼 둥글게 그리면 눈이 좀 커 뵌다.[45]

한편 광복이 되자 일제강점기 동안 화장품업에 종사하던 한국인들은 '조선화장품협회'를 결성하고 화장품 제조업을 운영했는데 새롭게 뛰어든 사람도 있었다. 미군정기에는 화장품이 의약품과는 달리 인체에 큰 영향을 주지 않는 것이라고 생각해 허가받기가 어렵지 않아 많은 수의

---

42 『婦人』 제2권 제4호, 1947.6, 45~47쪽.
43 『婦人』 제1권 제4호, 1946.11, 34~35쪽.
44 肹山學人, 「부인교양론」, 『婦人』 제2권 제1호, 1947.1, 20~23쪽.
45 「첫화장」, 『女學生』, 1950.5, 59쪽.

생산업체가 생겨난 것이다. 그리하여 광복 후 경향 각지에서 생겨난 화장품 제조 업체는 한국전쟁이 일어나기 전까지 무려 99개소나 되었다. 국내 화장품업계 중에서 럭키, 아마스, ABC, 오메가, 에레나, 동보화장품 등에서 생산한 화장품이 외국산에 비해 품질이 낮았지만 여성들에게 애용되었다.[46] 그렇지만 한국전쟁의 발발로 인해 회복 가능성을 안고 있던 화장품 업계는 무너지고 말았다.

3) 헤어스타일

해방이 되자 일제 말기에 사치 행위로 금지되었던 퍼머넌트(permanent wave) 헤어스타일이 다시 등장해 여성들 사이에 널리 퍼지기 시작하였다. 여성들의 퍼머넌트에 대해 보수 계층으로부터 많은 비판이 있었지만,[47] 의

---

46 유수경, 앞의 책, 617~277쪽. 동시대의 한 화장품 광고 모습이다 (『婦人』 제5권 제2호, 1950.4, 3쪽).

47 다음의 만평이 그 한 모습('이꼴저꼴', 『婦人』 1946.6, 43쪽). 시골서 서울구경오신 하라버지께 인사하러드러오는 손녀딸을 보고 『허―가엾어라 너도 그 몹쓸 병 때문에 머리가 묵사발이로구나……』

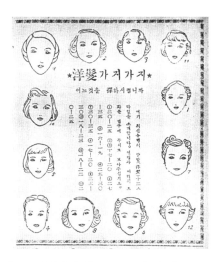

〈그림 1〉 「洋髮 가지가지」, 『婦人京鄕』 제1권 제3호, 1950. 3, 40쪽

복의 변화와 시대의 유행에 따라 등장한 것이기 때문에 막을 수는 없었다.

당시 유행한 헤어스타일은 어깨 정도 길이의 퍼머넌트에 앞머리를 세운 형이었는데, 그 형식은 점점 더 확대되어 1950년의 한 여성지는 최신 유행하는 스타일이 12가지나 된다고 소개했다.[48] 〈그림 1〉에서 보면 대

48 「洋髮 가지가지―어느 것을 택하시렵니까」, 『婦人京鄕』 제1권 제3호(1950.3), 40쪽.

개 왼쪽 가르마를 탔고, 머리 끝부분에 웨이브를 주었다. 해방기의 여성들에게 퍼머넌트 헤어스타일은 장발(長髮)을 짧게 한 것으로 손질이 간편하고 경제적이고 또 양장으로의 변화에 따라 실용적으로 여겨져 점점 유행되어나갔다.

3. 나오며

제2차 세계대전 후의 평화 분위기를 살려 서구에서는 화려한 의복 문화를 발전시켰던 것과는 달리 한국은 해방기라는 혼란한 정치 상황과 어려운 경제 조건으로 인해 미용 분야를 온전히 회복시킬 수 없었다. 그렇지만 그 어려운 여건 속에서도 동시대의 여성들은 근검과 실용적인 차원에서 미용을 추구했다.

해방기의 여성 의복은 민족의 정기를 되찾는다는 취지에서 한복이 다시 애용되었지만, 실용적인 차원에서 개량 한복을 입거나 바지를 입었다. 또한 양장이 보편화되었고 물자 부족으로 인해 몸뻬 착용이 일상화되었다. 의복 모양은 활동하는 데 편리함을 추구하기 위해 일제 말에 선보였던 간단복이나 밀리터리 스타일이 계속 유지되었고, 비활동적이고 고비용인 생활을 개선하기 위해 간이복이 제정되었는데, 미군정의 영향에 의해 의복 형식은 전체적으로 서구풍이 지배했다.

해방기의 여성 화장은 의복에서와 마찬가지로 서구의 화장법에 큰 영향을 받았다. 색조 화장이 늘어나 분 화장, 붉은 립스틱, 눈 화장 등이 기본이었다. 그러면서도 계란 껍질을 이용한 화장법, 오이 마사지법, 수박을 이용한 화장법 등 일상생활에서 쉽게 구할 수 있는 원료를 이용한 화장법이 소개되기도 했다. 화장품의 원료가 풍부하지 못한 상황이었기 때문에 생활의 지혜로 쓰인 것이다. 또한 등산할 때의 화장법, 해수욕할 때의 화장법, 여름 화장법, 겨울 화장법, 외출할 때의 화장법, 수면할 때의 화장법 등 아주 구체적이고 실용적인 화장법이 소개되었다. 얼굴 생김새에 따른 화장법, 손톱 화장법, 주름살 펴기 등도 마찬가지였다.

해방기의 여성 헤어스타일은 일제 말기에 사치 행위로 금지되었던 퍼머넌트가 다시 등장해 여성들 사이에서 유행했다. 여성들의 퍼머넌트에 대한 보수 계층의 비판이 있었지만 시대의 변화에 따라 등장한 것이었기 때문에 막을 수 없었다. 해방기의 여성 헤어스타일은 어깨 정도 길이의 퍼머넌트 머리에 앞머리를 세운 형이 지배적이었다. 전통 여성들의 장발을 짧게 한 퍼머넌트는 손질이 간편하고 경제적이고 또 실용적이어서 널리 퍼져 나갔다.

해방기에는 정치적으로 혼란하고 경제적으로 궁핍해 여성의 생활 역시 많은 어려움이 있었다. 그렇지만 새로운 시대를 지향하는 열정이 높아 여성들은 이전 시대보다 사회 활동을 많이 했고, 교육에 대한 열의가 높았으며, 각종 저널과 대중매체에 적극적으로 참여했다. 여성 미용 분야에서도 마찬가지여서 한복 대신 사회 활동에 편리한 양장을 착용하기 시작했고, 쪽찐 머리 대신 퍼머넌트 헤어스타일을 추구했으며, 색조 화장을 본격적으로 시행했다. 결국 정치 경제적으로 불안정했지만 여성 미용은 조금씩 회복되어간 것이다.

제3부

여성 시의 모성

― 김은덕, 『내 안의 여자』론

1.

　김은덕 시인의 작품들에서 모성은 시 세계를 이루는 토대이자 시인이 궁극적으로 지향하는 가치이고 주제이다. 그리하여 시인의 어머니는 자신을 낳은 존재를 가리키거나 부르는 말 이상의 의미를 지닌다. 시인을 극진히 보살펴주는 존재일 뿐만 아니라 시인이 여성으로서 추구하는 존재이기도 하다. 다시 말해 시인의 생명을 낳아주고 양육시켜준 존재이면서 다른 여성과 함께하는 사회적인 존재인 것이다. 따라서 시인의 시 세계에서 모성은 어머니를 토대로 하는 것이면서 동시에 여성 인식으로서 어머니를 지향하는 것이다.

　뤼스 이리가라이는 「차이의 문화」에서 어머니의 몸은 생명체가 자기 안에서 병이 나거나 죽음을 가져오지 않도록 하는 특별함을 가지고 있다고 보았다. 따라서 어머니의 몸에서 태어난 아이는 딸이거나 아들이거나 소중하기가 이를 데 없다. 그렇지만 현실적으로는 딸아이가 아들과 같은 대우를 받지 못하고 있는데, 남성 중심의 문화에서 딸과 아들을 동등하게 인정하지 않기 때문이다. 그리하여 딸아이의 경우 아들과 함께 소중하게 보호받고 있다고 하더라도 아버지가 기대하는 바는 다르다. 아들인 경우는 사회를 이끌고 역사적인 존재가 되기를 기대하지만 딸아이의 경우는 단지 출산을 하는 존재로 여기고 소중히 지켜지는 것이다.

이리가라이의 이와 같은 진단은 여성의 사회적 위치가 남성과 동등하지 못한 사실을 비판한 것인데, 여성 인식을 적극적으로 추구한 것이기도 하다. 여성이 남성에 비해 열등한 대우를 받고 있는 상황을 극복하기 위해서는 남성을 비판하는 것을 넘어 여성 스스로 타개책을 마련할 필요가 있다고 본 것이다. 그리하여 여성의 사회적 존재 가치를 남성에 의한 시혜나 양보에 의해서가 아니라 여성 스스로 만들고자 했다. 주체적이고 능동적인 자세로 여성 인식을 추구한 것이다.

> 모든 가정과 공공장소에 어머니와 딸이 짝인 매력적인 이미지(광고사업이 수반되지 않은)가 전시되어야 한다. …(중략)… 또한 어머니들이 자신들의 딸과 또는 자신들의 어머니와 함께 찍은 사진을 전시하라고 조언하고 싶다. 또한 어머니, 아버지, 딸로 구성된 3인조 한 쌍의 사진을 전시할 수도 있다. 이러한 사진들이 놓인 장소는 그들 가계의 정당한 근거와 그들 정체성의 형성을 위한 본질적인 상황을 딸들에게 준다.[1]

---

1   "In all homes and all public places, attractive images(not involving advertising) of the mother-daughter couple should be displayed. …(중략)… I'd also advise them to display photographs of themselves with their daughter(s), or maybe with their mother. They could also have photographs of the triangle: mother, father, daugh-

이리가라이가 제시했듯이 어머니와 딸이 함께하면 아버지가 지배하는 가부장제의 질서에 종속되지 않을 수 있다. 오히려 아버지와 함께하는 가계를 영위할 수 있다. 그러므로 어머니와 딸이 서로 공유할 수 있는 일을 만들어내는 것이 필요하다. 자녀와 음식과 외모 등에 관한 이야기를 교환할 뿐인 여성의 영역을 넘는 이야기들을 공유할 필요가 있는 것이다. 또한 어머니와 딸이 방을 함께 소유하는 것이 좋다. 여성으로서의 주체성을 경험하고 준비하기 위한 공간이 필요한 것이다. 이처럼 어머니와 딸에게는 여성의 정체성을 인식하고 그 토대를 마련하기 위한 협력이 요구된다.

김은덕 시인의 시 세계 역시 이와 같은 면을 추구하고 있다. 모성 의식을 토대로 어머니와 딸의 유대를 강화해 남성 중심의 질서에 종속되지 않는 여성 고유의 정체성을 지향하고 있는 것이다. 그리하여 여성이 이상향으로 삼는 영역의 확대를 이루고 있다. 아직까지 여성이 우리 사회에서는 약자의 존재이기에 모성 인식을 추구하고 있는 것이다.

2.

어머니가 어린 나에게 했던 것처럼
내가 어머니를 씻겨드린다

---

ter. The point of these representations is to give girls a valid representation of their genealogy, an essential condition for the constitution of their identity." Irigaray, Luce, *Je, Tu, Nous,* Editions Grasset & Fasquelle, 1990, pp.41~42.

여성 시의 모성   261

"아퍼, 아퍼" 하는 소리는
내 어릴 때 소리 같다
오랜 병석에서 굳어진
어머니의 몸은
잘 풀리지 않는 숙제다
걸음마 배우는 아이처럼
자꾸 어긋나기만 하는데
놓쳐버린 시간의 거리만큼
세상을 깜빡거린다
물가의 아이처럼
한시도 눈을 뗄 수가 없다
자꾸 흘러내리는 어머니를
내 지렛대로 받쳐 보는데
열탕에 몸 담그자
어머니는 알전구처럼 환하게 켜진다

—「목욕」 전문

작품의 화자는 "어머니가 어린 나에게 했던 것처럼/내가 어머니를 씻겨드"리고 있다. 화자가 "오랜 병석에서 굳어진/어머니의 몸"을 씻겨드리는 것은 자신을 낳고 키워준 어머니에 대한 보답의 행동으로 볼 수 있다. 나아가 화자의 적극적인 자세에서 그 이상의 의미도 발견할 수 있다. "자꾸 흘러내리는 어머니를/내 지렛대로 받쳐 보는데"서 보듯이 "어머니"와 함께하려는 것이다. "어머니"가 건강하지 못해 제대로 할 수 없어 아쉽기는 하지만, 화자는 끝내 포기하지 않는다. 그 결과 "열탕에 몸 담그자/어머니는 알전구처럼 환하게 켜"진다. 마침내 화자는 "잘 풀리지 않는 숙제"를 해결한 것이다.

이와 같은 모습은 이리가라이가 가정이나 공공장소에 어머니와 딸이 함께 찍은 사진을 전시할 것을 주문한 것과 상통한다. 위의 작품에서는 사진 대신 언어를 활용해 어머니와 딸이 함께하는 모습을 마치 한 장의 사진처럼 보여주고 있다. 어머니와 딸이 서로 공유하고 협력해 가부장제에 의지하지 않는 여성들의 가계를 이루고 있는 것이다.

작품의 화자가 모성을 발휘한 것은 "어머니"로부터 배웠기 때문이다. "어머니가 어린 나에게 했던 것"을 배워 "내가 어머니를 씻겨드"리는 것이다. "어머니"가 "물가의 아이처럼/한시도 눈을 뗄 수가 없다"는 화자의 말 역시 그 자신이 어렸을 때의 모습이다. "어머니"를 씻겨드리려고 몸에 손을 대자 ""아퍼, 아퍼" 하는 소리"를 내는데 그 역시 화자의 "어릴 때 소리"이다. 결국 화자의 모성은 "어머니"로부터 계승된 것으로 볼 수 있다. 그만큼 화자에게 "어머니"는 거울 같은 존재인 것이다.

> 공원 벤치에 앉아 먹을 것을 꺼내드는데
> 비둘기 한 마리
> 내 앞에 조준하듯 내려와
> 고개 갸웃갸웃 쳐다본다
> 주지 않으면 단단한 부리로
> 내 먹이를 채갈 기세다
> 한 입 떼어주자
> 한 입거리도 안 된다는 듯
> 순식간에 먹어치우고
> 다시, 빤히 쳐다보는 눈빛이 간절하다
> 두려움 반, 기대 반의
> 눈망울을 연신 굴리는 행보로 다가와
> 내 것을 노린다
>
> 얼마나 먼 길을 헤매고 다녔는지

한 쪽 발목이 휘어져 절뚝거리고
다른 발은 실이 엉켜 있다

전쟁 통에
낯모르는 곳으로 끌려간
아버지 대신
어린 자식들 데리고
피난길에 올랐던 어머니도
저 공복이었을 것이다

—「공복」 전문

　작품 화자의 "어머니"는 "전쟁 통에/낯모르는 곳으로 끌려간/아버지 대신/어린 자식들 데리고/피난길에 올"라 이제까지 가계를 이끌었다. 그 과정은 "비둘기"가 "얼마나 먼 길을 헤매고 다녔는지/한 쪽 발목이 휘어져 절뚝거"릴 만큼 힘든 것이었다. 그렇지만 "어머니"는 강한 의지와 삶의 지혜로 가계를 살려냈다. 따라서 "아버지"의 부재로 인한 가정의 불행을 극복해낸 "어머니"의 역할은 결코 과소평가될 수 없다.

　"어머니"의 역할은 남편의 부재를 극복한 것이면서 역사의 결핍을 채운 것이기도 하다. 가정의 불행을 가져온 "아버지"의 부재가 당신의 책임이 아니라 전쟁으로 인한 것이기에 그 극복은 개인 차원을 넘어 역사적인 의미를 갖는 것이다. 따라서 화자가 "어머니"를 품은 것은 자식으로서 행동하는 차원을 넘어선다. "어머니"와 연대해 가계를 영위하는 것이면서 동시에 비극적인 역사를 극복해내는 것이다.

　"어머니"의 힘은 자식을 구제한 데서, 구체적으로 말하면 "먹을 것"을 해결한 데서 여실히 볼 수 있다. 가족의 양식을 해결하는 일은 가계의 생존에 필수불가결한 조건이다. 양식을 해결하지 못하면 가족의 안전도 사랑도 그 이상의 가치도 이룰 수 없기 때문이다. 따라서 "어머니"의 양식은 단순히 물질적인 대상을 넘는다.

"어머니"가 양식을 해결한 것은 크게 주목된다. 양식을 두고 벌이는 전쟁에서 패하지 않았기 때문이고, 또 그것을 위해 겪었을 고통이 매우 컸기 때문이다. "어머니"는 육체적인 조건에서도 경험에서도 정보에서도 남성에 비해 불리한 조건을 이기고 양식을 획득했다. 작품의 화자는 "어머니"의 그 위업을 본받으려고 한다. 단순히 "어머니"에 대한 감사함을 나타내는 데 그치지 않고 여성으로서 연대해 여성의 족보를 만들려고 하는 것이다.

3.

> 만리장성을 오르내린 날 저녁
> 작고 가녀린 여자가
> 피로에 지친
> 내 몸의 옹이를 풀어내는 동안
> 그녀의 가솔(家率)이 줄지어 따라 나온다
>
> 초라한 남편과 어린것들이
> 눈자위 퀭한 시댁 식구들이
> 젊은 그녀의 팔에 매달려 있다
>
> '아즈마 이쁘다'
>
> 혀 짧은 말로, 어설픈 한국말로

비위를 맞추려 하고
나이와 식구 수를 묻는
내 물음에
어린 아이처럼 손가락을 쫙, 펼쳐 보인다

그녀의 손길이
내 몸에 뜨겁게 새겨질 때
내 안의 여자가
그녀의 손을 잡는다

— 「내 안의 여자」 전문

작품의 화자는 "만리장성을 오르내린 날 저녁" 현지의 여성에게 마사
지를 맡긴다. 그런데 "피로에 지친" "몸의 옹이를 풀어내는 동안/그녀의
가솔(家率)이 줄지어 따라 나"오는 것을 발견한다. 그 "작고 가녀린 여자"
가 거두어야 할 식구들을 떠올린 것이다. 그녀의 삶은 "피로에 지친" 모
습에서 볼 수 있듯이 여유롭지 못하다. "초라한 남편과 어린것들이/눈자
위 퀭한 시댁 식구들이/젊은 그녀의 팔에 매달려 있"는 형편인 것이다.

그렇지만 그녀는 자신의 처지를 비관하거나 위축된 모습을 보이지 않
는다. 오히려 "'아즈마 이쁘다'"와 같이 "혀 짧은 말로, 어설픈 한국말로/
비위를 맞추려"고 할 정도로 적극적이다. 또한 "나이와 식구 수를 묻는/
내 물음에/어린 아이처럼 손가락을 쫙, 펼쳐 보"일 정도로 화자와 함께
하려고 한다. 그녀의 이와 같은 행동이 "가솔(家率)"들의 양식을 구하려는
것은 자명하다.

그리하여 화자는 그녀의 처지를 외면하지 않고 모성을 발휘한다. "그
녀의 손길이/내 몸에 뜨겁게 새겨질 때/내 안의 여자가/그녀의 손을 잡

는" 것이다. 자신의 몸 안에 들어 있는 모성을 불러내어 안마를 하는 "작고 가녀린 여자"를 품는 것이다. 자기애를 대상애로 확대하는 화자의 이와 같은 모습은 연작시 「꽃을 만드는 여자」에서도 여실히 나타나고 있다.

　　　－어떤 꽃으로 해드릴까요?

　　　주문한 꽃의 메모가 그녀의 손가락 사이에 끼워지면
　　　생의 동반자 같은 것들 시동을 건다
　　　무성한 밭을 누비고 다니면서
　　　무순처럼 쑥쑥 웃자란 이파리들을 자른다

　　　이슬 머금은 이파리들 바람에 부풀리고
　　　줄기와 뿌리까지 탱탱한 노래 삽입한다
　　　열 손가락이 저마다의 몫을 당기고 눌러준다

　　　꽃잎 한 장 한 장마다
　　　이름을 새기면서
　　　솜씨를 촘촘히 말아 캡을 씌운다

　　　머리를 만질 때마다 피어나는
　　　각양각색의 꽃을 위해
　　　그녀의 손은 머리카락 물결 속에서 출렁거린다
　　　　　　　　　—「꽃을 만드는 여자—미용실에서」 전문

위의 작품에서 여성 미용사는 "어떤 꽃으로 해"달라는 손님의 요청을 기꺼이 받아들인다. 그녀가 미용 일을 하는 것은 자신의 직업적인 기술을 발휘하기 위해서이고, 노동의 대가를 받기 위해서이기도 하지만, 그 이상의 의미를 지닌다. "주문한 꽃의 메모가 그녀의 손가락 사이에 끼워지면/생의 동반자 같은 것들 시동을" 거는 모습에서 볼 수 있듯이 한 여성으로서 다른 여성을 위하려는 것이다.

따라서 여성 미용사가 "무성한 밭을 누비고 다니면서/무순처럼 쑥쑥 웃자란 이파리들을 자"르는 모습은 모성의 확대로 볼 수 있다. 직업적인 기술을 발휘하고 일한 대가를 받으려는 차원을 넘어 여성 인식으로서 연대를 추구하는 것이다. 그리하여 여성 미용사는 "이슬 머금은 이파리들 바람에 부풀리고/줄기와 뿌리까지 탱탱한 노래 삽입"하듯이 자신의 일을 지루해하거나 싫어하지 않는다. 힘들어하지도 않고 오히려 즐겁게 한다. 또한 "열 손가락이 저마다의 몫을 당기고 눌러"줄 정도로 정성을 다한다. "꽃잎 한 장 한 장마다/이름을 새기"듯이 책임감을 가지고 최선을 다하는 것이다.

여성 미용사의 "손은 머리카락 물결 속에서 출렁거"려 밝고 활기가 넘친다. 그 결과 "머리를 만질 때마다" "각양각색의 꽃"이 피어난다. 남성의 지배에 의한 제약이나 종속된 여성의 모습은 보이지 않고 오히려 자주적이고 창의적이다. 모성을 발휘하여 상대방을 감싸 안는 것이다. 그렇지만 그와 같은 모습은 저절로 이루어지는 것이 아니라 부단히 노력해야만 가능한 일이다.

> 가쁜 숨 몰아쉬는 컨베어벨트 위로
> 저녁노을이 내려앉으면
> 작업복 대신 교복으로 갈아입는다
>
> 어둠을 잘라 형광등 불 밝힌 교실에

낮 동안의 노역을 끌어당겨
등줄기 꼿꼿이 세우고
넌출거리는 갈래머리로
담 넘으려 한다

진드기같이 엉겨 붙는 졸음과
흔들리는 문장들이
달빛 아래에서 씨름을 한다

형광등 불빛에
칠판 글씨 누렇게 익어 가는 교실
낮에는 공장에서 꽃대 세우고
밤이면 책갈피마다
졸린 꽃잎을 끼워 넣는다

— 「꽃을 만드는 여자─산업체 특별학급」 전문

"산업체 특별학급"은 1977년부터 실시된 것으로 산업체에서 일하는 청소년들이 학력과 교양의 고양을 통해 근로 의욕을 높이고 산업 활동에 필요한 기술을 습득하는 데 목적이 있다. 현재는 청소년들 대부분이 중고등학교에 진학할 정도로 중등교육의 기회가 확대되어 필요성이 크게 줄어들었지만 산업화에 따른 기술 습득, 교육 기회의 균등, 사회 복지 등에서 기여한 면이 크다.

"산업체 특별학급"은 산업체 인근의 중고등학교에 야간 특별학급 형태로 개설되어 운영되었다. "가쁜 숨 몰아쉬는 컨베어벨트 위로/저녁노을이 내려앉으면/작업복 대신 교복으로 갈아입는다"라거나, "어둠을 잘라 형광등 불 밝힌 교실에/낮 동안의 노역을 끌어당겨/등줄기 꼿꼿이 세우고/년출거리는 갈래머리로/담 넘으려" 하는 모습에서 볼 수 있다. 그렇지만 낮에 산업체에서 힘들게 일하고 야간에 등교해서 공부하는 그들의 학습 과정은 매우 힘들었다. "진드기같이 엉겨 붙는 졸음과/흔들리는 문장들이/달빛 아래에서 씨름을" 하는 것이 그 여실한 모습이다.

"산업체 특별학급"에서 공부하는 학생은 완성된 "꽃"이 아니다. 산업체의 노동자로서도 완성된 "꽃"이 아니다. 단지 "꽃"이 되어가는 과정에 놓여 있을 뿐이다. 그런데도 불구하고 위의 작품에서 "꽃을 만드는 여자"라고 부른 것은 "꽃"의 의미를 결과보다도 과정으로 인식하고 있기 때문이다. 배움은 움직임이고 지향함이다. 위의 작품에서의 배움이 그러하다. 배움은 인간의 생활에 필요한 지식, 기술, 인성, 체력 등을 갖도록 공부하는 것으로 당연히 과정이 요구된다. 배움은 곧 과정이라고 볼 수 있는 것이다.

또한 배움은 빈곤과 무지와 순응을 극복하는 수단이기에 주목된다. 존 케네스 갈브레이드는 『대중은 왜 빈곤한가』에서 농촌의 가족은 순응이 강하고, 저소득층의 사람일수록 순응이 심하다고 진단하고 있는데,[2] 여성의 경우도 마찬가지라고 볼 수 있다. 여성 역시 사회적 약자로서 주체성을 갖기가 힘든 것이다. 따라서 여성이 자신의 여성성을 인식하기 위해서는 배움이 필요하다. 이와 같은 면에서 "낮에는 공장에서 꽃대 세우고/밤이면 책갈피마다/졸린 꽃잎을 끼워 넣는" 여성은 "꽃을 만드는 여자"로 볼 수 있다. 산업체에서도 학교에서도 완성된 "꽃"이 못 되는 존재가 아니라 오히려 산업체에서도 "꽃"을 피우고 학교에서도 "꽃"을 피우는 존재로 볼 수 있는 것이다.

---

2 J.K. 갈브레이드, 『대중은 왜 빈곤한가』, 최광렬 역, 홍성사, 1986.

4.

달빛 끌어당겨 산문을 열어야 하는 그녀
만월을 상하지 않게 잘 받아야 한다

소독된 마음을 펼쳐놓고 어둠을 가른다
푸른 달빛을 건져 올릴 수 있을까
숨죽이며 물때를 기다린다

달이 물 속 깊이 가라앉았다, 떠올랐다
구름에 산 그림자
겹쳤다, 벗어났다 한다

밀물이 작은 파도를 몰고 온다
점점 파도가 거세지더니
큰 파도가 산을 후려친다

혼절했던 산을 가까스로 일으켜
실뿌리 같은 세상 끈을 움켜쥐게 한다
물때를 놓치면 안 되는 그녀

두 손으로 황홀한 달을 받쳐든다

　　　　　— 「꽃을 만드는 여자 – 조산원(助産員)」 전문

　여성이 남성에 비해 갖는 가장 큰 특성 중의 한 가지는 임신한다는 사
실이다. 성적 결합과 양육은 남성과 공동적으로 수행하는 데에 비해 임
신은 여성만이 수행할 수 있다. 따라서 임신은 여성의 의지가 내포되고
가시적인 영역이다. 그러면서도 생물학적 차원을 넘어 문화적이고 윤리

적이고 사회적인 영역이기도 하다. 따라서 여성의 고유한 특성인 임신에도 남성 이데올로기가 작용될 수 있다. 남성은 성적 결합 이후 아이가 출산될 때까지 소외될 수밖에 없다. 그리하여 연속성으로부터 분리된 자신의 소외를 대체하기 위해 인위적으로 연속성을 만들어낸다. "인위적인 연속성의 구체적 실천은 부권을 매개로 하여서 자녀를 점유하는 계기에서 일어난다. 부권이라는 것은 생물학적 용어가 아니라 사회적 용어이다. 다시 말해 어머니와 자녀와의 관계와는 달리 부권은 하나의 사회적 관계라는 것이다. 부권은 아버지가 자녀들에 대하여 갖는 자연적 관계라기보다는 사회적, 정치적, 법적인 개념이다."[3]

이와 같은 점에서 여성이 남성보다 임신을 이해하고 함께할 수 있는 존재이다. 여성이기에 "난의 진통"을 바라보면서 "그 땀이 얼마나 진한지/내 콧잔등이 찡하다"(「난(蘭)의 진통」)고 노래할 수 있다. 따라서 여성 "조산원"이야말로 "꽃을 만드는 여자"로 볼 수 있다. "조산원"은 "달빛 끌어당겨 산문을 열"고 "만월을 상하지 않게 잘 받아야" 한다. 그리하여 "소독된 마음을 펼쳐놓고 어둠을 가"르고, "푸른 달빛을 건져 올릴 수 있을까/숨죽이며 물때를 기다"리는 것이다.

"조산원"이 "물때를 놓치"지 않고 "두 손으로 황홀한 달을 받쳐" 들 수 있는 것은 여성이기 때문에 가능하다. 같은 여성으로서 임신과 출산의 과정으로부터 소외당하지 않기에 자신의 일처럼 최선을 다하는 것이다. 그리하여 이리가라이가 "생명과 음식물을 존중하도록 또다시 배우자.

---

3 이상화, 「생물학적 재생산 과정의 변증법」, 『한국여성연구 · 3 일과 성』, 청하, 1992, 25쪽.

이는 곧 어머니와 자연에 대한 존중을 되찾는 것을 의미한다."⁴⁾고 제안한 것을 수행하는 것과 같다. 따라서 "조산원"은 모성을 발휘해 생명을 살려내는 존재로, 곧 "꽃을 만드는 여자"로 볼 수 있다.

모성은 생명의 소중함을 인식하고 영원히 지켜내려는 마음에서 비롯된다. 자신이 생성과 소멸의 과정에 놓인 한 존재에 불과하다고 할지라도 여성으로서 생명의 영원성을 포기하지 않는 것이다. 여성의 몸은 생명을 잉태하고 양육하는 세계인데, 모성은 그 위대함을 지속시키는 것이다.

김은덕 시인 역시 모성을 인식하고 여성의 족보와 아울러 여성의 지도를 만들고 있다. 어머니와 함께 가계를 이루면서 꽃을 만드는 여자들과 함께 여성의 영역을 확대해나가는 것이다. 그리하여 시인의 시 세계는 개인적인 친밀도를 띠면서도 사회적인 연대감을 나타낸다. 모성을 통한 여성 인식으로서 남성과의 대립이나 갈등을 지향하기보다는 여성과의 포용과 연대로 사랑과 공동체의 세계를 추구하는 것이다. 이와 같은 시인의 주제 의식은 억압과 폭력과 부정이 지배하는 이 세계를 극복하는데 필요한 나침반이라고 볼 수 있다.

---

4 "Learn once again to respect life and nourishment. Which means regaining respect for the mother and nature." Ibid, p.41.

여성 시의 꽃

— 이주희, 『마당 깊은 꽃집』론

1.

이주희 시인의 시들에서 '꽃'은 핵심적인 제재이자 궁극적으로 추구하는 이상향이다. 그와 같은 면은 모란꽃, 금잔화, 맨드라미, 동백꽃, 자귀나무, 할미꽃, 벚꽃, 백일홍, 재스민, 해당화, 채송화 등이 등장하는 데서 확인된다.[1] 뿐만 아니라 꽃잎, 꽃봉오리, 노란 꽃, 붉은 꽃, 빨간 꽃, 하얀 꽃, 연분홍 꽃, 마른 꽃, 물꽃 등 꽃과 관련된 대상이나 수식이 다양한 데서도 볼 수 있다.[2]

---

1 이외에 등장하는 꽃은 나팔꽃, 벌개미취꽃, 카네이션, 함박꽃, 민들레, 냉이꽃, 남산제비꽃, 산딸기꽃, 애기메꽃, 글라디올러스, 아마릴리스, 달리아, 깨꽃, 봉숭아, 백일홍, 붓꽃, 분꽃, 한련, 홍초, 양귀비꽃, 바위취꽃, 줄장미, 여주꽃, 돌나물꽃, 꽃기린, 실란, 개상사화 등이다.

2 이외에 꽃과 관련된 대상이나 수식은 꽃대, 꽃밭, 꽃놀이, 꽃무늬, 꽃잠, 자랑꽃, 종이꽃, 꽃상여, 꽃비빔밥, 꽃바람 등이다.

그리하여 동대문시장의 휘황한 포목전을 "창경원의 밤벚꽃놀이"(「구슬
지갑」)로, 쪽 찌고 은비녀를 꽂은 어머니 머리의 나비잠(簪)이 흔들리는
모습을 "할미꽃"(「떨잠」)으로 비유하고 있다. 또한 아흔다섯 살 된 감나
무가 태풍에 꺾이자 아이들의 목걸이를 만들어줄 "꽃"(「감나무」)을 피울
수 없음을 안타까워하고, 시어머니가 수영복을 입고 즐거워하는 모습을
"나팔꽃처럼 웃"(「강진댁 식구들」)는 것으로 비유하고 있다. 이외에도 꽃
에 대한 깊은 관찰과 지식으로 시의 세계를 심화시키고 있다.

꽃은 미술이나 문학 등의 예술 분야는 물론이고 문화, 생활, 역사의 영
역에서 인류와 함께해왔다. 결혼식이나 장례식 등에서 사용되는 실물적
인 대상이기도 하지만 상징적인 차원에서 널리 변주되어온 것이다. 그리
스 신화에서 꽃의 여신을 플로라(Flora)라고 부른 것이나, 다양한 꽃말이
만들어져 사람들에게 회자되고 있는 것이 여실한 예이다. 그리하여 꽃은
신의 축복, 아름다움, 화려함, 부귀영화, 봄, 전성기, 연인, 사랑, 여성
성, 생명력, 출산, 행복 등 다양한 상징성을 나타내고 있다.

이주희 시인이 추구하는 꽃의 세계 역시 다양한데, 그리스 신화에 나
오는 데메테르(Demeter)가 그녀의 외동딸 페르세포네(Persephone)를 바
라보는 시선이 연상된다.[3] 지하 세계의 왕인 하데스(Hades)는 페르세포
네를 데려가고 싶어 기회를 엿보다가 마침내 수선화를 이용한다. 수선화
는 제우스(Zeus)가 자신의 동생인 하데스를 돕기 위해 만들었다. 페르세
포네는 친구들과 함께 장미, 백합, 제비꽃, 히아신스 등이 피어 있는 목

---

3   에디스 헤밀턴, 『그리스 로마 신화』, 이선우 역, 을지출판사, 1985, 60~66쪽.

초지에서 꽃들을 따 모으다가 이전에 본 어떤 꽃보다 아름답고 향기가 감미로운 수선화를 발견했다. 그리하여 친구들과 떨어진 채 그 꽃을 따려고 손을 뻗었다. 그 순간 땅이 벌어지고 검은 말들이 끄는 전차가 튀어나와 그녀를 잡아 끌어당겼다.

놀란 페르세포네의 울음소리는 높은 언덕과 바닷속까지 메아리쳐 데메테르에게도 들렸다. 데메테르는 바다와 육지를 넘나들며 딸을 찾아다녔지만 발견할 수 없었다. 그리하여 태양의 신에게 찾아가 물어보았는데, 페르세포네가 지하의 세계에 납치되어 있다는 말을 들었다. 데메테르는 이루 말할 수 없는 슬픔에 빠져 신들의 궁전인 올림포스를 떠나 지상으로 거처를 옮겼다. 그렇지만 대지와 농경과 곡물의 여신인 데메테르는 대지에 선물을 내리지 않았다. 푸르고 꽃이 만발하던 대지는 얼음으로 뒤덮이고 삭막한 사막으로 변해 자라는 것이 아무것도 없었다. 동물도 인간도 굶어 죽을 상황에 놓였다.

제우스는 이 문제를 해결하기 위해 신들을 보내 데메테르가 화를 풀도록 했다. 그렇지만 데메테르는 딸을 만날 때까지는 절대로 대지에서 수확할 수 없다고 대답했다. 그리하여 제우스는 데메테르를 설득하는 대신 하데스에게 페르세포네를 돌려보내라고 했다. 하데스는 제우스의 명령을 거역할 수 없었지만, 페르세포네가 다시 돌아오도록 하기 위해 석류의 씨앗을 먹였다.

마침내 두 모녀는 기적적으로 만나 하루 종일 그동안 겪었던 일들을 이야기했다. 그러다가 딸이 석류의 씨앗을 먹었다는 사실에 데메테르는 또다시 딸을 잃을 것 같아 두려워하고 슬퍼했다. 그러자 제우스는 신들 중에서 가장 연장자이고 자신의 어머니인 레아(Rhea)를 데메테르에게 보냈다. 1년 중 4개월 동안 페르세포네는 지하 세계에 내려갔다가 겨울이 끝날 무렵 돌아와 인간들과 함께 지내게 될 것이라고 알려주고, 올림포스 신전으로 돌아와 딸을 소유하고 슬픔을 위안받으라고 한 것이다. 그리고 대지에 생명을 줄 것을 권했다. 데메테르는 해마다 4개월을 딸과 헤어져야 했기에 만족할 수 없었지만 거절할 수도 없어 황폐화된 대지를 풍요롭게 만들어주었다. 세상 천지에 꽃과 푸른 잎과 풍성한 열매를 가져다주었고, 인간들에게는 곡식의 씨를 뿌리는 방법을 알려주었으며, 신성한 의식도 가르쳐주었다.

그 후 페르세포네가 메마르고 다갈색인 언덕을 넘어오면 온 대지는 활짝 피어났다. 그렇지만 페르세포네는 지상에서 성장하는 꽃들이며 과일들이 추위가 찾아오면 자신처럼 죽음의 세계에 끌려가야 한다는 것을 알고 있었다. 또한 지하 세계의 기억들도 가지고 와 페르세포네의 아름다운 얼굴에는 두려움과 슬픔이 들어 있었다. 딸의 모습을 다 보고 있는 데메테르의 마음 또한 그러했다. 그렇지만 데메테르는 페르세포네를 기꺼이 품었다. 또다시 헤어져야 하는 운명이지만 함께하는 동안 영원히 사랑한 것이다.

이주희 시인이 꽃을 바라보는 시선 역시 데메테르와 같다. 꽃을 바라보는 시인의 마음에는 기쁨과 즐거움과 풍요로움은 물론 슬픔과 안타까움이 들어 있다. 꽃 또한 페르세포네처럼 유한한 존재이기 때문이다. 그렇지만 데메테르가 페르세포네의 슬픔을 껴안고 사랑했듯이 시인도 긍정적인 세계 인식으로 꽃을 껴안는다. 꽃의 슬픔과 안타까움을 아름다움과 웃음과 풍요로움과 함께 기꺼이 품는 것이다.

2.

활옷 같은 꽃상여를 타고
팔랑거리는 나비 따라 산등성이 오르며
주춤주춤 뒤돌아본다

하늘거리는 종이꽃 이파리만큼이나
가벼워진 몸피에 달라붙는 딸들의 울음이
휘휘 감겨 무거운 것일까?
삼 줄기 같은 세월 기다려온 남편의 옆자리
상전인 양 눈치 주던 형님이
이미 차지해버려서일까?
늙은 요령잡이의 상엿소리 뒤따르는
성씨 다른 손자들을 안쓰러워하는 것일까?

혼자 살림에 다섯 자식 키우느라 장터를 떠돌면서도
미나리꽝에서 종아리의 거머리를 떼어내면서도
웃음을 보약처럼 드셨던 어머니

꽃상여 속에서 다시 웃는다

— 「모란꽃」 전문

"새색시 활옷 같은 꽃상여를 타고/팔랑거리는 나비 따라 산등성이 오르며/주춤주춤 뒤돌아"보는 "어머니"의 모습은 그지없이 슬프다. 그리하여 "어머니"를 바라보는 자식들은 "울음"을 내보일 수밖에 없다. 그런데 "어머니"는 "꽃상여 속에"서 "웃는다". "혼자 살림에 다섯 자식 키우느라 장터를 떠돌면서도/미나리꽝에서 종아리의 거머리를 떼어내면서도/웃음을 보약처럼 드셨"듯이 "꽃상여"를 타고서도 "웃는" 것이다.

"어머니"의 그와 같은 모습은 삶과 죽음의 세계를 구분하지 않는 자세이다. 또한 삶과 죽음의 세계에 놓인 자신의 운명을 긍정하는 것이다. 그리하여 무덤으로 가는 길을 또 다른 집으로 가는 길로 여긴다. 자신이 태어나고 죽는 일을 우주의 순리로 여기고 의연하게 받아들이는 것이다.

"어머니"의 그 모습은 결국 화자의 세계관 내지 운명관이기도 하다. 그리하여 화자는 자신의 운명에 대한 인식을 "모란꽃"으로 구체화하고 있다. "모란꽃"은 예로부터 부의 상징으로서 정원에 길러지거나 자수에 이용되었다. 따라서 "모란꽃"으로 비유된 "어머니"는 초라하거나 안쓰럽지 않고 의젓하고 품위가 있다. 이 세상에서뿐만 아니라 저 세상에서도 마찬가지이다. 이렇듯 화자는 세상을 떠난 "어머니"를 슬프고 안타까워하기보다는 "모란꽃"처럼 여긴다. 그리고 기꺼이 "어머니"의 뒤를 따른다.

양지 바른 산비탈에
단칸집 한 채 장만하고
신방을 꾸몄다

안노(雁奴) 삼아 배롱나무 한 그루 세워두었다
안심부름꾼으로 금잔화와 맨드라미도 데려왔다
두런두런 티격태격 안생(安生)을 누리며 해로하시라고
자귀나무를 심었다
동백 울타리도 만들었다

주소와 문패가 무슨 소용이냐며 아버지는 웃으셨다

돌아오다 보니
산 끝자락 하늘 가까운 곳에

울긋불긋 꽃대궐이 제법 멋들어지다

—「꽃대궐」 전문

자식들이 부모를 위해 "양지 바른 산비탈에/단칸집 한 채 장만하고/신방을 꾸"민 것은 잘한 일이다. 기러기가 무리지어 잘 때 경계하느라 자지 않는 한 마리의 기러기를 나타내는 "안노(雁奴)"로 삼고 "배롱나무 한 그루 세워"둔 일도 그러하다. "안심부름꾼으로 금잔화와 맨드라미도 데려"오고, "두런두런 티격태격 안생(安生)을 누리며 해로하시라고/자귀나무를 심"고, "동백 울타리"를 만든 일도 마찬가지이다. 부모님이 아무 탈 없이 안생(安生)할 수 있기에 마음이 놓인다. 그러기에 "아버지"는 "주소와 문패가 무슨 소용이냐"고 "웃으"시는 것이다.

"꽃대궐" 안에는 사실 큰 슬픔이 들어 있다. 부모님의 묘를 쓰는 데 슬퍼하지 않는 자식이 어디 있겠는가. 진정 그 슬픔은 목 놓아 울어도 다 풀리지 않는다. 그렇지만 화자는 슬픔에 함몰되지 않고 오히려 받아들인다. "돌아오다 보니/산 끝자락 하늘 가까운 곳에/울긋불긋 꽃대궐이 제법 멋들어지다"고 여기는 것이 그 모습이다.

이렇듯 화자는 부모님이 계신 추운 세상을 따뜻하게, 어두운 세상을 밝게, 삭막한 세상을 온기 있게 껴안는다. 유한한 존재로서 회피할 수 없는 인간의 운명을 긍정하고 "꽃대궐"로 바꾼 것이다. 슬프고 안타까운 세계를 꽃의 세계로 승화시킨 것은 실로 위대한 인식이다. 운명에 복종한 것이 아니라 사랑으로써 극복한 것이다. 그리하여 화자는 꽃의 생명력을 노래한다.

3.

집 밖에서 하루 자고 들어온 사이
베란다에 동백꽃이 한 송이 피어 있었다

봉오리도 못 본 것 같은데
얼마나 볼록해졌나 언제쯤 꽃이 피려나
맏딸의 산달을 기다리는 친정엄마처럼 살필 새도 없이
불빛마저 없는 텅 빈 집에서 꽃을 피워낸 것이다

힘에 겨워 진땀을 흘렸을 텐데
입덧 때문에 때로는 몸이 으슬으슬하기도 했을 텐데
　　　　　　　　　　　　　　　—「동백 몸을 풀다」 전문

　"꽃"은 본질적으로 생식기관이다. 꽃망울이 자라나 피어났다가 지면서
씨나 열매를 맺으면서 번식 기능을 수행하는 것이다. 그리하여 꽃은 암
술, 수술, 꽃잎, 꽃받침을 갖추고 화려한 색깔을 띠거나 향기를 낸다. 벌
이나 나비나 새들을 유인해 꽃가루받이를 하는 것이다.
　이와 같은 면으로 볼 때 "동백꽃"이 "몸을" 푸는 것은 수식에 불과한 것
이 아니라 과학적으로도 타당한 사실이다. 따라서 화자에게 "동백꽃"은
단순히 식물의 한 종류가 아니라 생명체를 잉태하는 존재이다. 아름다움
의 상징체를 넘어 생명체를 낳는 강한 여성인 것이다.
　화자는 "집 밖에서 하루 자고 들어온 사이/베란다에 동백꽃이 한 송이
피어 있"는 것을 발견하고 적지 않게 놀란다. 그리고 모성 인식으로 그
꽃을 바라본다. "맏딸의 산달을 기다리는 친정엄마처럼 살필 새도 없이/
불빛마저 없는 텅 빈 집에서 꽃을 피워낸" "동백꽃"을 안쓰러워하면서도

대견해하는 것이다. 그리고 "힘에 겨워 진땀을 흘렸을 텐데/입덧 때문에 때로는 몸이 으슬으슬하기도 했을 텐데"라고 제대로 돌보아주지 못한 자신을 책망하면서 "동백꽃"에게 미안함을 전한다. 같은 운명을 타고난 여성으로서 함께하는 것이다.

잎이 성하면 꽃이 부실한 법이라기에 전정가위를 들었다

어느 틈에 임신한 걸까, 콩알만 한 봉오리를 잔뜩 달고 있었다

입덧에 시달리며 열 달을 견뎌야 하는 얼굴

나는 열매도 달지 못하는 동백의 도장지(徒長枝)마저 자를 수 없었다

— 「얼굴」 전문

작품의 화자는 "잎이 성하면 꽃이 부실한 법이라기에 전정가위를 들었다"가 멈춘다. 다름 아니라 "동백"이 "어느 틈에 임신"했기 때문이다. 화자는 "동백"의 "임신"에 놀라움을 가지면서 동시에 기쁨을 갖는다. 그리하여 "입덧에 시달리며 열 달을 견뎌야 하는 얼굴"을 숭고하게 바라본다. 나아가 "열매도 달지 못하는 동백의 도장지(徒長枝)마저 자"르지 않는다. "도장지(徒長枝)"의 사전 개념은 숨은눈으로 있다가 나무가 잘 자라지 않을 때에 터서 뻗어 나가는 가지이다. 그 가지는 연약해 열매를 맺지 못한다. 그리하여 일반적으로 잘라버리는데, 화자는 "도장지"가 열매를 맺지 못한다고 할지라도 임신할 수 있는 몸이기에 소중하게 품는 것이다.

새로운 생명체를 낳는 "꽃"의 "임신"은 신성하고 위대하다. 그 과정은

이루 말할 수 없이 힘들지만, 화자는 같은 여성으로서 그 위대함에 전적으로 동참한다. 그리하여 종족 보존의 차원을 넘어 삶을 함께 영위하는 것이다.

> 도란거리는 소리에 잠을 깼더니
> 밤새 일곱 난쟁이들이
> 새 식구로 들어왔다
>
> 빨간 입술을 달싹이며
> 노란 목젖이 보이도록 낄낄대고
> 마냥 신바람이 났다
>
> 내가 물만밥을 깨작깨작하면
> 계란을 부치고 김치를 꺼내 잡수시라고
> 아양을 떤다
>
> 종종걸음 치다 숨을 돌리면
> 밤톨만 한 손으로 부채질을 해주며
> 어깨를 주무른다
>
> 개키던 빨래를 밀어놓고 등걸잠을 자면
> 살그머니 무릎담요까지 덮어준다
>
> ─「동백꽃」 전문

"일곱 난쟁이들"은 세계적으로 알려진 동화 『백설공주』에서 인유한 인물들이다. 동화 속에서 난쟁이들은 새어머니에게 구박받고 쫓겨난 백설공주를 구해준다. 백설공주는 아름답고 마음씨가 고와 사람들로부터 사랑을 받으며 자라나지만 허영심과 욕심이 많은 새 왕비에 의해 혹독한 시달림을 받는다. 새 왕비는 매일 아침 자신의 마술 거울을 보고 이 세상에서 가장 아름다운 사람이 누구냐고 물으면 여왕님이라는 답변을 듣는다. 그런데 어느 날 뜻밖에 백설공주라는 대답을 듣게 된다. 그리하여 질투심에 휩싸인 새 왕비는 백설공주를 죽이라고 사냥꾼에게 명령을 내린다. 사냥꾼은 백설공주의 순수한 마음에 감동해 차마 죽이지 못하고 숲에 풀어주는데, 일곱 난쟁이들의 도움으로 살아난다. 새 왕비는 그 뒤에도 여러 차례 백설공주를 죽이려고 시도해 마침내 독이 든 사과를 먹이지만, 일곱 난쟁이들에 의해 또다시 살아난다. 이처럼 백설공주의 생애에서 일곱 난쟁이들은 절대적인 수호신이다.

위의 작품의 화자 역시 "일곱 난쟁이들"의 도움을 받고 있다. 화자는 "일곱 난쟁이들"이 "빨간 입술을 달싹이며/노란 목젖이 보이도록 낄낄대고/마냥 신바람"을 내는 분위기 덕분에 즐겁게 지낸다. 뿐만 아니라 "일곱 난쟁이들"의 지극한 보살핌도 받는다. 화자가 "물만밥을 깨작깨작하면/계란을 부치고 김치를 꺼내 잡수시라고/아양을" 떨고, "종종걸음 치다 숨을 돌리면/밤톨만 한 손으로 부채질을 해주며/어깨를 주"물러준다. 그리고 "개키던 빨래를 밀어놓고 등걸잠을 자면/살그머니 무릎담요까지 덮어준다".

이와 같이 "동백꽃"은 화자와 함께 살아가는 가족이다. 백설공주를 지켜준 일곱 난쟁이들처럼 화자를 보살펴주면서 공동체의 삶을 영위하는 것이다. 그리하여 화자는 "동백꽃"을 생의 반려로 맞아들인다. 결국 '꽃'의 세계를 이상향으로 삼고 손을 잡고 함께하는 것이다.

4.

> 이팝나무는 파란 대접에 쌀국수 사리사리 담고
> 함박꽃은 수제비로 구색을 맞춘다
> 조팝나무는 한소끔 끓여 몽글몽글한 순두부찌개를 올리고
> 산딸나무는 가래떡을 엽전처럼 납작납작 썰어 떡국을 내놓는다
> 아가위나무는 보풀보풀 버무려 백설기를 쪄내고
> 돌배나무는 화전 지지느라 땀 닦을 겨를이 없다
> 때죽나무는 이가 부실한 어르신들 끼니로 흰죽을 쑤고
> 백당나무는 손맛 자랑하느라 조물조물 나물을 무친다
> 토끼풀은 부지런히 아기 주먹밥을 만들고
> 아까시나무는 운조루 뒤주처럼 튀밥자루 끈을 풀어놓는다
> 하얀 민들레는 냉이꽃 남산제비꽃 산딸기꽃과 어우렁더우렁 꽃
> 비빔밥을 만든다
> 마가목은 송이송이 뭉쳐 밑반찬거리 부각을 튀기고
> 층층나무는 산길 오르느라 헛헛해진 이들에게 주먹밥 한 덩이씩
> 인심을 쓴다
>
> ―「소만(小滿) 즈음」 전문

　입하와 망종 사이에 들어 여름의 기분이 나기 시작하는 절기인 "소만
(小滿)" 즈음의 꽃들은 이를 데 없이 풍부하다. "이팝나무는 파란 대접에
쌀국수 사리사리 담고/함박꽃은 수제비로 구색을 맞춘다". "조팝나무는
한소끔 끓여 몽글몽글한 순두부찌개를 올리고/산딸나무는 가래떡을 엽
전처럼 납작납작 썰어 떡국을 내놓는다". 뿐만 아니라 "아가위나무는 보
풀보풀 버무려 백설기를 쪄내고/돌배나무는 화전"을 지진다. "백당나무
는 손맛 자랑하느라 조물조물 나물을 무"치고, "토끼풀은 부지런히 아기
주먹밥을 만들고/아까시나무는 운조루 뒤주처럼 튀밥자루 끈을 풀어놓

는다". 그리고 "하얀 민들레는 냉이꽃 남산제비꽃 산딸기꽃과 어우렁더우렁 꽃비빔밥을 만"들고, "마가목은 송이송이 뭉쳐 밑반찬거리 부각을 튀"긴다.

이와 같이 꽃들이 피어 있는 세계는 아름다울 뿐만 아니라 풍요롭다. 또한 "때죽나무"가 "이가 부실한 어르신들 끼니로 흰죽을 쑤고", "층층나무"가 "산길 오르느라 헛헛해진 이들에게 주먹밥 한 덩이씩 인심을" 쓰는 데서 볼 수 있듯이 서로서로 나눈다. 공동체 사회를 추구하고 있는 것이다. 그리하여 화자는 풍요롭고 서로 간에 배려하고 나눔이 이루어지는 꽃들의 세계로 즐겁게 들어간다.

대문을 열면 아담한 꽃밭에서 채송화 글라디올러스 아마릴리스 달리아 금잔화 깨꽃 봉숭아 백일홍 붓꽃 맨드라미 분꽃 한련 홍초들이 제각각의 색으로 피고 진다 밖에서 보이지 않는 대문 앞 담장 바로 아래선 빨강 하양 양귀비꽃이 하늘하늘 춤판을 벌이기도 한다
마당 한복판까지 내리뻗은 바위에 잔돌을 쌓아 꾸민 장독대가 있는데 돌 틈은 꼬리 두 개를 가진 하얀 바위취꽃 차지다 장독대에서 집 윗길에 올라앉은 담장은 줄장미 붉은 꽃이 온통 뒤덮었다 저도 질세라 기세 좋게 덩굴을 뻗어나가는 남보라색 나팔꽃은 위풍당당 기상나팔을 불려고 새벽부터 부지런을 떤다 한켠엔 노란 여주 꽃이 수줍게 웃다가 살랑대는 바람에 오톨도톨한 주황색 열매를 대롱거리기도 한다 그 옆으로 기어가듯 퍼져 있는 돌나물 노란 꽃도 방긋거린다
마루 아래 봉당엔 화분이 크기대로 줄서 있다 밤송이선인장 손바닥선인장 공작선인장 손가락선인장이 인심 쓰듯 꽃을 보여주고 꽃기린 양아욱과 석류는 붉은 꽃을 뽐내고 조신하게 하얀 꽃을 피우는 실란은 쭈뼛거리며 연분홍 꽃을 내놓는 개상사화와 단짝처럼 다정하다
부엌 부뚜막은 조왕신 같은 움파가 늘 지키고 있다

— 「마당 깊은 꽃집」 전문

"대문을 열면 아담한 꽃밭에서 채송화 글라디올러스 아마릴리스 달리아 금잔화 깨꽃 봉숭아 백일홍 붓꽃 맨드라미 분꽃 한련 홍초 들이 제각각의 색으로 피고" 지는 모습이 보인다. "밖에서 보이지 않는 대문 앞 담장 바로 아래선 빨강 하양 양귀비꽃이 하늘하늘 춤판을 벌이"고, "하얀 바위취꽃"을 비롯해 "줄장미 붉은 꽃" "남보라색 나팔꽃" "노란 여주 꽃" "돌나물 노란 꽃"도 집안을 차지하고 있다. "밤송이선인장"을 위시한 선인장이며 "꽃기린" "양아욱" "석류" "실란" "개상사화"도 꽃을 마음껏 피우고 있다.

화자는 '마당 깊은 꽃집' 같은 세계를 이상향으로 삼고 있다. 그곳의 "꽃"들은 "제각각의 색"을 가질 정도로 독립성을 갖고 있다. 또한 제자리를 "차지"하고 "위풍당당"하고 "춤판을 벌이"고 길을 "온통 뒤덮"을 만큼 당당하다. 그러면서도 "수줍게 웃"고 "방긋거"릴 정도로 겸손하고, "인심 쓰"고 "다정하"듯이 서로 함께한다. 그리하여 화자는 아름답고 풍요로우면서도 독립적이고 당당하고 평화롭고 인정이 넘치는 꽃들을 끌어안는다.

화자의 이와 같은 모습은 데메테르가 자신의 외동딸인 페르세포네를 사랑하는 것과 같다. 데메테르는 지하 세계로부터 돌아왔지만 다시 돌아가야 하는 운명을 안고 있는 페르세포네이기에 더욱 사랑한다. 영원할 수 없는 딸이기에 그녀의 두려움과 슬픔마저 포옹하는 것이다. 화자가 "꽃"을 끌어안는 것도 마찬가지이다. "꽃" 역시 영원할 수 없는 운명이기에 화자는 온몸으로 품는다. 자신 역시 영원할 수 없기에 "꽃"을 영원히 사랑하는 것이다. 화자의 이와 같은 사랑은 죽음을 모르는 데메테르의 사랑에 비해 인간적인 것이기에 아름답고도 위대하다.

여성 시의 바람

— 이금주, 『혹시! 거기 있나요』론

1.

루이 알튀세르(Louis Althusser)는 예순일곱의 나이에 자서전 『미래는 오래 지속된다』를 집필하면서 자신의 삶을 사랑했다. "삶이란 그 모든 비극에도 불구하고 여전히 아름다울 수 있다. 나는 지금 예순일곱 살이다. 그러나 나는 마침내 지금, 나 자신으로서 사랑받지 못했기 때문에 청춘에 없었던 나로서는 그 어느 때보다도 지금, 곧 인생이 끝나게 되겠지만, 젊게 느껴진다. 그렇다, 미래는 오래 지속된다."[1]라고 말한 것이다.

알튀세르는 1918년 알제리에서 태어나 아버지가 프랑스의 마르세유에 있는 은행의 지점장으로 임명되자 가족들과 함께 이사했다. 아버지의 직장을 따라 다시 리옹으로 이사했는데, 친구들과 잘 어울리지는 못했지

---

1   루이 알튀세르, 『미래는 오래 지속된다』, 권은미 역. 돌베개, 1993, 311쪽.

만 학업 성적이 좋아 윌름 고등사범학교 문과에 합격했다. 그렇지만 전쟁으로 인해 입학이 연기되었고, 징집되었다가 포로로 잡혀 포로수용소에서 지냈다. 전쟁이 끝나자 윌름 고등사범학교 철학과에 입학했는데, 그곳에서 그의 삶에 결정적인 역할을 한 아내 엘렌 리트만을 만났다. 「헤겔 철학에서의 내용 개념」이라는 논문으로 석사학위를 받고 고등사범학교 철학과 지도강사가 되었다.

그의 자서전은 사실 자체만을 기록한 것이 아니지만 그렇다고 허구적인 것만도 아니다. 오히려 그는 사실과 허구의 구분을 의식적으로 포기하고 집필했다. 의지를 가지고 자기 분석을 철저하게 수행한 것이다. 그리하여 그의 자서전은 세상의 수많은 사람들이 사실과 허구를 정확하게 구분하지 않거나 의도적으로 과장하거나 숨기면서 쓴 것과는 차원이 다르다. 그의 자서전은 자기 분석을 근거로 삼고 삶의 전체를 재구성한 것이다. 이러한 점에서 그의 자서전은 글쓰기 차원에서 큰 의의를 갖는다. "알튀세르 자서전이 위대한 문학작품의 반열에 올라서 영원히 남을 것이라는 주장은 그것이 그토록 비장한 글쓰기의 전통을 계승했다는 점에 근거한다. 파스칼은 신과 종교의 섭리에 귀의하기 위해 『명상록』을, 프루스트는 잃어버린 시간을 되찾기 위하여 그 대작을, 사르트르는 실존의 자국을 남기려고 『구역(嘔逆)』을 썼는데 이제 알튀세르는 '두 번 죽지' 않기 위해서 자서전을 쓴 것이다."[2]

알튀세르는 자서전을 인간 조건의 구원으로서 인식하고 집필했다. 인

---

2   송기형, 「정신분석의 미궁과 새로운 삶을 위한 글쓰기」, 위의 책, 19쪽.

간이란 자신의 의지와 상관없이 이 세상에 태어나서 수많은 문제들에 부딪히며 살아가다가 한 점의 먼지로 사라지고 마는 존재인데, 그와 같은 조건에 있는 자신을 글쓰기를 통해 진지하게 인식한 것이다. 자신의 운명을 긍정하고 타자와 함께하는 삶을 지향한 것이다.

이금주 시인의 시 작품들에서도 알튀세르의 자서전에서 느낄 수 있는 절실함이 보인다. 삶의 여정이나 세계관에서 공통점을 찾기는 어렵지만, 글쓰기를 통해 자신을 인식한 점이 유사하다. 그와 같은 면은 시인의 작품에 나오는 '문'과 '바람'의 세계로 집약된다. 이금주 시인의 작품들에서 등장하는 '문'은 그가 지향하는 대상 혹은 이상 세계이다. 그리고 '바람'은 그곳을 향해 다가가는 존재이다. 시인이 지향하는 '문'은 쉽게 발견되지 않을 뿐만 아니라 넘기 어려운 벽인데, '바람'이 힘을 내고 다가간다. 따라서 '바람'은 자신의 운명을 긍정하고 전진해나가는 시인의 의지를 상징한다고 볼 수 있다. 곧 시인의 분신과 같은 것이다. 시인은 그 '바람'과 함께 자신이 꿈꾸는 '문'을 부단히 찾아 나서고 있다.

2.

네게로 가는 문
틈새 하나 보이지 않는다
다가갈수록 높아져만 가는 단단한 벽
깎아지른 절벽뿐
어둠의 뼈가 환히 보이는 날에도
찾지 못했다
지문이 닳도록 더듬어보아도

잡히지 않았다
겨울비에 오장(五臟)이 푹 젖어 숨이 넘어가는 날에도
보이지 않았다
언제부턴가
달빛 내려앉아 시설거렸던 상석 아래
집을 오르는 개미들

오래도록 찾지 못했던 문
거기 있었다
벚꽃잎 받침대 삼아
열려 있었다

—「문을 찾다」전문

　화자는 "네게로 가는 문"을 찾지만 "틈새 하나 보이지 않"을 정도로 발견할 수 없다. 그가 희망하는 대상에, 즉 이상 세계에 들어가려면 반드시 "문"을 열어야 하는데, 그 어디에도 보이지 않는 것이다. 그와 같은 것은 길이 나 있지 않기 때문이다. 그러므로 스스로 길을 내야 하는데, 한계가 많은 존재로서 쉽지가 않다. 방향이나 거리를 파악하기가 힘들고, 필요한 시간이나 노동력을 갖추기 힘든 것이다.

　그렇지만 화자는 포기하지 않고 찾아 나선다. "문"은 "다가갈수록 높아져만 가는 단단한 벽"이거나 "깎아지른 절벽"과 같다. "어둠의 뼈가 환히 보이는 날에도/찾지 못했"고, "지문이 닳도록 더듬어보아도/잡히지 않았"을 뿐만 아니라 "겨울비에 오장(五臟)이 푹 젖어 숨이 넘어가는 날에도/보이지 않았다". 그리하여 화자는 "문"을 찾을 수 없는 자신의 운명을 원망하며 포기할 생각까지 했다. 마치 하늘에 떠 있는 무지개를 잡으려는 자신의 욕망이 부질없다고 생각하고 그만두려고 한 것과 같았다. 그렇지만 화자는 포기하지 않는다. 포기할 수 없다는 것도 잘 알고 있다. "문" 찾는 일을 그만두는 것이란 곧 자신의 삶을 포기하는 것이기 때문이다. 그리하여 인간 존재로서의 의의를 각인하고 다시 찾아 나선다. 그 일이야말로 자신이 이 세상에 존재하는 의의라고 생각하고 힘을 모으는 것이다.

화자는 그 길에서 우연히 "집을 오르는 개미들"을 발견한다. 그리고 그 순간, "오래도록 찾지 못했던 문/거기 있"음을 깨닫는다. 자신이 찾는 "문"이 먼 곳에 있는 것이 아니라 찾아가는 길에 있음을 발견한 것이다. 그리하여 자신이 갈구한 "문"의 의미를 새롭게 인식한다. 모순과 부조리가 없고 궁핍하지 않고 평화롭고 평등한 세계가 먼 곳에 있는 것이 아니라 자신이 발 딛고 살아가는 이 세계에 있음을 깨달은 것이다. 그리하여 화자는 자신의 마음속에 품고 있는 이상 세계를 새롭게 새긴다. 그곳을 지향하는 한 힘을 낼 수 있다고, 주저앉지 않을 것이라고 생각하는 것이다. 화자는 그와 같은 마음으로 "문"을 향한다. 어떠한 난관을 만나더라도 포기하지 않겠다고 투신한다. 삶의 의미란 결과가 아니라 과정이라고 인식하는 것이다.

비상구가 보인다

신세계를 찾아가는 가슴의 박동을 시계추처럼 달고 머리 위로 무수히 피어나는 은하의 깊은 물길을 헤아려본다

구름은 찍혀 있던 새의 발자국, 작은 흔적 하나도 남김없이 털어내 버렸고

바람은 길목의 냄새마저도 지웠지만 난자에게 돌진하는 수많은

정자처럼 나는 비상구를 향해 닻을 올린다

문이 닫히기 전에

— 「보름달」 전문

화자가 나아가는 길 끝에 "비상구"가 있는 것이 보인다. 그리하여 "신세계를 찾아가는 가슴의 박동을 시계추처럼 달고" 다가간다. 다가가면서 "머리 위로 무수히 피어나는 은하의 깊은 물길을 헤아려본다". 문을 열고 들어서면 은하처럼 맑고 밝고 아름다운 세계가 놓여 있다고 기대하는 것이다. 물론 화자는 그와 같은 세계의 존재 유무보다도 다가가는 자체를 중요하게 여기고 전심전력으로 향한다.

화자는 그와 같은 자신의 모습을 마치 "난자에게 돌진하는 수많은 정자"와 같다고 비유하고 있다. 정자가 난자와 한 몸이 되기 위해서는 상상하기 어려운 관문을 통과해야 한다. 수천만 혹은 수억 분의 일이나 되는 경쟁을 뚫어야 되는 것이다. 그렇지만 분명한 것은 그와 같은 과정으로 새로운 생명체가 태어난다는 사실이다. 인간이 예상하거나 상상하기 힘든 기적의 일들이 이 세계에서는 분명 일어난다. 기적은 치열한 과정의 결과물인 것이다.

그리하여 화자는 "비상구"로 향하는 속도를 늦추거나 걸음을 멈추지 않는다. 오직 온몸으로 "문이 닫히기 전에" 이르고자 한다. 자신이 달려갔을 때 이미 "문"이 닫혀 있거나 아무리 달려가도 "문"이 보이지 않을 수 있지만, 화자는 개의치 않는다. 그에게는 "문"을 품고 달려가는 일 자체가 삶의 목표이자 의미인 것이다. 그리하여 "바지랑대 높이 들면/열릴 것 같아/조금만 더 조금만 더/발돋움"(「초승달」)하는 자세로 다가간다.

그와 같은 모습은 삶의 현실에서도 나타나고 있다.

　　　　손에 쥐어준 대본은 없다
　　　　상황이나 상대역도 모른 채
　　　　주어진 역할만 있을 뿐
　　　　언제나 살얼음판 위의 실전
　　　　연습은 처음부터 금기된 사항이다
　　　　쉴 틈 없는 시간의 표정은 수시로 바뀌고
　　　　달콤한 휴식은 혀를 널름거린다
　　　　해와 달,
　　　　눈 밖에 나면
　　　　세기를 빛낸 명연기라 해도
　　　　조명 없는 무대 위에 걸려 있어
　　　　영정사진에 불과하다

　　　　오감(五感)을 총동원해도
　　　　아직도 서툰 내 연극

　　　　하루의 문은 또 열린다

　　　　　　　　　　　　　—「일일 드라마」 전문

　　화자에게 "하루의 문"을 여는 방법은 어디에도 없다. 누구나 그 문을 열고 행복하고 즐겁고 아름답고 풍요로운 삶을 영위하고 싶지만, 그와 같은 일은 결코 쉽지 않다. 화자의 "손에 쥐어준 대본"은 없고, "상황이나 상대역도 모른"다. 예습이나 복습할 수 있는 기회도 주어지지 않는다. "연습은 처음부터 금기된 사항"일 뿐이다. 그렇지만 화자는 자신에게 "주어진 역할"을 포기하지 않는다. 비록 서툰 "연극"이라고 할지라도 최선을 다하는 것이다.

그리하여 "오감(五感)을 총동원"한다. 시각과 청각과 후각과 미각과 촉각 등 자신의 모든 감각을 동원한다. 그리고 원시적이고 본능적인 감각은 물론 이 세계에 대한 지각까지 끌어온다. 뿐만 아니라 아무리 들이마셔도 열리지 않지만 단전에 힘을 준 결과 "네게로 향하는 말의 문/그제야 조금씩 열릴 기미가 보"(「난산」)인 경험을 살린다. 현재의 시간과 공간에서의 경험은 물론이고 이전의 경험들까지 동원하는 것이다. 또한 "달콤한 휴식"이나 "쉴 틈"의 유혹을 거부하고 전력을 다하는 것이다.

현대사회 역시 하루의 "문"을 열려고 경주하고 있다. 컴퓨터나 전문가를 통해 날씨를 예측하고 거리를 측정하고 시간을 예측하고 질병을 예방하고 각종 정보를 분석하는 것이다. 그리하여 "문"을 여는 계산법이 점점 개발되고 길이 만들어지고 전망이 제기되고 있다. 그렇지만 아무리 과학과 기술로 측정하고 작동하고 분석하고 조절하고 배치해도 "문"을 완전하게 열기는 어렵다. "하루의 문"은 과학 기술만으로는 열기 어려운 우주적인 세계인 것이다.

따라서 화자가 온몸으로 "하루의 문"을 열려고 하는 자세는 주목된다. 주체적인 인식을 가진 것은 물론 간절함을 띠고 있기 때문이다. 그와 같은 자세로 나아갔을 때 마침내 "문"은 열린다. 완전한 도달이나 완성이 아니라 한 단계 혹은 한 부분에 불과하지만, 큰 의의를 갖는다. 간절한 바람으로 추구하면 우주의 '바람'마저 손잡아준다고 확신하는 것이다.

3.

어김없이 내 속을 관통하지
당신들도 사심 없이 몸을 맡겨봐
피돌기를 따라 머리에서 발끝까지 돌아다니며
답답하고 응어리진 가슴
요리조리 뚫어놓고 풀어놓아 애드벌룬처럼 부풀리지

망아지처럼 풀밭을 겅중겅중 뛰어다니다가
풍선처럼 공중을 떠다니다가
최상의 탄력을 받아
바람꼬리 휘어잡고 등에 훌쩍 올라탈 수 있는 행운을 잡지
갈퀴 쓰다듬으며 고삐를 바짝 조였다 풀었다
방향을 조종하고
당신이 지나온 발자취 따라 팔도를 돌아다니지
최전방, 벙커에도 가보고
조치원, 연병장 한 바퀴 휘돌아보고
원주, 마지막 집무실 모습까지
두 눈에 넘치게 담아
더 높이
은하수 물길 거슬러 올라
이제
당신을 만나러갈 차례

— 「바람 불어 좋은 날」 전문

　　화자에게 "바람"은 "당신"('문')을 향해 나아가는 데 힘을 실어주는 존재이다. 마치 함께하는 동반자 같은 것이다. "바람"은 화자의 "피돌기를 따라 머리에서 발끝까지 돌아다니며/답답하고 응어리진 가슴/요리조

리 뚫어놓고 풀어놓아 애드벌룬처럼 부풀"린다. 그리하여 화자는 "망아지처럼 풀밭을 경중경중 뛰어다"닌다. "풍선처럼 공중을 떠다니"기도 한다. 그러다가 "최상의 탄력을 받아/바람꼬리 휘어잡고 등에 훌쩍 올라탈 수 있는 행운을" 잡는다. 그만큼 "바람"은 망설이거나 주저하는 화자를 적극적으로 이끌어주는 것이다.

"바람"은 의지가 강한 존재이다. 어떤 상황에서도 물러서지 않는 추진력을 갖고 있다. 진정 "바람"은 침묵하지 않는다. 움직이지 않는 시한부의 삶을 거부하고 살아 있음을 전형적으로 보여준다. 그리하여 눈 감고 지나간 일들을 추억하거나 그리움에 젖지 않고 길을 열어젖힌다. 모든 존재들이 엎드려 있는 순간에도 움직인다. 세상의 빛을 혼자 받으려고 하지 않고 역동적으로 뿌린다. 결국 반복이나 무기력에 갇힌 자신을 끄집어내어 끊임없이 변화시키고 강화시키고 갱신시킨다.

화자는 그와 같은 "바람"과 함께 '문'으로 향한다. 적극적으로 "당신"을 만나러 가는 것이다. 화자는 "당신이 지나온 발자취 따라 팔도를 돌아다"닌다. "최전방, 벙커에도 가"서 살펴보고 "조치원, 연병장"에 가서 "한 바퀴 휘돌아"본다. 그리고 "원주, 마지막 집무실 모습까지/두 눈에 넘치게 담"는다. 단순히 달려가는 것이 아니라 조금이라도 사랑하는 사람과 함께하려는 것이다. "당신"이 걸어가면서 흘린 땀과 고민과 사명감 등을 기꺼이 품는 것이다.

화자는 이처럼 자신과 다른 삶을 영위해온, 아니 자신을 위해 헌신한 "당신"의 길을 온몸으로 따라간다. 시간적인 면에서도 방향의 설정에서도 지탱하는 힘에서도 한계가 많은 존재라고 인정하면서도 기꺼이 따른다. 그리하여 화자는 더 빨리, 더 힘차게, 더 즐겁게, "더 높이" 날아오른다. "당신을 만나러" "은하수 물길 거슬러" 오르는 것이다. 화자의 그 지향은 "바람"과 동행하기에 멈출 수가 없다. 그 어떤 상황도 화자의 발걸음을 방해하거나 가로막을 수 없다. 그리하여 화자는 하늘의 별들을 바라보는 것을 넘어 자신도 그 별들의 하나라고 생각한다. "당신"을 만나러 가는 자신을 긍정하며 진정한 사랑의 불을 켜는 존재로 인식하는 것이다.

자신을 긍정하는 일은 결코 쉽지 않다. 마치 알튀세르가 자서전을 쓴 것과 같이 변증법적인 과정을 거쳐야 한다. 알튀세르는 "그 후 나는 사랑하는 것이 무엇인지 알게 되었다고 생각한다. 즉 그것은 자신을 부풀리고 '과장'하는 주도권을 쥐는 것이 아니라, 상대방에 대해 주의를 기울이고 그의 욕망과 그의 리듬을 존중하고 아무것도 요구하지 않는 것, 그러나 받아들이는 것을, 하나하나의 선물을 인생의 기쁨으로 받아들이는 것을 배울 줄 아는 것, 그리고 전혀 자만하지 않고 전혀 강요하지 않은 채 똑같은 선물을, 똑같은 기쁨을 상대방에게 줄 줄 아는 것이다."[3]라고 고백했다. 수많은 울음과 고통과 낙담과 우울의 과정을 거쳐 비로소 자신을 사랑하게 된 것이다. "당신"으로 향하는 화자의 과정도 마찬가지이다.

이금주 시인이 '문'을 향하는 여정 역시 평탄한 것이 아니다. 시인은 그 과정에서 때로는 흥분하고 때로는 소침하고 때로는 낙담하고 때로는 원망한다. 추억에 빠지거나 몽상에 젖거나 현기증을 겪기도 한다. 그리하여 포기하거나 다른 대안을 떠올려보기도 한다. 실패가 가져오는 아픔과 참담함을 견디기가 쉽지 않기 때문이다.

---

3 루이 알튀세르, 앞의 책, 311쪽.

그렇지만 시인은 '문'을 향해 온몸으로 밀고 나아간다. 자신의 길을 포기할 수 없다고 배수진을 치고 한 발씩 내딛는 것이다. 시인은 그와 같은 과정에서 '바람'의 손을 잡는다. 시인에게 '바람'은 타자가 아니라 자신이 낳은 분신이다. '문'으로 향하는 시인의 바람(갈망)이 구현화된 것이다. 따라서 '바람'과 함께하는 시인의 발걸음은 역동적일 수밖에 없다. 그리고 희망적이고 자기 갱신적일 수밖에 없다. 시인에게 하루하루는 바람 불어 좋은 날이어라.

정선아리랑 가사의 주제

― 긴아리랑을 중심으로

1. 들어가며

긴아리랑은 강원도 정선 지역에서 부르는 정선아리랑의[1] 한 형식이다. 정선아리랑 중에서 가장 느리게 부르는 것으로 경쾌하게 부르는 자진 아리랑과 앞부분에서는 긴 사설을 빠른 가락으로 부르다가 뒷부분에서 느리게 부르는 엮음아리랑과 구분된다. 긴아리랑은 불리는 빈도수에서 "긴소리는 85%, 잦은소리는 10%, 엮음소리는 5% 정도"[2]라는 연구 결과가 있듯이 정선아리랑을 대표한다.

---

1 "1970년의 전국 민속경연대회에 정선아리랑이라는 이름으로 참가해서 입상하고, 그것이 1971년 강원도 지방무형문화재 제1호로 등록되면서 긴 아라리를 정선아리랑이라고 부르는 일이 보다 공식적으로 확산되었다." 강등학, 『정선아라리의 연구』, 집문당, 1993, 12~13쪽.
2 김연갑, 『아리랑 시원설 연구』, 명상, 2006, 45쪽.

긴아리랑은 대부분의 민요들이 일반인들에게 전승되지 못하고 있는 상황에 비추어보면 주목된다. 밭을 매거나 모를 심는 등의 일을 할 때는 물론이고 일상생활에서 가장 폭넓게 불리는 것이다. 물론 이전 세대에 비해서는 생활과 유리된 면이 다소 있는 것이 사실이지만, 여전히 다양하게 계승되고 있다. 강원도가 정선아리랑을 지방무형문화재 제1호로 등록한 면에서 볼 수 있듯이 행정적인 지원을 하고 있을 뿐만 아니라 지역 주민들이 여전히 애정을 가지고 부르고 있기 때문이다. 따라서 정선아리랑의 전승과 확산에 기여할 수 있는 면을 지속적으로 개발하는 것이 중요한데, 정선아리랑의 가사를 정확하게 해석하고 그 의미를 살펴보는 일도 한 면이 될 것이다. 수용자의 입장에서 정선아리랑의 가사를 정확하게 이해할 때 인지력과 응용력이 높아질 것이기 때문이다.

지금까지 정선아리랑에 관한 연구는 김지연이 1930년 6월에 간행된 조선총독부 기관지인 『조선』에 다른 민요와 함께 정선아리랑의 가사를 소개한 것이 처음이었다. 그 이후 1933년 5월에 간행된 『별곤건』에 「구정선 아라리」가 6수 소개되었고, 1937년 11월 21일자 『동아일보』에 「정선어러리」 5수가 소개되었다. 또한 정선교육구가 24수를 연애편, 산수편, 계절편, 인생편, 망향편, 근면편으로 분류하고 해설한 『정선민요집―정선아리랑』(정선교육구, 1955)을 비롯해 연규한이 120수의 가사를 수록하고 해설한 『정선아리랑』(문화인쇄사, 1968), 550수의 정선아리랑 가사를 수록한 『정선아리랑』(정선아리랑위원회, 1977) 등이 나왔다. 그리고 현장에서 정선아리랑을 수집하고 이론적으로 분석한 강등학의 『정선아라리 연구』(집문당, 1988), 진용선이 1,200수에 이르는 정선아리랑을 수집하여 실은 『정선아라리 그 삶의 소리 사랑의 소리』(집문당,

1993), 정선아리랑 기능보유자인 김병하 등이 간행한 『정선아리랑』(범우사, 1996), 국내외의 답사를 통해 아리랑을 채집하고 분석한 진용선의 『정선아리랑 찾아가세』(다움, 1997), 동강과 남한강을 거쳐 한양에 이르렀던 뗏목꾼들이 부르던 정선아리랑을 수집하고 고찰한 진용선의 『정선 뗏목』(정선문화원, 2001), 진용선이 1,200여 수의 가사에 주석을 단 『정선아리랑 가사집』(집문당, 2003), 김시업 등이 2,599수의 가사를 채집해서 수록한 『정선의 아라리』(성균관대학교 동아시아학술원, 2003), 정선아리랑의 내용과 전승 현황 등을 정리한 진용선의 『정선아리랑』(집문당, 2004), 정선아리랑의 전승 실태와 나아갈 방향을 제시한 이현수의 『정선아라리의 전승 현장과 변이 양상 연구』(민속원, 2006), 아리랑의 시원이 거칠현 가운데 한 사람인 목은 이색의 시에서 비롯되고 주장한 김연갑의 『아리랑 시원설 연구』(명상, 2006) 등이 간행되었다.[3]

정선아리랑에 관한 학위논문으로는 정선아라리의 구조적 특성과 역사적 전개 과정을 고찰한 정우택의 논문,[4] 정선아라리의 가사에 나타난 의식을 연구한 유재근의 논문,[5] 정선아리랑의 가창자에 대해 조사한 구영주의 논문,[6] 정선아리랑에 담긴 한을 분석심리학으로 고찰한 고자영의

---

3 『정선아리랑 전승 실태 조사보고서』(정선군, 2007, 23~34쪽)에서 발췌함.

4 정우택, 「정선아라리의 구조적 특성과 역사적 전개」, 성균관대학교 석사학위 논문, 1985.

5 유재근, 「정선아라리 연구」, 한국교원대학교 석사학위 논문, 1995.

6 구영주, 「정선아라리 가창자에 대한 현장론적 연구」, 강릉대학교 석사학위 논문, 1998.

논문,[7] 정선아라리의 시대적 가치관을 연구한 박승만의 논문,[8] 정선아리랑에 나타난 골계미를 고찰한 유영표의 논문,[9] 강원 지역 아라리의 분포 양상과 가사에 나타난 문학적 특성, 후렴의 사용 양상, 문화적 배경 등을 연구한 유명희의 논문,[10] 정선아라리의 전승 현장과 변이 양상을 연구한 이현수의 논문,[11] 남한강 유역의 아라리를 연구한 김희정의 논문,[12] 정선아리랑의 여성 의식을 연구한 유동완의 논문[13] 등을 들 수 있다.[14]

---

7 고자영, 「정선아리랑에 나타난 한의 이해와 해원 : C. G. 융의 분석심리학적인 고찰을 중심으로」, 협성대학교 석사학위 논문, 2000.

8 박승만, 「정선아라리에 나타난 가치관 연구」, 한국교원대학교 석사학위 논문, 2000.

9 유영표, 「정선아라리에 나타난 골계양상 연구」, 안동대학교 석사학위 논문, 2002.

10 유명희, 「아라리 연구」, 한림대학교 박사학위 논문, 2005.

11 이현수, 「정선아라리의 전승 현장에 변이 양상 연구」, 대구대학교 박사학위 논문, 2005.

12 김희정, 「남한강 유역의 아라리 연구」, 경희대학교 석사학위 논문, 2006.

13 유동완, 「정선 아리랑의 여성 의식에 관한 철학적 분석」, 한국외국어대학교 박사학위 논문, 2009.

14 음악, 무용, 교육, 경영 분야의 논문으로는 다음을 들 수 있다. ① 고숙경, 「정선 아리랑에 관한 연구」, 경희대학교 석사학위 논문, 1980. ② 강은경, 「아리랑 선율에 관한 연구」, 부산대학교 석사학위 논문, 1996. ③ 이경하, 「관광지 설화가 관광 목적지 선정에 미치는 영향 연구 : 정선아리랑을 중심으로」, 경원대학교 석사학위 논문, 1997. ④ 이용채, 「민요 "정선아리랑"과 정부기 "정선아리랑"의 주제에 의한 농요 분석 연구」, 중앙대학교 석사학위 논문, 2001. ⑤ 김미정, 「서울제 정선 아리랑과 지방제 정선 아라리 비교 연구」, 중앙대학교 석사학위 논문, 2002. ⑥ 윤정민, 「정선아리랑의 교육방안 연구」, 부산대학교 석사학위 논문, 2002. ⑦ 문현옥, 「정선아리랑 연주를 위한 단계별 해금 지도 방안」, 중앙대학교 석사학위 논문, 2004. ⑧ 함영선, 「강원도 정선아라리의 선율 연구 : 이유

이 밖에 일반 논문으로는 강등학, 박재훈, 서병하, 이현수, 전신재, 진용선 등의 것을 들 수 있다. 강등학은 정선아라리의 작시 공식, 장르 수행 문제, 장르 양상, 전승 문제, 시조나 타령과의 비교 연구 등을,[15] 박재훈은 정선아리랑의 리듬, 가락, 음악적 특징 등을,[16] 서병하는 정선아리랑의 배경, 민요, 요사(謠詞) 등을,[17] 이현수는 정선아리랑의 전승 현장, 전승 양상, 정선아리랑제 등을,[18] 전신재는 정선아라리의 갈등 구조, 노랫말의 현대적 수용, 여성의 삶 등을,[19] 진용선은 연변 지역의 정선아리랑, 정선아리랑의 국제화, 육성 전략, 문화관광축제 등을[20] 고찰했다.

라의 정선아라리, 엮음아라리, 자진아라리를 중심으로」, 용인대학교 석사학위 논문, 2004. ⑨ 소라, 「이준복의 피아노 작품 〈Korean Rhapsody by "Arirang"〉 분석」, 전북대학교 석사학위 논문, 2005. ⑩ 인치서, 「정선아리랑의 춤의 요소에 관한 고찰」, 강원대학교 석사학위 논문, 2006. ⑪ 최인목, 「정선아리랑 지도방안 연구 : 중학교 2학년을 중심으로」, 강릉대학교 석사학위 논문, 2008. ⑫ 박용문, 「초등교육현장에서의 정선아리랑 전수실태와 개선방안 연구 : 정선지역 초등학교를 중심으로」, 관동대학교 석사학위 논문, 2009. ⑬ 박승만, 「정선아리랑을 활용한 국어과 수업모형 개발 및 효과 연구」, 관동대학교 박사학위 논문, 2012.

15 강등학, 「정선아라리의 전승가사와 구연의 두 양상」(『국어국문학』 제96호, 국어국문학회, 1986) 외 11편의 학회지 논문이 있다.

16 박재훈, 「정선아리랑의 리듬 구조」(『관동향토문화연구』 제1집, 춘천교육대학 관동문화연구소, 1977) 외 2편의 학회지 논문이 있다.

17 서병하, 「관동지방의 민요에 관한 연구—정선아리랑을 중심으로」(『관동향토문화연구』 제1집, 춘천교육대학 관동문화연구소, 1977) 외 4편의 학회지 논문이 있다.

18 이현수, 「정선아리랑의 전승 양상 : 경창대회를 중심으로」(『한국전통음악』 제6호, 한국전통음악회, 2005) 외 2편의 학회지 논문이 있다.

19 전신재, 「엮음아라리의 갈등 구조」(『강원문화연구』 제9집, 강원대학교 강원문화연구소, 1989) 외 2편의 학회지 논문이 있다.

20 진용선, 「연변 지역 정선아리랑의 분포 양상과 특징」(『연변예술발표회문사자료

이와 같이 정선아리랑에 관한 기존의 연구는 가사 수집, 유래 및 배경, 다른 아리랑과의 비교, 음악적인 면, 무용적인 면, 형태와 율격, 전승 문제, 국제화 등에 대한 것으로 다양하게 이루어졌다. 그렇지만 정선아리랑의 가사에 대한 고찰은 부족했다. 가사를 해석하고 그 의미를 고찰하는 일은 연구의 가장 기초적인 영역인데도 불구하고 지금까지 제대로 이루어지지 않은 것이다. 그 이유는 정선아리랑의 가사가 지역 사람들의 입을 통해 전해져온 토박이말이어서 해석을 분명하게 하는 데 어려운 점이 있기 때문이고, 또 구어의 가사이기에 고찰한 만한 가치가 적다는 선입견이 작용했기 때문이다. 특히 본격문학에 속하는 현대시가 대량으로 생산되면서 정선아리랑의 가사는 비문학적인 것으로 간주되어 연구 대상이 되지 못한 것이다.

이 글에서는 긴아리랑의 가사 23수를 연구 대상으로 삼는다. 엮음아리랑, 뗏목아리랑, 자진아리랑 등은 다음 기회에 살펴보기로 한다. 연구 대상으로 삼는 23수의 긴아리랑 가사는 강원도 무형문화재 제1호로 지정된 것들로 정선아리랑문화재단 홈페이지의 '정선아리랑 소리'란에 게시되어 있을 뿐만 아니라 정선아리랑문화재단에서 발간한 시디 음반에도 수록되어 있다. 그만큼 공인된 가사들로 일반인들이 많이 부르고 있는 것이다. 따라서 이 가사들을 심도 있게 고찰하는 연구는 정선아리랑을 이해하는 길잡이가 된다. 물론 정선아리랑은 현재 3천 수 이상 발굴되어 있으므로 그 모든 가사들에 대한 고찰도 이루어져야 할 것이다. "정선아라리는

집』, 연변조선족문화연구회, 2003) 외 3편의 논문이 있다.

장식음이 발달되어 있지 않고 최고음과 최저음의 차이가 적어 선율의 변화가 크지 않다. 이와 같은 점은 음악보다는 가사가 중심을 이루며 자신의 신세와 처지, 그리고 심리적 상태를 표출하는 데 도움을"[21] 주는 것이다.

한편 정선아리랑문화재단의 홈페이지나 정선아리랑문화재단에서 제작한 시디에 수록된 가사들에는 나름대로 어려운 어휘를 골라 각주 형식으로 해석해놓고 있다. 진용선도 1,200여 수의 가사들을 채집해 이해가 쉽지 않은 단어들에 주석을 달아놓았다.[22] 일반인들에게 정선아리랑의 의미를 정확하게 이해시키려고 시도한 것으로 바람직하다고 볼 수 있다. 그렇지만 아직도 해석이 필요한 어휘가 많으며 바로잡아야 하는 부분들도 있다. 그리하여 이 글에서는 긴아리랑의 어휘와 내용을 좀 더 심도 있게 살피면서 주제를 정리하고자 한다.

2. 긴아리랑의 가사 내용과 주제

1) 연정의 노래

주지하디시피 연정이란 남녀가 서로 그리워하며 사랑하는 마음이다. 인간 세계가 영위되는 한 남녀 간의 사랑은 끊이지 않는 주제로서 다양한 모습으로 나타날 것인데, 긴아리랑에서도 볼 수 있다. 사랑하는 상대에 대한 애틋함, 간절함, 원망 등을 솔직하게 나타내고 있는 것이다.

---

21 김시업, 『정선의 아라리』, 성균관대학교 대동문화연구소, 2004, 17면.
22 진용선, 『정선아리랑 가사집』, 집문당, 2003.

남성이 부르는 긴아리랑[23]의 가사에서 연정을 나타낸 경우는 후렴구를 제외한 총 12수[24] 가운데 제2수, 제5수, 제8수, 제11수, 제12수가 해당된다. 후렴구는 독립적인 가사라고 보기 어렵기 때문에 내용의 고찰에서는 제외시키고자 한다. 후렴구의 가사는 "아리랑 아리랑 아라리요/아리랑 고개 고개로 나를 넘겨주게"인데, 앞의 내용을 마무리 짓는 역할을 하는 동시에 또 다른 정선아리랑을 연결시키는 고리의 역할을 한다. 긴아리랑을 부르는 창자(唱者)나 듣는 청자(聽者)가 후렴구를 쉽게 기억하는 것은 가락과 가사에 익숙하기 때문이기도 하지만, 앞의 가사들에서 느끼는 정서를 집약시키고 있기 때문이기도 하다. 후렴구를 제외하고, 연정을 노래한 가사의 내용을 차례대로 살펴보기로 한다.

> 서산에 지는 해는 지구 싶어 지나
> 정들이고 가시는 님은 가구 싶어 가나 　　　　　　　　(제2수)

제2수에서 창자는 떠나는 "님"과의 이별을 받아들이면서 자신을 위로하고 있다. "해"가 "서산"으로 지는 것은 우주적 질서에 의한 것이듯 정든 "님"이 떠나는 것 역시 그와 같은 이유가 있다는 것이다. 따라서 이별이 "님"의 의지에 의한 것이 아니라 어떻게 해볼 수 없는 사연이 있기 때문이라고 애써 자위하고 있다. 현실적으로 이루어질 수 없는 사랑의 결과

23　정선아리랑문화재단에서 여러 면을 고려해 분류한 것인데, 실제로는 남성이 부르는 긴아리랑을 여성이 부르기도 하고 여성이 부르는 긴아리랑을 남성이 부르기도 한다.

24　후렴구를 포함하면 13수가 된다.

를 받아들이면서도 사랑하는 사람만큼은 미워하지 않겠다는 자세인 것이다. 마치 김소월이 「진달래꽃」에서 내보인 "나 보기가 역겨워/가실 때에는/말없이 고이 보내드리오리다"와 같은 모습이다. "사랑의 좌절 앞에서 적극적인 저항도 하지 못하면서 또한 쉽게 단념하지도 않는"[25] 모습인 것이다. 그리하여 "정들이고 가시는 님"을 붙잡을 수 없기에 체념하며 자신을 위로하는 창자의 마음은 한스럽기만 하다. "한은 그 불행의 원천을 근본적으로 해소시킬 수 없는 상황에서 발생하며, 따라서 한은 간접적으로 푸는 것이 일반적이다. …(중략)… 가장 보편적인 방법은 말을 통해 한을 푸는 것"[26]이라는 진단도 있듯이 창자는 자신의 한을 긴아리랑을 부르며 풀고 있는 것이다.

> 산천에 올라서 임 생각을 하니
> 풀잎에 매디 매디[27] 찬이슬이 맺혔네   (제5수)

제5수에서 창자는 보다 직접적으로 "임"을 그리워하며 노래하고 있다. 창자는 "산천에 올라서 임"을 생각하다 보니 "풀잎"의 "매디 매디"에 "찬이슬이 맺혔"는 것을 발견한다. "풀잎" 마디에 맺힌 "찬이슬"이란 "임"을 간절하게 그리워하고 있는 창자의 눈물이다. 이 가사의 "임"은 충절이나

---

25   김종태, 「김소월 시에 나타난 한의 맥락과 극복 방법」, 『한국문예비평연구』 제18집, 한국현대문예비평학회, 2005, 46쪽.

26   최상진, 『한국인 심리학』, 중앙대학교 출판부, 2000, 92쪽.

27   고마디 마디. (세종). 이하에서 (세종)으로 출처를 밝힌 경우는 '21세기 세종 계획 한민족 언어정보화'(http://www.sejong.or.kr/frame.php)를 참조한 것임.

효의 대상으로보다는 문맥을 고려했을 때 연정의 대상으로 보는 것이 적절하다. 따라서 창자는 사랑하는 사람과 함께하지 못하는 상황을 인정하면서 슬퍼하고 있는 것이다.

> 무릉도원[28] 삼산[29] 오수[30]에 도화는 만발했는데
> 짝을 잃은 외기러기 갈곳이 없구나   (제8수)

제8수에서 창자는 복숭아꽃이 만발한 봄날에 자신의 처지가 "짝을 잃은 외기러기"와 같다고 노래하고 있다. 정선아리랑문화재단 홈페이지의 자료란이나 시디 해설집에서 "무릉도원"을 도연명(陶淵明)의 『도화원기(桃花源記)』에 나오는 별천지라고 뜻풀이를 해놓고 있다. 그렇지만 정선 지역을 일컫는 지명인 "삼산"과 "오수"가 이어지는 것으로 보아 "무릉도원" 역시 같은 차원으로 해석하는 것이 타당하다. 실제로 강원도 정선에는 무릉리(武陵里)라는 지명이 존재하는데, 그곳에는 경치가 좋은 무릉계곡이 있다. 무릉리란 지명은 고려 충렬왕 때 정선의 고을 이름을 무릉도원에서 줄인 도원(桃源)이라고 했는데, 그 이름에서 연유한 것이다. 이와 같은 사실들로 볼 때 "무릉도원"은 정선의 한 지명으로 해석할 수 있다. 창자는 "짝을 잃"고 "도화"가 활짝 핀 "무릉도원" 속에서 외로워하고 있다. 사랑하는 사람이 떠나갔기에 외로움을 느낄 수밖에 없는데, 그렇다

---

28 武陵桃源. 경관이 뛰어난 무릉계곡이 있는 강원도 정선군 무릉리.
29 三山. 정선 지역의 증산, 묵산, 척산을 일컫는 지명.
30 五水. 정선 지역의 동남천, 증산수, 자고지수, 발구덕수, 척산수를 일컫는 지명.

고 어떻게 해볼 수도 없다. 그리하여 창자는 한편으로는 사랑하는 사람과 함께할 수 없어 슬퍼하면서 다른 한편으로는 체념을 통해 자신을 위로하고 있는 것이다.

> 돌담넘어 밭 한뙈기를 건너가면 되련만
> 얼키고 설키었으니 수 천리로구나   (제11수)

제11수에서 창자는 "돌담넘어 밭 한뙈기를 건너가면" 될 정도로 상대와 가까운 거리에 있지만, 서로의 관계가 얽히고설켜 "수 천리"나 되는 바람에 만나기가 어렵다고 노래하고 있다. 사랑은 서로의 관계 속에서 영위되므로 복잡하고도 미묘하다. 그리하여 얽히고설킨 관계로 인해 심리적 갈등과 고통을 겪기도 하고, 친밀한 관계로 인해 행복해지기도 한다. 창자는 얽히고설켜 고통이 큰 자신의 마음을 긴아리랑을 부르며 풀고 있는 것이다.

> 비봉산³¹⁾ 한중³²⁾ 허리에 두견새가 울거든
> 정든님 영혼이 돌아온 줄 알어라   (제12수)

제12수에서 창자는 "비봉산"의 "한중"에서 들리는 "두견새"의 울음소리를 "정든님"의 "영혼이 돌아온" 것으로 노래하고 있다. "비봉산"은 정선 지역에 있는 산이다. "두견새"는 믿었던 장인에게 나라를 빼앗겨 그

---

31 飛鳳山. 강원도 정선읍 봉양리에 있는 산.
32 한중간.

원통함을 참을 수 없어 죽은 뒤 새가 되어 밤마다 목에서 피가 나도록 울었다는 촉나라의 망제(望帝) 전설을 가지고 있다. 창자는 이 세상을 떠난 "정든님"과 살아 있는 동안 깊은 사랑을 나누었기에 그를 잊지 못하고 있는 것이다.

한편 여성이 부르는 긴아리랑의 가사에서 연정을 나타낸 경우는 후렴구를 제외한 총 9수 가운데 제2수, 제3수, 제4수, 제8수가 해당되는데, 차례대로 내용을 살펴보기로 한다.

> 아우라지[33] 뱃사공아 배 좀 건네 주게
> 싸리골[34] 올동박[35]이 다 떨어진다[36]　　　　　　　(제2수)

제2수에서 창자는 강을 빨리 건너가고 싶은 자신의 심정을 노래하고

33　강원도 정선군 북면 여량리에 있는 지명. 태백산 골짜기에서 임계 쪽으로 흘러내리는 골지천과 평창 쪽에서 흘러내리는 송천이 합류한다.

34　강원도 정선군 북면 유천리에 있는 마을.

35　생강나무.

36　정선아리랑 2,600여 편 중에서 가장 선호도가 높다는 연구 결과가 있다. 그 이유는 노래의 내력에서 서사적 사건과 극적 정황을 깔고 있는 점, 극적 독백체 서술이어서 흥미와 공감적 호소력을 극대화하고 있는 점, 노래의 배경이 아우라지라는 정선의 구체적인 공간이면서도 남녀의 애틋한 사랑의 공간으로 열려 있는 점 등을 들고 있다. 김학성, 「정선아리랑 가창자의 가창 선호도에 대한 연구」『한국시가연구』 제12집, 한국시가학회, 2002, 382면. 강원도 정선교육청이 2001년에 발행한 지역초등학교 학습 자료의 '가장 잘 알려진 정선아리랑 가사 3수 읽어보기'에서도 "눈이 올려나~", "명사십리가 아니라면은~"과 함께 이 가사가 선정되었다.

있다. "아우라지"는 정선의 여량리에 있는 지명으로 정선아리랑 가사의 대표적인 배경 중 한 곳이다. 임계 쪽에서 흘러내리는 골지천과 평창 쪽에서 흘러내리는 송천이 합류하는데, "아우라지"는 흘러내리는 두 물이 어우러진다는 말에서 생겨났다. 한때는 남한강 뗏목의 출발지이도 했다. "싸리골"은 정선의 유천리에 있는 마을이다. "올동박이"는 봄에 노란 꽃이 피고 가을에 까만 열매가 달리는 생강나무이다. 이 가사는 여량리에 살고 있는 처녀와 유천리에 살고 있는 총각이 "싸리골"에 동백을 따러 갈 것을 약속했다가 뒷날 비가 오는 바람에 강물이 불어 건널 수 없게 되자 안타까움을 노래했다는 사연이 전해진다. 따라서 강을 건널 수 없는데도 불구하고 "뱃사공"에게 배를 좀 건네달라고 하소연한 것이나, "싸리골 올동박이 다 떨어"지기 때문이라고 그 이유를 든 것은, 사랑하는 사람을 만나고 싶은 속마음을 간절하면서도 절묘하게 노래한 것이다.

> 떨어진 동박[37]은 낙엽에나 쌓이지
> 사시장철[38] 임 그리워서 나는 못살겠네   (제3수)

제3수에서 창자는 임을 그리워하는 마음을 직접적으로 노래하고 있다. 떨어진 동백이 "낙엽"에 쌓이는 모습은 사랑하는 연인이 서로 껴안은 상태와 같다. 그런데 창자는 "사시장철" "임"을 그리워하고 있을 뿐 그와

---

37 동백. (국립). 이하에서 (국립)으로 출처를 밝힌 경우는 '국립국어원 표준국어대사전'(http://stdweb2.korean.go.kr/search/List_dic.jsp)에서 참조한 것임.
38 四時長철. 사철의 어느 때나 늘. (국립).

같은 사랑을 이루지 못해 안타까워하고 있다. 앞의 가사와 마찬가지로 여성이 사랑에 적극적이다. 자신의 성적 욕구를 해소하고 싶은 마음을 솔직하고도 당당하게 드러내고 있는 것이다. 성적 욕구는 인간이 추구하는 가장 강렬한 욕망의 한 가지이다. 그런데도 불구하고 유교주의 사회에서는 도덕적 규범을 내세워 억압해왔는데, 위의 가사에서는 일탈하는 용기를 내보이고 있는 것이다.

> 저 건너 저 묵밭[39]은 작년에도 묵더니
> 올해도 날과[40] 같이 또 한해 묵네   (제4수)

제4수에서 창자는 계속해서 농사를 짓지 않아 묵고 있는 "묵밭"이나 자신의 처지가 비슷하다고 노래하고 있다. 건너편의 "묵밭"이 임자가 농사를 짓지 않아 "작년에도 묵더니/올해도" 묵고 있는 모습이 곧 사랑하는 사람이 찾아주지 않는 "날과" 같다는 것이다. 사랑하는 사람이 찾아주지 않는 자신의 모습을 "묵밭"에 비유한 것은 여성으로서의 성적 욕망을 나타낸 면으로 볼 수 있다.

> 당신이 날 생각을 날만침만[41] 한다면
> 가시밭길 수천 리라도 신발 벗고 가리다   (제8수)

---

39 농사를 짓지 않고 버려두어 거칠어진 밭. 묵정밭. (국립).

40 나와.

41 나만큼만.

제8수에서 창자는 사랑하는 사람에 대한 마음을 적극적으로 노래하고 있다. 창자는 마음에 드는 한 사람을 진정으로 사랑해 "당신이 날 생각을" "날만침만" 한다면 "가시밭길 수천 리라도 신발 벗고" 달려가겠다고 한다. 이와 같은 면은 "당신"이라는 사람이 창자가 사랑하는 만큼 대응해 주지 않는 것을 나타낸다. 그렇지만 창자는 포기하지 않는다. 포기하지 않고 "당신"에게 달려가겠다고 노래하고 있는 것이다.

이와 같이 긴아리랑의 가사 중에서 연정을 노래한 것들은 남녀가 서로를 그리워하며 사랑하는 마음을 다양하게 전하고 있는데, 여성이 부르는 긴아리랑의 가사에서는 적극성을 띠는 모습을 보이고 있다. 사랑하는 사람을 빨리 만나고 싶은 마음이나 성적 욕구를 해소하고 싶은 마음 등을 대담하게 노래한 것이다. 이와 같은 모습은 유교주의 사회를 지배하는 가부장제에 맞서는 것이어서 주목된다.

2) 극복 지향의 노래

(1) 여성 의식의 추구

유교주의 질서가 공고화되면서 여성은 남성에 비해 모든 영역에서 열등한 위치에 놓이게 되었다. 인격적인 면은 물론이고 사회생활 전체 영역에서 불리하고 불평등한 대우를 받게 된 것이다. 그리하여 여성은 가부장제의 억압에 무조건 따라야 했는데 여필종부, 남존여비, 칠거지악, 삼종지도, 수절, 열녀 같은 제도나 가치관이 그 여실한 증거이다. 여성의 일생은 남성의 선택과 결정에 순종하는 것이 의무였고 또한 미덕으로 여겨졌다. 그리하여 여성의 인격은 인정되지 않았고 남성이 필요로 하는 도구로 취급되었다. 여성이 부르는 긴아리랑은 그와 같은 남존여비 사상에 맞서는 모습을 보이고 있다. 남성이 부르는 긴아리랑의 가사에서는 여성 의식을 추구한 모습을 볼 수 없기에 주목된다. 여성이 부르는 긴아리랑에서 여성 의식을 추구한 경우는 후렴구를 제외한 총 9수 가운데 제5수, 제6수, 제7수가 해당되는데, 가사의 내용을 차례대로 살펴보기로 한다.

오라버니 장가는 명년[42]에나 가시고
검둥 송아지 툭툭 팔아서 날 시집 보내주 　　　　　　　(제5수)

제5수에서 창자는 결혼하고 싶어 하는 마음을 직설적으로 노래하고 있다. "오라버니"는 "명년"에 "장가"를 가고 올해에는 "검둥 송아지"라도 팔아 자신을 "시집 보내"달라고 호소하고 있는 것이다. 보다 구체적이면서도 사회성을 띠고 있다는 점에서 주목된다. 그동안 가부장제 사회에서는 순종적인 여성상이 요구되었는데 창자는 맞서고 있다.[43] 농업이 절대적인 기반인 사회에서 "검둥 송아지"를 팔아서라도 시집을 보내달라고 요구하는 것은 실로 도전적이다. 소는 농사를 짓는 데 큰 노동력을 제공하기 때문에 한 식구와 다름없는 존재였던 것이다. 그러므로 소를 팔아서 "시집 보내"달라고 하는 모습은 여성으로서의 요구가 얼마나 대담한

42　明年. 올해의 다음. 내년(來年). 다음해로 순화. (세종)
43　윤홍로는 수동적인 기다림으로 서성거리는 여인의 모습으로 보았는데, 좀 더 적극적으로 여성성을 부여할 필요가 있다. 윤홍로, 「강원도 민요의 의미강」, 『국문학논집』, 7-8집, 단국대학교 국어국문학과, 1975, 208~209쪽.

것인가를 보여준다. 뿐만 아니라 가부장제 사회에서 "오라버니"는 아버지를 잇는 가족의 대표자인데, 그보다 먼저 시집을 가겠다고 나서는 창자의 모습 역시 여성 의식을 추구하는 것으로 볼 수 있다.

> 요보소 당신아 요 내 얼굴을 좀 보소
> 포근폭신 곱던 얼굴이 절골[44]이 되었네　　　　　　　(제6수)

제6수에서 창자는 세월의 흐름에 따라 늙은 자신의 얼굴을 안타까워하고 있다. "포근폭신 곱던 얼굴"이 "절골"된 모습으로 비춰지는 거울 앞에서 한스러워하고 있는 것이다. 그런데 창자는 늙은 자신의 얼굴이 단순히 세월이 흘러 변한 것이 아니라 시집와서 고생했기 때문이라고 인식하고 있다. 그리하여 "요보소 당신아 요 내 얼굴을 좀 보소"라고 남편을 원망한다. 가부장제 사회에서 여성은, 특히 결혼한 여성은 일을 해야만 하는 존재였다. 시집살이란 말이 대변하듯이 가장이 정한 일을 순종적으로 수행해야만 되었던 것이다. "결혼한 여성들이 시집에서 새벽부터 늦은 밤 또는 새벽녘까지 일을 하는 것은 가부장제 사회에서 일상화된 하나의 권력 작용이었"다.[45] 그리하여 여성은 남성의 권력에 길들여져 주체성을 상실한 "얼굴"을 가지게 된다. 신체 기관 가운데 얼굴은 사람의 감정을 가장 대표적으로 드러낸다. 따라서 창자의 늙은 "얼굴"은 여성으

44　뼈만 남아 앙상한 모습.
45　유동완, 「정선아리랑의 여성의식에 관한 철학적 분석」, 한국외국어대학교 박사학위 논문, 2009, 141쪽.

로서의 힘든 삶을 고스란히 보여주고 있는 것이다.

> 천리로구나 만리로구나 수천리로구나
> 곁에 두고 말못하니는 수천리로구나　　　　　　　　　(제7수)

　제7수에서 창자는 부부 사이에서 의사소통이 어려운 것을 토로하고
있다. 가까이하면서도 하고 싶은 말을 제대로 전하지 못하는 상황을 안
타까워하는 것이다. 가부장제가 지배하는 가정에서 여성은 여필종부나
삼종지도를 자신의 운명으로 삼고 살아가야 했기 때문에 애정의 표현 같
은 말은 조심스러울 수밖에 없었다. 그리하여 창자는 "천리로구나 만리
로구나 수천리로구나"라고 하소연하고 있는 것이다. 이와 같은 면은 여
성 의식을 노래한 것으로, 즉 기존의 가부장제에 맞서는 것으로 볼 수 있
다. 이처럼 긴아리랑은 창(唱)보다는 가사를 중심으로 삶의 다양한 양상
을 노래하고 있는데, 특히 창자가 여성인 경우는 여성으로서 겪는 삶의
면들을 솔직하게 나타내고 있다. 그리하여 "일반(타지방) 아리랑은 시류
성이 강한데 정선아리랑은 애정을 읊은 서정적인 면이 강하다"[46]고 볼
수 있다.

(2) 시름과 고난의 극복

　긴아리랑의 가사에 나타난 시름은 정선아리랑의 시원(始原)과 깊은 연
관이 있다. 정선아리랑이 정선 지역에서 은거하던 고려의 유신(遺臣)들이

46　장관진, 「정선아리랑고」, 『한국문학논총』 제3집, 한국문학회, 1980, 261쪽.

국운을 바로잡지 못하는 자신을 비관하며 부른 노래에서 유래되었기 때문이다. 그와 같은 면은 "정선아리랑은 우리 선조의 얼과 멋이 승화된 빛난 이 고장의 문화재이러니 아득한 옛날부터 토착민의 생활과 더불어 자연스럽게 표출되어 오던 이 토속적 풍류가락은 고려말엽에 이르러 불사이군(不事二君)의 충절을 지켜 지금의 남면 거칠현동(南面 居七賢)에 낙향 은거하였다는 선비들의 애틋한 연군(戀君)과 망향의 정한이 더하여져 더욱 다감한 노래가 되었으리라"라고 새긴 정선아리랑의 비문에서도 확인된다. 그렇지만 긴아리랑의 가사에 나타난 시름을 역사적인 차원으로 국한시켜 해석할 필요는 없다. 그보다는 후세들이 자신의 생활에서 갖는 불안이나 안타까움을 노래한 것으로 이해할 필요가 있다. 남성이 부르는 긴아리랑의 가사에서 시름을 극복하고 있는 것은 총 12수 가운데 제1수, 제3수, 제6수, 제7수가 해당되는데, 차례대로 내용을 살펴보기로 한다.

눈이 올라나 비가 올라나 억수장마[47] 질라나
만수산[48] 검은 구름이 막 모여든다   (제1수)

제1수에서 창자는 "만수산"에 "검은 구름"이 몰려드는 것을 보면서 "눈"이 오려고 하는가, "비"가 오려고 하는가, 아니면 여러 날 동안 내리는 "억수장마"가 시작되려고 하는가를 묻고 있다. 창자가 고려의 도읍지였던 개성에 있는 "만수산"에 구름이 몰려오는 것을 보면서 "눈"이나

---

47 여러 날 동안 억수로 내리는 장마. (국립).
48 萬壽山. 고려의 도읍지였던 개성의 북쪽에 있는 송악산(松嶽山)의 다른 이름.

"비"가 올지 장마가 질지 모른다고 시름이 그득한 마음으로 노래를 부른 것은 상징성을 갖는다. 강원도 정선에서 개성에 있는 "만수산"을 직접 바라볼 수 없다는 사실을 생각하면 더욱 그러하다. 그리하여 고려의 유신들이 국가의 패망과 자신들의 처지를 한탄하고 회포를 달래며 불렀다는 속설은 설득력을 갖는다.[49] "막 모여드는 검은 구름을 매체(vehicle)로 하여 취의(tenor)는 불안과 시름으로 나타나고 있"[50]는 것이다.

> 아침 저녁에 돌아가는 구름은 산 끝에서 자고
> 예와[51] 이제 흐르는 물은 돌부리에서 운다 　　　　　　(제3수)

제3수에서 창자는 "구름"과 "물"의 특성을 감각적으로 포착해서 노래하고 있다. "아침저녁" 무렵에 산을 "돌아가는 구름은 산 끝에서" 잠을 잔다는 것과 옛날과 현재에 "흐르는 물은 돌부리에" 걸려서 "운다"는 것은 매우 감각적인 표현이다. 그런데 가사가 의미하는 바는 편안하거나 행복

49　① "정선아리랑은 고려 유신(遺臣) 칠현(七賢)이 불사이군(不事二君)의 충절을 지키며 망국의 한을 품고 불의에 항거하여 구국과 연군, 그리고 세속의 한과 우수를 아라리로 달랬던 노래이다." 윤형덕, 「정선아리랑의 내용에 관한 연구」, 『논문집』 제30집, 충주대학교, 1995, 13면. ② "전오륜, 김충한, 고천우, 이추생, 신안, 변귀수, 김위 등 7인은 거칠현동과 백이산을 소요하면서 고려왕조가 끝내 망하지 않을 것이다. 아니 기적이 일어나 다시 일어날 것이라고 생각하면서 통한의 눈물을 뿌렸다. …(중략)… 거칠현동에 은거한 7인의 은사는 후세에 칠현(七賢)으로 불리었다." 김의숙·이창식, 『동강 민속을 찾아서』, 푸른사상사, 2001, 193쪽.

50　장관진, 「정선아리랑고」, 『한국문학논총』 제3집, 한국문학회, 1980, 272쪽.

51　옛날과.

한 것이 아니다. "구름"이 "산 끝에서 자"는 모습이란 불안한 것이고, "흐르는 물"이 "돌부리에" 걸려 우는 모습이란 슬픈 것이다. 결국 창자는 자신의 불안하고 슬픈 마음을 흘러가는 "구름"과 "물"에 빗대어 노래하고 있는 것이다.

> 정선 앞 조양강[52]물은 소리 없이 흐르고
> 님 향한 충절은 변함이 없네   (제6수)

제6수에서 창자는 그침 없이 흘러내리는 "조양강물"의 모습과 자신의 "님 향한 충절"의 마음이 같음을 노래하고 있다. 나아가야 할 곳을 향해 주저하지 않고 흘러가는 강물이나 "님"을 향한 자신의 마음이 같다는 것이다. "조양강"은 강원도 정선 지역 일대를 흐르는 강이다. 이 가사에서 "님"이 충절의 대상인 점을 생각하면 고려의 망국에 따른 유신들의 연군(戀君)과 충절을 노래한 것임을 알 수 있다. 창자는 "님"에 대한 "충절"을 구현하지 못하고 있는 자신의 처지를 시름에 겨워하면서도 "님 향한" 마음을 포기하지 않고 있는 것이다.

이와 같은 면에서 정선아리랑의 유래를 유추할 수 있다. 정선아리랑을 비롯해 '아리랑'의 기원에 관해서는 다양한 견해들이 있는데,[53] 아직까지

---

52 朝陽江. 강원도 정선 지역 일대를 흐르는 강으로 정선군 북면 여량리에서 발원하여 정선읍 가수리에 흐르는 동강(東江)과 만나 합쳐진다.

53 1900년대의 황현이 제시한 '아로롱(啞魯聾)설'부터 1990년대의 서정범이 제시한 '알(卵)아리요설'에 이르기까지 18가지 이상의 어원설이 있다. 김연갑, 『아리랑 시원설 연구』, 명상, 2006, 64~69쪽.

정확한 학설은 마련되지 않고 있다. 따라서 "아라리"의 뜻이 '누가 내 마음을 알리오'라는 데서 유래되었다는 학설은[54] 정선아리랑이 구성진 가락과 다양한 생활상을 담고 있다는 점에서 설득력을 갖는다. "오백여 년 전 조선 초기에 고려 왕조를 섬기던 선비들이 송도에서 정선으로 은거지를 옮겨 살며 옛 임금을 사모함과 생활의 고달픔을 노래로 얹은 것이 정선아리랑의 시원"[55]이라고 볼 때, 고려의 유신들이 자신들의 충절과 마음을 '누가 알리오'라고 애소한 것이 '아라리'가 되었고, 다시 음운 변화를 거쳐 '아리랑'이 되었다고 볼 수 있는 것이다.

> 봄철인지 갈철[56]인지 나는 몰랐더니
> 뒷동산 행화[57]춘절[58]이 날 알려주네   (제7수)

제7수에서 창자는 계절이 "봄철인지" 아니면 "갈철인지" 몰랐는데 "뒷동산"의 모습을 보고 살구나무 꽃인 "행화"가 피는 "춘절"을 알게 되었다고 노래하고 있다. 계절의 흐름을 알려주는 것이 살구꽃이라는 데서 자연 친화적인 세계관을 볼 수 있다. 또한 세월이 예외 없이 흐른다는 사실

---

54 '알리오설'이다. 고려말 충신들이 읊은 시에서 연유한다는 것으로 정선아리랑 비에 전해진다. '알리오'는 '알다'(知, 識, 解)의 감탄형으로, 이후 세월이 지나면서 '아라리'라고 음전하였고, 다시 대원군의 경복궁 중수 시기에 오늘의 '아리랑'으로 불리게 되었다는 것이다. 김연갑, 앞의 책, 64쪽.

55 위의 책, 57쪽.

56 가을철.

57 杏花. 살구꽃. (국립)

58 春節. 봄철. (국립)

에서 인생의 허무함을 깨달은 모습도 볼 수 있다. 창자는 유한한 인간의 운명을 인식하고 그에 따른 시름을 노래하고 있는 것이다.

한편 여성이 부르는 긴아리랑의 가사에서 시름을 나타낸 경우는 총 9수 가운데 제1수, 제9수가 해당되는데, 차례대로 살펴보기로 한다.

> 명사십리[59]가 아니라면은 해당화는 왜 피며
> 모춘[60]삼월이 아니라면은 두견새는 왜 울어   (제1수)

제1수는 남성이 부르는 긴아리랑의 제1수와 짝을 이루는 가사인데, "명사십리"와 "해당화"의 관계며 "모춘삼월"과 "두견새"의 관계를 들면서 이 세상의 이치를 노래하고 있다. "명사십리"는 함경남도 원산의 바닷가에 있는 모래사장이다. 바닷가를 따라 흰 모래톱이 10리나 이어져 명사십리(明沙十里)라고 일컬어지는데, 그곳에 특히 해당화가 많이 핀다고 전해진다. "모춘삼월"은 늦은 봄 3월인데, "두견새"(접동새)가 우는 계절이다. 따라서 서로 간에는 밀접한 관계를 맺고 있다. 하지만 창자는 자신이 처한 상황이 그와 같지 못하다고, 즉 이치에 맞지 않는 위치에 있다고 슬퍼하고 있는 것이다. 따라서 "모춘삼월"이 멸망한 고려를 상징하고, "두견새"가 촉나라의 망제가 목에 피가 나도록 밤을 새워 우는 새 같은 유민(遺民)을 상징한다고 유추할 수 있다. "정선에 은거하던 고려 유신들이 지

---

59 明沙十里. 함경남도 원산시 갈마반도(葛麻半島)의 남동쪽 바닷가에 있는 모래사장. 곱고 부드러운 모래, 해당화, 소나무 숲, 푸른 바다 등으로 유명하다.

60 暮春. 늦봄. (국립).

난날 뜻을 펴려고 했던 시절을 회상하고, 다정했던 벗들과 헤어진 외로움을 겪으며 국운을 바로잡지 못하고 은신만 하고 있는 자신을 비관하며 부른 노래"[61]로 볼 수 있는 것이다.

우리가 살면은 한오백년 사나
남 듣기 싫은 소리는 부디 하지 맙시다   (제9수)

제9수에서 창자는 사람들과 함께 잘살아갈 것을 노래하고 있다. "남 듣기 싫은 소리는 부디 하지 맙시다"라고 제시하고 있듯이 사회적 존재로서 살아가야 할 자세를 나타내고 있는 것이다. 이와 같은 창자의 자세에는 "우리가 살면은 한오백년 사나"라는 허무 의식이 들어 있다. 그 허무 의식은 삶의 포기나 방기, 좌절, 절망 등이 아니라 오히려 최선을 다하겠다는 인식이다. 그리하여 창자는 마음의 근심을 긴아리랑을 부르며 풀고 있는 것이다.

긴아리랑 가사의 또 다른 주제는 정선 사람들이 삶의 고난을 노래하며 극복하고 있다는 점이다. 정선이라는 산촌에서 살아가는 사람들은 가난에 따른 고통을 겪을 수밖에 없는데, 그와 같은 처지를 원망하거나 절망하는 대신 극복하려는 모습을 나타낸 것이다. 이와 같은 면에서 긴아리랑의 가사는 긍정적인 인생관을 지향한다고 볼 수 있다. 긍정적인 세계관으로 공동체의 의식을 추구하는 것이다. 남성이 부르는 긴아리랑의 가사에서 고난의 극복을 노래한 경우는 총 12수 가운데 제4수, 제9수, 제

---

61 김연갑, 앞의 책, 154쪽.

10수가 해당되는데, 차례대로 내용을 살펴보기로 한다.

> 일년일도[62)에 감자 꽃은 삼재[63)팔난[64)을 적는데[65)
> 대한의 청년남아는 만고풍상[66)을 다 적네　　　　　　(제4수)

　제4수에서 창자는 "감자 꽃"의 상황과 "청년남아"들의 고난 상황을 비교하면서 노래하고 있다. "감자 꽃"이 "일년일도"에 "삼재"와 "팔난"을 겪는 것처럼 "대한의 청년남아" 역시 "만고풍상"을 겪는다는 것이다. 그런데 이 가사의 의미는 "감자 꽃"과 "대한의 남아"를 단순하게 비교하는 차원을 넘는다. 다시 말해 "감자 꽃"이 피어나려면 "삼재팔난"을 겪어야 하듯이 "대한의 청년남아"들도 꿈을 피우려면 "만고풍상"을 겪어야 한다는 것이다. 따라서 이 가사에는 역사적 상황이 반영되었음을, 즉 "대한의 청년남아"에서 고종이 국호를 대한제국으로 선포한 사실을 유추할 수 있다. 청일전쟁 후 조선에서 지위를 유지하던 청국이 물러나는 대신에 일본이 진출하자 고종은 조선의 국권이 위협당하는 상황을 감지했다. 그리하여 자주독립 국가임을 밝히고 국방을 강화하려는 차원에서 대한제국을 선포한 것이다. 이와 같은 정치적 상황을 정선 사람들도 인지하고 아

62　一年一到. 1년에 다다름.
63　三災. 화재, 수재, 풍재의 세 가지 재앙. (국립).
64　여덟 가지의 괴로움이나 어려움. 배고픔, 목마름, 추위, 더위, 물, 불, 칼, 병란(兵亂). (국립).
65　겪는데.
66　萬古風霜. 오랜 세월 동안 겪어 온 많은 고생. (국립).

리랑을 부르며 지지했다고 볼 수 있다.

> 한치[67] 뒷산의 곤드레[68] 딱주기[69] 임의 맛만 같다면
> 올 같은 흉년에도 봄 살아나지 　　　　　　　　　(제9수)

　제9수에서 창자는 돌아온 봄에 "흉년"이 들어도 "곤드레" "딱주기" 같
은 산나물이 "임" 같은 맛만 낸다면 살아날 것이라고 노래하고 있다. "흉
년"이 들었을 때 "곤드레"와 "딱주기"로 허기를 채워야 했던 화전민들의
어려웠던 생활상을 보여주고 있는 것이다. 창자는 그와 같은 삶의 조건
속에서도 서로를 위해주는 마음만 가지면 이겨낼 수 있다고 믿는다. 정
선 지역의 마을인 "한치"의 야산에는 4월 말부터 5월에 걸쳐 "곤드레"와
"딱주기" 같은 산나물이 많이 난다.

> 네날[70] 짚세기[71] 육날미투리[72] 신들매[73] 짤근[74] 매구서
> 문경새재[75] 넘어가니 눈물이 팽팽 도네 　　　　　　　(제10수)

67　汗峙. 강원도 정선군 남면 유평리 동쪽에 있는 마을.

68　산나물의 일종.

69　산나물의 일종.

70　옛날.

71　볏짚으로 삼아 만든 신. 짚신. (국립)

72　신날이 여섯 개, 삼 껍질로 삼아 만든 신.

73　들메끈. 벗겨지지 않도록 신을 발에다 동여매는 끈.

74　잘근. 무엇을 동이거나 단단히 졸라매는 모양.

75　문경새재(聞慶鳥嶺). 백두대간의 조령산(鳥嶺山) 마루를 넘는 재. 한강과 낙동강 유
　　역을 잇는 가장 높고 험한 고개로 사회 문화 경제의 유통과 국방상의 요충지. 새

제10수에서 창자는 "네날" 짚신을 신고 "문경새재"를 넘던 힘든 날들을 노래하고 있다. "짚세기"는 짚으로 삼은 신을, "육날미투리"는 삼 껍질로 삼은 신을, "신들매"는 신이 벗겨지지 않게 매는 끈을 뜻한다. "문경새재"는 한양으로 가는 대표적인 길이었는데, 산세가 높기 때문에 넘는 것이 쉽지 않았다. 따라서 물건을 팔거나 구입한 물건을 집으로 가지고 오기 위해 지게에 짐을 지고 그곳을 넘는 경우 "눈물이 팽팽" 돌 수밖에 없었다. 정선 같은 산촌에서는 자급자족할 수 있는 물품보다 "문경새재"를 넘어 구해와야만 되는 생활필수품들이 많았는데, 그와 같은 처지를 긴아리랑을 부르며 감당하고 있는 것이다.

3. 나오며

이 글에서는 정선아리랑 중에서 긴아리랑의 가사를 연구 대상으로 삼고 어휘를 해석하고 내용을 살피고 주제를 정리해보았다. 그동안 긴아리랑의 가사 수집, 유래, 다른 아리랑과의 비교, 율격적인 면, 음악적인 면, 무용적인 면, 전승 문제, 국제화 등이 연구되었는 데 비해 가사에 대한 본격적인 고찰은 없었다. 그리하여 이 글에서는 정선아리랑문화재단에서 대표적인 것으로 선정한 남성이 부르는 긴아리랑의 가사 12수와

재(鳥嶺)는 '새도 날아서 넘기 힘든 고개', '풀(억새)이 우거진 고개' 등의 뜻으로 전해진다.

여성이 부르는 긴아리랑의 가사 9수를 연구 대상으로 삼고 살펴보았다. 그 결과 연정을 노래하고, 여성 의식을 추구하고, 시름과 고난의 극복을 노래하는 것을 볼 수 있었다.

이들 중에서 연정을 노래한 가사가 지배적이었다. 사랑하는 사람과의 이별에 따른 슬픔, 빨리 만나고 싶어 하는 그리움, 성적 욕구 등을 나타낸 것인데, 창자가 여성인 경우는 보다 주체적이고 적극적이었다. 나아가 결혼하고 싶어 하는 마음, 자신의 외모에 대한 불만, 부부 사이에 의사소통의 어려움 등을 노래하며 가부장제에 맞섰다.

긴아리랑 가사의 또 다른 주제는 시름과 가난의 극복을 노래하는 것이었다. 시름은 나라의 패망으로 인해 정선에 들어온 고려의 유신들이 자신의 처지를 한탄하며 노래를 부른 데서 유래된 것인데, 후세들이 삶의 근심이나 걱정을 노래하며 전승한 것이다. 또한 고난의 극복을 노래한 가사들은 정선이라는 산간 지역에서 가난하게 살아가는 사람들이 삶의 힘듦을 극복하려는 것이었다. 이와 같은 차원에서 "정선 아라리는 삶을 조화롭게 조정하는 역할을 담당하면서 창자들의 생활과 함께 숨쉬어"[76] 온 것으로 볼 수 있다.

긴아리랑은 역사적인 면에서나 음악적인 면에서나 문학적인 면에서나 우리나라 아리랑의 원형이다. 현재 전승되고 있는 상황에서도 우리나라의 아리랑을 대표한다. "가락과 선법에서 한국 민요의 특징이 잘 표현되어 있으며, 우리 민족의 감정 또한 가장 잘 표현되었다고 볼 수 있"[77]는 것이다. 긴아리랑은 현재 정선아리랑제 등을 통해 정선 지역을 넘어

---

76 강등학, 『정선아라리의 연구』, 집문당, 1993, 193쪽.
77 고숙경, 「정선아리랑에 관한 연구」, 경희대학교 석사학위 논문, 1980, 2쪽.

전국적으로 확산되는 것은 물론 동포들이 거주하는 해외에까지 퍼져나가고 있다. 영화의 주제곡으로 불리거나 연극이나 문학 등의 영역에서도 활용되고 있다. 긴아리랑은 사설이 방대하고, 지극히 생활적이고, 토착성이 유지되고 있고, 가락이 구슬프면서도 소박하고, 구비문학적 현장성을 유지하고 있다. 대부분의 민요들이 일반인들의 삶과 유리된 채 명맥을 유지하고 있는 상황에 비추어볼 때 긴아리랑이 전승되고 있는 면은 의의가 크다. 따라서 가사의 내용과 주제를 살펴본 이 글이 긴아리랑의 전승에 기여할 수 있기를 기대한다.

정선아리랑 가사에 나타난 여성의 사랑

1. 들어가며

정선아리랑은 다른 민요들에 비해 지역민들에 의해 실제로 전승되고 있다는 점에서 주목된다. 지역민들이 들에서 일을 할 때는 물론이고 마을 사람들과 어울리거나 일상생활에서 자연스럽게 부르고 있는 것이다. 물론 이전 시대에 비해서는 육체 노동이나 공동체 생활이 감소한 사회적 변화로 인해 정선아리랑이 불리는 정도가 약화된 것이 사실이다. 그렇지만 지역민들이 정선아리랑에 애정을 가지고 있을 뿐만 아니라 지방자치단체에서도 관심을 갖고 지원함으로써 전승되고 있다.

이와 같은 상황에서 정선아리랑에 관한 학문적인 연구 역시 마련될 필요가 있는데, 가사에 대한 고찰이 그중 한 가지이다. 가사의 내용을 정확하게 이해하는 것이 정선아리랑에 관한 연구의 토대이고, 정선아리랑의 확대와 전승에 기여할 것이기 때문이다. 그리하여 이 글에서는 여성이 부르는 정선아리랑 가사를 연구의 대상으로 삼고 여성의 사랑 양상을 살

펴보기로 한다. 그 이유는 정선아리랑의 가사에서 여성의 사랑이 중요한 내용 및 주제이기 때문이다.[1]

김지연이 조선총독부 기관지인 『조선』(1930.6)에 정선아리랑의 가사를 소개한 뒤 『별곤건』(1933.5)에 「구정선 아라리」 6수가, 『동아일보』(1937.11.21)에 「정선어러리」 5수가 소개되었다. 그 후 연규한이 120수의 정선아리랑 가사를 수록한 『정선아리랑』(문화인쇄사, 1968), 정선아리랑위원회가 550수의 정선아리랑 가사를 수록한 『정선아리랑』(정선아리랑위원회, 1977), 강등학이 정선아리랑 가사를 수록하고 분석한 『정선아라리 연구』(집문당, 1988), 김시업 등이 2,599수의 가사를 수록한 『정선의 아라리』(성균관대학교 동아시아학술원, 2003), 진용선이 1,200수의 정선아리랑 가사를 수록한 『정선아라리 그 삶의 소리 사랑의 소리』(집문당, 1993) 및 1,200여 수의 정선아리랑 가사에 주석을 붙인 『정선아리랑 가사집』(집문당, 2003) 등의 연구 성과가 있었다.

그리고 유재근이 정선아라리의 가사에 나타난 의식을,[2] 고자영이 정선아리랑에 담긴 한을,[3] 박승만이 정선아라리의 시대적 가치관을,[4] 유영

---

1 그와 같은 면은 정선아리랑의 비문에 "아우라지 뱃사공에게 떠나가는 임을 근심하던 아낙네의 그윽한 정한이 서럽도록 그립던 터전이었노라."라고 밝히고 있는 데서도 볼 수 있다.

2 유재근, 「정선아라리 연구」, 한국교원대학교 석사학위 논문, 1995.

3 고자영, 「정선아리랑에 나타난 한의 이해와 해원 : C. G. 융의 분석심리학적인 고찰을 중심으로」, 협성대학교 석사학위 논문, 2000.

4 박승만, 「정선아라리에 나타난 가치관 연구」, 한국교원대학교 석사학위 논문, 2000.

표가 정선아리랑에 나타난 골계미를,[5] 유명희가 정선아리랑 가사에 나타난 문학적 특성과 문화적 배경을,[6] 유동완이 정선아리랑에 나타난 여성 의식을[7] 고찰했다.[8]

이처럼 정선아리랑에 관한 그동안의 연구는 가사 수집 같은 기초적인 면, 정선아리랑의 음악·무용·전승·국제화 문제 같은 응용적인 면, 정선아리랑의 형식과 율격적인 면, 다른 아리랑과의 비교 연구 등이 이루어졌다. 그렇지만 정선아리랑의 가사에 나타난 여성의 사랑 양상을 본격적으로 고찰한 연구는 아직 없다. 그 이유는 정선아리랑의 가사가 지역민들의 토박이말을 많이 사용했기 때문에 해석하는 데 난해한 점이 있는 데다가 여성의 사랑을 집중적으로 연구할 만한 학문적인 토대가 마련되지 않았기 때문이다.

---

5 유영표, 「정선아라리에 나타난 골계양상 연구」, 안동대학교 석사학위 논문, 2002.

6 유명희, 「아라리 연구」, 한림대학교 박사학위 논문, 2005.

7 유동완, 「정선 아리랑의 여성 의식에 관한 철학적 분석」, 한국외국어대학교 박사학위 논문, 2009.

8 정선아리랑을 다른 분야와 연계해 연구한 학위논문은 다음과 같다. ① 고숙경, 「정선아리랑에 관한 연구」, 경희대학교 석사학위 논문, 1980. ② 강은경, 「아리랑 선율에 관한 연구」, 부산대학교 석사학위 논문, 1996. ③ 이경하, 「관광지 설화가 관광 목적지 선정에 미치는 영향 연구 : 정선아리랑을 중심으로」, 경원대학교 석사학위 논문, 1997. ④ 이용채, 「민요 "정선아리랑"과 정부기 "정선아리랑"의 주제에 의한 농요 분석 연구」, 중앙대학교 석사학위 논문, 2001. ⑤ 소라, 「이준복의 피아노 작품 〈Korean Rhapsody by "Arirang"〉 분석」, 전북대학교 석사학위 논문, 2005. ⑥ 인치서, 「정선아리랑의 춤의 요소에 관한 고찰」, 강원대학교 석사학위 논문, 2006.

이 글에서는 여성이 부르는 정선아리랑 가사의 총 28수 중에서(후렴구는 제외)[9] 사랑을 노래한 15수를 고찰하고자 한다. 좀 더 구체적으로 보면 긴아리랑의 9수 중에서 4수, 자진아리랑의 11수 중에서 8수, 엮음아리랑의 8수 중에서 3수를 연구 대상으로 삼는다.[10] 남성이 부르는 정선아리랑도 여성의 사랑을 노래한다고 생각해볼 수 있지만, 확인해본 결과 그와 같은 경우는 없었다. 남녀 모두에 해당되는 사랑을 노래한 가사는 있지만 여성의 사랑만을 노래한 가사는 없는 것이다. 따라서 이 글에서는 여성이 부르는 정선아리랑의 가사 15수를 연구의 대상으로 삼고자 한다.

여성이 부르는 정선아리랑의 가사 15수는 정선아리랑문화재단의 홈페이지에 게시되어 있을 뿐만 아니라 정선아리랑문화재단에서 발간한 음반에도 수록되어 있을 정도로 대표성을 갖는다. 정선아리랑문화재단의 '정선아리랑 저장소'에는 ① 남자가 부르는 긴아리랑, ② 여자가 부르는 긴아리랑, ③ 남자와 여자가 함께 부르는 엮음아리랑, ④ 남자가 부르는 엮음 · 자진아리랑, ⑤ 여자가 부르는 엮음 · 자진아리랑 등을 소개해놓고 있다.[11] 이 다섯 가지 유형의 가사들이 정선아리랑 중에서 가장 유래

---

9   후렴구의 가사는 "아리랑 아리랑 아라리요/아리랑 고개 고개로 나를 넘겨주게"이다. 앞의 가사 내용을 마무리 지으면서 동시에 뒤의 가사를 연결시키는 역할을 한다. 맹문재, 「정선아리랑 가사의 주제 고찰」, 『한국문예비평연구』 제42집, 한국현대문예비평학회, 2013, 425~426쪽.

10   나머지 13수의 내용은 남녀평등(4수), 가족애(7수), 인생(1수), 시름(1수) 등이다.

11   http://www.jacf.or.kr/Music/list.asp. 실제의 현장에서는 남성이 부르는 아리랑을 여성이 부르기도 하고 여성이 부르는 아리랑을 남성이 부르기도 하지만, 정선아

가 깊고 널리 알려져 있는 것이다. 따라서 이 가사들을 심도 있게 고찰하면 정선아리랑의 가사에 나타난 여성의 사랑 양상을 이해할 수 있다. 물론 여성의 사랑을 보다 정확하게 파악하기 위해서는 현재까지 발굴된 3천 수 이상의 가사들에 대한 전면적인 고찰이 필요하다. 그렇지만 이 글에서 모든 가사들을 살펴보는 일은 어려우므로 앞으로의 과제로 남기고자 한다.

2. 정선아리랑 가사에 나타난 여성의 사랑

1) 낭만적 사랑

낭만적 사랑(romantic love)은 예감되고 변화될 수 있는 미래로 지향하는 삶의 궤적을 제공한다. '공유된 역사'를 창조함으로써 개인을 더 넓은 사회적 상황에서 떼어내고 사랑의 특수한 우월성을 부여한다. 낭만적 사랑은 기원에서부터 친밀성의 문제를 제시한다. 그것은 욕정이나 노골적인 섹슈얼리티와는 양립 불가능하다. 이는 단지 사랑의 대상을 이상화하기 때문만이 아니라 부족한 부분을 채워주는 성격을 띠는 정신적인 커뮤니케이션을 가정하기 때문이다. 따라서 낭만적 사랑에 빠진 사람에게 상대는 단지 다른 사람이 아니라 그 사람이라는 이유만으로도 자신의 결여

리랑문화재단에서 분류한 것처럼 부르는 것이 일반적이다. 정선아리랑문화재단에서 가사를 선정하고 분류하는 과정에는 진용선 정선아리랑연구소장 겸 강원도 문화재 전문위원 등이 참여했기 때문에 공신력을 갖는다고 볼 수 있다.

를 메워준다. 불완전한 개인을 완전한 전체로 만들어주는 것이다.[12]

낭만적 사랑은 비극으로 끝날 수 있고 위반을 통해 성장할 수도 있지만 승리를 이루어낸다. 세상을 살아가는 처방과 타협을 이루어내는 것이다. 낭만적 사랑은 사랑하는 상대방을 이상화하는 의미를 표출하고, 미래가 발전해나갈 길을 펼쳐 보인다. 낭만적 사랑은 '추구'(quest)를 통해 상대방이 자신을 발견해줌으로써 인정받기를, 즉 그의 정체성이 타자가 발견해줌으로써 비로소 인정받기를 기다린다. 이는 능동적인 특징을 지니는 것으로 중세의 낭만적 이야기와는 대조된다. 중세의 이야기에 등장하는 여주인공들이 상대적으로 수동적이라면, 낭만적 사랑에서의 여성은 독립적이고 생기발랄하다. 그리하여 여성은 자신에게 무관심하고 냉담한 남성의 마음을 열고 들어가 누그러뜨린다. 남성의 무관심을 녹이고 적대감을 헌신으로 바꾸어놓는 것이다. 그 결과 여성의 사랑은 자신에게 되돌아와 상대방으로부터 사랑받게 된다. 상호적 애정을 함께하는 결과를 만들어내는 것이다.[13] 이와 같은 낭만적 사랑은 여성이 부르는 정선아리랑의 가사가 추구하는 면이다.

> 아우라지[14] 뱃사공아 배 좀 건네 주게
> 싸리골 올동박이 다 떨어진다 　　　　　　　(긴아리랑, 제2수)[15]

---

12 앤소니 기든스, 『현대 사회의 성·사랑·에로티시즘』, 황정미·배은미 역, 새물결, 2001, 83~84쪽.

13 위의 책, 86~87쪽.

14 강원도 정선군 북면 여량리에 있는 지명.

15 정선아리랑 가사의 2,600여 수 중에서 가장 선호도가 높다는 연구가 있다. 노래

위의 가사에서 여성 화자는 강을 빨리 건너가고 싶은 자신의 심정을 노래하고 있다. "아우라지"는 정선의 여량리에 있는 지명으로 정선아리랑 가사의 대표적인 배경 중 한 곳이다. 태백산 골짜기에서 임계 쪽에서 흘러내리는 골지천과 평창 쪽에서 흘러내리는 송천이 합류하는데, "아우라지"는 흘러내리는 두 물이 어우러진다는 말에서 생겨났다. 한때는 남한강 뗏목의 출발지이도 했다. "싸리골"은 강원도 정선군 북면 유천리에 있는 마을이고, "올동박이"는 봄에 노란 꽃이 피고 가을에 까만 열매가 달리는 생강나무이다. 이 가사는 여량리에 살고 있는 처녀와 유천리에 살고 있는 총각이 "싸리골"에 동백을 따러 갈 것을 약속했다가 뒷날 비가 오는 바람에 강물이 불어 건널 수 없게 되자 안타까움을 노래했다는 사연이 전해진다. 따라서 물이 불어 강물을 건널 수 없는데도 불구하고 "뱃사공"에게 배를 좀 건네달라고 하소연한 것이나, "싸리골 올동박이 다 떨어"지기 때문이라고 그 이유를 든 것은, 사랑하는 사람을 만나고 싶은 속마음을 간절하면서도 절묘하게 노래한[16] 낭만적 사랑의 모습이

의 내력에서 서사적 사건과 극적 정황을 깔고 있는 점, 극적 독백체 서술이어서 흥미와 공감적 호소력을 극대화하고 있는 점, 노래의 배경이 아우라지라는 정선의 구체적인 공간이면서도 남녀의 애틋한 사랑의 공간으로 열려 있는 점 등을 들고 있다. 김학성, 「정선아리랑 가창자의 가창 선호도에 대한 연구」, 『한국시가연구』 제12집, 한국시가학회, 2002, 382쪽. 이 논문에서 인용하는 가사들은 띄어쓰기나 맞춤법이 틀린 경우가 있지만 원형을 살린다는 취지에서 정선아리랑문화재단의 '정선아리랑 저장소'에 수록된 대로 옮긴다.

16 맹문재, 앞의 논문, 429쪽.

다. 기존의 가부장제 사회에서는 남성이 사랑을 주도하는 데 비해 이 가사에서는 여성이 적극적으로 나서고 있는 것이다.[17]

> 저 건너 저 묵밭은 작년에도 묵더니
> 올해도 날과[18] 같이 또 한해 묵네   (긴아리랑, 제4수)

"묵밭"이란 계속해서 농사를 짓지 않는 바람에 묵고 있는 밭인데, 위의 가사에서 여성 화자는 자신의 처지가 그와 같다고 노래하고 있다. 농토의 임자가 농사를 짓지 않아 "작년에도 묵"었고 "올해도" 묵고 있는 "묵밭"의 모습이 마치 사랑하는 사람이 찾아오지 않아 묵고 있는 "날과" 같다는 것이다. 사랑하는 임이 찾아주지 않아 자신의 몸이 혹은 마음이, 또는 몸과 마음 모두 "묵밭"과 같다고 비유하고 있는데, 그만큼 사랑하는 임을 간절하게 바라고 있는 것이다.[19]

> 당신이 날 생각을 날만침만[20] 한다면
> 가시밭길 수천 리라도 신발 벗고 가리다   (긴아리랑, 제8수)

위의 가사에서 여성 화자는 사랑하는 임에 대한 사랑을 적극적으로 노래하고 있다. "당신이 날 생각을" "날만침만" 한다면 "가시밭길 수천 리라도 신발 벗고" 달려가겠다는 것이다. 가부장제의 사회에서 남성에 종

---

17 화자를 남성으로 볼 수도 있지만, 청자가 여성인 점을 최대한 고려했다.
18 나와.
19 '묵밭'을 육체로 본다면 열정적 사랑을 노래한 가사로도 볼 수 있다.
20 나만큼만.

속되어 있는 여성이 이와 같은 사랑을 나타내는 일은 쉽지 않다. 여성 화
자는 자신이 "당신"을 사랑하는 만큼 "당신"이 자신을 사랑하지 않는다
는 것을 알고 있다. 그렇지만 포기하지 않고 사랑의 가능성을 기대하고
낭만적 사랑을 추구하고 있는 것이다.

> 당신이 날마다고[21] 울치고 담치고
> 열무김치 소금치고 오이김치 초치고
> 칼로 물친듯이 뚝 떠나가더니
> 평창 팔십리 다 못가고서 왜 되돌아 왔나   (엮음아리랑, 제2수)

'치다'라는 동음을 활용하며 사랑을 노래하고 있다. "당신"은 여성 화
자에게 "날마다고" 울타리를 치고 담을 치듯 냉담한 태도를 보였다. 그리
고 열무김치에 소금을 치고 오이김치에 식초를 치듯, 또 칼로 물을 치듯
아예 떠나갔다. 그런데 "당신"은 강원도 정선에서 "평창"조차 이르지 못
하고 되돌아오고 말았다. 여성 화자는 그와 같은 "당신"에게 "왜 돌아왔
나"고 비난하고 있지만, 실제로는 떠났다가 돌아온 임을 고마워하며 내
치지 않고 받아들인다. 그만큼 여성 화자는 "당신"에 대한 낭만적 사랑을
반어적으로 표현하고 있는 것이다.

> 우리들의 연애는 솔방울 연앤지
> 바람만 간시랑[22] 불어도 뚝 떨어진다   (자진아리랑, 제7수)

---

21 날 마다하고.
22 살랑.

위의 가사에서 여성 화자는 자신의 사랑을 "솔방울" 같은 자연물에 비유해서 "바람"이 살짝 불어도 "떨어"지는 "솔방울"만큼 불안하다고 토로한다. 그만큼 사랑하는 사람과의 관계가 불안하다는 것을 나타내고 있다. 그런데 이와 같은 표현은 현재의 불안한 애정에 불만을 제기하는 것이라기보다는 좀 더 친밀하고 싶다는 희망을 제시하는 낭만적 사랑으로 볼 수 있다.

> 당신이 나를 알기를 흑싸리[23] 껍질로 알아도
> 나는야 당신을 알기를 공산명월[24]로 알아요　　　(자진아리랑, 제9수)

여성 화자는 화투에 빗대어 "당신"에 대한 낭만적 사랑을 노래하고 있다. "당신"이 자신을 "흑싸리 껍질"로 여긴다고 하더라도 그에 상응하지 않고 "당신"을 "공산명월"로 여기겠다는 것이다. 화투에서 "흑싸리 껍질"은 끗수가 없는 것으로 아무 쓸모도 없는 것을 의미하고, "공산명월"은 광(光) 자가 있는 20끗짜리로 아주 좋은 것을 의미한다. 따라서 상반된 화투의 패를 대조하며 "당신"에 대한 사랑을 노래하고 있다. 자신을 아무

23　화투에서 검은 싸리와 까마귀가 그려졌다고 일반적으로 말하는 패. 실제로는 등나무와 두견이 그려져 있음. 사월을 나타내며 끗수로는 네 끗. 흑싸리가 들어오면 안 좋은 패로 여김. '흑싸리 껍질'(껍데기)은 아무 쓸모없는 하찮은 것을 비유함.

24　화투에서 산과 달이 그려진 패. 팔월을 나타내며 여덟 끗. 화투는 광(光) 자가 있는 20끗짜리, 10끗짜리, 5끗짜리, 그리고 끗수가 없는 것(흩껍데기) 등 네 가지로 나눔. 공산명월이 들어오면 20끗으로 좋은 패임.

쓸모도 없는 하찮은 존재로 여긴다고 할지라도 포기하지 않고 "당신"을 귀하게 여기겠다는 것이다.

> 행주치마[25]를 똘똘말아서 옆옆에다 끼고
> 총각낭군이 가자고 할 적에 왜 못 따라 갔나   (자진아리랑, 제10수)

위의 가사에서 여성 화자는 "총각낭군"이 집을 떠나 살림을 차리자고 할 때 "왜 못 따라 갔"는지 후회된다고 노래하고 있다. "행주치마를 똘똘 말아서 옆옆에다 끼"는 모습은 집안에서 하던 살림을 버리는 것이다. 여성 화자는 "총각낭군"이 다른 곳(도시인 듯)으로 가 살림을 차리자고 했지만 끝내 따라가지 않았다. 그 이유로는 새로운 곳에 대한 두려움 때문이거나 부모님을 비롯한 집안 식구들에게 걱정을 끼치는 미안함 때문 등 여러 가지를 들 수 있을 것인데, 자신의 그 행동을 아쉬워하고 있다. 그리하여 새로운 기회가 주어진다면 적극적으로 동행하려는 의지를 드러내고 있는 것이다.

> 개구리란 놈이 뛰는 것은 멀리 가자는 뜻이요
> 이내 몸이 웃는 뜻은 정들자는 뜻일세   (자진아리랑, 제11수)

여성 화자는 "개구리"의 속성과 대비해서 사랑하는 사람에 대한 자신의 태도를 노래하고 있다. "개구리"가 "뛰는 것은 멀리 가"려는 것이지만, 자신은 그와 같은 모습을 보이지 않고 "웃는"다. 그 이유는 "정들"려

---

25 부엌일을 할 때 옷을 더럽히지 않으려고 앞쪽만 가려 둘러 묶는 작은 치마.

고 하기 때문이다. 다시 말해 자신과 인연이 된 상대와 사랑을 이루겠다는 것이다. 몸이 멀어지면 마음도 멀어진다는 속담이 있듯이 사랑은 친밀감을 가지고 소통할 때 이루어질 수 있다고 노래하는 것이다.

위의 정선아리랑의 가사들에서 보듯이 여성 화자는 다양한 낭만적 사랑의 노래를 부르고 있다. 사랑하는 사람이 빨리 돌아오기를 바라는 마음, 사랑하는 사람이 돌아온 것에 대한 반가움, 사랑하는 사람과 좀 더 친밀해지고 싶은 마음, 사랑하는 사람에 대한 변하지 않는 마음, 이루지 못한 사랑에 대한 아쉬움 등을 노래하고 있는 것이다. 여성 화자는 자신에게 무관심하거나 호의적이지 않은 남성을 비난하거나 배척하지 않고 오히려 다가가 남성의 마음을 열고 사랑을 이루려고 하고 있다.

여성 화자가 부르는 정선아리랑의 주제는 본질적으로 낭만적 사랑이다. "영역의 구분이 일어나면서부터 사랑을 키워가는 일은 전적으로 여성들의 과업이 되었다. 낭만적 사랑의 관념들은 분명 여성의 가정 내에서의 종속과 외부 세계와의 상대적 분리를 동반하는 것이었다. 그러나 이 관념들의 발전은 한편으로 여성들의 권력을 표현하는 것이기도 하였다."[26] 그리하여 여성들에게는 여성성과 모성의 융합에 의해 친밀성의 영역이 마련되었다. 정선아리랑의 여성 화자가 적극적으로 사랑의 노래를 부른 것이 그 모습이다. 남성과의 공유성을 창조해 상호 애정을 이루

---

26 앤소니 기든스, 앞의 책, 83쪽. 낭만적 사랑의 발생은 18세기 후반부터 가정의 창조, 가부장제의 쇠퇴로 인한 부모-자식 간의 관계 변화, 모성의 발명 등의 배경을 갖는다. 모성과 여성성이 결합되어 여성 섹슈얼리티에 대한 개념화를 유지했다. 위의 책, 81~82쪽.

고 미래로 나아가는 사랑을 추구한 것이다.

2) 열정적 사랑

사랑이란 하나의 열정이다. 사랑의 열정으로 몸과 마음에 수많은 고통과 갈등이 생기고 과대 포장된 소문들로 난처한 상황에 처해지기도 하지만, 사랑의 열정으로 마음에는 기쁨과 행복이 들고 삶의 활력이 넘친다. "'열정'이라는 말이 종교적 열정을 뜻하는 이전의 용법과 달리 세속적인 맥락에서 사용되게 된 것은 상대적으로 현대적인 일이다. 이 새로운 용법에서 열정이라는 단어는 열정적 사랑(passionate love)과 관련시켰을 때 뜻이 통하게 된다. 열정적 사랑, 즉 아무르 빠시옹(amour passion)은 사랑과 성적 애착 사이의 일반적 연관을 표현한다."[27]

열정적 사랑은 일상생활과는 다른 영역이다. 오히려 감정적인 면이 강하게 스며들어 일상생활에 지장을 초래하거나 사회적 존재로서의 책무를 잊게 해 일상생활과 갈등을 일으킨다. 사랑하는 상대에 강력하게 빠짐으로서 세상의 관심사나 자신의 이익으로부터 멀어진다. 심지어 현세적 가치를 부정하고 자신을 희생할 뿐만 아니라 극단적인 선택도 마다하지 않는다. 따라서 열정적 사랑은 사회의 질서나 관습이나 제도나 법 등의 관점에서 볼 때 위험한 것이다.[28]

그리하여 열정적 사랑은 인간의 이성이나 합리성과는 대립되는 감정

---

27   위의 책, 75~76쪽.
28   위의 책, 76쪽.

의 한 부분으로 인식되어왔다. 또한 자연과 본능의 영역에 속하는 것으로 여겨 대체로 부정적으로 취급되었다. 그리하여 성을 죄악시해 일부일처제 결혼에 의한 출산을 목적으로 하는 경우만 정당화되었다. 또한 성을 인간 본성에 내재되어 있는 자연적인 것으로 보고 남성은 강한 성적 본능을 가지고 있는 반면에 여성은 모성 본능을 가지고 있다고 보았다.[29]

라이히(Wilhelm Reich)는 그와 같은 남성을 소인배라고 명명하며 비판했다. 그가 명명한 소인배는 길거리에서 만나는 모든 남성을 가리키는 것이 아니라 남성들 중에서도 인습에 얽매여 있는 사람들, 자신이 건강하다고 확신하는 신경증 환자들이며, 권력자의 지위에 있는 사람들 또한 포함된다. 소인배는 여성이 자유를 외치지 못하게 막으면서 스스로 노예가 되는데, 라이히는 그들의 신경증이 성적 에너지의 억제에서 비롯되었다고 진단했다. 그리하여 성을 권력의 반대편에 놓았고 적절하게 표현된 성은 삶의 활력과 행복의 원천이 될 수 있다고 보았다.[30]

정선아리랑의 가사에서도 열정적 사랑을 추구하는 모습을 볼 수 있다. 그것이 여성에 의해 추구되고 있는 면은 실로 주목된다. 일반적으로 열정적 사랑은 심리적인 차원보다도 사회적인 차원에서 기인하는 것인데, 여성의 경우 제한되는 반면 남성의 경우 문제없이 수용되어왔다. 봉건적 가부장제 사회에서 열정적 사랑은 일부일처제의 결혼을 강조하고 남성의 권위를 강화시키기 위해 제한되었다. 그리하여 남성은 여성의 열정적

---

29 정은희, 「사랑과 성규범」, 여성한국사회연구회 편, 『여성과 한국 사회』, 사회문화연구소, 1998, 275~277쪽.

30 앤소니 기든스, 앞의 책, 240~242쪽.

사랑을 이해하지 못하거나 관심을 가지지 않는 데 비해 정선아리랑의 여성 화자는 당당하게 추구하고 있는 것이다.

> 떨어진 동박[31]은 낙엽에나 쌓이지
> 사시장철[32] 임 그리워서 나는 못살겠네　　　　　(긴아리랑, 제3수)

　위의 가사에서 여성 화자는 "임 그리워" "못살겠"다고 직설적으로 노래하고 있다. "떨어진 동박"이 "낙엽"에 떨어져 쌓인 모습은 사랑하는 연인들이 껴안은 장면으로 볼 수 있다. 그렇지만 여성 화자는 "사시장철" 사랑하는 "임"을 그리워하고 있을 뿐 "동박"과 같은 사랑을 이루지 못하고 있다. 열정적 사랑은 인간이 추구하는 가장 강렬한 욕망 중의 한 가지이다. 위의 가사에서 여성 화자는 그와 같은 욕망을 당당하게 노래하고 있는 것이다.

> 산진매[33]냐 수진매[34]냐 휘휘칭칭 보라매[35]야
> 절끈[36]밑에 풍경달고 풍경밑에 방울달아
> 앞남산 불까토리[37] 한마리 툭차가지고 저 공중에

31　동백.
32　四時長철. 네 철의 어느 때나 항상.
33　산진이 : 산에서 자라고, 여러 해 묵은 매.
34　수지니 : 손으로 길들인 매.
35　태어난 지 1년이 안 된 새끼를 길들여 사냥에 쓰는 매.
36　절간.
37　암꿩.

높이 떠서 빙글 뱅글 도는데
우리집 저 멍텅구리는 날 안고 돌줄 몰라　　(엮음아리랑, 제2수)

　　여성 화자는 "매" 한 마리가 "불까토리"를 채서 하늘로 높이 날아올라 도는 모습을 보면서 자신을 "안고 돌줄" 모르는 남편을 원망하고 있다. "매"는 여러 해 묵은 "산진이"가 있고, 손으로 길들인 "수진"이가 있으며, 태어난 지 1년이 안 된 새끼를 길들여 사냥에 쓰는 "보라매"가 있는데, 어느 "매"든지 사냥을 잘한다. 그리하여 앞쪽 "남산"에서 "불까토리 한 마리 툭차가지고" 하늘 "높이 떠서 빙글 뱅글" 잘 돌고 있다. 그런데 "우리집 저 멍텅구리는 날 안고 돌줄" 모른다고 부아를 내고 있다. 위의 가사에서 여성 화자가 남편을 "멍텅구리"로 폄하해서 호칭한 것은 주목된다. "멍텅구리"는 본래 바닷물고기 이름인데, 못생기고 동작이 굼뜨고 아둔하고 어리석은 사람을 놀림조로 이르는 말이다. 따라서 부부관계를 제대로 못하는 남편을 강하게 비난하는 것은 열정적 사랑을 적극적으로 추구하는 모습으로 볼 수 있다.

영감은 할멈치고 할멈은 아[38]치고
아는 개치고 개는 꼬리치고
꼬리는 마당치고 마당웃전에 수양버들은
바람을 맞받아 치는데
우리집의 서방님은 낮잠만 자네　　　　(엮음아리랑, 제4수)

38　아이.

위의 가사에서 여성 화자는 "치"는 행동을 통한 말놀이로써 아내를 멀리하는 "서방님"을 원망하고 있다. "영감"은 "할멈"에게 관심을 가지고 치고, "할멈" 역시 "아"에게 관심을 가지고 치고, 아이는 "개"에게 관심을 가지고 치고, "개"는 아이에 대한 인사로 "꼬리치고", "꼬리는 마당"을 치고, "수양버들은" "바람을 맞받아" 치는데, "우리집의 서방은 낮잠만 자"고 있을 뿐 왜 "치"지 않느냐고 원망하고 있는 것이다. "치"는 행동이란 손으로 상대에 닿거나 부딪치는 것이므로 위의 가사에서는 부부 간의 성행위를 비유한 표현으로 볼 수 있다.

> 요놈의 총각아 내 손목을 놓아라
> 물 같은 요 내 손목이 얼그러진다[39]　　　　　(자진아리랑, 제6수)

여성 화자는 자신의 "손목"을 잡는 "총각"에게 행동을 그만두라고 전하고 있다. 그 이유는 자신의 "물 같은" 연약한 "손목이 얼그러"지기 때문이라는 것이다. 이와 같은 여성 화자의 거부에서 사랑을 주체적으로 추구하는 모습을 볼 수 있다. 남성이 주도하는 대로 따르는 순종적인 것이 아니라 주체적으로 사랑을 선택하는 것이다. 이러한 면에서 상대방을 "요놈의 총각아"라고 하대하고 있는 점이 주목된다. 자신이 결코 남성에 종속될 수 없음을, 자신의 마음에 들지 않는 남성에 대해 분명한 태도를 내보이고 있는 것이다.

39　이그러지다. 불쾌함 따위로 인해 펴지지 못하고 비틀리다.

꼴뚜바우[40] 아저씨 나쁜 놈의 아저씨
맛보라고 한잔 줬더니 볼 때마다 달라네   (자진아리랑, 제12수)

여성 화자는 "꼴뚜바우"가 있는 마을에 살고 있는 "아저씨"를 "나쁜 놈의 아저씨"라고 낮잡아 부르고 있다. 그 이유는 그에게 "맛보라고 한잔 줬"는데 "볼 때마다 달라"고 귀찮게 굴기 때문이다. 여기에서 맛을 보라고 대접한 것은 술이나 음료수라고 볼 수도 있지만, 그 이상의 것을 생각할 수 있다. 다시 말해 그가 여성 화자를 만날 때마다 달라고 하는 것은, "달라"라는 말 속에는 몸을 허락하여 성관계를 맺자는 뜻이 들어 있으므로 치근덕거리는 것으로 해석할 수 있다. 따라서 여성 화자는 그를 "나쁜 놈"이라고 낮추어 부르고 있다. 남성의 비인격적인 성적 요구에 강하게 맞서고 있는 것이다.

동박나무를 꺽는 소리는 와지끈 지끈 나는데
우리님 소리는 간 곳이 없구나   (자진아리랑, 제13수)

위의 가사에서 여성 화자는 "동박나무"가 꺾이는 "소리"와 자신을 꺾지 않는 "우리님 소리"를 대조하면서 노래하고 있다. "동박나무"가 꺾이는 소리를 "와지끈 지끈" 난다는 것으로 표현한 점이 관심을 끈다. "와지끈"은 단단한 물건이 부러지거나 부서지는 소리나 그 모양이고, "지끈" 역시 크고 단단한 물건이 세게 부러지거나 깨지는 소리나 그 모양이기 때문이

---

40 강원도 영월군 상동읍 구래리에 있는 큰 바위. 고두암(高頭岩). 지명으로도 불림.

다. 그러므로 여성 화자가 그와 같은 소리나 모양을 내지 않는 "우리 님"을 원망하는 것은 곧 열정적인 사랑을 추구하는 모습으로 볼 수 있다.

> 앞 남산 딱따구리는 생구멍도 뚫는데
> 우리집 저 멍텅구리는 뚫어진 구멍도 못뚫나
>
> (자진아리랑, 제15수)

여성 화자는 "앞 남산"의 "딱따구리는 생구멍도 뚫는데" "우리집"의 남편은 자신의 "뚫어진 구멍도 못뚫"는다고 원망하는 데서 볼 수 있듯이 열정적 사랑을 숨김없이 드러내고 있다. 자신의 남편을 아둔하고 어리석은 "멍텅구리"로 비난하는 것은 삼종지도를 여성의 도리로 삼는 가부장제의 사회에서는 대단한 일탈이다. 그렇지만 여성 화자는 부부관계를 제대로 하지 못하는 남편을 가차 없이 비판하고 있다.

근대사회 이전에는 성적인 매력이 아니라 경제적인 상황으로 결혼이 이루어졌기 때문에 열정적 사랑의 추구가 어려웠다. "가난한 사람들끼리의 결혼은 농업노동을 조직하는 수단이었다. 끊임없이 고된 노동으로 특징지워지는 삶은 성적 열정에 맞지 않았다."[41] 그러므로 부부 사이의 육체적 애정을 열정적 사랑의 추구로 볼 수 없는 것이다.

그렇지만 사회의 변화에 따라, 특히 근대 산업사회의 도래로 인해 열정적 사랑의 표출이 확산되기 시작했다. "우리의 성적 욕망은 다른 사람들의 그것과는 달리 매우 강력한 억압의 체제에 예속되어 있고, 그렇기

---

41 앤소니 기든스, 앞의 책, 77쪽.

때문에 이제부터 위험은 바로 거기에 있으며, 신앙의 지도자, 도덕학자, 교육자, 의사가 이전의 세대들에게 끊임없이 말했듯이 성은 위험한 비밀이고, 그래서 그것의 진실된 모습을 드러내야 할 뿐만 아니라, 성이 그토록 많은 위험을 내포하고 있다면 그것은 우리가 오랫동안 성을—양심상의 거리낌에서든 죄에 대한 과민한 감각이나 위선에서든, 그 밖의 다른 이유에서든—침묵으로 내몰아왔기 때문이다."[42]라는 진단을 토대로 열성적 사랑에 대한 담론이 마련된 것이다. 성적 욕망의 장치를 일반화된 억압과 관련지어 재해석하고, 그러한 억압을 전반적인 지배와 착취의 기제들에 결부시키고, 그것으로부터 해방되는 것을 가능하게 하는 과정을 서로 연결시킬 가능성을 연 것이다.

우리의 경우 정선아리랑을 비롯한 민요가 그와 같은 역할을 했다.[43] 정선아리랑이 "'특별한 사람'의 발견이 갖는 가치는 떨어지게 되고 '특별한 관계'의 중요성은 더욱 부각되게"[44] 되는 합류적 사랑(confluent love)에 이를 정도로 사랑의 차원을 확대하지는 못했지만, 봉건적 가부장제나 일부일처제의 지배에 따른 남성 위주의 사랑에 종속되지 않는 열정적 사랑을 추구한 것이다.

---

42 미셸 푸코, 이규현 역, 『성의 역사』, 나남출판, 1993, 141쪽.

43 이매창, 매화, 명옥, 송이, 진옥, 한우, 홍낭, 홍장, 황진이 등의 시조도 역할을 했다. 귀양 온 송강 정철이 "옥이 옥이라커늘 변옥만 여겼더니/이제야 보아하니 진옥일씨 적실하다/내게 살송곳 있으니 뚫어볼까 하노라"라고 읊자, 평안북도 강계의 기생이었던 진옥이 "철이 철이라커늘 섭철만 여겼더니/이제야 보아하니 정철일씨 분명하다/내게 골풀무 있으니 녹여볼까 하노라"라고 화답한 것이 한 예이다.

3. 나오며

이 글에서는 여성이 부르는 정선아리랑의 가사를 연구 대상으로 삼고 어휘들을 해석하면서 사랑의 양상을 낭만적 사랑과 열정적 사랑으로 나누어 살펴보았다. 그 결과 낭만적 사랑의 관점으로는 사랑하는 사람을 만나고 싶어 하는 그리움, 사랑하는 사람이 돌아온 것에 대한 반가움, 사랑하는 사람과 친해지고 싶어 하는 마음, 이루지 못한 사랑에 대한 아쉬움 등을 노래한 것을 볼 수 있었고, 열정적 사랑의 관점으로는 자신의 성적인 욕망, 비인격적인 성의 요구에 대한 거부, 성관계에 무관심하거나 무능한 남편에 대한 비판 등을 노래한 것을 볼 수 있었다. 타자와의 일체감을 창조하며 투사적 동일시를 이루는 차원을 넘는 새로운 사랑의 정체성을 추구하는 합류적 사랑에는 이르지 못했지만 봉건적인 가부장제의 질서에 맞서는 여성들의 사랑 양상을 확인한 것이다.

이 글에서는 여성이 부르는 정선아리랑의 가사 28수 중에서 사랑을 노래한 15수를 연구 대상으로 삼고 고찰했다. 좀 더 구체적으로 보면 여성

---

44 앤소니 기든스, 앞의 책, 108쪽. 합류적 사랑은 관능의 기술을 결혼 관계의 핵심에 도입한 사랑 형태로서 성적 쾌락의 상호적 성취를 결혼 관계의 유지 또는 해제를 좌우하는 핵심적인 요소로 만들었다. 성적인 기술의 배양과 성적 만족을 일으키고 느끼는 능력은, 다양한 성 정보와 충고와 훈련을 통해 성찰적으로 조직되었다. 또한 낭만적 사랑과 열정적 사랑이 이성애의 커플을 지향하는 것이라면 합류적 사랑은 그와 같은 차원을 넘어 타자의 특성에 대한 앎을 중심으로 관계가 이룩된다. 합류적 사랑은 상대방의 섹슈얼리티를 관계를 일구어가기 위해 협상되어야 하는 하나의 요소로 인정하여 사랑 속에 포함시켰다는 점에서 새로운 차원의 사랑이다. 위의 책, 110~111쪽.

이 부르는 긴아리랑의 가사 9수 중에서 4수, 자진아리랑의 가사 11수 중에서 8수, 엮음아리랑의 가사 8수 중에서 3수를 고찰 대상으로 삼은 것이다. 연구의 대상으로 삼은 가사들은 정선아리랑문화재단의 홈페이지는 물론이고 발간한 음반을 비롯해 각종 자료에 수록될 정도로 유래가 깊고 대표성을 갖는다.

정선아리랑은 "가락과 선법에서 한국 민요의 특징이 잘 표현되어 있으며, 우리 민족의 감정 또한 가장 잘 표현"[45]하고 있다. 정선아리랑은 지극히 생활적인 데다가 토착성을 유지하고 있어 다른 민요들이 명맥만을 유지하는 데 비해 구비문학으로서의 생명력을 지니고 있는 것이다. 따라서 정선아리랑에 관한 다양한 연구가 마련될 필요가 있는데, 여성이 부르는 가사에 나타난 여성의 사랑을 낭만적 사랑과 열정적 사랑으로 나누어 살펴본 이 글이 그 역할을 할 수 있기를 기대한다.

45　고숙경, 「정선아리랑에 관한 연구」, 경희대학교 석사학위 논문, 1980, 2쪽.

제1부

김명순 시의 주제
　　원제 「김명순 시의 주제 연구」, 『한국언어문학』 제53집, 한국언어문학회,
　　2004.

한용운 시에 나타난 '님'의 이성성(異性性)
　　원제 「韓龍雲 詩에 나타난 '님'의 異性性 연구」, 『어문연구』 제120호, 한국어
　　문교육연구회, 2003.

김기림 문학의 여성 의식
　　원제 「김기림의 문학에 나타난 여성 의식 고찰」, 『여성문학연구』 제11호, 한
　　국여성문학학회, 2004.

장정심 시의 기독교적 세계관
　　원제 「장정심의 시에 나탄 기독교적 세계관 고찰」, 『여성문학연구』 제27호,
　　한국여성문학학회, 2012.

김수영의 시에 나타난 '여편네' 인식
　　원제 「金洙暎韓 詩에 나타난 '여편네' 認識 고찰」, 『어문연구』 제125호, 한국
　　어문교육연구회, 2005.

제2부

일제강점기 여학생들의 세계 인식
　　원제 「일제강점기 여학생들의 세계 인식 고찰」, 『한국학연구』 제31집, 고려대

학교 한국학연구소, 2009.

1930년대 여자고등학생들의 학교생활

　　원제 「1930년대 여자고등학생들의 학교생활 고찰」, 『한국학연구』 제29집, 고려대학교 한국학연구소, 2008.

일제강점기의 여성지에 나타난 여성 미용

　　원제 「일제강점기의 여성지에 나타난 여성 미용 고찰」, 『한국여성학』 제19권 3호, 한국여성학회, 2003.

해방기의 여성지에 나타난 여성 미용

　　원제 「해방기의 여성지에 나탄 여성 미용 고찰」, 『역사민속학』 제19호, 한국역사민속학회, 2004.

제3부

여성 시의 모성

　　원제 「모성의 시학」, 김은덕, 『내 안의 여자』, 한국문연, 2016.

여성 시의 꽃

　　원제 「꽃의 시학」, 이주희, 『마당 깊은 꽃집』, 푸른사상, 2016.

여성 시의 바람

　　원제 「바람의 시학」, 이금주, 『혹시! 거기 있나요』, 시평사, 2012.

정선아리랑 가사의 주제

　　원제 「정선아리랑 가사의 주제 고찰」, 『한국문예비평연구』 제42집, 한국현대문예비평학회, 2013.

정선아리랑 가사에 나타난 여성의 사랑

　　원제 「정선아리랑 가사에 나타난 여성의 사랑 고찰」, 『여성문학연구』 제32호, 한국여성문학학회, 2014.

제1부

김명순 시의 주제

가이 오크스, 『게오르그 짐멜 : 여성문화와 남성문화』, 김희 역, 이화여자대학교
　　출판부, 1993.

강인희, 『한국식생활사』, 삼영사, 2000.

게오르그 루카치, 『소설의 이론』, 반성완 역, 심설당, 1998.

고려대학교 민족문화연구소 편, 『한국문화사대계 Ⅱ』, 1965.

김영덕, 『한국 여성사』, 이화여자대학교 출판부, 2001.

김윤식·김현, 『한국문학사』, 민음사, 1989.

김인환, 『비평의 원리』, 나남, 1994.

김진송, 『서울에 딴스홀을 許하라』, 현실문화연구, 1999.

시몬 드 보부아르, 『제2의 성』, 조홍식 역, 을유문화사, 1998.

신동욱, 『한국현대시사연구』, 일지사, 1983.

에리히 프롬, 『사랑의 기술』, 이완희 역, 문장사, 1983.

이화여자대학교한국여성연구소, 『여성학』 이화여자대학교 출판부, 1998.

정영자, 『한국 여성시인 연구』, 평민사, 1996.

최동호, 『한국 현대시의 의식현상학적 연구』, 고려대학교 민족문화연구소, 1989.

최혜실, 『신여성들은 무엇을 꿈꾸었는가』, 생각의나무, 2000.

최화성, 『조선여성독본』, 백우사, 1949.

홍일식, 『한국 개화기의 문학사상 연구』, 열화당, 1991.

Andrei Lankov, "The Feminists Arrive", THE KOREA TIMES, thursday, June 26,
　　2003.

한용운의 시에 나타난 '님'의 이성성(異性性)

김동중 · 김종헌 · 정찬종, 『섹슈얼리티로 이미지 읽기』, 인간사랑, 2000.

김재홍, 『한용운 문학 연구』, 일지사, 1996.

김학동 편, 『김소월』, 서강대학교 출판부, 1998.

───, 『한용운 연구』, 새문사, 1999.

김흥규, 『문학과 역사적 인간』, 창작과비평, 1980.

박노준 · 인권환, 『만해 한용운 연구』, 통문서관, 1960.

백낙청, 「시민문학론」, 『창작과비평』 제14호, 1969년 여름.

송석래, 「님의 침묵 연구」, 『동국대국어국문학논집』 제5집, 1964.7.

송   욱, 『님의 침묵 전편 해설』, 과학사, 1974.

───, 『한용운 시집 님의 침묵 전편 해설』, 일조각, 1997.

신석정, 「시인으로서의 만해」, 『나라사랑』 제2집, 1971.4.

이상섭, 『님의 침묵의 어휘와 그 활용 구조』, 탐구당, 1984.

이어령, 『시 다시 읽기』, 문학사상사, 1995.

이인복, 『소월과 만해』, 숙명여자대학교 출판부, 1979.

정태용, 「현대시인연구 Ⅲ」, 『현대문학』 제29호, 1957.5.

조연현, 『한국 현대 문학사』, 성문각, 1974.

조지훈, 「민족주의자 한용운」, 『사조』 제1권 제5호, 1958.10.

최동호, 『한용운』, 건국대학교 출판부, 2001.

시몬 드 보부아르, 『제2의 성』, 조흥식 역, 을유문화사, 1998.

조르쥬 바따이유, 『에로티즘』, 조한경 역, 민음사, 1989.

지그문트 프로이트, 『쾌락을 넘어서─프로이트 전집 14』, 박찬부 역, 열린책들,
    1997.

김기림의 문학에 나타난 여성 의식

김기림, 『김기림 전집』, 심설당, 1988.

김동석, 『예술과 생활』, 박문출판사, 1948.

김용직, 『한국현대시연구』, 일지사, 1974.

김우창, 『궁핍한 시대의 시인』, 민음사, 1977.

김윤식, 『한국현대작가논고』, 일지사, 1974.

김인환, 『문학과 문학사상』, 열화당, 1979.

김종길, 『진실과 언어』, 일지사, 1974.

김춘수, 「교훈에서 창조로」, 『조선일보』, 1978.12.5.

김학동, 『김기림 연구』, 새문사, 1988.

──, 『김기림 평전』, 새문사, 2001.

── 편, 『김기림연구』, 시문학사, 1991.

── · 김세환 편, 『김기림 전집』, 심설당, 1988.

노자영, 「문예에 나타난 모성애와 「영원의 별」」, 『신가정』, 신가정사, 1934.4.

맹문재, 「일제강점기의 여성지에 나타난 여성 미용 고찰─1930년대를 중심으로」, 『한국여성학』 제19권 제3호, 한국여성학회, 2003.12.

문덕수, 『한국모더니즘시연구』, 시문학사, 1992.

박철희, 『한국시사연구』, 일조각, 1980.

송   욱, 『시학평전』, 일조각, 1963.

안태윤, 「일제말기 전시체제와 모성의 식민화」, 『한국여성학』, 제19권 제3호, 한국여성학회, 2003.12.

유각경, 「어썬 어머니가 될가?!」, 『신여성』 제5권 제5호, 개벽사, 1931.6.

이광수, 「어머니」, 『신가정』, 신가정사, 1933.4.

이숭원, 『20세기 한국시인론』, 국학자료원, 1997.

임현영 외, 『분단시대』 4, 학민사, 1988.

임   화, 「1933년의 조선문학의 제경향과 전망」, 『조선일보』, 1934.1.14.

장정심의 시에 나타난 기독교적 세계관

강미경, 「한국 현대시의 기독교 수용 양상」, 건국대학교 석사학위 논문, 1992.

권기호, 「감리교 선교사들의 개화기 교육 활동 연구」, 단국대학교 박사학위 논문, 2010.

김영덕, 『한국 여성사』, 이화여자대학교 출판부, 2001.

맹문재, 「1930년대 여자고등학생들의 학교생활 고찰」, 『한국학연구』 29, 2008.

신홍규, 「한국 현대시에 나타난 기독교 의식 연구」, 건국대학교 석사학위 논문, 1997.

역사위원회 편, 『한국 감리교 인물 사전』, 기독교대한감리회, 2002.

윤은순, 「1920·30년대 한국 기독교 절제운동 연구」, 숙명여자대학교 박사학위 논문, 2008.

이길연, 「1930년대 기독교 시의 현실 극복과 문학적 형상화─이용도와 장정심을 중심으로」, 『평화학연구』 6, 2005.

이명숙, 「일제강점기 여류시조 연구 : 김오남, 오신혜, 장정심을 중심으로」, 한국 교원대학교 석사학위 논문, 1997.

정기원, 「19세기 전반 영국 감리교와 노동계급」, 숙명여자대학교 석사학위 논문, 1997.

정영자, 「한국 여성문학 연구─1920년대·30년대를 중심으로」, 동아대학교 박사 학위 논문, 1987.

정영자, 「한국 여성문학 연구」, 동아대학교 박사학위 논문, 1987.

한자경, 『자아의 연구』, 서광사, 1997.

와카바야시 미시오, 『지도의 상상력』, 정선태 역, 산처럼, 2006.

이사벨라 버드 비숍, 『한국과 그 이웃나라들』, 이인화 역, 살림, 2001.

한국민족문화대백과. http://terms.naver.com/entry.nhn?docId=565052.

김수영의 시에 나타난 '여편네' 인식

김명인, 「그토록 무모한 고독, 혹은 투명한 비애」, 『실천문학』, 실천문학사, 1998년 봄.

김용희, 「김수영 시에 나타난 분열된 남성 의식」, 『한국시학연구』 제4호, 한국시학 회, 2001.

김현승, 「김수영의 시사적 위치와 업적」, 『창작과비평』, 창작과비평사, 1968년 가 을호.

유중하, 「달나라에 내리는 눈」, 『실천문학』, 실천문학사, 1998년 여름.

정남영, 「바꾸는 일, 바뀌는 일 그리고 김수영의 시」, 『실천문학』, 실천문학사, 1998년 겨울.

조영복, 「김수영, 반여성주의에서 반반의 미학으로」, 『여성문학연구』 제6호, 여성 문학회, 2001.

하정일, 「김수영, 근대성 그리고 민족문학」, 『실천문학』, 실천문학사, 1998년 봄.

강웅식, 『시, 위대한 거절』, 청동거울, 1998.

권오만, 『시의 정신과 기법』, 새미, 2002.

김명인, 『김수영, 근대를 향한 모험』, 소명출판, 2003.

김우창, 『궁핍한 시대의 시인』, 민음사, 1978.

김윤배, 『온몸의 시학, 김수영』, 국학자료원, 2003.

김인환, 『문학과 문학사상』, 열화당, 1978.

김준오, 『시론』, 삼지원, 1994.

문학사와 비평연구회 편, 『1960년대 문학연구』, 예하, 1993.

문혜원, 『흔들리는 말, 떠오르는 몸』, 나남, 1999.

민족문학연구소 편, 『민족문학사 강좌 하』, 창작과비평사, 1995.

백낙청, 『민족문학과 세계문학』, 창작과비평사, 1978.

염무웅, 『민중시대의 문학』, 창작과비평사, 1979.

정효구, 『20세기 한국시와 비평정신』, 새미, 1997.

최동호, 『디지털문화와 생태시학』, 문학동네, 2000.

최하림, 『김수영평전』, 실천문학사, 2003.

존 케네스 갈브레이드, 『대중은 왜 빈곤한가』, 최광렬 역, 홍성사, 1979.

제2부

일제강점기 여학생들의 세계 인식

강만길, 『한국 현대사』, 창작과비평사, 1985.

김영덕, 「한국 근대의 여성과 문학」, 『한국 여성사』, 이화여자대학교 출판부, 2001.

김인환, 『비평의 원리』, 나남, 1994.

맹문재, 「1930년대 여자고등학생들의 학교생활 고찰」, 『한국학연구』 29집, 고려대학교 한국학연구소, 2008.

서광선, 「한국 여성과 종교」, 『한국 여성사』, 이화여자대학교 출판부, 2001.

서범석, 『한국농민시연구』, 고려원, 1991.

오세영, 『20세기 한국시 연구』, 새문사, 1991.

윤영천, 『한국의 유민시』, 실천문학사, 1987.

윤정란, 『한국 기독교 여성운동의 역사』, 국학자료원, 2003.

정세화, 『한국 여성사』, 이화여자대학교 출판부, 2001.

최동호, 『한국 현대시사의 감각』, 고려대학교 출판부, 2004.

1930년대 여자고등학생들의 학교생활

김영덕 외 6인, 『한국 여성사』, 이화여자대학교 출판부, 2001.

김진송, 『서울에 딴스홀을 許하라』, 현실문화연구, 1999.

문옥표 외, 『신여성』, 청년사, 2003.

박지영, 「식민지 시대 교지 『이화』 연구」, 『여성문학연구』 제16호, 한국여성문학학
　　회, 2006.

신명직, 『모던쏀이, 京城을 거닐다』, 현실문화연구, 2003.

연구공간 〈수유+너머〉 근대매체연구팀, 『매체로 본 근대 여성 풍속사 新女性』,
　　한겨레신문사, 2005.

오문석, 「식민지시대 교지 연구(1)」, 『상허학보』 8집, 상허학회, 2002.

유수경, 『한국 여성 양장 변천사』, 일지사, 1990.

이화형 외, 『한국 근대여성의 일상문화 3 · 복식』, 국학자료원, 2004.

최덕교 편, 『한국잡지백년 3』, 현암사, 2005.

일제강점기의 여성지에 나타난 여성 미용

강인희, 『한국식생활사』, 삼영사, 2000.

김영덕 외, 『한국여성사 개화기-1945』, 이화여자대학교 출판부, 2001.

김진송, 『서울에 딴스홀을 許하라』, 현실문화연구, 1999.

김춘득, 『동서양 미용문화사』, 현문사, 2002.

대한화장품공업협회 편, 『한국장업사(韓國粧業史)』, 대한화장품공업협회, 1986.

맹문재, 「한국 근대시에서의 여성미 연구」, 고려대학교 대학원, 2003.

─────, 『여성시의 대문자』, 푸른사상, 2011.

신명직, 『모던 쏀이, 京城을 거닐다』, 현실문화연구, 2003.

유수경, 『한국여성양장변천사』, 일지사, 1990.

유희경 외, 『한국여성사 Ⅱ』, 이화여자대학교 출판부, 1972.

이거롱 외, 『몸 또는 욕망의 사다리』, 한길사, 1999.

이인자, 『복식사회심리학』, 수학사, 2002.

전선정·안현경·이귀영·문윤경, 『미용미학과 미용문화사』, 청구문화사, 2002.

Andrei Lankov, "The Feminists Arrive", *THE KOREA TIMES*, thursday, June 26, 2003.

해방기의 여성지에 나타난 여성 미용

고려대학교 민족문화연구소 편, 『한국문화사대계 II』, 1965.

다홀편집실, 『한국사연표』, 다홀미디어, 2002.

맹문재, 「일제강점기의 여성지에 나타난 여성 미용 고찰」, 『한국여성학』 제19권 제3호, 한국여성학회, 2003.

──, 「한국 근대시에서의 여성시 연구」, 고려대학교 대학원, 2003.

──, 『여성시의 대문자』, 푸른사상, 2011.

유수경, 『한국여성양장변천사』, 일지사, 1990.

제3부

시의 모성

이상화, 「생물학적 재생산 과정의 변증법」, 『한국여성연구·3 일과 성』, 청하, 1992.

J.K. 갈브레이드, 『대중은 왜 빈곤한가』, 최광렬 옮김, 홍성사, 1986.

Irigaray, Luce, *Je, Tu, Nous*, Editions Grasset & Fasquelle, 1990.

여성 시의 꽃

에디스 헤밀턴, 『그리스 로마 신화』, 이선우 역, 을지출판사, 1985.

여성 시의 바람

루이 알튀세르, 『미래는 오래 지속된다』, 권은미 역, 돌베개, 1993.

정선아리랑 가사의 주제

강등학, 「정선아라리의 전승가사와 구연의 두 양상」, 『국어국문학』 제96호, 국어
　　국문학회, 1986.

───, 『정선아라리의 연구』, 집문당, 1993.

강은경, 「아리랑 선율에 관한 연구」, 부산대학교 석사학위 논문, 1996.

고숙경, 「정선아리랑에 관한 연구」, 경희대학교 석사학위 논문, 1980.

고자영, 「정선아리랑에 나타난 한의 이해와 해원 : C. G. 융의 분석심리학적인 고
　　찰을 중심으로」, 협성대학교 석사학위 논문, 2000.

구영주, 「정선아라리 가창자에 대한 현장론적 연구」, 강릉대학교 석사학위 논문,
　　1998.

김미정, 「서울제 정선 아리랑과 지방제 정선 아라리 비교 연구」, 중앙대학교 석사
　　학위 논문, 2002.

김시업, 『정선의 아라리』, 성균관대학교 대동문화연구소, 2004.

김연갑, 『아리랑 시원설 연구』, 명상, 2006.

김의숙 · 이창식, 『동강 민속을 찾아서』, 푸른사상사, 2001.

김종태, 「김소월 시에 나타난 한의 맥락과 극복 방법」, 『한국문예비평연구』 제18
　　집, 한국현대문예비평학회, 2005.

김학성, 「정선아리랑 가창자의 가창 선호도에 대한 연구」, 『한국시가연구』 제12집,
　　한국시가학회, 2002.

김희정, 「남한강 유역의 아라리 연구」, 경희대학교 석사학위 논문, 2006.

문현옥, 「정선아리랑 연주를 위한 단계별 해금 지도 방안」, 중앙대학교 석사학위
　　논문, 2004.

박승만, 「정선아라리에 나타난 가치관 연구」, 한국교원대학교 석사학위 논문,
　　2000.

박승만, 「정선아리랑을 활용한 국어과 수업모형 개발 및 효과 연구」, 관동대학교
　　박사학위 논문, 2012.

박용문, 「초등교육현장에서의 정선아리랑 전수실태와 개선방안 연구 : 정선지역

초등학교를 중심으로」, 관동대학교 석사학위 논문, 2009.

박재훈, 「정선아리랑의 리듬 구조」, 『관동향토문화연구』 제1집, 춘천교육대학 관동문화연구소, 1977.

서병하, 「관동지방의 민요에 관한 연구―정선아리랑을 중심으로」, 『관동향토문화연구』 제1집, 춘천교육대학 관동문화연구소, 1977.

소　라, 「이준복의 피아노 작품 〈Korean Rhapsody by "Arirang"〉 분석」, 전북대학교 석사학위 논문, 2005.

유동완, 「정선 아리랑의 여성 의식에 관한 철학적 분석」, 한국외국어대학교 박사학위 논문, 2009.

유명희, 「아라리 연구」, 한림대학교 박사학위 논문, 2005.

유영표, 「정선아라리에 나타난 골계양상 연구」, 안동대학교 석사학위 논문, 2002.

유재근, 「정선아라리 연구」, 한국교원대학교 석사학위 논문, 1995.

윤정민, 「정선아리랑의 교육방안 연구」, 부산대학교 석사학위 논문, 2002.

윤형덕, 「정선아리랑의 내용에 관한 연구」, 『논문집』 제30집, 충주대학교, 1995.

윤홍로, 「강원도 민요의 의미강」, 『국문학논집』, 7-8집, 단국대학교 국어국문학과, 1975.

이경하, 「관광지 설화가 관광 목적지 선정에 미치는 영향 연구 : 정선아리랑을 중심으로」, 경원대학교 석사학위 논문, 1997.

이용채, 「민요 "정선아리랑"과 정부기 "정선아리랑"의 주제에 의한 농요 분석 연구」, 중앙대학교 석사학위 논문, 2001.

이현수, 「정선아라리의 전승 현장에 변이 양상 연구」, 대구대학교 박사학위 논문, 2005.

―――, 「정선아리랑의 전승 양상 : 경창대회를 중심으로」, 『한국전통음악』 제6호, 한국전통음악회, 2005.

인치서, 「정선아리랑의 춤의 요소에 관한 고찰」, 강원대학교 석사학위 논문, 2006.

장관진, 「정선아리랑고」, 『한국문학논총』 제3집, 한국문학회, 1980.

전신재, 「엮음아라리의 갈등 구조」, 『강원문화연구』 제9집, 강원대학교 강원문화연구소, 1989.

정우택, 「정선아라리의 구조적 특성과 역사적 전개」, 성균관대학교 석사학위 논문, 1985.

진용선, 「연변 지역 정선아리랑의 분포 양상과 특징」, 『연변예술발표회문사자료집』, 연변조선족문화연구회, 2003.

————, 『정선아리랑 가사집』, 집문당, 2003..

최상진, 『한국인 심리학』, 중앙대학교 출판부, 2000.

최인목, 「정선아리랑 지도방안 연구 : 중학교 2학년을 중심으로」, 강릉대학교 석
　　　사학위 논문, 2008.

함영선, 「강원도 정선아라리의 선율 연구 : 이유라의 정선아라리, 엮음아라리, 자
　　　진아라리를 중심으로」, 용인대학교 석사학위 논문, 2004.

국립국어원 표준국어대사전. http://stdweb2.korean.go.kr/search/List_dic.jsp.

21세기 세종 계획 한민족 언어정보화. http://www.sejong.or.kr/frame.php.

정선아리랑 가사에 나타난 여성의 사랑

강은경, 「아리랑 선율에 관한 연구」, 부산대학교 석사학위 논문, 1996.

고숙경, 「정선아리랑에 관한 연구」, 경희대학교 석사학위 논문, 1980.

고자영, 「정선아리랑에 나타난 한의 이해와 해원 : C. G. 융의 분석심리학적인 고
　　　찰을 중심으로」, 협성대학교 석사학위 논문, 2000.

김학성, 「정선아리랑 가창자의 가창 선호도에 대한 연구」, 『한국시가연구』 제12
　　　집, 한국시가학회, 2002.

맹문재, 「정선아리랑 가사의 주제 고찰」, 『한국문예비평연구』 제42집, 한국현대문
　　　예비평학회, 2013.

박승만, 「정선아라리에 나타난 가치관 연구」, 한국교원대학교 석사학위 논문,
　　　2000.

소　라, 「이준복의 피아노 작품 〈Korean Rhapsody by "Arirang"〉 분석」, 전북대학
　　　교 석사학위 논문, 2005.

유동완, 「정선 아리랑의 여성 의식에 관한 철학적 분석」, 한국외국어대학교 박사
　　　학위 논문, 2009.

유명희, 「아라리 연구」, 한림대학교 박사학위 논문, 2005.

유영표, 「정선아라리에 나타난 골계양상 연구」, 안동대학교 석사학위 논문, 2002.

유재근, 「정선아라리 연구」, 한국교원대학교 석사학위 논문, 1995.

이경하, 「관광지 설화가 관광 목적지 선정에 미치는 영향 연구 : 정선아리랑을 중
　　　심으로」, 경원대학교 석사학위 논문, 1997.

이용채, 「민요 "정선아리랑"과 정부기 "정선아리랑"의 주제에 의한 농요 분석 연

구」, 중앙대학교 석사학위 논문, 2001.

인치서, 「정선아리랑의 춤의 요소에 관한 고찰」, 강원대학교 석사학위 논문, 2006.

정선아리랑문화재단 http://www.jacf.or.kr/Music/list.asp.

정은희, 「사랑과 성규범」, 여성한국사회연구회 편, 『여성과 한국 사회』, 사회문화연구소, 1998.

미셸 푸코, 『성의 역사』, 이규현 역, 나남출판, 1993.

앤소니 기든스, 『현대 사회의 성·사랑·에로티시즘』, 황정미·배은미 역, 새물결, 2001.

인명, 용어

작품, 도서